ハヤカワ・ミステリ文庫

〈HM㊺-1〉

東の果て、夜へ

ビル・ビバリー

熊谷千寿訳

早川書房

8059

DODGERS

by

Bill Beverly

Translated by

Chitoshi Kumagai

First published 2017 in Japan by

HAYAKAWA PUBLISHING, INC.

This book is published in Japan by

arrangement with

McCORMICK LITERARY

through THE ENGLISH AGENCY (JAPAN) LTD.

本書はフィクションである。本書に登場する名前、人物、場所、事件は著者の想像の産物であり、架空のものである。在命する人物であれ、故人であれ、事件であれ、場所であれ、類似していても偶然の一致にほかならない。

新たな命を授けてくれたオリーヴに捧ぐ

最後にもう一度、家の様子を見て、玄関で戯れる数人の小さな子らを見て、私は勇んで出かけた……鬱蒼とした森に包まれた奥地を抜け、一路兄の住む街へ。

ジェイムズ・W・C・ペニントン *The Fugitive Blacksmith*（1849）

ちんけなやつ《フード》はどいつも世界になびく

ザ・クラッシュ「死か栄光か」

東の果て、夜へ

登場人物

イースト……………………麻薬斡旋所の見張りを受け持つ少年
タイ…………………………イーストの弟。殺し屋
ウォルター…………………学生。組織のコンピューター技術担当
マイケル・ウィルソン………元学生。組織の出世頭
フィン………………………イーストのおじ。組織のボス
シドニー
ジョニー }……………………組織の構成員。斡旋所の仕切り役
カーバー・トンプスン………判事
マーサ・ジェファソン………老婦人
ペリー・スローター…………オハイオ州ストーン・コテージ町長。ペイントボール場のオーナー
マーシャ……………………ペリーの妻

第一部　ザ・ボクシズ

1

箱庭《ザ・ボクシズ》がすべてだった。少年たちはそこしか知らなかった。

車が通り《ストリート》を進む。まだ体《てい》をなしている車や骨組みと化した車のあいだを縫って、紙片やガラス片が散らばる通りを、そろりそろりと。

少年たちは見張っていた。黒い家と家のあいだにかろうじてあいている隙間に光が満ち、すかすかの歯のようになった光景を見ている。朝方まで見張る。フィンは子供を夜通しの見張りには立たせるなと教えていた。二交代制がいい。途中で交代が入れば気も張る。居眠りすることもない。一人前にもなる。

〝家〟のドアがあき、ふたりの客《U》がふらふら出てくると、太陽に面食らい、しばらくぶりで昔の女に出くわしたかのように、物欲しげなまなざしで空を仰いだ。こんなふうに中でいい気分になってから出てくる者もいれば、悠々と入ったのに、這って出てくる者もいる。今出てきたふたりは、見張りの少年たちには目もくれなかった。玄関前の通路から五段の階段を降りて路地の前に来たUは、低い石塀に寄りかかった。ひとりがもうひとりの掌を派手に叩いた。よくある光景だ。

またドアがあいた。シドニーだ。骸骨のような顔、への字に曲がった口、見ひらいた目、べったりなでつけた髪。シドニーだ。ジョニーとふたりで〝家〟を管理し、ビジネスを切り盛りし、三十分おきに十代《ティーンエイジ》の使い走りにブツを運び入れさせ、カネを運び出させている。そのシドニーが様子を窺《うかが》うネズミのようにきょろきょろしたあと、階段に何かを置いた。段ボール箱に入った冷えた缶コーラと栄養ドリンク。少年のひとりがその箱を取ってきた。少年たちが一本か二本手に取った。ふたをあけ、暗がりで立ち飲みした。

朝はまだ寒く、うっすらと靄《もや》がかかっている。家々の隙間に光がこぼれ出し、街並みをほんのりピンク色に染めている。右から足音が近づいてきた。出勤中の工員だ。上着を羽織り、黄色いネクタイを巻き、金のスタッドピアスを着けている。少年たちが工員を上から目で追う。工員は顔を上げない。この手の連中、ネクタイを巻いて金属のタイピンで留め、なぜかザ・ボクシズを離れない黒人たちとは口を利かない。〝家〟にもいれない。この手の連中が〝家〟に入ってしばらく籠っていれば、そいつらに用があるやつが捜しに来る。だからいれない。それもフィンの教えだ。

テレビがついた。飛行機が刃のように空できらめく。うしろのほうから、芝生のスプリンクラーの蒸気が漏れるような音が聞こえる——シュッ、シュッ、シュッ——うるさくはないが、その律動を妨げるものはない。午前七時に数人のUが揃って出てきて、八時ごろにもうひとり、うなだれて出てきた。一週間分買ったのに、ひと晩で使い切ったかのような悲痛な姿だ。十時になると、二時に来た少年たちが帰った。外の少年たちを率いるイーストは、帰る少年たちにいくらかカネを渡した。月曜日、給料日の〝家〟の外。

十時にやってきた見張りは、ダップ、アントニオ、マーソニアス——通称ソニー——、そしてニードル。ニードルが北の端に着き、通りを見張る。ダップは南。アントニオとソニーはイーストと〝家〟のそばにいる。イーストは正午に十二時間勤務を終える。アントニオとソニーは昼勤に向いている。夜勤にうってつけなのは、騒がず、目をあけていられるやつだ。

イーストはおとなしく見えるし、おとなしくしていられる。こわもてでもない。大物にも見えない。まわりに溶け込み、口数も少なく、仲間内でいちばん痩《や》せている。たいした特技もない。でも、物事をよく見ているし、人の話も聞く。聞けば忘れない。

少年たちは内輪の話をする——どんな渾名《あだな》をつけたとか、どんな決まりをつくったとか。イーストは加わらなかった。厳しくて気難しいやつだと思われている。ほかの連中は母親のいる家で暮らしていたり、友だちのところに厄介になっていたりするが、イーストはひとりで寝泊まりしている。誰も知らないところで。ほかの連中より前に〝家〟で仕事するようになり、ほかの連中が見ないようなことを見てきた。牧師が路地で撃たれ、女が屋根から飛び降りるのを見た。ヘリコプターが森に墜落し、放心した様子の男が地面に落ちていた電線をつかみ、炎に照らされて突っ立っている姿も見た。警察がやってきた場面も見たが、それでもこの〝家〟は続いている。

愛想はなくても、イーストは一目置かれている。誰もが早く消し去りたいと思っている幼稚さが、イーストにはまるでないからだ。子供のように振る舞ったことはない。そんなところを見られたことはない。


十時過ぎ、サイレンやら、エンジン音やら、タイヤがアスファルトを踏みつける音やらを響かせて、消防車がやかましく通り過ぎた。消防士が少年たちをにらみつけた。消防は道に迷っている。ザ・ボクシズの街は迷路だ。街区《ブロック》と街区《ブロック》がまともにはつながっていない。隣のブロックにある家にもすんなりたどり着けない。標識がひん曲がっていたり、なくなっていたりする。

数分後、消防車が来た方向へ引き返していった。少年たちは手を振った。みんな十代《ティーンズ》で、大人に近づいているとはいえ、消防車は好きだった。

「あそこだ」ソニーがいった。

「何だって？」アントニオがいった。

「誰かの家が火事になってる」ソニーがいった。

まばゆい空に、ゆらゆらと灰色の煙が立ち上っている。「キッチンから出火したんだろうな」イーストはいった。騒ぎにもならず、焼け死ぬ者もいないはずだ。焼け死ぬやつがいれば、一マイル（約一・六キロメートル）離れていても泣き叫ぶ声が聞こえる。ザ・ボクシズでも同じだ。でも、さらに消防車がやってきた。別の通りを走る音が聞こえている。

上空で、ヘリコプターが尾を振っている。

十一時には暑くなり、ふたりの男が中から勢いよく出てきた。ひとりはどうにか帰ったが、もうひとりは芝に寝転がった。

「寝るな」ソニーが男にいった。「どこかへ行け」

「黙れ、小僧」男がいった。歳は四十ぐらいか。鼻は蜂に刺されたようで、胸元をはだけたシャツの下に、自分でつけた傷に巻いてある包帯が見える。

「よそへ行け」イーストはいった。「横になるなら、裏庭へ行け。それか、自分の家に帰れ。ここはだめだ」

「おれの家だろうが」男がいった。何が何でも寝転がるつもりだ。

イーストは顎を引き、真顔で、粘り強くいった。「おれの庭だ」彼はいった。「規則は規則だ。歩けないなら中へ戻れ。ここはだめだ」

男がポケットに手をいれたが、何も入っていないのはわかる。鍵さえ入っていない。

「おい、大丈夫か」イーストはいった。「喧嘩を売ってるわけじゃない。表で寝転がられちゃ困るだけだ」そういって、男の脚を軽く突いた。「わかってるはずだ」

「おれの家だ」男がいった。

男のいうとおりなのかどうか、イーストは知らなかった。「よそへ行け」イーストはいった。「寝たいなら裏で寝ろ」

男が立ち上がり、裏庭へ行った。少ししてからソニーが様子を見にいくと、男は自分の内なるものと戦っているのか、身を震わせて眠っていた。


火事の煙は薄くなったように見えたが、やがて濃くなった。トラックやポンプ車が低いエンジン音を響かせ、近所の子供たちは通りに面した壁にボールをぶつけて遊んでいる。ふたりの子供には見覚えがある——たまに白のフォードが駐まっている、緑の日よけがついたこぎれいな家の子だ。その子たちは近寄らない。誰かにいわれたのかもしれないし、何となくわかったのかもしれない。この二日はもうひとり、少し年上の少女の姿も見えていた。その気なら、壁に跳ね返るボールをぜんぶ取れそうだが、仲良く遊んでいた。

イーストは子供たちから目を離し、宙に浮かんで空を引き裂いているヘリを凝視した。ふと目を戻すと、遊びは終わり、少女が見つめている。こっちをじっと見たまま、近づいてきた。イーストはにらみつけたが、少女はかまわず歩き続けた。近所の子ふたりもぴったりうしろに着いてきた。

歳は十ぐらいか。

イーストは動いた。さりげなく表に降りていった。ソニーが鼻息を荒くしていった。「おいガキ女、近寄るな」イーストは平手でソニーの胸のあたりを押さえた。落ち着け。

少女はずんぐりした体つきだった。浅黒い肌の丸顔で、きれいな白いシャツを着ている。明るい声で話しかけてきた。「そこって、クラック（コカインの一種）を売ってる家なんでしょ？」

そういえば、フィンがいっていた。今でもクラックだらけだと思われているのだと。

「ちがう」イーストはソニーに目をやった。「どこから来た？」

「ミシシッピのジャクソン。学校はジャクソンのニューホープ・クリスチャン・スクールよ」少女がうしろの近所の子供たちに向かって顎をしゃくった。「この子たちはいとこ。明日、おばさんがサンタモニカで結婚するの」

「おい、そんなのクソほども知るかよ」アントニオが庭に出て、いった。

「あの小さなギャング、あんなことといってる」少女が食ってかかった。「あんたたち、学校にも行ってないんじゃないの？」

きっといいとこのお嬢ちゃんなんだろう。あのLAのスラム街の連中には近寄っちゃだめよ、なんてきっと母親にいわれてるだろうに、真っ先に何をしてるんだか？

イーストはきっぱりといった。「おまえが来るようなとこじゃない。そっちで遊んでろ」

「あたしのことなんか知らないくせに」少女が得意げにいった。アントニオに手を振り、続けた。「そこのおちびさんは四年生ぐらいにしか見えないけど。いくつ？　九歳？」

「いうねえ」ソニーがはやし、くすくすと笑った。

どこかから消防車のエンジン音が聞こえてきた。また移動するらしい。イーストは一歩下がり、耳を澄ました。大人の女と娘が通りかかった。キャンディーのことでもめているようだ。ヘリコプターはまだ空気を切り裂いて飛んでいる。その音がイーストをこわばらせた。あまりに多くのものが動いている。

「おい、戻れ」イーストはいった。「からむのはごめんだ」

「あんたこそ、頭がからまってるんじゃない」少女がいった。黒人の少女がよくやるように壁に片手をつき、梃子《てこ》でも動かないつもりだ。頑固な子だ。

「このガキ」イーストは鼻を鳴らした。ガキどもだけは家に近寄らせたくない。大人の女には分別がある。男には警告できる。だが、子供は自分の目で見たくてしょうがない。

どこからか平らな路面をこするような音が走った。タイヤだ。腰に留めておいたイーストの携帯電話が鳴った。イーストは携帯電話を手に取った。北の見張り位置のニードルからだ。しかし、聞こえてきたのは荒い息遣いだけ。逃げているようにも、つかまえられているようにも聞こえる。「どうした？」イーストはいった。「何があった？」電話が切れた。

イーストはあたりに目を配りながら、芝生の上をあとずさった。

何かが来る。両方向から、列車のようにこだましている。

〝家〟の中に連絡した。「シドニー。何かが来るぞ」ヘリコプターが頭上にとどまっている。

シドニーの不機嫌そうな声。「何だよ？」

「裏から逃げろ」イーストはいった。「すぐに」

「すぐにだと？」信じられないといった声音だ。

「すぐに」イーストは振り向いた。「おまえら、逃げろ」イーストはアントニオとソニーに命じた。このふたりはどういう道順でどこへ行けばいいか、わかっている。どうすればいいかは教えてある。イーストの部下はひとり残らずこのあたりの地理を、どの道を行けばいいのか、知っている。それはたしかだ。

轟音が通りに響き渡った――五台の車が両側から猛スピードで近づいてきた。白のパトロールカーだ。アスファルトをきしらせ、埃《ほこり》を巻き上げている。イーストは携帯電話をかけ直した。

「逃げろ。逃げろ」そういいながら、イーストは家から遠ざかりはじめていた。自分の〝家〟から。コークの赤い缶が芝生に倒れ、泡を吹いている。拾いに行く時間はない。

シドニーからの応答はない。

どうしてダップとニードルは素通りさせた？　なぜ連絡がない？　おかしい。腹を立てたまま、塀を伝って路地にたどり着いた。エンジンの熱と、こすれたタイヤのゴムのにおいがむっと立ちこめている。ほかの部下の姿はもうない。まだ残っているのは、イーストとあの少女だけだった。

「いったろ」イーストはいらだちを隠さずにいった。「逃げろ！」

頑固なガキだ。イーストの言葉など耳に入らないようだ。背後の群れなすパトロールカー、つやつやのヘルメット、畝《うね》のある漆黒のベストを見つめている。たしかに、見物《みもの》ではある。四人の警官が低い姿勢になり、横に散らばり、一斉に玄関に迫ってきた。二階の窓が勢いよくあき、赤潮の中にいる魚のような、やたらくたびれ、やつれた顔が出てきた。しばらく状況を見たのち、銃身を突き出した。それを見て、イーストは振り返った。少女がいる。

「何してる！」イーストは怒鳴った。「早く逃げろ！」

当然のように、少女はまったく動かない。バンバンと撃ち合いがはじまった。


イーストは路地に入り、低い石塀に身を隠した。銃声にほとんどかき消されているが、警官がテレビでよくやっているようにパトロールカーの陰に隠れて声を張り上げている。みんな隠れている。ヘリと、野良犬と、ジャクソンから来た少女を除いて。

イーストは駐まっていた赤錆《さび》の浮いたビュイックの陰にかがんだ。はっと息を呑んだ。ビュイックには熱でぶつぶつと泡が浮いている。イーストは手を触れないように気をつけた。飛び交う銃弾や家の玄関の破片が煙でぼやけている。パトロールカー内の警察無線が耳障りな音をがなり立てている。家の二階の銃から放たれた弾丸が周囲に外れたり、通りやパトロールカーに着弾したりした。フロントガラスに穴があき、タイヤが空気を吐き出した。

少女は取り残されたまま、家を見あげた。そして、イーストが逃げていったほうを向いた。いわれたとおりにすればよかったとでも思っているのだろう。目が合った。

イーストは片手をあげて振った。ついてこい。こっちに来い。

そのとき、銃弾が少女に穴を穿《うが》った。

イーストは知っていた。撃たれた者がどうなるかを。よろめき、這い、銃弾と競おうとする。銃弾が体内でどんな働きをするかも知っていた。だが、少女は知らなかった。少女がたじろいだ。イーストは見ていた。少女が両手を前に出し、ゆっくり倒れる。不安げに空を見上げる。しばらく、イーストはまったく信じられなかった──当たるわけがない。弾なんか。この子はちょっといかれてるだけなのに。さっきの火事と同じで、現実味が感じられない。

やがて血が白い綿のシャツを内側から染めはじめた。少女の目がゆっくり動き、イーストに向けられた。素早く、静かに死が迫っている。

また携帯電話が着信を伝えた。

「ばか野郎」シドニーが息を切らしながらいった。

うしろの警察は機を窺った。三人が狙いを定めた。二階の窓から突き出ていた銃が落ち、派手な音を立てて庇を転がり落ちた。同時に、玄関前の警官がドアを蹴破った。

「やばいときは警告するのがおまえの役目だろうが」シドニーが携帯電話越しにいった。

「そういう役目だろうが」

「やれることはやった」イーストはいった。

シドニーは答えない。荒い息遣いが聞こえた。

イーストは携帯電話のスイッチを切った。逃げ道は知っている。最後にもう一度、振り返った──警察が窓を吹き飛ばし、芝生を制圧し、ひとりのUが、服に火が燃え移ったかのようによろよろと出てきた。おれの〝家〟。そして、路地に倒れたジャクソンの少女。路面を這う血溜まりがその長い指を排水路に向かって伸ばし、もうすぐ触れようとしている。警官が少女を上からのぞき込むが、彼女はイーストを目で追っていた。路地の突き当たりにたどり着き、角を曲がって見えなくなるまで。

2

集合場所は、一マイル先の名もない塗装・修理工場の地下駐車場だった。何年も前に閉鎖した——耐震だかの条例に引っかかったとか——が、隣接したアパートメントの地下駐車場の壁に穴をあけてあるから、車で中に入ることもできる。駐車場は長く立ち入りを禁止できるようなところではない。

イーストはシャツで鼻を覆って階段を降りた。小便と粉の浮いたコンクリートのにおいが漂っている。地下三階まで降り、ドアをあけ、中に入ってドアを閉めたあと、やっと止めていた息を再開した。いくつか壊れていないライトが天井から垂れ下がり、忘れ去られた電力線とつながっていて、まだ生きている。天井の割れ目沿いに何かが動いた。どうにか生き延びているらしい。

イーストはここに誰がいるのかと思った。フィンには、ザ・ボクシズにもほかにも何百人もの手下がいる。まずいことになったあとは、この手の待ち合わせは上から下への命令になりがちだ。ひょっとしたら、会いたくないやつと会うのかもしれない。どのみち、行くしかない。

奥にシドニーの車が見えた。ダッジ・マグナムのワゴンで、色はすべてマット・ブラック。ジョニーがワゴンに寄りかかり、体をほぐしていた。手を頭のうしろに持っていって肘を張り、胴体をくねくねと動かすのに合わせて、筋肉が盛り上がったり、へこんだりしている。その後、体を曲げ、両肘を地面に近づける。

少し離れた暗がりで、銃身を短くした銃をイーストの頭に向けて、シドニーが立っていた。

「しくじりやがった三流のみじめなクソ野郎」

イーストはじっとしていた。ここでは人を殺しても、真っ暗な通気孔に落とせば、においもしないという。顔色を変えず、銃口の向こうに目を向けた。

シドニーが怒りをぶちまけた。「おれは〝家〟を取られるのが嫌いだ。フィンも同じだ」

「何があったのか、まだわかってない」イーストはありのままにいった。

「おまえの手下はクソの役にも立たねえな。どこのどいつだ」

「ダップ。ニードル」

「まぬけがいたわけだ。注意してなかったやつが」

イーストは口を挟んだ。「やることはわかってたはずだ。あそこは二年前からおれの〝家〟だった」

「おれの〝家〟だぜ、おい」シドニーが吐き捨てるようにいった。「おまえのは庭だけだ」

イーストはうなずいた。「あそこで仕事をするようになって長いという意味だ」

「ザ・ボクシズでいちばんの〝家〟だった。フィンはおまえの痩せこけたケツを気に入ってる——あの〝家〟がなくなったと、おまえがフィンに伝えろ」

銃を向けられて命令されるのははじめてではない。身じろぎしてはいけない。怖がっていないと思わせる。そして、待つ。

そのとき、シドニーの電話が鳴った。シドニーが遊底《スライド》を戻し、銃をしまった。そのうしろでは、ジョニーが首を左右に曲げ、車から身を離した。シドニーの付き人にしては変わっている。ジョニーは漆黒の肌で、ゆったり動くのに、シドニーは中国人とのハーフで、いつもぴりぴりしているのだから。それに、ジョニーはよく冗談を飛ばす。親切な一面もある。〝家〟の中の問題を処理し、U同士で喧嘩したりしないようにするのが役目だ。それでも、ジョニーの機嫌を損ねるのはまずい。

「シドニーは〝家〟の仕切りなんか好きじゃないがな」ジョニーが笑った。「わかってるとは思うが」

イーストは呑んでいた息を吐いた。「みんな逃げたのか?」

「どうにかな。Uは何人かつかまった。カネとブツは取られなかった」

「銃を撃ってたのは誰だ?」

「さあな。どこかのバカだろう。パ、パ、パンツにショットガンを隠してやがったんだからな。おれたちはブツやカネをつかんで逃げたぜ。そいつもそうすると思うだろ」

シドニーが電話を耳から離した。振り向いた。いらだっている。「撃たれたやつがいたらしい」

「知ってる」イーストはいった。「小さな女の子だ」ジャクソンからやってきた少女が脳裏に浮かんだ。顔がプラムのように丸くて、小さなピンク色のもので髪を束ねていた。

「ニュースじゃ、小さな女の子にはならんだろうな」ジョニーがいった。「でっかい女の子になるぜ。おまえのケツが撃たれてたら、小さな女の子だってことになるんだろうが」

時期がまずい。三カ月前にフィンの部下のマーカスがつかまっている。マーカスはカネを預かっていた。薬物所持も、スピード違反も、銃の携帯もせず、おとなしくしていた。片腕が異様に小さくて、指が七本ついている。何がどこから来て、どこへ行くのか、どこにあるのか、すべて頭に入っている——帳簿がないから隠すものもない。歳は二十二で、仕事をよく知っていて頭が切れる。そういうところをフィンは気に入っていた。だが今マーカスはつかまっていて、保釈は認められていない。保釈が認められなかったということは、ロス市警は訊くことがなくなるまで尋問を続けられたということだ。あれ以来、いろいろと風当たりが強くなっている。表をぶらついていただけでつかまった見張りもいる——三日も放してもらえなかった。通りを歩いていた売人が次々と連行された。みんなまだガキなのに、警察は何台ものパトロールカーと強力なライトで追いつめて、まとめて引っ張っていった。

どこかの判事が全面戦争を望んでいるらしく、締めつけがきつくなってしまった。

彼らは黒のワゴンに乗り、険悪なまま南へ向かった。こんな仕事をしてきたせいで肺をやられたのか、シドニーが湿った咳をした。「標識を見るな」彼が醜い顔を拭って鋭い口調でいった。

「そんなの、誰が気にするんだよ？　どこの通りを走ってるのかぐらい知ってるが」ジョニーがいった。

スピーカーからパン、パン、パンと曲が流れ、エアコンがイーストの顔にまともに当たり、ちくちくしている。シドニーもああいっていたし、イーストは目を閉じ、通りを見なかった。〝家〟を失った――イーストの責任にされる。日中の見張りはイーストの手の者だから、そいつらの失敗もイーストのものになる。庭の見張りを二年やり、部下を教育してきたが、今日まではみんなによくやっているといわれてきた。部下は仕事を覚え、時間どおりに来て、喧嘩もせず、騒ぎも起こさなかった。どこでおかしくなったのか、わからない。あの少女――あんなに長く話をしなければよかった。そうすればどこかへ行ってたかもしれない。アントニオにもっと強く対応させててもよかった。とにかく、あの子は死んでしまった。

何ができた？　あれだけ大勢の警官に来られたら、〝家〟が取られるのも当然だ。

ワゴンがスピードを緩めると、外で二匹の犬が騒ぎ出したが、イーストは目をあけなかった。この辺にはフィンの犬もいるはずだ。たいがいの連中は、餌をあげられるなら立派な犬を飼う。そして、警官は犬がいるところに目を向ける。自分が寝泊まりするところは犬など飼わない場所だ。

「番地を見るな」

「なあ、どの家か見ないわけにはいかねえだろうが？」ジョニーがいい返した。

彼らは通りにワゴンを駐めて、歩いた。幼い少女の乗っている三輪車のプラスチックの車輪が歩道をこすっている。暑くなり、風が強くなっていた。シドニーが「ここだ《ヒェップ》」というと、ほかのふたりは黄色い平屋の家に顔を向け、二段の階段を登った。

〝売家〟の看板が出ていた。誰かが不動産屋の名前を黒く塗りつぶしていた。

玄関に出てきたのは、前にどこかで見たことがある背の低い無表情の女だった。宝石をちりばめた黒いネットを髪につけていた。唇は薄くて、青白く、真一文字に結んでいる。三人を中に通したあと、奥のキッチンに引っ込んだ。キッチンで何かが泡立っているような音がするものの、においはしない。

部屋はがらんとしていた。家具はなく、茶色い板張りの床が広がっている。ブラインドが下ろしてあるせいで、日の光が柔らかい紫色に変わっている。四方の壁にぽつりぽつりと打ってある釘が、かつてここで人が暮らしていたことを物語っている。チルコとショーンというふたりの用心棒もいた。イーストは前にもこのふたりを見た。ふたりがいるのはよくない徴候だ。

「ああなったとき、全員が〝家〟から逃げたのか?」ショーンが訊いた。ジョニーと同じく、背の高い男だ。

「このチビは、危険を知らせもしなかった」シドニーが怒りもあらわにいった。

イーストは反応しなかった。今いいわけをする相手はシドニーではない。今回の出来事について、みんなどれくらい知っているのだろうか。

ジョーンが一本の指を口に入れて、頬の内側をぬぐい、不快そうに唇を噛んだ。

「明日、ウエストウッドに行かないといけないのか？」

「状況しだいだ。これからどう転がるかを見てからだ」シドニーがいった。「奇跡が起こらないとも限らねえからな」

ジョーンが噴き出した。咳をしたようにも聞こえた。ジーンズのポケットの膨らみを、うなずくようにポンと叩いた。

セキュリティー・システムの電子音が聞こえ、廊下の先のドアがあいた——カチリという乾いた音と、空気が漏れるような音がした。さっきの女が素足でキッチンから静かに出てきて、その廊下を歩いていった。開かれたドアの内側に入ってそれを閉める。しばらくすると、また電子音とともにドアがあいた。イーストは女を見ていた。不思議な雰囲気を漂わせている。この世界の時間を使って別世界の物事を調整しているかのようだ。

女がイースト、シドニー、ジョニーを指さした。「来てちょうだい」女が落ち着いた口調でいった。

ここのような、用心棒たちがぼそぼそと内輪の話をしている部屋には、前にも入ったことがある。今日までは、〝家〟を失ってしまうまでは、胸が躍るひとときだった。だが、今日は部屋から出るようにいわれてほっとした。あとについていくと女の体からにおいが漂ってきて、吸い込んだ。ふつう、これほど女に近づけるとすれば、その女が〝家〟に出入りする

Uの場合だ。それか、路地を掃いている女か、グリル料理でしみがついたような女だ。でも、この女は酒瓶から漂うのとはちがう、変わったいいにおいがする。イーストは息を呑んだ。髪のネットがきらきら輝いている。小さな黒真珠だ。

歩いていった先でまたセキュリティー・システムの電子音が鳴り、ドアがあいた。

フィンの部屋。二本のロウソクを除いて、照明はない。片隅に座っている。はだしで、落ち着いた色の足載せ台《オットマン》に組んだ足を乗せ、祈っているかのように頭を垂れている。ロウソクの光が頭を光と影に二分している。がっしりしてはいないが、大柄の男で、肩の辺りでシャツが膨らんでいる。

この部屋には、黒っぽい色の柔らかい絨毯が敷いてあった。何も載っていない別のオットマンが部屋の真ん中にたたずんでいる。

フィンが片手をあげた。「靴を脱げ」

イーストは腰を折り、慌てて靴ひもをほどいた。うしろの戸口にチルコが現われた。警官のベルトを巻いた十九歳の少年で、ベルトの片側には拳銃、反対側には警棒を着けている。首を中に突き入れて、まわりを見て、去っていった。〝よし〟。女がフィンの部屋から出て、ドアを閉めると、電子音が鳴った。

ジョニーが煙草を出した。

「ここでは吸うな」フィンがいった。

ジョニーが慌てて煙草を箱に戻した。「申し訳ない」

「この家は売り出し中だ」フィンが後頭部をなでた。「気に入ったなら買えばいい。何でも好きなことができるぞ」

三人の少年はドアの前で靴をそろえた。

埃が立ち上り、ロウソクの上を漂った。学校の教師のように、フィンが座ったまま待っている。口をひらくと、その語り口は不気味なほど穏やかだった。

「どうした?」

シドニーが答えた。苦々しく、あえぐような口調だ。「危険を知らせてもらえなかったんだ。外にいるガキどもにカネを払ってやってるのに。いざというときには誰も連絡しやしねえ。大声で呼びかけもしねえし、何もしねえ」

「連絡はした」イーストは反論した。

「警察がドアをドンドン叩いていたときにな」

シドニーはイーストを吊るし上げるつもりだ。

「おまえの手下はなぜ連絡しなかった?」フィンがいった。まるで独り言のように、落ち着いた明るい語り口だ。

シドニーがイーストをわざわざ前に押し出した。やっぱりそうか。おれのせいにするつもりだ。

「立て込んでいて」イーストは答えはじめた。

　フィンがいぶかしげな口調でいった。「立て込んでいた？」

「消防車が来て。火事があって」イーストはいった。「やたら騒がしかった。端の見張りの連中――ニードルとダップ――も同じことを考えていたのかもしれない。警察が火事の現場に向かってるんだと。おそらく。まだ話をしていないから、なんともいえない」

「おまえの手下は警察を見たら連絡するはずだったと思うんだが」

「もちろん、そのはずだった」イーストはいった。「もちろん」

「それなのに、なぜそいつらと話もしてないんだ？」

「まずいことになったら電話を控えろ」イーストは答えた。「あんたにそういわれてたから」

　フィンがイーストからシドニーに目を移し、またイーストに戻した。

「本当に火事があったのか？」

「煙を見た。消防車も。現場に行って確かめはしなかったけど」

「関係ないのかもしれないが」フィンが静かにいった。「知っておきたい」そういうと、イーストをにらみつけ、目を閉じた。イーストは鳥の羽ばたきのような胸の鼓動を感じた。

　一分ほど過ぎてから、フィンがまた口をひらいた。「〝家〟をすべて閉めろ」フィンがいった。「全員に伝えろ。地下に潜れ。何も聞きたくない。こんなことはいいたくないが、買いたい者にはしばらくほかを当たってもらうしかない」

「了解」シドニーがいった。「だが、おれたちはどうしたらいい？」

「何もするな」フィンがいった。「おれの〝家〟を閉めろ」

「それはわかった」シドニーがいった。「だが、へまをやらかしたのはこの鼻たれ小僧《リトル・ニガー》だってのに、おれまで稼げなくなるのか？　ジョニーも？」

「不測の事態に備えておけといっておいたはずだ」フィンがいった。「それからな、シドニー、おれの前でその言葉は使うなともいっておいたはずだ。わきまえろ。引っ込んでろ。聞こえないのか？」

シドニーがたじろぎ、顔をしかめた。「すまなかった」そういうと、きびすを返し、自分の靴を手に取った。

「おまえもだ、ジョニー。帰っていい」フィンが嘆息を漏らした。「イースト、おまえは残れ」

「こいつを待っていたほうがいいか？」

「いや」フィンがいった。「帰っていい」

イーストは立ったまま、ふたりの少年がうしろに歩いていくさまを見ていた。電子音とともにドアがあき、ふたりが出ていくと、さっきの女が部屋の外で立っていた。素足で待っていた。湯気が立ち上る陶器のカップふたつを載せたトレイを持っている。無言のまま、女とフィンとのあいだで、何かが交わされた。言葉をまったく使わず、電流のようなもので伝え合っている。やがて、女がふたつのカップが載ったトレイを、何も置いていないオットマンに置いた。

女が黙ってイーストを一瞥《いちべつ》し、きびすを返して同じドアから出ていった。電子音。

「気分はどうだ？」フィンがいった。「動揺したか？」

イーストは認めた。突っ立ったままなので、体が痛かった。いつになく緊張していた。膝が笑っている。

「ああ」

「座れ」

イーストはふたつ目のオットマンにぎこちなく腰を降ろし、ほの暗い部屋に湯気を立ち上らせているトレイの横に座った。フィンが大きな鳥のように両腕を広げた。ゆっくりした身ごなしだ。脳と骨より重たいものが詰まっているのかと思えるほど、頭が重そうだ。

フィンはイーストの父親の弟だった――もっとも、父親の顔など拝んだこともないが。そういったことはほかの者たちも知っている。そのせいで妬まれることもある。ちょろちょろできるのも、後ろ盾がいるからだと。だが、妬む連中の世界があるのもそのおかげだ。イーストに向けられている特別の厚遇、〝家〟、イーストのチームのおかげだ。イーストが子供のころ、フィンとはたまに顔を合わせていた――ときどき自分の家でクリスマス・パーティーをひらいていた祖母とか、日曜の午後、教会用の明るい色のだぶだぶの服でめかし込み、傷のついたプラスチック容器にサンドイッチとフルーツを入れてやってくるおばとはちがって、親戚付き合いではない。イーストの母親が困っていると、やってくる。食洗機を取り付けに来たこともあれば、イーストが中耳炎にかかったり、うっすらとしか覚えていないが、ひどい熱を出したときに、イーストを医者に連れていってくれたこともある。一度、レイカーズのゲームにも連れていってくれた。コートに近いなかなかの席だった。ただ、イーストはバスケットボールのおもしろさがわからなかった。ブザーがしょっちゅう鳴るし、敵意むき出しの白人がずらりと座って観戦していたから、ゲームがまだどっちに転ぶかわかっていないうちに帰ってしまった。

だが、イーストが大きくなってからは、フィンは表だってイーストと関わることもなくなった。イーストは使い走りをしなくてもよかった。ブツやカネが詰まった弁当箱を持って〝家〟に出入りするガキの仕事だ。十歳で街区《ブロック》の見張りになり、十二で〝家〟のチームの見習いになった。二年前から庭の見張りを任され、手下の少年たちを指揮し、給金を出したりしている。手下には、自分より年上で腕っ節の強い少年もいる。この二年はあまりフィンを見かけることもなかったが、体内を流れるおじと同じ血が静かな引き波と化し、ますます自分を深みに引きずり込んでいくような気がしてならなかった。

おれはこんなことをしたいのか？　それはどうでもいい。食っていけるんだから。手下に一目置かれているのは、誰よりもよくストリートに目を光らせ、チームの手綱《たづな》をしっかり引くからなのか？　それとも、フィンが目をかけているからなのか？　どうでもいい。どっちみち、いうことはいうし、手下たちも、いうと思っている。乗り切れる波《ライフ》なのか、おれがギャングから追い出した連中のように溺れ死ぬのか、それとも、ストリートで血まみれの姿や屍を曝《さら》すのか？

どうでもいい。

「飲め」フィンがいった。

イーストはカップに触れたが、すぐに手を引っ込めた。熱い飲み物は飲み慣れていなかった。

「まだ飲めないか？」フィンが自分のカップを手に取り、音を立てずに飲んだ。濃い湯気が立ち上った。「どうしてあの少女が撃たれたのか、もう一度いってくれ」

イーストの脳裏にまた少女が浮かんだ。通りに横たわる横顔。あの頑固そうな目。まだ焼き付いている。「追い払おうとしたんだ」イーストはいった。声が裏返り、生唾を呑み込んで、どうにか調子を戻した。紅茶と、立ち上る湯気を見つめた。

「よそへ行かせようとしたんだ」イーストはいった。「週末はずっと通りの離れたところでボール遊びをしていたのに、あのときだけなぜか近くに来た。そのとき警察が押し寄せた。どうすることもできなかった」

「なるほど。運がなかっただけか。間が悪かったわけだ」

「ミシシッピから来たとか」

フィンが座ったまま、長々とイーストを見ていた。

「〝家〟よりも、あの少女の方がおれにとっては痛手だ」フィンがいった。「〝家〟はほかにもある。移してもいい。〝家〟を移すたびに古客を連れていき、新客も開拓する。だが、あの少女の件は高くつく。あの少女の件でおれの信用はがた落ちだ」

「わかってる」

「あの少女は死んだ」

イーストは生唾を呑み込んだ。「わかってる」イーストはいった。

フィンがカップを揺らし、中身をじっと見た。「あそこのドアをロックしてこい」フィンがいった。「誰にも邪魔されたくない。ここから先はな」

イーストは腰を上げた。長い毛足の絨毯にけつまずいた。ロックは押しボタン式で、そのほかのロックはない。イーストはロック・ボタンを恐る恐る押した。

その後、オットマンに戻るさまを、フィンの黒い目が追った。

「もうおまえは自由の身だ。前は〝家〟があり、仕事があった。だが、〝家〟はなくなり、仕事もなくなった」

イーストはうなだれたが、フィンは何らかの反応を待っていた。「了解」

「これからどうなると思う？」フィンが舌打ちした。「どうにもならないかもしれんが。少し休んだほうがいいかもしれんな」

〝少し休む、か〟とイーストは思った。用無しだと思ってるやつに対して使う言い回しだ。

「やってもらいたいことがある」フィンがいった。「イエスかノーで答えればいい。だが、ここだけの話だ。口には出すな。今も、来年も、ずっとな。死ぬまで黙っていろ」

イーストはうなずいた。「黙ってる」

「ああ。わかってるさ」フィンがいった。「それでだ、車でひとっ走りしてもらいたい。ひとっ走りしたあと、あることをしてもらいたい」片足をもう一方に重ね、膝を折り曲げた。関節が柔らかい。ゆっくりした動きだ。「ある男を殺せ」

イーストは片方の肩を顔に寄せ、慎重に口をぬぐった。腹の中で火花が飛んだ。蛇がとぐろを巻いている。

「イエスかノーで答えればいい。だが、答えたあとは、やるのか、出ていくかだ。よく考えろ」

「やるよ」イーストは即答した。

「そういうと思っていた」フィンがいった。そして、残りの紅茶を飲み干すと、二度、首を振り、長々と肩を震わせた。笑っているのかもしれないが、そうではないのかもしれない。フィンの鋭い視線を感じ、胸の大きな鼓動を呑み込んだ。

「明日の九時までに支度しろ。すぐに出発してもらう。服と靴を持ってこい。それだけでいい。財布も凶器もいらない。持ち物はすべて預かる。電話を持ってこい。置いていってもらう。今回の移動には電話は持っていくな。カードもな——カネはやる。いいか？」

「うん」

「電話の電源は入れておけ。シドニーに電話させる」

「近ごろのシドニーはおれが気に入らないようだけど」

「有無をいわせない」フィンがいった。「わかったか？　ほかにも一緒に行くやつがいる。歳はいくらか上だから、多少は世の中に揉まれている。手に余ると思うかもしれない。だが、そいつらだってそう思うかもしれない。今日こんなことがあったからなおさらだ」フィンがカップの内側の湿気を指でぬぐった。「だが、おまえにはほかの連中にないものがある。おれはそう思っている」

褒められて、顔が火照った。

「五、六日で終わる。犬とか蛇とか、ペットがいるなら、誰かに面倒を見てもらえ」

イーストは首を振った。

「よし」フィンがいった。「なら、もうその話は終わりだ。飲み物が残っている。もう少しここにいて、紅茶を飲め」

イーストは重いカップを手に取った。舌先を紅茶につけた。ぬるくなっていた。はじめは粉っぽかった。地面に落ちていたものをかき集めて茶葉にしたかのようだ。

「口に合うか？」

合わなかったが、顔に出さないように気をつけた。「これは何？」

「名前はない。だが、体にはいい」フィンがいった。「さっきの女はティー・ショップのオーナーだった。その後、まずいことになった。おれが助けてやった。商才はある。海外からの買い付け方を知っている。淹れ方もな」

イーストはうなずいた。「出身は中国？」

「半分はタイ人だ。あとの半分はごたまぜだ」フィンがゆっくりといった。「おまえの母さんはどうしてる？」

イーストは一度むせた。「心配いらない。ちょっと体調を崩したけど、よくなってる」

「家は大丈夫か？」

「大丈夫」イーストはいった。「ちょっと掃除してくれたら、もう少しましになるけど」

「家族の要《かなめ》はおまえだ」フィンがいった。「帰って掃除してやれ。出発前に会いにいってこい」

「わかった。そうする」

「よし」フィンがいった。「今回のは大きな頼みごとだ。楽な用事ではない。それをおまえにやってもらう。いっておくが、これはおれにとって重要だ」フィンが足をぱんぱんと叩き、筋肉を伸ばし、関節をほぐした。骨などないかのようだ。いくらでも好きに曲げられるかのようだ。「やってくれたら、忘れはしない」フィンがまたいった。イーストと同じように、カップを置いた。ふたつのカップが合わさり、柱時計が時を告げるときのような深みのある音がした。

「さあ、行け」フィンがいった。「他言するな。九時だぞ。あとのことはシドニーにいっておく。面倒を見るようにな。心配はいらない。目立つな」

イーストは立ち上がった。白い靴下を履いてきたなんて、子供っぽかったと思った。

フィンが厚い紙幣の束を取り出した。二十ドル札を数える——五百ドル分。そのカネには目を向けずに、イーストに手渡した。

「おまえの母さんの分も入れた」

「わかった」

「もうひとついっておく。おまえの弟だが、あいつも行く。旅の道連れだ」

イーストはうなずいた。だが、胸の内で小さな怒りの粒がぽたりと落ちた。弟か。子守をするのか。弟は赤ん坊ではないけれども。

「気に入らないかもしれんが。一晩よく考える時間を与えておこうと思ってな」フィンが脚を揉み、爪先を動かした。「あいつが行くわけはわかるな」「ああ、わかるよ」

イーストはカネをしまい、手でポケットを押さえた。

ひどい界隈だ。犬がフェンスに体当たりしている。どの家からも、鉄格子のついたドアや窓越しに、テレビのくぐもった音が漏れている。出歩いているのはイーストだけだ。ポーチに上り、ドアのロックを外す。

リビングルームでは、母親がよどんだ空気に包まれて横になり、クイズ番組を見ていた。三十一という年齢より老けて見える。鼻水の出ている鼻、太っているのに弱々しい感じがする。プラスチックのカップで飲み物を飲んだ。安いワインを一本、膝で挟んでいる。

イーストはうしろから近づいた。母親が気付いたが、遅かった。

「イースト？　何してんの？」

きつい口調は相変わらずだが、驚きも混じっている。母親が体を起こした。

「ああ、母さん」イーストはいった。横目でクイズ番組を見た。

「こっちに来て座って」

イーストは横に座り、息もできないほど抱きしめられたが、母親の腕をさすりながらじっと受け入れた。母親はテレビの音量を下げなかった。大きな音が窓に反響している。解放されたとき、母親がまた鼻水を垂らしていて、どこで拭こうかときょろきょろしていた。

「来るんじゃないかと思ってたよ。ベーコン・エッグを作ったんだ」

イーストは腰を上げた。「食べられないんだ。ちょっと様子を見に来ただけだから」

「世話ぐらい焼かせなさいよ」母親が咎《とが》めた。

イーストは肩をすくめた。テレビ画面がコマーシャルに切り替わり、ますますうるさくなった。イーストは思わず顔をしかめた。フィンにもらった札束を半分に分けて差し出すと、母親はためらいも見せず、感謝の言葉もなく受け取った。カネは丸められてすっぽり掌に収められた。

イーストはいった。「いい天気だったね。知ってた？」

「はあ？」母親がいった。また声に驚きがにじんでいた。「今日は外に出なかったんだ。たしか。タイはどこ？　会ったりしてるの？」

「いや。けど、あいつはうまくやってる」イーストはキッチンに行った。白いカウンターのうしろの狭いスペースは、空のグラスで散らかっていた。母親が首を伸ばし、こっちの動きを追っているのがわかった。

「あの子はちっとも会いに来ない」

「うまくやってるよ。忙しいんだろ」

「あたしの子なのに」母親の声が急に裏返った。

「まあ、うまくやってるよ。そのうち来るんじゃないかな。いっておくよ」

「イースト」母親が呼んだ。「ベーコン・エッグを食べてよ。まだフライパンに残ってるから」

〝世話ぐらい焼かせなさいよ〟。

明かりのスイッチを入れると、天井の蛍光灯二本のうち、一本がついた。キッチンは荒れ果てていた。イーストはすぐに捨てられるものをゴミ袋に入れた。ハンバーガーと一緒に袋に入っていたナプキンで、蟻を潰した。コンロに載っていたフライパンの中身に吐き気を催した——冷えて、ねっとりした感じで、細かい殻が混じっている。イーストは顔を背けた。

母親が立っていた。戸口に立っている。

「イースト」母親が嘆息を漏らした。「泊まっていくわよね？」

イーストはばつが悪そうにいった。「母さん、泊まらないよ」

母親が得意気にいった。「おまえのベッドにシーツがあるから」

「今夜は無理なんだ」

「ふたりとも顔も見せやしないんだから」母親が鼻をすすった。

一分一分が一トンもあるかのように重々しい。「母さん、このゴミを出しておくよ」

「なんで卵食べないのよ？」

「母さん」イーストは頼み込むような口調でいった。

「ふたりとももう母さんを愛してないんでしょ」母親が正面の壁に貼ってあるものに向かい、大声でいった。

イーストはゴミ袋を置いた。固くなった卵にフォークを刺し、ひとくち取って口に入れた。硫黄《いおう》のにおい。目を閉じ、嚙んで呑み込むふりをし、母親に顔を向けた。卵はまだ歯の根元にとどまっている。ひどい味だ。

「食ったよ」母親の顔がぱっと明るくなった。

イーストの部屋は狭いが、きれいに片づいていた。ツインベッドに枕が置いてあり、棚に二枚の写真が飾ってある。絨毯は柄が気に入らなかったので、裏返しに敷き直していた。少し埃っぽいが、そんなに気にならない。ドアを閉めたが、テレビの音がまだ体に響いてくる。段ボールの衣装ケースからシャツ、靴下、下着を選び、枕カバーに詰め込んだ。しばらくあたりを見ていると、ドアがあいた。

戸口に母親が立っていた。疲れていても、まだ様子を窺おうとしている。

「タイの服はここにない?」イーストは訊いた。

母親が弱々しい笑い声を漏らした。「タイの服は――タイが持って行ったよ――見てない――タイがどんなものを着ていたのかも覚えてない」

「シャツも? 何でもいいんだけど?」

歳はふたつ下だが、先に家を出たのはタイだった。この部屋は十年も一緒に使っていた――それなのに、タイがここにいた痕跡はほとんどない。遊び道具も、動物の人形もないし、壁にも何も貼っていない。彼の部屋だったことなどないかのようだ。

母親が本題に切り込んだ。「どこかへ行くの？　旅支度のようだけど」

「タイとおれの何日か分の服が要るんだ」

母親が鼻息を漏らした。何気ないが、意味深なそぶりだ。「面倒なこと？」

「いや」

「スーツケースは押入れ。古いけど」

「スーツケースは要らない」イーストはいった。

そういって動きを止め、母親が下がるまで、ただじっとしていた。しばらくすると、カウチのバネがきしる音が聞こえてきた。横になったらしい。邪魔はいない。イーストはベッドフレームの内側に取り付けていた木のブロックを確認した。下側だ。緩んではいない。つまみねじを回して、ブロックを緩めた。そこにATMカードを入れ、また締め直した。

イーストは玄関先で声をかけた。「何日かしたらまた来るから。また会いに来る。泊まりに来るから」

「わかってる。きっと戻ってくる」母親がか細い声でいった。

イーストは残りのカネを出し、三枚だけ取って、残りを母親に与えた。

「面倒には首を突っ込んだりしないよね」母親がすがった。「あたしの子たちにかぎって」

イーストはうつむいた。母親がさよならのキスをした。

テレビのやかましい音から逃れて通りに出ると、遠くの喧騒《けんそう》が静かな波音のように聞こえる。北に向かって歩き、砂色の九階建てのビルが並ぶオフィス街に入った。オフィス街の片隅に二棟が少し離れて建っていて、イーストはその裏手に回った。遠くで酔客が立てているさざめきが、暗闇のどこからともなく漂ってくる。

狭い路地が空調設備の裏側に延びている。コンクリートの台座にいくつも空調装置が載っていて、イーストが端のビルの根元でかがむと、姿がすっぽり隠れた。地下室の窓枠と窓枠のあいだにはめてある支柱のようなものを、指先で探ってつかんだ。窓が内側に傾いたが、バタンと倒れる前につかんだ。音を立てないように、手足を一本ずつ曲げて、中に潜り込む。

埃だらけの窓の奥にある地下の空間は立てないくらい狭くて暗いが、三和土《たたき》は端のほうが中央部より一段高くなっていて、清潔だ。イーストの持ち物と片隅の蛇口のほかには何もない。蛇口はひねられないようになっているが、水が滴り続けていて、イーストはその下にステンレスの洗面器を置いていた。いつも水が溜まっている。きれいで冷たい水が。彼は荷物を置くと、顔を上から洗面器に近づけ、水面で揺れる逆さまの自分の顔を見つめた。

水を飲んだ。そのあと、顔、手、そして腋の下を洗った。

二枚の毛布、路地の寝具店で買った枕、洗濯機が入っていたような大きくて重い段ボール箱。それが寝床だった。昼も夜もずっとエアコンがうなり、街の喧騒をかき消してくれる。

だが、それでも足りない。イーストはしばらく考え、伸びをすると、段ボール箱の横で膝をついた。おれの〝ねぐら《ホール》〟。段ボール箱の片端を持ちあげ、下の毛布を敷き直した。枕を軽く叩いて形を整え、服を詰めてきた枕カバーを毛布の足元に置いた。そして、毛布のあいだに体を滑り込ませ、段ボール箱をかぶせた。蜥蜴《とかげ》や蛇と同じく、暗がりがいちばん落ち着く。エアコンの音まで消えた。何もない。誰もいない。

イーストはひと息つき、じっと待った。

3

ひっくり返したイーストの段ボール箱のそばに、畳んだ毛布と枕が置いてある。一段低くなっている床には、靴が服の入った古い枕カバーと並んでいる。地下室の窓から、ほんのり青みがかった朝日がしみ込んでいる。

朝まで寝るのは慣れていなかった。深夜零時から正午までの見張りになって、だいぶ長い。ステンレスの洗面器からあふれる冷たく澄んだ水で歯を磨いた。変な顔になるのもかまわず、指で唇を引っ張って歯茎も洗った。また腕を洗い、首と顔も洗った。ズボンを下げ、朝の冷気に震えながら、脇腹と股間を隅々まで洗った。

電話をチェックした――アントニオ、ダップ、ニードル、ソニー。着信はない。

〝家〟。戻って確かめないといけない。あそこまでこのオフィス街から歩いて十分だ。街区《ブロック》の外側を固めるタコス店やカー用品店など、日よけが張られつつある大通りを渡った。そして、その内側に入り、すべてが目覚めようとしている家並みを通り過ぎた。男たちが階段を駆け降り、カップや鞄やキーを持って、急いで車に乗っている。ジョギングする人、犬を散歩させる人、戸口で煙草をふかすばあさん。

さらに数ブロック奥へ行くと、目につく車はしだいに古くなり、路肩の駐車間隔も広くなっていった。ドアや窓にベニヤ板を打ち付けられて、目をつぶったように見えるテラスハウスがたたずんでいる――はじめはまばらだが、しだいに増えていき、目をつぶった家はやがて三棟のうち二棟になった。ここはザ・ボクシズだ。

イーストはなじみの通りに出た。この場所はダップが見張っていた一端だ。だが、あいつは危険を知らせなかった。ニードルが五ブロック離れた反対側の一端を見張っていた。そっちからの電話は遅過ぎた。携帯電話が組織にこんなに広まっていなかったころ、シドニーがいっていた。誰に連絡がとれて誰にとれないかを把握しろ。電話に出ないやつがいても、うろたえてばかりではだめだ。

ふたりの白髪交じりのばあさんが、一段高くなっている芝生に立って、不満げにしゃべっている。たいてい、ばあさんたちが朝の空模様を見ようと這い出してくる何時間も前からイーストはそこにいて、全身でその日の動向を捉えようとしていた。だが、今朝はばあさんたちに先を越された。

〝家〟に近づきながら、横目でじっと様子を窺った。あばたの痕が残り、あちこちがえぐられた茶色い〝顔〟で、目にも似た二階の窓がぱっちりあいている。まだ煙が立ち上っているような気がする。今では、ドアの代わりに、ただのベニヤ板が張ってある。ねじで固定されている。立ち入り禁止の黄色いテープが、庭の端から端まで張り巡らされている。

テープの下をくぐり、中に入ってみた。電源コードも、充電用コードも、ポーチにあったものはすべてなくなっている。携帯電話のバッテリーは、あと一時間分ぐらいしか残っていない。どうせ電話は預かってもらうことになっている。庭を見回したが、何も読み取れなかった。

路地についている染みは、まちがいなく血だ。イーストはそっちに目を向けないようにした。ジャクソンから来た少女の顔が脳裏の表面近くまで浮かび上がっていた。頭の中だろうとどこだろうと、そんなものは見たくない。

スーツ姿の男が通り過ぎた。毎日、ひとこともいわずに歩いていたが、今日はイーストに向かって顎を引き、大きな声をかけてきた。「おはよう」

イーストも顎を引いた。

「逮捕されたんだろ、おい？」嬉しそうだ。「おしまいだな」

イーストは相手にしなかったが、男は食い下がり、きのうのことを当てつけてきた。「枕カバーなんか持って。おまえの人生でも入ってるのか？」

イーストは肩をすくめ、足を速めた。木の枝を折って、男を打ち据え、青痣《あざ》をつけてやって、黙らせて追い払ってもよかった。でも、そんなことをして何になる？

外で電話をかけた。ダップにかけ、ニードルにもかけた。ふたりとも出ない。イーストはぶっきらぼうなメッセージを残した。「電話しろ」しかし、これまで手下にはこういいつけていた。逃げたら、電話を使うな。今は自分のいいつけを破っている。

出向くまで九十分ある。歩いていって朝食を食べよう。南に向かってザ・ボクシズを通り抜けることにした。鳥や小さな虫が木々のあたりで飛び回り、電話のような羽音を立てている。三人の少女が朝から外に出て、チョークで路地にお絵描きしている。自分たちの手首ほどもありそうな色チョークだ。

ポーチから咳払いが聞こえてきた。「おい、おまえ。おい」上からその声が呼び止めた。イーストは上を向き、足を止めた。男だ。歳は三十五か、四十ぐらい、いつか〝家〟に来たUだ。ポーチに座って、背の高い紙コップで何かを飲んでいる。

「何のようだ？」イーストはいった。

何を知っていて、何を知らないのかと考えると、おかしな感じがする。この男がどういうやつかは知ってる。秘密の時間も。夜、はじめて来た時のことは覚えている。まだ顔をきれいに手入れしていて、太いゴールドの指輪をはめていた。だんだん来る回数が多くなった。そのうち失業し、しょっちゅうドラッグをやっていた影響が顔に出てきて、体が痩せ細り、しまいには目がぎらつくようになったのを覚えている。負け犬にありがちな鋭い光が宿っていったのを。

だが、名前は知らない。

「何してるんだ？」男がいった。

「何も」

「おれはどこへ行ったらいいんだよ？」男が腹立ちもあらわに訊いた。

イーストは肩をすくめた。フィンにいわれたことが脳裏に浮かんだ。〝地下に潜れ。買いたい者には、しばらくほかを当たってもらうしかない〞。一マイル先に〝家〞がある。フィンの〝家〞ではない。だがよその〝家〞を紹介したりはしない。点をつなぎもしない。

男が三度咳きをして、大量の銀色の液体を吐き出した。「知らないだと？　ばかいえよ、おい」

イーストは目を伏せ、また歩き出した。

「おい、無視すんな」声が追いかけてきた。

八時にシドニーから電話がきて、行き先を告げられた。そこまで一マイルぐらい——ザ・ボクシズの南端のちょっと先だ。「何日か分の着替えを忘れんな」

「フィンにいわれてる」イーストはいった。

「そうかい」シドニーがせせら笑った。そのとき、イーストの電話の充電が切れた。

イーストは歩きながら食べようと、グレーズドドーナツを買い、低い枝から柑橘《オレンジ》をもぎ取った。それを揉みながら歩いた。小さくて、ずっしり重い世界。熟れているが、あとで食べることにした。

並んだ店の軒下に延びる路地で、マイケル・ウィルソンがイーストに車の話をしていた。警察無線傍受装置をつけて、車体のフロント、バック、底辺に蛍光テープを貼ったとか、予備バッテリーも積んでるから、カーステレオをクラブみたいに一晩中ガンガンつけていても、エンジンはばっちりかかって走らせられるとか。

マイケル・ウィルソンは二十歳だ——長い体、長い歯、銀色のサングラスで隠したがる大きな茶色の瞳。いつも笑い、いつもしゃべっている。たまにザ・ボクシズに顔を出す男で、見張りもやるし、カネや食料を運んだりしていた。出世頭というやつだ。カリフォルニア大《UCLA》に入学して、それからは顔を見ていなかった。もとからやかましい男だったが、今はそれに輪をかけたやかましさだ。

マイケル・ウィルソンは青いビニール袋からピーナッツを取って殻をむき、実を口に入れ、殻を肩越しに道路に投げ捨てていた。ほかのやつがばかだったらどうしようと心配している。ばかと車に乗ってる暇はない。ばかはじっとしていられないからな。それに、みんなに伝染する。チンピラは自分たちにも掟があると思い込んでいるが、実際にはばかが一ケース集まっただけだ。マイケル・ウィルソンもチームの一員になるのだと思って、イーストはうなずき、聞くふりをしていた。〝でも、よりによってこいつか〟と思った。

かなりのあいだ、ふたりだけだった。イーストは電話をチェックした——切れたまま。かぶりを振った。「今、何時かわかるか?」

「九時って感じだ」マイケル・ウィルソンがいった。

「〝九時って感じ〟って何だ?」

「ほとんど九時って意味だ。九時ごろってことだよ、ボケ」

イーストは溜息をついた。「時計を見せてくれ」そういって、マイケル・ウィルソンの手首をつかみ、時計の金色の針ときらめく十二の石を確認した。「八時五十四分だな。〝って感じ〟じゃなく」

「九時って感じだろうが」マイケル・ウィルソンがいった。

二台のみすぼらしい車とブルーのミニバンが朝の光を仲良く浴びている。錆びついたでかいエアコン機器が台に載っていて、車に追突されないように、コンクリートで固定された太い支柱に守られている。大半の店は暗い。だが、中華料理店は揚物のにおいを吐き出し、安全な戸口の内側から女たちがこっちをちらちら見ながら、煙草をふかしている。

次に来たのは、緑色のシャツを着たカボチャ体形の少年だった。のそのそと、慎重に歩いてきた。贅肉のせいで、顔は幼いのに足取りは年寄りのようだ。鼻息も荒く、肩をそびやかし、足を地面にすりながらやってきた。「ふう」少年がいった。「マイケル・ウィルソンじゃないか。久しぶり」ふたりが握手した。そのときマイケル・ウィルソンが相手の顔にピンと来た。

「思い出したよ。ウォルトンだっけ？　ウォレスだっけ？」

「ウォルターだよ」

マイケルが自分のまちがいを笑った。「たしかコンピューターにのめり込んでるんだよな。なんちゃって科学者だ」

「たしかあんたは大学に行ってたよな。専攻は笑いとほら吹きじゃなかったか」

「おまえの専攻は食うことだろ」マイケル・ウィルソンがいった。「バッグはどこだ？」

マイケル・ウィルソンは、ジムの名前がついた光沢のあるバッグに持ち物を入れていた。新しい靴のようにぴかぴかだ。

「クソバッグなんか持ってねえよ」イーストは枕カバーとオレンジを持ってきた。

「何が何だかわからない。週末はずっとベイカーズフィールドのおじのところにいた。クソ十五分前に通りを歩いていて呼び止められたばかりだ」

イーストはウォルターに目を向けた。〝クソ〟ときたか。やわなくせに、強がっている。

「何といわれたのかは知らねえけど、おれたちは何日か出払うんだ」マイケル・ウィルソンがいった。

「途中で服を調達するよ、たぶん」

「テントでも売ってる店があればいいんだがな」マイケル・ウィルソンがにやりと笑った。

そして、イーストの手に触れたが、イーストはそっぽを向いた。〝なるほど〟。知った顔。

イーストは店の商品積み下ろし場に寄りかかり、ほかのふたりをじっと見た。

「何か聞いてるか？　計画とか？」

「いや、これから教えてもらえるんだろ。今ここで」

「おまえが暇してるって聞いたぞ」太った少年がイーストに向かっていった。

イーストは顔を上げた。「何してるって？」

「失業したって聞いたといったんだ」ウォルターが支柱に寄りかかり、マイケル・ウィルソンに向かっていった。「こいつはきのう〝家〟にがさ入れされたんだぜ。おれのほかに三人来るっていわれたから」ウォルターがいった。「誰が来るのか訊いた」

マイケル・ウィルソンがピーナッツの殻を割り、イーストに向けて殻を放り投げた。「おまえ、〝家〟を潰されたのか？　今は何してる？」

イーストは手をさっと動かした。「これだ」

「次があるさ」マイケル・ウィルソンがいった。「おまえはどうなんだ、ウォルター？」

「あれこれとな」ウォルターがいった。「二日前には庭の見張りをやらされた。要するに代打だ」親しみを込めて、小ばかにした口調で続けた。「おれも昔はおまえみたいに外で働いてたよ。何年か前までな」そういって、声を殺して笑った。

イーストはこらえ切れなくなった。「今は何してるんだ？」

「事業《プロジェクト》だ」ウォルターがいった。「リサーチとか」

「リ、リ、リサーチだと？」マイケル・ウィルソンがいった。「おまえいくつだよ、デブガキ？」

「十七」

「おまえは、イースト？」

イーストは顔を背けた。「十五」

次は車が来た。ごつい黒のクライスラー300だ。たまに警官連中がやるように、滑らかにゆっくり路地を走ってくる。やがてウインドウがあき、シドニーとジョニーの顔が見えた。

「なんだよ」マイケル・ウィルソンが嬉しそうな声を上げた。「歩いたほうが早かったんじゃないか」

じだ。

マイケル・ウィルソンがほとんど口をひらくたびに笑っていることに、イーストは気付いた。ぜんぶおもしろいと思っているわけではなくて、笑いがないと話し終われないような感じだ。

シドニーがマイケル・ウィルソンをにらみつけ、車を降りた。全身真っ白で、暑い日の格好だ。ジョニーはブラック・ジーンズを履き、シャツは着ていない。

「最後のひとりはどこだ?」ジョニーがいった。

「知らねえよクソが」マイケル・ウィルソンがいった。「最初のひとりはここにいるけど」

そういって、けらけらと笑った。

「二度目の説明はないぞ」シドニーがいった。「今何時だ?」

「九時五分だ」マイケル・ウィルソンがいった。

「なら、あいつはほっとこう。遅刻だしな。進めるぞ」

「連れてくる」ジョニーがいった。「フィンが四人だというんだから、四人集めないと」そういうと、少し離れて電話をかけはじめた。

ウォルターが顔を掻いた。「誰を待ってるんだ?」

「おれの弟だ」イーストが落ち着いていった。自分の手をまったく汚さなくても、睨みをきかせることはできる。タイを入れておけば——〝気に入らないかもしれんが〟とフィンはいっていたが——かなりの睨みになる。

「ああ、タイか」シドニーがいった。「あのガキは人の話なんか聞きやしない。はじめよう。

あいつはうしろの席に乗せて、塗り絵でもさせておけ」

シドニーは黒い車の車体後部でタブレットの電源を入れ、さっと指をすべらせて一連の写真を繰った。がっしりした黒人、六十前後の年かさ、短く整えた白髪交じりのひげ。つぶれたようにも見える幅の広い鼻、ボクサーの鼻。鋭い目。この写真では、疲れているように見える。服にはカネをかけているようだ。黒いスーツ、縁飾りのついたネクタイ。

シドニーが三人のうしろから画面をのぞいた。「カーバー・トンプスン判事だ」彼がいった。「フィンの右腕のマーカスが裁判にかけられるときは、こいつが証言者として出てくる」

「カーバー・トンプスンときたか」マイケル・ウィルソンがいった。「それが黒人判事の名前でなけりゃ、ほかにどんなものがあるってんだ」

「名前など気にするな。この男は昔はおれたちの戦力《アセット》だったが、今はちがう」

「だからおまえらが殺しにいくわけだ」ジョニーが声を落としていった。

イーストは首を巡らしてほかの少年ふたりを見た。マイケル・ウィルソンは涼しい顔でうなずいていた。知っていたらしい。ウォルターはちがった。何かがこの太った少年の喉に詰まったかのように、口だけぱくぱくしている。イーストは満足感に浸りながら見ていた。

〝なんちゃって科学者、くたばれ〟と思った。

「なぜ五日もかける？」すぐさま質問の機会を捉え、マイケル・ウィルソンがいった。「なぜもう実行に移してない？」

シドニーがトランクの上にロード・マップを置いた。「なぜかといえば、おれたちはここで」ロサンゼルスを軽く叩く。「この男は今、ずっと——離れた——ここに向かっているからだ」さまざまな色に塗ってある長い大陸に手を滑らせ、青い湖の近くにある黄色い点をぽんと叩いた。

「ウィスコンシンにか？」マイケル・ウィルソンがいった。

ウォルターがいった。「黒人がウィスコンシンでいったい何をしてる？」

「釣りが好きな黒人なんだろ」シドニーが肩をすくめた。「息をすることもな」

「そこまでどうやって行くんだ？」マイケル・ウィルソンがいった。

今度はウォルターの顔が曇った。「おい、おい」ウォルターがいった。「あんたがこれから何をいうか、わかったよ。飛行機は使わないんだろ？　そこまでずっと車で行くんじゃないのか？」

「そのとおり」シドニーがいった。

「ヤクでラリってるんだろ。千マイルだぞ」マイケル・ウィルソンがいった。

「二千だよ」救いようがないとでもいいたそうな顔で、ウォルターがいった。「だからおれたちに書類をつくらせた。だろ？　そうさせるつもりで」そういうと、ウォルターが両手をひらき、シドニーの前に小さな箱を置いた。

「どうかしてる」マイケル・ウィルソンがいった。「二千マイルも運転できるか。帰りもある。そんなばかな話があるかよ」

「マイケル・ウィルソン」シドニーが優しくいった。「おまえは最年長だ。このチームを率いてもらう。この移動が無理だというなら、おまえを撃ち殺して、別のやつを引っ張ってくるから、今ここでそういえ」

マイケル・ウィルソンが両手を上げ、滑らかに〝シフト・チェンジ〟した。「わかったよ」

イーストは息を吐き出し、地図に目を凝らした。「ちょっといってみただけだ」

イーストは息を吐き出し、地図に目を凝らした。太い赤、黒、青の網が、州から州へ延びている。のたくる線が密に交差している。どの道路にも番号が振ってあり、ほかの道路と何度も交わっている。どんな道のりになるか目に見えるようだ。学校で先生が寝ているときに、よくこんな迷路で遊んでいた。学校ではこういわれていた。心配するな。じっと見てろ。そうすりゃ、ぜったいにたどり着ける。

シドニーがルートと仕事のレクチャーを終えると、ジョニーが各メンバーに財布を手渡した。イーストは受け取った札入れをあけてみた。中のプラスチックのポケットに、カリフォルニア州の運転免許証が入っていて、自分の顔が見上げていた。この写真のことはうっすらと覚えている。青い布の前で撮られた写真だ。この前の冬、会ったこともないやつにどこかの部屋で撮られたやつだ。その後、数人の連中が写真を撮られに来た。理由は訊かなかった。できはいい——二枚の写真、透かし入りのコーティング。裏には何かのバーコードもついている。

「本物みたいだな」マイケル・ウィルソンがいった。

「本物だからさ」ウォルターがいった。

「〝アントワン・ハリス〟。十六歳」イーストは読んだ。「これでも〝本物〟だというのか？」

「おれの名前もちがってる」マイケル・ウィルソンも同調した。

「いいか」シドニーがいった。「本物とは何だ？　その情報はシステムに入ってる。法にかなってる。警察に車を停められて、調べられたとしても、非はない。そこまでの免許証をふつうのやつが買うとなれば、一万ドルかかる。だから、なくすなよ。警察の職質に備えて、書いてあることを読んで、覚えておけ」

「クワメ・ハリスか」ウォルターがいった。「なんだよ、イーストとおれは兄弟って設定になるのか？」

「食事のときはおまえが近くに座るわけだ」マイケル・ウィルソンがくすくすと笑った。

「いとこだ」シドニーがいった。「いとこってことだ。多少の付き合いはある。だが、そこまで親しくはない」

「これがおまえのだ、マイケル」ジョニーがいった。「今持ってる免許証を出せ。預かっといてやる」

「誰かにどこへ行くのかと訊かれた場合」シドニーがいった。「親族の集まりに行くと答えろ。場所を聞かれたら、ウィスコンシン州のミルウォーキーだといえ。ミルウォーキーのどこかと聞かれたら、わからんといえ。三つの質問だけだ」

ジョニーがいった。「三つの質問以外は受けるな」

「アメリカのどこへ行っても、おれたちは嘘つきのクソ野郎ってことだな」マイケル・ウィルソンがいった。

「呑み込みはじめたようだな」シドニーが分厚い札束を出すと、少年たちのあいだに漂う空気が止まり、生暖かくなった。シドニーが左手に持った二十ドル札を右手に移していくさまを、すべての目が追った。

「三百だ」シドニーがウォルターにいった。「三百だ」次にイーストにいった。ふたりにふたつの束を渡した。残りのもっと厚い束は、マイケル・ウィルソンの手に渡った。

「待ってくれよ」ウォルターがいった。「五日も家を空けて、人を殺すってのに、もらえるのは三百ドルだけなのか？」

ジョニーが口を挟んだ。「おい、こいつは報酬じゃねえぞ」

「経費だ」シドニーが声を荒らげた。「ものを買うときは現金で払え。クレジット・カードはない。ガソリン・カードもない。わかったか？　モーテルにも泊まるな。サービスエリアとか、マクドナルドに入ったら、そこで顔や体を洗え。時間を無駄にするな。立ち寄った場所がわかるような記録を残すな。おまえには、そこのところを理解してもらわないとな」

「ウォルター、おまえはすこぶる頭がいい」ジョニーがいった。「だが、この手を考え出したのはおまえより頭のいい人たちだ。だから、頼むから黙ってろ」

ウォルターがうなずき、生唾を呑み込んだ。

「マイケル・ウィルソン、おまえには千ドル持たせる。問題が起きたら、おまえが何とかしろ。このカネは服を買ったり、楽しんだりするためじゃない。このカネはおまえのものじゃない。いちばん歳を食ってるやつが持つ。だから、そいつが問題を解決する」

「わかった」マイケル・ウィルソンがいい、思わせぶりにほかのふたりの少年たちを見回しながら、カネをしまった。

「それで、あれが今日から乗る車だ。あそこのやつだ」ジョニーがいった。

少年たちはジョニーの視線をたどり、路地に目を向けた。ジョニーの視線の先には青いミニバンがあった。

「は?」マイケル・ウィルソンがいった。

「説明してやる」ジョニーがいった。

「何を? 目に付いたなかでいちばんみすぼらしいやつにしたんだろ?」

ジョニーがマイケル・ウィルソンの胸ぐらをつかみ、そのまま拳を突き上げた。「これは、仕事用の車だ、ガキども。おれからのプレゼントだ」ジョニーが声を殺してすごみを利かせた。「信頼性が高い。目立たない。改造済み。新品の六気筒、三・八リッター。新品のトランスミッション。新品のサスペンション。新品のタイヤ、ブレーキ、バッテリー。新車には見えないが、走りは新品だ。中で眠れる。最も重要なのは、おまえらが何も知らないギャングのガキに見えないという点だ。実際、そうであってもな。ウィスコンシン・ナンバー。この車に乗ってれば、親族の集まりに向かう四人のマザコン坊ちゃんにしか見えねえ。そう見せたいわけだ。〝おまわりさん、お願いだからチケットを切らないで〟ってな」ジョニーが後部ハッチをあけた。三ケースのミネラルウォーターが最後部のシートに載っていた。「こいつは気に入らねえだろ。持ち帰らないかもな。だが、この仕事にはこの車がいちばんだ」

「さて、ようやくクソガキが来たようだ」シドニーがいい、顔を上げた。

イーストの弟だった。よろよろ歩き、にやついている。背は低く、イーストよりふたつ年下だ。肌の色も薄く、もう髪がうすくなりはじめている。だが、鋭利な落ち着きがある。すでに何かがその胸に刻まれている。タイは気にしない。愛情も信頼も求めない。肝が太く、恐れず、これまで見てきたことやしてきたことに縛られたりしない。

「化け物だな、少林寺三十六房《チェンバー》から抜け出してきたみてえだ」ジョニーがいった。そしてタイと手を合わせた。

「タイ」シドニーが探るような声色でいった。

ふたりの少年がじっと見ている。タイはふたりに目もくれない。イーストにも、まったく目を向けない。ジョニーの黒い車のバンパーに腰掛け、さらりと銃を抜き、青いTシャツのポケットにばらで入れていた銃弾を箱形弾倉《クリップ》に装塡した。

「このガキ」ジョニーが笑い声をあげた。

タイが装塡を終え、銃を腰のバンドに挟んだ。バンパーから腰を上げると、銃身が陰茎のようにまっすぐ浮き出た。

「それで思い出したが」シドニーがいった。「そいつを預けてもらう。電話。銃。身に付けている身分証のたぐい。今ここで渡せ」

「知るかよ」タイが鼻を鳴らした。

「何だろうとな」シドニーがひるまずにいった。「武器。ナイフや棍棒も。時計以外のデジタル機器も。ボトル入りのものを持ってるなら、それもな。携帯していて、白人どもの街の保安官に見つけられたら困るものぜんぶだ。今ここで預けてもらう」

今いわれたうち、イーストは携帯電話しか持ってこなかったが、ほかの三人はみな何かしら持ってきた。マイケル・ウィルソンはポーチと書類を差し出した。ウォルターはナイフ――ストリート・ファイト用の朝鮮タイプのナイフ。軽そうで、今にも飛び出してきそうな形を見るだけで、腹の中がひやりとする。

シドニーが手招きした。「イースト？　ほかにもっとあるだろう？」

「ないよ」

「無理やり出させるな」

イーストは不満げに鼻から息を出した。「何も持っていくなと、フィンにいわれた」

「わかった」ジョニーがいい、シドニーと目を合わせた。タイには何も訊かず、ただ近寄っていった。両手をつかまれると、タイは身をよじり、悪態をついた。ジョニーがタイを押さえつけ、シドニーがタイの体をポンポンと叩いていった。ズボンに挟んであったさっきの銃を取り上げただけだった。シドニーがその銃を確かめた。

「おい、何すんだよ」タイがいい、

「〝受付〟に武器を預けてくれて、ありがとよ」ジョニーがいい、銃を受け取った。

「ちゃんと持っておくんだろうな」

「もう持ってるじゃないか」

「むちゃくちゃだぜ」タイがこれ見よがしに鼻息を立て、服の皺を伸ばした。「人を撃ってこいってんのに、銃も持たせないとはな」

イーストは弟をじっと見ていた。怒っているのに心地よさそうだ。まだ幼くて未熟だが、前のめりで、喜んで噛み付く。どうやらタイもこの仕事の中身《や》を知っていたようだ。ただ、どういう段取りでやるのかはいわれてない――どこで誰を殺るかだけらしい。

「目的地の近くまで行ったら、銃を調達する」シドニーがいった。「それまでは、身ぎれいでいてもらう。天使でいてもらう」むき出しの前腕で口をぬぐった――刺青《いれずみ》が濡れてぎらついている。「あっちも似たような状況だと思うか？　だが、わからないぞ。おそらくちがう。あっちの警察はおまえらに気を使ったりしない。あっちはあっちの連中の国だ。チビの黒人は大好物だ。ボディーチェックして牢屋へぶち込むだけだ。牢屋に行けば、仕事は手付かずで残る。仕事が残りゃ、フィンは手を引く」そこで、急に筋肉をこわばらせて、マイケル・ウィルソンに突進し、バンの横に突き飛ばした。イーストは驚いて顔を上げた。

「聞いてるのか、にやにや野郎？」シドニーが吐き捨てた。歯を剝き、丸のみで彫るかのように、額をマイケルの顎に近づけた。

「シドニー、おい。わかったよ」イーストはいった。まず大将を脅すという手か、と思った。全体の流れをつくるわけだ。

シドニーは度を超えてぴりぴりしていた。「これは仕事だ。おれたちのいうとおりにやれ。それで、何かいいたいことはあるか？」

「いや」マイケル・ウィルソンがいい、サングラスをつかんだ。

「ほかのやつは？」

「ない」イーストはいった。「いつでも行ける」

ジョニーが腕の黒い縞柄をぴくぴくと動かした。「わかるだろ、今日のおれたちは上品に対応してやってる。教育のためにと思ってな。ただし、絶対にいわれたとおりにやれ」

「わかった」イーストはまたいった。〝こらえろ〟と自分にいい聞かせた。少し時間が過ぎたが、六人は警戒し、帽子もかぶらず太陽の下にいる。

「よし」シドニーが口をぬぐい、ようやく少し落ち着いた。「アイオワに入ったら、地図を見ろ。道順を訊け。この番号に電話しろ」ロード・マップをひらいて、アイオワ州の地図を出した。ピンク色のテレホンセックス業者のビラが、州の東半分に貼ってあった。

「この番号にか？」マイケル・ウィルソンがいった。

「その番号だ。交換手が用件を訊いてきたら、〝エイブラハム・リンカーンと話したい〟と伝えろ」

「何だって?」真っ先にマイケル・ウィルソンが噴き出した。

シドニーが苦々しい顔で待った。「好きなだけ笑え。だが、忘れるなよ」

「エイブラハム・リンカーンはこういう。〝まあ、マイケル。あたし、体が火照ってしかたがないの〟」

イーストまで、腹を抱えて笑った。

顎を拳のように固めて、シドニーが待っていた。「ちゃんと電話しろ」やがて、そういった。「そのあとで銃を取りに行け」

「支払い済みだ。おれたちが選んだ銃だ」ジョニーがいった。「それを使って、あとで捨てろ」

「売り手は白人だ。なめられるな」

バンはどうか。イーストはひとり離れて、どんな具合か見にいった。車体は薄汚れている——何カ所か凹みや引っかき傷が放置され、ハブは汚れ、ワックスは何年もかけていない。インテリアもすり切れている。だが、タイヤは真新しく、トレッドがまだくっきり残っている。ウインドウもきれいだ。たしかに目立つことはなさそうだ。

イーストは頭の中で整理していた。車で行く。銃を調達する。仕事。声に出さずにたどり、どこに問題が転がっているか考えようとした。だが、何も見えてこない。問題があるとすれば、ここにいる少年たちだろう。人を殺す? 二千マイルもこの醜いバンに乗るんだから、仲間内で――この三人の少年たちが――殺し合わないようにするのが先決だ。おれが指名されたのは、そのためだろう。無事に戻ってくるには、その役目を果たさないといけない。

持ち物を取られ、代わりに新しい名前と二十ドル札でぱんぱんの財布を持たされて、四人はジョニーのあとについて大通りに出て、スポーツ用品店に行った。

ずらり並んだ蛍光灯から、ウェアの上に吐き気を催す真っ白な白色光が浴びせられている。

「ドジャースの帽子。ドジャースのシャツ。一組ずつ選べ」シドニーが繰り返していた。

ウォルターが3XLのラックのあいだに巨体をねじ込んだ。

「ドジャースなんてオカマだ」タイがいった。

「おれだってそう思っている」ジョニーが溜息を漏らした。「だが、しかたないだろ？　白人は野球が大好きなんだから。ドジャースが大好きなんだからよ」

「白人が好きだからって、おれには関係ない」

「なあ」ジョニーがいった。「世界は白人で成り立ってるんだ。黙ってぴったりの帽子を選びな」

生地をぱりっとさせる化学薬品のにおいが、どの服からも漂っていた。少年たちの手がぴかぴかの新品をかき分けている。イーストはふらりとあとずさり、においがしないセール品のラックにたどり着き、ドジャースのロゴがついたごくふつうのグレーのTシャツを二枚、手に取った。マイケル・ウィルソンがレジでぜんぶの代金を現金で支払った。

「今日はお買い上げいただき、ありがとうございます」髪を三つ編みにした若い女の店員が元気よく声をかけた。「がんばれ、ドジャース！」

「どういたしまして」マイケル・ウィルソンがサングラスをずり下げていった。「さて、行《ヴ》こうぜ《アモウス》、みんな」

ジョニーがレシートをつかみ取り、くしゃくしゃに丸めたあと、細かくちぎった。

店を出ると、ロサンゼルスの木々の花や実、腐りかけた小さなものが発する、じっとり湿った朝のにおいが漂っていた。

「問題はあるか？　質問は？」シドニーがいった。「最後の要望は？」

イーストは肩をすくめた。マイケル・ウィルソンが店から持ってきた白い袋に目を落とした。

「ないと思う」ウォルターがいった。

「なら、出発しろ」シドニーがいった。もうジョニーの車のドアに手を伸ばしていた。一刻も早くこの場を去りたいみたいに。

マイケル・ウィルソンがキーを持っていた。イーストもスペアを持った。マイケル・ウィルソンが運転席側のドアに回った。イーストはウォルターを前のシートに導いた。右側のスライド・ドアに手をかけ、勢いよくあけた。

車内の暗がりに、フィンがひとり、座っていた。真ん中の列のシートに座り、ヘッドレストの下で頭を垂れ、ニシキヘビのように腕で肩を抱いている。

「乗れ」フィンがいった。

少年たちは互いに顔を見やり、バンに乗った——マイケル・ウィルソンとウォルターが前部席に、タイは最後部に乗った。イーストはそのあいだの列のフィンの隣に座った。

「おまえたち、車のロックの仕方はわかってるのか？」

「ああ」ウォルターがいった。「でも、まだ出発もしてなかったから」

「だが、キーは持ってるはずだ。ドアをロックしろ。でないと、戻ってきたとき、おれのようなやつが座ってるぞ。わかったか？」

四人とも、わかったとうなずいた。

フィンの声は野太いが、顔は張りつめ、不機嫌そうだった。「できるものなら」フィンがいった。「自分でやる。だが、おまえたちを信じるしかない。仕事はわかっているな？」

四人はうなずいた。

「マイケル・ウィルソン、この三人で大丈夫か？」

マイケル・ウィルソンが声を絞り出した。震えないようにしている。「ああ」

「できないやつがいれば、今すぐ立ち去れ」

四人は黙って待った。畏れ多い気持ちとじれったい気持ちが交じり合っていた。

バンの真ん中の列で、黒いものがきらめいた。フィンが重厚な拳銃を抜き、撃鉄を起こし、銃口をイーストのこめかみに押し付けた。冷たい金属の先がイーストの皮膚を引っかいた。

「知ってのとおり、イーストはおれと血がつながっている。これから、おまえたち全員をおれの血として送り出す」

イーストは感情を交えずにフィンを見つめていた。そう訓練してきた。死なんか気にしないかのように。

「うまくいくか？」フィンがいった。

「うまくいく」マイケル・ウィルソンが答えた。

ウォルターも、目を見ひらいたままうなずいた。

「おまえたちに頼むしかない」フィンがいった。「頼るのは好きじゃない」そういうと、銃をゆっくり離し、どこかにしまった。「マイケル・ウィルソン、おまえがほかの者たちを引っ張れ。いちばん年上だからな。イーストとウォルター、ふたりでマイケル・ウィルソンをチェックしろ。羽目を外さないようにな。それから、タイ、おまえは仕事を確実にやり遂げろ」

フィンがサイドドアをあけた。

「質問は？」

四人の少年は首を振った。

フィンがさらりと、そっと地面に降りた。「誰にも気を許すな」

マイケル・ウィルソンがエンジンをかけた。四人はフィンが商品積み下ろし場に沿って歩き去るのを見ていた。よくいる大柄で動きの遅い男が、太陽の光を浴びているようにしか見えない。

第二部　バン

4

天井の小さなコンパスが〝E（東）〟の文字を浮かび上がらせていた。イーストは一度だけ、うしろを振り返った。見覚えのあるものは、ぜんぶ過ぎ去った。ザ・ボクシズ。彼のギャング。母親。あばたが残り、人気《ひとけ》がなくなった〝家〟。こじあけられた窓と、立てないくらい狭いねぐら。フィンと、こめかみに押し当てられた銃。残されたのは三人の少年たち、このバン。それだけ。

うしろで弟が寝ころんでいる。携帯ゲーム機が親指の動きに合わせて甲高い音を上げている。よそごとのように。タイに会ったのはいつ以来か、思い出そうとした。この前の夏だったか。少なくとも二カ月前だ。どこでどうやって暮らしてるのかも知らない。訊いたところで教えてはもらえない。タイと話をしても、話をする前よりわからなくなるのがオチだ。何ひとつ教えず、何も楽しまないことに喜びを感じるやつだ。赤ん坊のとき、飢え死にしそうに見えるほど痩せっぽちだった。食べないし、遊ばない——〝発育障害〟だと慈善活動で回ってきた医者がいっていた。頭がいいのに学校は嫌い、足が速いのに走るのも嫌い。赤ん坊のときは泣かず、人にものを訊くこともなかった。好きなものは銃だけ。

まだイーストに声もかけていない。兄だというのに。イーストの存在さえ気に留めていない。こっちから〝氷〟を打ち破るつもりもない。イーストは額を触った。目立たない擦り傷がある。銃にキスされた痕には、〝大事な仕事だ〟と刻まれている。横の弧を描いたスモークガラスから外に目を向けた。車がのろのろと流れ、街並みが変わっていく。街がスクロールされていく。イーストは十五歳だが、ロサンゼルスから出たことはなかった。

真ん中の列のシートにいると、まわりの様子が見渡せる——街並みも、車内の少年たちの様子もわかる。マイケル・ウィルソンが頭を揺り動かしながら、運転し、延々と話し続けている。誰彼かまわず、ときには自分自身に向かってずっとよどみなく話し続けている。音楽を奏でるというか、そうやって息をしているというか。サングラスを頭に載せ、頭を左右に振ると、白目もそれに合わせて揺れる。せわしない、とイーストは思った。やたら激しい動き。ウォルターは頭を垂れていて、ますます毛がもじゃもじゃに見える。巨体がシートからずり落ちて、ドア側に寄りかかっていた。太ったやつ、頭のいいやつ、何かに秀でたやつなら、ほかにも知っている。だが、そういう連中は庭では使えない。外での立ち仕事は無理だ。ただ、ウォルターはマイケル・ウィルソンとうまくやっている。冗談にくすくすと笑ったり、「あんたが花屋のバンみたいなやつを運転するとは思わなかったよ」などと突っ込んだりした。

マイケル・ウィルソンがハンドルから両手を離した。「花のにおいはしねえな」

イーストはバンに不満はなかった。シート、真ん中からの眺め、くすんだ色のウインドウも好きだ。マットは青。シートも青だ。天井は褪せて灰色がかった青い布張りで、毛羽に小さな毛玉がついている。イーストが座っているところから手を伸ばせば、スモークガラスのウインドウがある。ウインドウは下げられない。留め金とヒンジで外にひらくだけ。それで充分だ。手を伸ばせば何にでも届く。

イーストは枕カバーをシートの下に押し込み、もともとウォルターのシートの背に掛けてあったナップサックの中身を見た。ペン、ノート。石鹸とタオル、歯ブラシと練り歯磨き。お母さんが入れてくれそうなものだ。シートの下には救急箱がある。ガーゼ、氷嚢《ひょうのう》、木片のような肌触りの薄くて赤い毛布。〝救助要請——救急車／警察〟の文字が片側に記してある。四組の薄手の黒いビニール手袋。

そのとき、デブのウォルターが咳払いをして振り向いた。イーストに目を向けていった。

「なあ、フィンに銃口を向けられてたとき、何を考えてた?」

「何を考えてたかって?」イーストは不満げにいい、ウインドウの外を見た。「何も」この二十四時間で、突きつけられた銃を見たのはあれが二度目だ、とはいわなかった。

「おれなら緊張するだろうな」ウォルターがいった。まだイーストを見ている。イーストがようやく顔を向けると、ウォルターは軽くうなずいて前を向いた。

「なあ《ニガー》、血がつながってるわりに、フィンはおまえがそこまで気に入ってないんだな」マイケル・ウィルソンがいった。

「フィンは〝ニガー〟というなといっていた」イーストはきっぱりいった。

「なあ、そりゃ現実的じゃねえ」マイケル・ウィルソンがフロントガラスに向かったまま声を押し殺して笑い、音楽に合わせて、そして、頭の中の揺り木馬に合わせて頭を振っていた。

「あの人の前では従う。だが、現実を踏まえないとな」

ウォルターがいった。「マイケル。その言葉をなんとも思わないのか？」

「イーストが思ってるようなことは思わねえな」

イーストは肩をすくめた。大したことではない。ただのルールだ。みんな破る。だが、この旅はきっちり終えないとまずい。自分たちが規則だ。最後は荒っぽいことになる。だが、それはあとだ。タイの役目だ。

いつもの癖で、ほかの連中を凝視していた。ずっと口げんかしている。「I‐15号線に乗らないと」ウォルターがいっている。「605に入る前に、アルティージャ・フリーウェイに入るんだ」

「まともに発音してねえじゃねえか。アル・テッス・ヤだぜ」

「ここに書いてある。アル・ティー・ジャって」

「行ったことあるのか、おい？　昔そのあたりに女がいて、その女がアル・テッス・ヤっていってたんだ」

「おまえの女はスラム街の片隅にしかいないじゃないか」ウォルターがいった。「黙ってこのクソ道路から出ろよ」

「なら、何か音楽をかけろよ、ウォルター」マイケル・ウィルソンが命令した。

ウォルターが、しばらく出っ張った腹に覆いかぶさるような格好で手を伸ばし、ラジオをいじっていた。うんともすんともいわない。

「つかない」

「天才をひとりメンバーに呼んだと聞いてたが」マイケル・ウィルソンが嘆いた。「ラジオのスイッチさえ入れられないとはな」

「つかないんだよ」

タイのゲームが勝ち誇っているように電子音を鳴らした。しばらく画面が両手を真っ白く光らせていた。

「そこで何を考えてるんだ、イースト？」マイケル・ウィルソンがいい、首をいくらか反らした。

「あいつはあまり話をしないんだ」ウォルターがいった。「弟もだけど」

「ああ、そうだな」マイケル・ウィルソンが信号で停車した。「おまえのことが嫌いなんだよ」

ウォルターがくすくす笑った。「いい、あんたのことが嫌いなんだろ」

イーストは口を閉じていた。今度はおれをからかうつもりなんだろう。こういうときは聞くだけだ。やり過ごして、終わったら話に入る。それまで関わらない。でないと、まともに話もできない。

このバンで眠れるとはとても思えない。

「アルティージャ・フリーウェイに乗る前に、おれたち、少し食料を買っておいたほうがいいかもな」ウォルターが提案した。

「へえ、〝おれたち〟なのか」マイケル・ウィルソンがいい返した。「投票で決めたわけでもあるまいし」

ウォルターも聞き流した、とイーストは思った。デブと呼びかけても、ウォルターの耳には届かない。聞き慣れている。「うまそうなチキンの店が右側にあるぞ。どっちがいい？両方あるけど」

「両方、何があるって？」

「両方の種類さ。黒毛鶏とスパニッシュだ」

「おまえが黒毛鶏を食って太ったんなら、おれはスパニッシュにするよ」

うるさいドライブスルー・レーンが、垣根と小さな建物のあいだに挟まれてうねっている。スピーカーが消防車のサイレンのようにがなり立てていた。マイケル・ウィルソンが代金を支払い、キングサイズのドリンクとバケットを受け取った。ウォルターがでかいドリンクをうしろに回した。VIP会員用カップだ——次に来ることがあれば、お代わりできる。ナプキン。山のようなナプキン。

四人はのろのろとアルティージャ・フリーウェイに入った。

タイが脛《ドラムスティック》肉を食べ終え、指をナプキンに包み込んで折り曲げるようにして汚れを拭いてから、ゲーム機を手に取った。まだ食が細い。ほとんど動かないときもある。異常だ。

前方で何かが起こっていることを告げる黄色信号の横を、そろそろと通り過ぎた。バンをよけてゆっくり通っている、反対車線の車に乗っている人々をのぞいた。右のアキュラには白人の男が乗っていて、ハンドルの上に電話が固定されている。ピックアップの運転台には、ラテン系の子供たちの不機嫌で眠そうな顔が並んでいる。ウォルターは三つ目のチキンを取り出した。「LAから出ないうちにクリスマスになっちまう」ウォルターがもごもごといった。

イーストは前方の茶色い山に目を向け、この先、道はどうなっているのかと思った。なるべく見ないようにした。だが、性に合わない。見張りのキャリア——数年とはいえ、ザ・ボクシズではキャリアといえる——のおかげで、今のイーストがある。何日も見張ってきた。騒ぎが起きないように目を配ってきた。騒ぎが起きる気配がわかることもある。ふたつの目で見て、Uが何をするつもりなのか、近隣住民が恐れていることをしようとしているのかがわかる。

この見張りでぴりぴりすることもあった。見張りは果てなく続く。いつも次がある。次の流れが、次の目がある。一日がだんだんきつくなり、自分自身の感覚もひりつき、仕事が終わるころには、黒い弦をつまびいたような震動音が世界に満ちている。どんなものにも、まったく近寄りたくなくなる。

夜はその弦の音をそぐだけのために、段ボール箱の中で寝た。うまくいけば、目も、耳も利かなくなる。夜、箱の中であえぎあえぎ目が覚めたこともある。

車がぽつりぽつりと道路に合流していた。渋滞の原因となっている場所にさしかかった。ばかでかい茶色のポンティアックが右車線に横たわっている。大破した姿をこれ見よがしに曝している。ふたりの女が、色を抜いた髪をきらきら振り乱し、パレードの花形のようにレッカー車を待っている。後部に浅く腰掛け、ローションを塗っている。そこを通り過ぎると、スピードが上がった。


エアコンのせいで死にそうだった。イーストは体重五十キロ前後だ。救急箱を漁って、薄っぺらな赤い毛布にくるまった。前部シートに座っているふたりが笑った。

通りを走る車がまばらになり、山道を登っていくにつれ、前にそびえる山々が暗くなり、濃密な茶色が少しずつ紫色と灰色へと変わっていく。生まれてからずっと、山といえば、空の根元のギザギザしたところでしかなかった。山にこれほど近づいたことも、山に入ったこともない。山々がこんなふうに変わっていくさまを見たこともない。背の低い植物や岩が散らばる頂と、別の頂との何もない空間。

目を離せない——斜面や頂上や谷間がゆっくりと姿を見せるさまから。新規のUみたいだ。ゆっくり近づき、〝家〟と見張りの少年たちに目を向ける。そのまま立ち去るかもしれないし、あたりをうろつくかもしれない。様子見だけにするか、中に入る決意を固めるのか。遅かれ早かれ入る。入るのか帰るのか、日を改めるのか、さっさと決めてくれないものかとイーストは思う。決めてくれたら、目をつけなくてもよくなるから。そんなときと同じように、マイケル・ウィルソンがもっとスピードを出してくれないものかと思っていた。午後のうちに山道に入っていくパスファインダー、ブロンコ、スバルをぶっちぎってくれないものか。早く山奥に入りたかった。そして早く抜け出したかった。

光が車内に満ちあふれ、少年たちのまわりで揺れていた。

山の紫色と茶色の精細な模様が浮かび上がり、移ろい、鞭《むち》のように飛び去っていく。万物が砕けた断片となって。ついにバンが、山肌の全面が赤く色づいた峡谷を抜けた。白い雲が上から吹きつける風で広がっている。

山火事にも似たこの景色を目にしても、少年たちは何もいわなかった。イーストは息も忘れて見入っていた。やがて、その光景も過ぎ去った。

緑色の標識がぱっと目に入った。ケイジョン・ジャンクション。ヘスペリア。ビクタービル。広い谷間に無数の窓が穿たれ、車が行き来し、通りは人ごみであふれている。イーストの目がその人々を探り、記憶に留める。止められない。

瞼《まぶた》を閉じ、目を休めると、いつもと同じように、誰かに、あるいは何かに見られていたような気がする。

「寝たけりゃ寝ていいぞ、イースト。おれが運転してるからよ」マイケル・ウィルソンが声を落としていった。「デブはもう寝ちまってる」

「わかった」イーストは小声でいった。ウォルターが胸の肉棚に突っ伏している。うしろでは、タイのビデオゲームが楽しげなファンファーレを鳴らした。レベル・アップ。

午後の暗がりのなか、ガソリンスタンドに立ち寄った。

敷地は平らに均《なら》されている――山々とフェンス、雑木林と崖《アロヨ》に囲まれている。ただ、ほとんど何もない。ときどき、いつの間にか視界がぼやけた。バスのウインドウに映る影のように、何マイルにもわたって景色が次々と脳裏をよぎった。いつも午後は七時間ぐらい寝て、〝家〟に向かう少し前に起きる。ゆうべも睡眠時間はいつもどおりだったが、眠りは浅かった。頭が干からびて、唇はごわついていた。太陽が山々のはるか彼方、雲の棚のうしろに浮いていた。

「今どこだ?」ウォルターがしきりにまばたきしながら、いった。

「ここは砂漠だぜ」マイケル・ウィルソンが高らかにいった。

揺らめく熱波。暮れゆく太陽が送り込んでいるわけではないが、下の舗装面が白くぎらついている。イーストは路面を素早く渡った。

外のトイレに鍵がかかっていたので、裏手にある二台の日ざらしの車のあいだで用を足した。まわりの地面から、何かがひび割れる音がする。細かくて乾いたものが風に揺られてぶつかるような音だ。月のかけらが昇っている。白い半月。

ガソリンスタンドの中に入る。いろいろなオイル、女性誌。アイスクリーム用冷凍庫と飲み物用冷蔵庫が一台ずつ。ガソリン代を支払うカウンターの横に、グリルがある。

「何かつくる？」女がいった。白人、日焼けで肌が剝けている。

ここには必要なものはひとつもない。イーストは表に出た。マイケル・ウィルソンがスクイージーでフロントガラスを拭いていた。

「おい、外で小便したのか？」

イーストは目を落とした。「ああ。外でやった」

年上の少年が笑った。「もう田舎《カントリー》くさくなってやがる」

イーストは答えなかった。ジョーク。ちょっとした笑い。マイケル・ウィルソンが本領を発揮している。役割を果たそうとしているのがわかった。リーダーとして軽い話を振っている。イーストはふらりとバンの前を通り、巨岩が散らばるアスファルトの駐車場に立ち、まだ建物が建っていない土地を見まわした。遠くで何かが動いた。亡霊か、回転草か。回転草は一度、アニメで見たことがある。それに似ている。漫画の土地の漫画みたいな回転草、山と巨岩、どれも名前はない。現実味がない。

「バンに戻れ、田舎野郎《カントリー》」マイケル・ウィルソンが声をかけた。「食い物を探しにいくぞ」

そして、イーストはバンに引き返した。くすんだ青の車体だ。空と同じ。

5

一度だけ、マイケル・ウィルソンがタイに話を振った。カリフォルニアのはずれから出ようとしているところだった。ネバダに入っていたのかもしれない。大地は暗く、ときどき藪に覆われた低い山がヘッドライトに照らし出されていた。マイケル・ウィルソンがハンドルから顔を背けてうしろを向いた。

「そこで何してるんだ、ガキ？　まだエイリアンと戦ってるのか？」

わざと長い間を空けてから、気のない声が帰ってきた。震える声は、幼い少女のものといってもおかしくない。「おれに訊いてるのか？」

「ああ」このときばかりは、マイケル・ウィルソンも笑わなかった。

「車に乗ってるのにうんざりしてるところさ」タイがいった。「でたらめにもうんざりだ。なんで飛行機じゃだめなんだよ？」そういうと、またゲームのスイッチをつけ、会話終了とばかりに派手な音楽が鳴った。

これでウォルターのスイッチが入った。「おいおい、マジで言ってんのか？　あり得ねえ。やべえって」

マイケル・ウィルソンがいった。「おれたちは目立っちゃいけないんだ、ガキ。航空券を買うには、クレジット・カードを使わないといけない。買うにもID、乗るにもIDが要る。IDが本物じゃなくても関係ない。いずれ追跡される」

流れが急に変わった、とイーストは思った。おまえらだって、一時間前までぼやいていたくせに。

「やばいって」ウォルターがいった。「どこで降りるか、どこから乗るか、ばれてしまう」

「事件だって？　四人の黒人のガキが男を撃ち殺しちまったってか？　男は来週LAで証言するやつだって？　おい、その四人の黒人のガキはLAから飛行機で来たみたいだぜ」

「いつ飛行機で戻るんだろうな」

「防犯カメラの映像から手配写真をつくろうぜ」

「SWATチームを呼ぼう」

マイケル・ウィルソンが笑った。「空飛ぶ黒人探索システム稼働ってか」

この一連のやり取りに、タイが嚙み付いた。「だからどうした？」

マイケル・ウィルソンとウォルターが顔を見合わせ、笑いをこらえていた。

「ファック」タイがいった。「おまえらふたりとも」

イーストは赤い毛布にくるまり、手を組んでいた。毛布をしっかり体の前で閉じていた。やっぱりこうなるか。前部シートのにやつき顔がタイにちょっかいを出す。何日も。

「まあ、飛行機を使ってもいい」ウォルターがいった。「ただし、お尋ね者になるがな。こうやって移動すれば、こっそり行って、こっそり戻ってこられる。愛人の新しい女を殺そうとした女宇宙飛行士（米海軍軍人、元宇宙飛行士リサ・ノワック）の話は覚えてるか？　テキサスからフロリダまでずっと車で行ってやり遂げたって話だろ？　うしろにガソリン・タンクを積んで、一度も止まらなかった。防犯カメラに映らないように、おむつまでしてたらしい」

「〝女宇宙飛行士の話は覚えてるか？〟ってか」タイがせせら笑い、うしろのシートで、手負いの老犬のようにぶつぶつ独り言をいった。またタイの親指がゲームのボタンを操りはじめた。マイケル・ウィルソンがタイに話を振ったのは、それきりだった。

四人は起きていたが、空気は凪いでいた。やがて、マイケル・ウィルソンが口をひらいた。

「ちょっとラスベガスに行ってみたくないか？　見物でもしようぜ」ダッシュボードのライトで、マイケル・ウィルソンの頬の輪郭が月に似た弧を描いて見える。

「行かない」イーストはいった。

「先を急ごう」ウォルターがいった。

だが、そのとき砂漠のうつろな闇に穴があき、色とりどりの光が雲の下を映し出した。少年たちは夢中で前方に目を凝らした。

明るくなる街の灯に向かって、バンはするりと走っていった。ぼうっとオレンジ色に光る煙草の火のようだ——揺らめき、きらめき、大きくなる光。その光から、ライトアップされた広大な森のように、数々のビルが浮き出てきた。さまざまな形の乗り物が、漏れた光を受けて、また路上に姿を現わした。車がその光をさっとよぎっている。四人とも見つめている。タイまで。

「なあ。どっちみち燃料補給しなくちゃいけないぜ」マイケル・ウィルソンがいうと、〝ああ、だよな〟といって、三人とも同意した。

あふれる光。交差し、集中し、余すところなく影を消している。ランプを出るとすぐに、ピラミッドが現われた。壮大な白いピラミッド。先がとがっていて、スポットライトを浴びている。あらゆるものが飾り立てられている。駐車場にまで妖精がいたり、魔神《ジーニー》がいたりする。

「悪徳の街だぜ、おまえら《ニガーズ》」片手でハンドルをさばきながら、マイケル・ウィルソンが気だるい口調を装っていった。

ウォルターとふたり、ウインドウから首を出し、物欲しそうな目を向け、たまに奇声を発している。夜、砂漠の風。イーストは通り過ぎるビルの名前を口に出した。MGM。アラジン。ベラージオ。フラミンゴ。トレジャー・アイランド。スターダスト。リビエラ。

「ディズニーランドそっくりだな」マイケル・ウィルソンが付け加えた。

夫婦。女ふたり連れ、三人連れ。大人数の男のグループ。お土産や袋を持った家族連れ。影を四方八方に従えて、あてもなく歩き回っている。ザ・ボクシズでは、誰もそんなふうに歩いたりしない。

「〝通りでいちばん勝てる〟」マイケル・ウィルソンが看板を読み、うなった。

「でも、どの看板にもそう書いてある」ウォルターが答えた。

マイケル・ウィルソンが急に上体を起こし、バンを駐車場に入れた。ガソリンスタンドなどないのはイーストにもわかっていたが、低い位置についているまばゆいライトが背の高いバスやキャンピングカーに跳ね返るなか、マイケル・ウィルソンがバックで入場しようとするときも、黙って見ていた。視線を上げると、列柱に支えられた駐車場の屋根が、揺らめくネオンライトを受けて輝いていた。

「マイケル」イーストが慌てていった。マイケル・ウィルソンはそっちを目指していた。

「ああ」マイケル・ウィルソンがいった。「ガソリンを入れるだけなんだよな？」

屋根の下に入ると、出入り口のすぐ手前に黄線で描かれた四角があった。そこに停まっていた車が、ちょうど移動するところだった。マイケル・ウィルソンがそこにバンを入れ、駐めた。うるんだ瞳でライトが躍っている。

「おまえらも見にいくか？」

「当然」ウォルターがいい、いそいそと車から降りた。

「おい」イーストは食い下がった。

「心配すんなよ、E」マイケル・ウィルソンがいった。「堅実なのはわかるが、おまえら下々の外見張りはしょっちゅうベガスに来ることもないんだ。見とけって。一分もいねえんだから」

シルバーのカクテルドレスとハイヒールというでたちの背の高いご婦人が、体をぴかぴかさせて、ふらりと歩いてきた。すると、今度はタイが無言のままさっとバンから降りた。

イーストは手を伸ばしたが間に合わず、弟はもうスライド・ドアから外に出ていた。〝クソ〟。

これがマイケル・ウィルソンのやり方のようだ。行き当たりばったりと気まぐれな約束。左手には、柱と鉢植えのヤシの木が一列に並んでいる。ライトがあらゆるものを照らしている。その光がイーストをいらだたせ、どぎまぎさせた。右側では、やせっぽちのタイが駐車場をぶらりと歩き、ずらりと並んだ金色のドアの前を通り過ぎていった。イーストはむっつり顔で赤い毛布を握りしめた。

「来いよ、イージー。大丈夫だって」マイケル・ウィルソンがあやすような声でいった。「怖いなら、あとであのデブに絵本を読んでもらえばいい」

黒い絨毯は底なしのようだ。模様のついたネオンがどこまでも渦を巻いている。上り階段、下りスロープ、頭上に天井はなく、一千台のマシンの明滅する光と、絶え間なく鳴り響く音しかない。騒々しい音がますますひどくなっていく。イーストはテレビでカジノを見たことがある――それでも、こうなっているとはまったくわからなかった。工場や街にも似て、チリンチリンと現実とは思えないベルの音、黙らない音が、やはり現実とは思えない距離から響いてくる。何も指示しない、意味のないベルの音が、その場の雰囲気を醸し出しているだけ。何でもかんでも、がちゃがちゃと音を出している。

輝く箱が何列も並び、その箱ひとつひとつの前に人がいて、恍惚の顔が光を浴びている。

〝十八歳未満入店禁止！〟の警告が柱に貼ってある。だが、誰も追いかけてこない。ドアマン、耳に通信機器を着けてしきりにうなずいている警備員、モノグラム柄のグラスに入った飲み物を運ぶウエイトレス、酸素ボンベつきの車椅子に乗った年輩の客を押すたくましいメキシコ系の女性、誰もあとをつけてこない。誰もタイを咎めない。誰も目をつけない。〝ここにいる連中はヤクで酔っぱらってるか〟とイーストは思った。〝気が触れているようにしか見えない〟。

イーストはシャツの皺を伸ばし、ほかの三人を追っていった。マイケル・ウィルソンが独り言をいっている。〝まあ、見てろ、手堅く勝ってやるよ〟。何か目当てがあるらしい。散らかった長い通路を抜けると、マシンの置いていないスペースに低い絨毯敷のステージがあった――三段の低い階段がついている。きれいに配置されたまばゆい緑のテーブルのまわりに、白人が着席している。マイケル・ウィルソンが階段を駆け登り、ほかの三人も追いかけた。

イーストは足が渋り、柱のところで立ち止まった。姿を見られずに、様子を見ようとした。人々の好奇の目を向けられながら、ウォルターとタイがマイケル・ウィルソンの肩口に寄り添い、緑色のフェルトをのぞくさまを、イーストは見ていた。

マイケル・ウィルソンが、背骨を強調するドレスを着たふたりの白人女性のあいだに割って入った。「おれも入れてくれ」マイケル・ウィルソンがいい、ひとつかみの二十ドル札を振りかざした。シドニーのカネだ、とイーストは思った。フィンのカネだ。

テーブルについている黒人は、ディーラーとマイケル・ウィルソンのふたりだけだった。ネクタイを音符形の銀のピンで留めた正装の長身だった。上品だ。「よう、ブラザー」マイケル・ウィルソンが、今度は面と向かってディーラーに声をかけた。「おれも入れてくれ」カネを振りかざすこの黒人大学生に、誰もが目を向けた。

ディーラーが口を結んだ。慇懃無礼な態度だ。「申し訳ありません。まずカードにチャージしてください。そのあとで、テーブルでチップを購入してください」

マイケル・ウィルソンがカネをさらに高く掲げた。それが答えだ。

「現金制のゲームではありません」

「へえ。そうなのかよ」訊いているのではない。挑んでいる。ほかの者たちは誰もしゃべらない。「わかったよ、ブラザー」マイケル・ウィルソンが低い声でいった。「ちょっと待ってな」そういって、テーブルを離れ、ウォルターとタイのあいだに入った。そのときの表情を、イーストはとらえた。屈辱。楽しげに振る舞っているが、その裏には怒りが充満している。

イーストもマイケル・ウィルソンと並び、すぐ横で歩いた。

「マイク。出よう。一分もいないといってたじゃないか。こんなところにいちゃだめだろ」

「十分だけだ、E」マイケル・ウィルソンがぼそりといい、人ごみを強引にかき分けて進んでいった。イーストはうしろにいるウォルターとタイに目を向けた。懸命に追いかけている。

マイケル・ウィルソンが、下からあふれてくる光の束のほうへ向きを変えた。音符形の光が次々と現われ、壁を上って暗がりに消えていく。マイケル・ウィルソンがサービス窓口を見つけた。刑務所を思わせる鉄格子が、ばかみたいにぴかぴかに磨かれたカウンターの上についている。誰も並んでいない。現実の窓口ではない。映画に出てくるような窓口だ。《オズの魔法使い》のような。

イーストが追いつくと、マイケル・ウィルソンが白い大理石のカウンターに手を置いた。左掌の下に二十ドル札の束を挟んでいる。「こんな暇はないのによ」イーストが文句をいった。

「お客様?」鉄格子のむこうから、声がした。

会計係は若い女ではないが、頬と目にきらきら光るグリッターをつけている。少年たちにひとりずつ目を向けた。マイケル・ウィルソン、イースト、それから、タイとウォルターが人をかき分けて来ると、そのふたりにも。

マイケル・ウィルソンが女の正面に立ち、会計係と同じようににっこり笑った。

「ポーカー・チップ、百ドル分ほしいんだけど」マイケル・ウィルソンがいった。

「お客様」会計係が校則を教えてやるみたいに顔を近づけた。「ご入店は十八歳以上になります」

マイケル・ウィルソンがにやりとする。「おれは二十歳だよ」

「ええ、ですが」レジ係がいった。腐らず、粘り強く。「そちらの方々はご同行者ですか? 身分証はお持ちでしょうか?」

イーストはマイケル・ウィルソンの目を見た。きらりと光る。その後、素早く笑みが戻った。「こいつら、ギャンブルはしないんだ」彼がいった。「え、なんだよ。見るのもだめなのか？　おれを見てもだめなのか？」マイケル・ウィルソンが笑った。「この子たちを車に置いてくるわけにもいかないだろう？」

会計係がマイケルの息がかからないようにあとずさった。腹を決めたらしい。マイケル・ウィルソンも察した。

先に口をひらいたのはウォルターだった。「マイク。出ようぜ。こんなところでトラブルはごめんだ」

イーストはカード・テーブルのほうでの動きに気付いた。ヘッドセットを着けた青いスーツの大男がこっちに迫っている。フットボール選手並みの体格の警備員だ。「おい、見ろ」イーストは声を上げた。

ようやくマイケル・ウィルソンの笑みが消えた。足取りが忙しくなり、三人の少年を外へと向かわせた。スツールからスツールへよろよろ、のんびり移動している客を押しのけて、やかましいマシンのあいだを素早く歩いていった。しかし、ドアはどこへ消えた？　タイがひとりで走り出し、偵察していた。イーストはどっちがどっちかさっぱりわからなかった。ウォルターが遅れていたので、イーストは少し待った。

「急げ、ほら」イーストは強い口調でいった。

「急いでるんだ。急いでるんだ」

なぜかきつくあたりたかった。ウォルターをいじめたかった。「おまえのせいだ」イーストはいった。「バンから真っ先に出たんだから」

「急いでんだよ、これでも」ウォルターがあえぎながらいった。

客たちが迫り来る少年たちに気付いて、ウォルターにぶつからないように脇にどいた。プラスチック・カップの中のコインが鎖のようにじゃらじゃら鳴った。イーストが素早く振り向いた。警備員との差が広がっている。それでも、丸めた手で隠した通信機に向かって話しながら、追いかけてくる。

前の方から短い口笛が聞こえた。出口を見つけたらしい。最初のドアを抜けて、ロビーに飛び出していった。ピアノ音楽が降り注いでいる。だが、

マイケル・ウィルソンが立ち止まると、かがんで靴ひもを結んだ。イーストはキーを取り出して、ウォルターに渡した。「バンのエンジンをかけろ」ドアがあくと、堰を切ったように空気が吸い込まれ、イーストはかすかな夜風、熱、エンジン音を感じ取った。追いかけてきた警備員がドアの近くで立ち止まっていた。望みは成し遂げたのだろう。

マイケル・ウィルソンが反対側の足を前に出し、そっちの靴ひもも結び直しはじめた。

イーストは見ていられなかった。「ぐずぐずするなよ」

「あんまり家族連れに優しいところじゃなかったな、E?」マイケル・ウィルソンがひもを結び終え、結び目を満足げに見てから立ち上がった。もう機嫌が良くなっている。

「マイク、ひとことといっておく」イーストは話しはじめた。

「イースト、頼むよ」

顔がにやりと歪んでいる。何をいっても関係ない。にやつきは必ず戻る。

イーストは面と向かってマイケル・ウィルソンにいった。「いつまでいるつもりだ？　いくら使うつもりだ？」

「イースト」マイケル・ウィルソンが猫なで声を出した。「ちょっと〝味見〟しようと思っただけじゃねえか」そういって、親指と人差し指がくっつきそうなほど近づけた。庭に来るUのようだ——顔を見ようともしない。内側のドア越しにうしろの店内を見ていた。「スロットだけ——カードに二十ドル入れて、一分もあればプレイできる。勝つかもしれねえぞ。おまえにもさせてやるって。きっと気に入るぜ」

「フィンの二十ドルだろ？」

「フィンはいない。リーダーはおれだ。フィンもいってただろ」

「なら、リーダーらしくしろよ」

「してるさ」マイケル・ウィルソンがにやりとした。「おれを引きとどめてるのは、あの小うるさいアマひとりだ」

また金色のドアがあき、よぼよぼのばあさんふたりが外から入ってくるなり、息を呑んだ。

「まあ、すごい。まあ、すごいわ！」そのとき、外の回転灯の光が中まで届き、別のまばゆいトラブルの到来を告げた。

外では、車三台分を覆う屋根の下で、事態が急変していた。あらゆる音、あらゆる光の揺れがまたはっきりしていった。あらゆる音には源がある。エンジンが哀れっぽい音を出した。女が金切り声を上げている。ヤシの葉が見えない風にそよいでいる。

大きな白いレッカー車が回転する黄色いライトを周囲にまき散らし、どこかからウォルターの絶叫が聞こえた。くぐもったわめき声。

マイケル・ウィルソンがいった。「バンはどこだ？」

イーストは指さし、走っていった。

レッカー車の図体は大きかった。スプーンのような形をした銀色の幅広いレッカーブームがうしろに傾き、小さく見えるバンの鼻先がぴんと張ったスチールケーブルで吊り上げられている。イーストは胃が締めつけられるような感覚を覚えた。フェンス上部の表示が目に入った。〝専用駐車場　レッカー移動区域〟。こうなるのも当然だ。

イーストはウォルターが乗っているほうのウインドウへ急いだ。運転席で目を丸くして、慌てふためいていた。誰もウォルターに気付いていない様子だ。

「何してんだよ？」

「車に乗ってんだよ」ウォルターがわめいた。「レッカーしちゃいけないのに。規則なんだから。いってくれよ！」

「誰に何といえばいいんだ？」

「あいつにだ！」

イーストは目を向けた。レッカー車の左下部にいるひげ面のがっしりした体の男がレバーを操作し、ウィンチをきしませて太いワイヤーを巻いている。ただ、巻き方がおかしかった。巻いていたのではなく、伸ばしている。

「あいつはおれたちを逃がそうとしてるのか?」

「あぁ、あぁ」ウォルターが過呼吸に陥っていた。

「どうして?」

ウォルターがぶるぶると首を振った。「おまえの弟」

イーストはまた目を向けた。タイがレッカー車のステップに立ち、山猫のように作業員を見おろしている。その視線の先では、作業員がせわしく操作する一方、片手で頭を守っている。

マイケル・ウィルソンが作業員のすぐ横に行き、怒鳴った。「おい、おれの車からワイヤーを外せ」

作業員がレバーを押し、ウィンチを止めた。立ち上がり、顔をしかめて赤いものを路面に吐き出した。「いまそうしてますから」作業員がいった。そのとき、イーストにもわかった。作業員の口がぐしゃりとつぶれている。ひげは血みどろだ。明らかに怯えた様子でマイケル・ウィルソンに小刻みにうなずくと、レッカー車から降りてバンのフロント・バンパーの下に潜り込み、イーストから見えなくなった。

ぶつかり合い、向きを変える光線に包まれて、すべてがじりじりと音を発しているように感じられる。いつまでも光り続けるカメラ・フラッシュを浴びているかのようだ。少し左のほうのコンクリートの柱のあたりで、ふたりの警備員が成り行きをじっと見ていた。

イーストはまだわからなかった。「逃げられると思うか？」ウォルターに訊くと、太った少年が答えた。「たぶんな」

「ばか野郎」イーストは脇にどいて口笛を吹き、マイケルとタイを呼び寄せた。〝バンに戻れ〟。さっきの警備員ふたりが、今にもかけよってきそうだった。蝶ネクタイ、ぴかぴかのエナメル革の靴といった格好だが、首を見ればわかる——分厚い筋肉がついている。「急げ」イーストは危険を知らせた。

マイケル・ウィルソンがレッカー車の作業員の足を見下ろして毒づき、急いで逃げた。タイはレッカー車からさっと飛び降りた。「まあ、そんな」女が金切り声を上げた。「なんてことをするの！」

〝ついさっきまで〟とイーストは思った。ついさっきまで、予想以上にうまく進んでいた。

飛ばしていた。イーストは膝をつき、レッカー車の作業員が作業するさまを見守った。レッカー車は前にも見たことがある。故障車や回収車を牽引していた。だが、こんなふうに、フェンダーの下から見上げて、過ぎゆく秒を数えたことはない。グリップとチェーンが左タイヤから外れ、作業員が体を揺すって移動し、右タイヤに取り掛かった。

「エンジンをかけろ」イーストはウォルターに向かって声を上げた。

「かかってる」ウォルターがやかましい音に負けない声で答えた。三人目の警備員がやってきて、ふたり組が三人組になった。

イーストはかすかな怒りを感じ、バンのうしろに回って大急ぎで乗った。マイケル・ウィルソンとタイが後部シートで身を寄せ合い、目を見ひらいていた。「切り離しが終わるまで待ってろ」彼がウォルターに指示した。「だが、下から出てきたら、ずらかるぞ」

四人は耳を澄ました。下で進んでいる作業の音に。

やがて、作業員が足をばたつかせて車体下から出てくると、うつぶせになってから体を起こした。聞こえない声でぶつぶついうと、口がまた血だらけになった。大丈夫か？　かまってられるか？　すでにウォルターがバンをそろそろとバックさせはじめている。さらにふたりの蝶ネクタイの男が金色のドアから飛び出してきた。ウォルターは正気を保っていた。シフトレバーをどうにか〝ドライブ〟に合わせ、バックで大型のレッカー車の横に回った。

「焦るな」イーストは声をかけた。レッカー車の作業員が、空になった平台《フラットベッド》に立ち、悪態をついていた。「連中に口実を与えるな」

「くされ口実ぐらい、持ってるよ」ウォルターが不満そうな声でいった。「やつらはとっくに」

「落ち着け」イーストはいった。「車を出すんだ」

ウォルターがぶつぶついいながら、ハンドルを操った。イーストが素早く振り向くと、ついさっきまでイーストたちがいた駐車場に、警備員たちが広がっていた。「おれたちとやり合うかどうか迷ってるようだ」

「ナンバーも押さえられた。写真も撮られた。ぜんぶつかまれてしまった」ウォルターが嘆いた。

「しっかり運転しろよ」イーストはうんざりした口調でいった。誰にともなく、付け加えた。

「あの女の子は誰だ？」

「どの子さ？」

「ずっと悲鳴を上げていた子さ」

「さあな」マイケル・ウィルソンが口を挟んだ。「女の悲鳴なんか聞こえなかったがな」

「ひとりいたよ」ウォルターが溜息まじりにいった。「でも、おれたちには関係ない」

バスの前を通り、真っ白な光を放つ通りに向かっていると、どの照明もこっちに向けられているように感じられた。曲がり角に看板があった。〝あれを弾いて《プレイ・イット・アゲイン》、サム！〟


きらめく建物が過ぎ去っているが、少年たちはうしろの道路しか見ていない。ウォルターは何度か黄信号を突っ切り、州間ハイウェイに戻った。車やトラックが轟音を上げて左側を疾走していく。ウォルターは気が張りつめていて話せない様子だ。三マイル走ったところで高速を降りて、ガソリンスタンドに立ち寄り、給油ポンプの前で車を駐めた。そして、長いあいだ目を閉じていた。

ついにイーストは気を遣って話しかけた。「おまえのいうとおりのような気がしてきた。防犯カメラとかさ」

「ここにもある」ウォルターがそういって溜息を吐《つ》いた。「だからばかなまねをしちゃいけないのにな」

イーストはマイケル・ウィルソンに顔を向け、にらみつけた。にらみつけられているのに気付いたらしく、マイケル・ウィルソンが動きを止めた。「やたらおかしなカジノだったな」彼が話しはじめた。

「黙れ」

ウォルターが唇を噛み、横を向いた。

「そうキレんなよ、イージー」マイケル・ウィルソンがいった。

「クソが」イーストはいった。「今、警察の車に組み伏せられてないだけましだ。駐車すらまともにできねえのか」

マイケル・ウィルソンが慎重に眉毛についていたものをぬぐった。「何がいいたい？」彼がいった。「カードでもほしいってのか？　花束でも買ってやろうか？　悪かったよ。だが、おまえだって、行きたくなかったとはいわせねえぞ」

「行きたくなかった」

「行ったくせに」マイケル・ウィルソンがドアをあけ、外に出た。髪の生え際を軽く叩いた。

「おれが代金を払う。どいつがガソリンを入れる？」

イーストは悪態をついた。そしてバンから降りて、給油ノズルをセットし、給油がはじまるのを待った。じっと耳を澄ます。夜空に星はないが、照明が、そして怒りが淡いしみをつけていた。納得いかない。ウォルターもほとんど同罪だと思った。だが、あまりに腹が立って、その話を切り出すこともできなかった。

ようやくポンプから電子音がして、オレンジ色の数字が消えた。レギュラー・ガソリン満タンのボタンを押すと、ウォルター側のウインドウを叩いた。ウインドウがあいた。

「さっきのはまずかったぞ」

ウォルターが亡霊のような顔で、うめくようにいった。「あいつのいったとおりじゃないか。おれたち、みんな行ったんだから」

「おまえが真っ先に行った」イーストは食い下がった。「おまえが行かなきゃ、誰も行かなかった」

「おれが行かなきゃ」ウォルターがいった。「みんなまだあそこにいるさ。外で、ずっと待ってるだろうさ。カネがぜんぶなくなる前にやめるんだろうか、と思いながら。あいつが五分でやめると思うか？」

イーストは干からびた虫の死骸を足で動かした。「そうかよ。それなら、表で何があった？　レッカー車の作業員に何があったんだ？」

ウォルターが苦々しく顔をしかめた。首を振る。

「いえよ。知っとかないと」

ポンプが外れ、イーストはノズルを戻した。まばゆいスタンドの中で、マイケル・ウィルソンが頭の中に響く曲に合わせて頭を揺すりながら、列に並んでいるのが見える。

　ウォルターがバンから降りた。イーストをちらりと見て、そっと、ポンプの反対側へ回った。イーストはバンに目をやり、タイの様子を確認すると、ウォルターについていった。

「〝駐車禁止〟の標識があった。だろ？　おれたちは気付かなかった。カジノから出ると、バンが吊り上げられていた。たぶんレッカー車を始終、駐車場に置いているんだろ。それで乗ったんだ。法律では、人が乗ってる車はレッカー移動できないことになってる」

「法律の話なんかどうでもいい。ここはカリフォルニアでもない」

「カリフォルニアにかぎった話じゃない」

「レッカーの話だけしろ」イーストは嘆息を漏らした。「あの作業員に何が起きたんだ？」

「おれはあの作業員に向かって声を張り上げた」ウォルターが話を続けた。「やめろってな。そしたら、びゅんと、おまえの弟が来た」

　ウォルターが一度、腕を前後に振った。

「あいつ、何をした？　殴ったのか？」イーストはあざけった。「あいつの体重は五十キロもないぞ」

「銃で殴ったのさ」ウォルターが小声でいった。「たしかに銃だった」

　イーストは眉間に皺を寄せた。「でも、ジョニーがボディーチェックしてたよな。何も持ってないはずだ。おまえも見てただろ」

「ああ」ウォルターがいった。「銃かどうかはともかく、あの作業員は急に気が変わった。そのときも、警備員がうしろのほうからじっと見てた――状況を誰かに伝えながら」

イーストは顔を上げ、口の中の嫌な味を呑み込もうとした。頭上に吊り下げられたプラスチックの大恐竜が、くるくると回っている。ハイウェイを疾走する車を一台ずつまじまじ見ないように自分にいい聞かせなければならなかった。物事が動いている。はじめ、バンでの移動は、どこかに飛び出すような、自由になるような気がした。でも、ベガスから先は、また閉じこめられるような気がしてならない。猛スピードで走り去るヘッドライトが、どれも自分に向けられているような気がしてならない。

「あいつは厄介だ」ウォルターがいい、どこを見るともなく顔を背けた。

「どいつだ？」

「おまえの弟だ」

イーストの背筋が思わずぴんと伸びた。「弟は仕事をしてるだけだ。問題は大学生のほうだ」

「まるでわかってるような口ぶりだが」ウォルターがいった。「はっきりわかってんだろうな」

わかっていなかった。弟のことなど知らないという思いが、車内に満ちていたのだろう。噂は聞いている。何をした、どこにいた、どんなことにもかかわるが、若いからつかまらない、この歳だから警察は手を出さない。でも、ただの噂で、本当のところは誰もいわない。特に、タイ本人は絶対にいわない。

暗い気持ちで、閉まっているスモークガラスのウインドウに目を向けると、タイがシートに座ったまま、ふたりの話に耳を澄ましていた。聞いてはいないのかもしれない。そのとき、白いシャツを鮮やかに輝かせ、白い歯を見せて、マイケル・ウィルソンが歩いてきた。支払いと、手洗いを済ませて。

6

やがて遅い時間になり、暗くなると、景色も変わった。ベガスの先にあるだだっ広いネバダ州のどこかだ。「ここが辺境《ワイルド・ウエスト》か？」マイケル・ウィルソンがいった。「日が昇ったら、馬とかに乗るんだろ」

バンを運転するマイケル・ウィルソンの隣にウォルターが座り、タイはゲーム機のスイッチを切り、バンの後部シートを独り占めして眠っている。イーストは疲労と不安を抱えて真ん中の列のシートに座り、身を乗り出し、膝頭にでたらめな模様を描きながら、前部シートのふたりのほらの応酬を聞いていた。

「いっとき、UCLAにいたころに」マイケル・ウィルソンがいった。「馬を飼ってたのさ」

ウォルターがいった。「馬は黒人が嫌いだよな」

「なんで黒人が嫌いなんだ？」

「なんでだと思う？」ウォルターがいった。「馬を持ってる黒人なんているか？」

「だがよ、馬を調教するのは黒人だろ。ほら、あの馬、何て名前だっけ、映画に出てたやつ。

セクレタリアトだ。あの馬も黒人のじいさんが調教してた」

「調教って何の？」

「競馬だ」

「へえ。強かったのか？」

「ケンタッキー・ダービーで勝ったぜ」

「あれか」ウォルターがいった。「わかった、あの馬か」

「とにかくだ」マイケル・ウィルソンがいった。「大学にいた馬はおれを気に入ってた。盗んだ馬だったが」

「何だよ、その盗んだ馬ってのは？」

「誰だったかがその馬を盗んできたんだ」マイケル・ウィルソンがいった。「それで、キャンパスで飼っていた。キャンパスの草を食って、歩道にクソをしていた。みんないつもアイスクリームとピザを食わせてた」

「馬はアイスクリームなんか食わねえだろ」

「そいつは食ったんだ」マイケル・ウィルソンがいった。

「あんた、馬に乗れるのか？」

「そういう種類の馬じゃない」

「じゃあ、どんな馬だよ？」

「どんな馬かなんて知るかよ、デブ。ただキャンパスに居着いて、汚しまくってた」

「それのどこがおもしろいんだよ?」

マイケル・ウィルソンがぶちまけた。「ふつう大学で馬なんか飼えるわけないだろうが。ウケるのは、そこのところだよ」

「どうしてだめなんだ?」

「だめだからだ。規則には従わないとな。でないと放り出される」

「あんたはどうして放り出された?」

「放り出されてねえよ」マイケル・ウィルソンがいった。「辞めたのさ」

「ダイヤモンズには、放り出されたといってたじゃないか。聞いてたぜ」

「おっと、あのとき、おまえもいたのか?」マイケル・ウィルソンが笑った。「ダイヤモンズにほんとのことをいうやつはいないぜ」

「ダイヤモンズというのは誰だ?」イーストはいった。

「イーストサイドの売人だ」マイケル・ウィルソンがさらりといった。「コビーナにいるどうしようもない半グレだ。銃とニッサンで縄張りに食い込もうとしてる。自分が何してるか、わかってない。三週間ばかり、フィンにちょっとしたビジネスを任された」

「どうしてダイヤモンズと呼ばれてるんだ?」

ウォルターがいった。「それが本名だからだと思うが」

「ダイヤモンズ・ウートンだ」マイケル・ウィルソンがうなずいた。「いい名前だ。今じゃコビーナに戻ってる」

「おれは馬なんか嫌いだ」ウォルターがいった。「でかいし、嚙み付くし、面倒くさい。馬は好きか、イースト?」

「見たこともない」イーストはいった。「警官が乗ってるやつしか」

「プロのストリート黒人だもんな、イースト。おれはおまえが好きだぜ」マイケル・ウィルソンがいい、ひとり嬉しそうに笑った。

ウォルターがあるUの話をした。数年前、脅して一服もらおうと、〈フード4レス〉(チェーン展開しているスーパーマーケット)の袋に二匹のガラガラ蛇を入れて〝家〟に来たという。うまくいったかもしれないが、ガラガラ蛇が壁の穴に入り込んでしまい、その話が広まったために、誰もその家に寄りつかなくなって、結局、ウォルターが、蛇をつかまえたと触れ回らないといけなかった——つかまえてなかったわけだが。まだいるかもしれない。

マイケル・ウィルソンは、フィンに頼まれて、UCLAで調査を行なった話をした。フィンは、UCLAでどれくらいの大麻《ウィード》をさばけるか、知りたがっていた。大学生に対する供給が不十分だと思っていた。ところが、ストリートではお目にかかれないくらいの流通量、販売網、品種の多様性があった。ハイブリッド、デザイナー・ドラッグ、オーガニック大麻、伝統的大麻、バニラ風味大麻、チョコレート風味大麻、こんな形やあんな形にカットした大麻、子供騙しの大麻から極上品まで。とんでもなく安い。大放出だ。それで、フィンが参入をやめて何をしたかといえば、とマイケル・ウィルソンがいった。大麻を締め出したのさ。UCLAはフィンの積み下ろしホームみたいなところだった。UCLAにないのは、コカインだった。コカインはなくて、どうやって手に入れるかも、相場もわからない。それからの二年はおいしかったぜ、とマイケル・ウィルソンがいった。

大学には一年しか行ってないと思ったけど、とウォルターがいった。マイケル・ウィルソンは、大学で勉強したのは一年だが、二年目はビジネスをしていたと答えた。

マイケル・ウィルソンが十六のとき、フィンの下で働きはじめたときの話をした。最初の仕事は覆面調査だった。ぶらぶら歩いて、誰彼かまわずドラッグを買って、まっとうな商売をしてるかどうか、騙したりしてないか、ちゃんと接客してるかどうか、どんな値付けをしてるかを見る仕事だ。ドラッグを買うたびに報告しないといけなかった。一日の仕事が終わるとたっぷりのコカインが残るから、パクられたりすればムショにぶち込まれて、十年を喰らう羽目になる。初日だってのに。

バイクが左車線を疾走していった。時速九十マイル、百、もっと出ているかもしれないが、暗闇でチェーンソーのような轟音を立てていった。四人はひとつの赤いライトが闇の中で縮んでいくさまを見ていた。

「ありゃ絶対につかまらねえ」マイケル・ウィルソンがいい切った。「ああいう連中は必ず逃げる。警察は追いかけもしねえ」

そして、〝家〟にがさ入れを喰らったとき、どんなだったのか、見張りチームのメンバーが誰だったのか、いつから見張りを任されているのか、と訊いてきた。イーストは身じろぎした。眠りかけていたのに、眠気が失せた。

「どうしたんだ？　どうしてあんなことになった？」マイケル・ウィルソンが訊いた。するとウォルターも、あくび混じりに訊いた。「そうだ、どうしたんだ？」

イーストは答えなかった。あの日はおかしな日だった。ずっとおかしな感じがしていたし、消防車が道に迷うとか、おっさんが表で横になって寝ようとするとか。はじめてあの男を思い出した。ここはおれの家だといっていた。ロサンゼルスを出てはじめてチームのメンバーに、そして家宅捜索に、思いをはせた。

メンバーに連絡をつけておきたかった。ダップとニードル。パトロールカーが監視地点を通過したのに連絡してこなかったふたり。理由を聞き出しておきたかった。

逃げたとき、すべてを投げ捨てたような気がした。何があっても――フィンやフィンの殺し屋がどう出てきても、受け入れるつもりだ。ヤクをやりながらか、やりたいと思いながらかは知らないが、あのときつかまらないように慌てて逃げ出したUと何も変わらない。一服するお城から、悔やみの寒空へ。

車内の暗がりで、庭全体を思い出していた――ポーチ、歩道、踏まれて土色になった草。朝日の指先が街路に染み出し、家並みを覆っていく。ヘリコプターと消防車。

そして、現場で撃たれた女の子。それはまだ考えたくない。

ウォルターが大きないびきをかいて、びくりとした。「クソ」ウォルターがぜいぜいと息をした。「寝てたのか」

「うしろに移っていいぞ」イーストはいった。「おれが前に行くから」

ウォルターがいったん降りて、うしろのシートに移れるように、マイケル・ウィルソンがハイウェイの路肩に車を停めた。場所を変わるとき、イーストはウォルターの表情を見ようとした。だが、夜はやたら黒かった。

イーストがシートベルトを締めると、マイケル・ウィルソンがバンを走らせはじめた。四人と道路の白線だけ。一マイルほど先を走る車のふたつの赤い目が、しだいに消えていく。

「〝うちのやつらはすっげえクール、おまえらニガーは眠れりゃいいな〟」マイケル・ウィルソンがリズムに乗せていった。

「おっと、今度はラップを歌ってくれるのか?」イーストはいった。シートベルトを緩ませ、シートを少し前に出した。「それで、カジノの件だけど」

マイケル・ウィルソンが唇を噛み、道路標識を見ようとサンバイザーの下に頭を突き出すさまを、イーストはダッシュボードの明かりを頼りに見ていた。「I-70に折れて東に進むようにナビしろよ」

イーストは腹を決めた。無視されてもかまうものか。「あれはなんだよ? あんなばかなまねしやがってよ?」

マイケル・ウィルソンはハンドルを握ったまま運転を続け、また唇を噛んだ。イーストはしばらくして、マイケル・ウィルソンに向けていた目をそらし、すれちがう反射板を見た。小さな光の染み。もう無数の染みが見えている。目が疲れた。

「ばかなまね?」ようやくマイケル・ウィルソンがいった。「ゆうべ、ザ・ボクシズで見張っていて、夢でも見てたんじゃないか?」

今度はイーストが黙った。釣り糸は垂らした。

「いいか」やがてマイケル・ウィルソンがいうことを思いついた。「納得はしないだろうが、おれはおまえらのためにカジノに駐まってやったんだぜ」

イーストは鼻を鳴らした。「おれのためかよ」

「おまえら全員のため。おれたち全員のためにな。いいか? うまくはいかなかった。だが、おれは努力したんだ。気合いを入れようとさ。おまえも好きだと思った。勝つかもしれねえし、負けるかもしれねえが、中に入って、見物して、ちょっとやってみる。出てくるときには、チームとしてまとまってると思った」世界中を敵に回しているみたいに、小さな声だった。「いいコーチだって、全試合に勝てるとはかぎらねえだろ」

「おまえの場合はコーチじゃないんだから当然だ」

「おい、イースト」マイケル・ウィルソンがいった。「喧嘩を売ってるのか? はっきりいえよ。当てこすんな」

「ああ、わかった」イーストはいった。「喜んでぶちまけるさ。みんな起こしてやる。「おまえはコーチじゃない。おれたちはチームじゃない。これは仕事だ。仕事のことだけ考えていればいいんだ」

マイケル・ウィルソンがうなずいた。「終わったか? それだけか?」

「無理かもしれないがな。おまえが仕事のことだけ考えるのは」イーストはなじった。「おまえらみんな、〝少年は燃える甲板に立っていた〟（英国詩人フェリシア・ドロシア・ヘマンズの詩「カサビアンカ」の一節）わけだ」

「へえ、何のことかわからないけど」イーストは不満げに鼻から息を出した。

「だろうな、ブラザー」マイケル・ウィルソンがいった。「わかってるよ。いいんだ。仲よくやろうぜ。I‐70に乗り損なわないようにな」

イーストは答えなかった。マイケル・ウィルソンの話は信じられない。

「一度、スキーをしにこの辺に来たことがある」マイケル・ウィルソンがいった。「とんでもねえブラックダイヤモンド（滑りにくい斜面）を滑った。ほかの連中がスノーボードでぶっ飛ばしてくるそばで、おれは死ぬのかと思った。よし、滑ってくるあのふたりに気をつけようと思ったら、また来やがる――」

「そこだ」標識。幅広の緑の標識が道路の上にかかっている。もう下を通り過ぎようとしている。「あっちだ」

ふたりとも見ていなかった。

「ほんとか？」

「東I‐70。右折しろ」

「うわ、うわ、うわ、うわ！」マイケル・ウィルソンが叫びながら、横を確認して、鋭角だが滑らかに右折して車線と小石がばらまかれた路肩を横切った。「うわ。助かったか？　助け合おうぜ！」

〝おれがいってなかったら〟とイーストは思った。〝どうなっていた？　どこへ向かっていた？〟　天井のコンパスが〝E〟に戻った。

マイケル・ウィルソンがすぐにさっきの話に戻った。「でさ、あのスノーボードしてるやつらがさ、あそこでぶっ飛ばすわけだ。おれは思ったよ。こりゃ、ああ、そうか、こいつらハイになってるにちがいないってよ」

「スキーをやるのか？」

「ああ。それでさ――」

「いや」イーストはいった。「だってさ、だろ？　スキー？　おまえがさ」

「おやじと行ったのさ」マイケル・ウィルソンがのんきにいった。「おやじの仕事で」

「へえ」おやじか。おやじもいるのか。「どんな仕事をしてる？」

「セールスマンだ。製薬の。医薬品を売ってる」

「そうか。なら、なんでこんなことをしてる？　なんで同じ仕事をしない？」

「おやじは自分の仕事が好きじゃない」

「へえ」イーストはいった。

「だから考えたのさ」マイケル・ウィルソンがいった。「スキー場ならたくさん売れるんじゃないか。UCLAと同じようにできるかも。だが、手ごろな人間を見つけないといけない。地元で」

「それじゃ、フィンに様子を見てこいといわれたのか」イーストはいった。「現場に行って」

「ああ」マイケル・ウィルソンがいった。「マーケット・リサーチってやつだ。だが、山ってのは――おれたち向きじゃなかった。外で見張りなんか無理だ。事情がちがう。ひとりきりだしな。黒人じゃ雪中に隠れるわけにもいかないしな」そういって、げらげら笑った。

その後もべらべら話し続けた。おかまいなしだ。イーストが答えなくても、マイケル・ウィルソンは気にしない。マイケル・ウィルソンが加わった理由は、はじめからわかっていた。話をさせるためだ。前に立たせるためだ。輝かしい記録とUCLA仕込みの笑顔で警官をげんなりさせるためだ。

しかし、問題がひとつある。マイケル・ウィルソンはまぬけなのだ。金持ちで、ギャンブル好き。それだけかもしれない。もっとひどい問題を持ってくるかもしれない。自分で選んだのだから、フィンはどういうやつかはわかっていたのだろう。マイケル・ウィルソンがやらかしたら、イーストがどうにかする。でも、慎重にやらないと。マイケル・ウィルソンは外面がよくて、口もうまい。ウォルターも味方に引き入れた。タイまでも。あんな紛れもない狂犬なのに。弟はイーストに従うつもりはない。一年だけ大学に通い、このバンに乗っているおかげでカネをたんまり持たされているのっぽの青年に従っている。

そういうものはイーストにはないから、どうしようもない。今のところは。

イーストは息を吐き、暗がりが過ぎゆくさまを見た。冷たくて、気が休まらない〝無〟を。

白線に区切られた無。よくこんな時間を過ごしたものだ。待機してばかりの時間を。

道が下りになり、谷間に入ると、明かりが見えなくなった。テレビ・コマーシャルでしか見られないような空間だ。人気《ひとけ》のない見知らぬ暗い土地、谷間に広がる何マイルもの空間。記憶にあるかぎり、イーストの仕事は人を寄せ付けないことだった。Uを静かに、おとなしくさせて、〝家〟のそばにとどまらせない。チーム・メンバーにしっかり見張らせ、あまり親しくしない。用がないやつには、庭の通り抜けも許さない。母親に不安を寄せ付けない。

見張り。

今はすべてが遠い。フリーウェイで車を一時間走らせても、歩いていたり、立っていたりする人間をひとりも見かけないかもしれない。ぼやけた赤いライトをともす車が一台、一マイルほど先を走っている。さっきの車かもしれない。別の車かもしれない。それはわからない。

床に手を伸ばし、救急箱に入っていた薄手の赤い毛布を取り、ふたつに折って頭とウインドウのあいだに挟んだ。しばらくして目を閉じた。だが、目はいうことを聞いてくれなかった。瞼は重くならない。上り坂、走りのちょっとしたひずみ。そういったものが、どれもきつく感じられる。マイケルの様子を見て、前方の道路を見て、サイドミラーの黒い無を見た。互いを信じなければならない、とフィンはいっていた。だが、イーストは何も信じない。

イーストは身じろぎした。マイケル・ウィルソンがバンの速度を落としている——細長い駐車場、高所から垂れ下がる照明、いびつな形の駐車スペース。マイケル・ウィルソンがそこにバンを入れ、エンジンを切った。

「クソ眠い」マイケル・ウィルソンがもごもごといった。

イーストは体を起こした。木も生えていない、鑿《のみ》で彫られたような奇妙な形の土地。いたるところに標識がある。「ここはどこだ？」

「サービスエリアだよ、ボケ」マイケル・ウィルソンが息を吐き、目を閉じた。「クソ携帯があればなぁ」

イーストは脚をほぐした。外の周囲を見た。動いているものはない。ウォルターとタイは後部シートで寝ていて、マイケルもウインドウに寄りかかって眠りについている。

イーストはイグニッションからマイケル・ウィルソンのキーを抜き取り、外に出た。舗装面が池の泥のようにイーストの足をつかむ。一日中、車に乗っていたせいで、脚と尻の感覚がなくなっている。
五、六台の車やトラックが眠っている。斜面の奥の駐車場に、大型トラックのライトが見えていた。コンテナ上部が上からライトを受けて白く照り返っている。足元では、スプリンクラーが植物に水を撒き、鮮やかな黄色の花が闇夜の中で待ち受けている。小さな建物が二棟。イーストは目を凝らし、まわりを探った。
トイレ。恐る恐る近づいていく。〝この施設はユタ州が建設し、維持しています〟。すると、ここはユタ州か。眠気をこらえつつ、ユタの小便器で用を足した。緑色のライト。蛾が壁のあたりで酔っぱらったようによろめいている。手を蛇口に近づけると、はじめて見る白い石鹼液が自動で吐き出された。ひとりの男が入ってきて、好奇の目でイーストを見た。イーストは首をすくめてトイレを出た。

もうひとつの建物にコーラの自動販売機があった。イーストは二缶買った。一本一ドル。時計を見ると、午前二時台だった。

バンの近く、あたりを一望できる草の生えた〝こぶ〟の上に、ピクニック・テーブルがある。正面駐車場、奥の駐車場、そこにあるものぜんぶ。イーストはそこの椅子に座って、コーラを飲んだ。バンは埃まみれだ。一台のトラックを見た。かすかにライトを受けて空想の船みたいに見えるトラックが、猛スピードで突っ走るさまを。

木は一本もない。

びくりと目を覚ましたとき、缶が倒れた。触った感じでは、空っぽだ。ざらついたライト。朝日が生まれようとしている東の地平線に、平らな雲がかかっている。外で寝てしまった自分をののしった。

駐まっている車が何台か変わっていた。マキシマ（日産自動車が海外で販売する車種）の外で髪を梳かしている男は、数時間前に妙な目を向けてきたやつだ。そういう手合だ。黒い鳥が凧のように浮かんでいる。

イーストは斜面を下ってバンへ戻り、マイケル・ウィルソンの肩を叩き、シートを替わるように親指で合図した。マイケル・ウィルソンが青白い顔でうなずき、もぞもぞと別のシートに移動した。シートベルトを締めると、またすぐに眠りについた。イーストは生ぬるい缶コーラのふたをあけた。シートを前に出し、ミラーを少し下げた。

運転をはじめた。車の運転は、フィンのために何度かしたり、人を送っていったことがある。ラリって運転できなくなった人を。だから、運転はできる。

そうはいっても、時速四十マイル以上出したことはない。

何マイルかゆっくり走り、後続の車に追い抜かせるまま、バンが路面をつかむ感じを確かめた。夜より多くの車が走っている。車の姿も見える。

やがて時速七十五マイルまで上げた。

前夜の出来事がまだ気になっていた。屋根の下のきらめくライト、路上の血、いっさいの武器を持たないはずなのに、タイが銃を持ってきたかもしれないということ。それに、そもそも、四人が仕事を放り出してバンを降りてしまった――何のために？〝ちょっと味見しようと〟。ぜんぶ防犯カメラに撮られた――ややこしいことになる。先を進み続ければ、このごたごたを置き去りにできるのかもしれない。

それしか手はない。

景色が変わった――オレンジ色の空、光、白い平地が広がっていたかと思うと、つぶれたり隆起しているオレンジ色の岩、そして土へと変わっていく。フロントガラスが、青空へ昇ろうとしている朝日に満たされる。

ほかの車に乗っている人がわかる。道具箱を持ってピックアップ・トラックに乗っていると思われる男たち、広角のフロントガラスの陰に隠れて、どこかの現場に向かっている。家族が眠っているそばで、コーヒーを飲みながら運転する者。〝ひとりで乗っている者《ローンレンジャー》〟もいて、前方の路面を見つめていたり、明らかに電話で不満をぶちまけていたり。白人。彼らの中にも、先を急いでいる者がいるのかもしれない。

ほかの者たちが目覚めるまで、三十分、いや一時間ぐらいか。それだけ、それまでの静けさだ。タイヤが低くうなるなか、バンに関するジョニーの講釈を思い出した。見た目はたしかにひどいが、信頼性は高い。高いシートに座るのは心地よかった。こういう固いシートは好きだ。景色が見える。藪の一瞬の動き、動物だろうか、早過ぎて目で追えない。犬か、ひょっとするとコヨーテか。ＬＡにもコヨーテはいるが、こそこそ逃げ回る生き物だ。でかいドブネズミみたいなものだ。小道を走って、物影でじっとしている。そのうち誰かに撃ち殺される。禁じる法律はない。夜空に轟く銃声など珍しくもない。

ほかの三人が体を動かし、悪態をつきはじめると、イーストは悲しくなった。手足をほぐし、夜の息を吐いている。じきに目覚める。裂け目の走るオレンジ色の山が横にそびえ、通り過ぎながら目を凝らして見た。風雨に曝された地層にさよならを告げる。ひそかに。最後の自分だけの景色。

まばゆい朝。イーストはきらめく真新しいガソリンスタンドに入った。給油ポンプのところで、テレビ画面が虫の羽音のような音を立てている。ほかの三人がいそいそと外に出た。

イーストは乾いた外気の中でガソリンを入れた。ロサンゼルスにも乾いた外気はあるが、何かのにおいがする——いつも何かのにおいがする。ここの外気にはにおいがない。何かとわかるもののにおいがない。

店に入ると、天井から吊り下げられたレースカーとゴム風船のスーパーヒーローが見下ろしている。奥に鉄格子のついた長いカウンターがある。店員は誰もついていないが、客が小窓から食べ物を受け取っている。ウォルターがその様子をじっと見ていた。スクリーンに触れて、ほしいものを選ぶ仕組みだ。どの棚のどの品も値段がLEDで照らされている。あらゆるものが音を出している。

「この店はすげえクールだな」タイがいった。

イーストは給油を終え、チェリー・ケーキのにおいが漂うトイレに向かった。変わらないものもある。隣の便器に白人の少年がやってきた。帽子をうしろ向きにかぶっている。

「よお《サップ》、こんちは」少年がいった。

イーストは眉を吊り上げた。こいつ、いきなり来るかよ。

「よお《サップ》」イーストも皮肉を込めていった。

白人少年が指さした。「マニー・ラミレス。いいよな」

イーストはわけがわからなかった。目をつぶり、急いで蛇口の下に手を出し、慌ててトイレから出た。おかしなやつもいるもんだ。

ここは白人の縄張りだ——それはわかる。

トイレから出ると、マイケル・ウィルソンが並んでいた。二十ドル札で前払いしているから、札を出すたびにおつりを待たないといけない——現金払いの代償だ。ぼんやり見つめている。よくいる客だ。イーストはその姿をうしろから見ていた。レジ係は、首の皺に琥珀色のでかい宝石のペンダントトップが挟まっている年輩のご婦人だった。

「お代が七ドル三十セントで六十ドルお預かり」レジ係がいった。

「お姉さん、インスタントくじはないの？」

「ユタ州には宝くじはありません」さっきとまったく変わらない口調。

マイケル・ウィルソンがなるほどと首を縦に振り、歩き去った。イーストは黙って見ていた。今のは何だ？　宝くじを買うつもりだったらしい。ちょっとくすねようとしていたらしい。いくらだ？

宝くじに当たったらどうする？

肩を突かれた。トイレから出てきたさっきの白人の少年だった。「クールに行こうぜ、ブラザー」少年がいい、指を差した。「チャックがあいてる」

イーストは股間を見た。ブラザーのいうとおりだ。

ここに来てまだ十分なのに、朝の落ち着きはもう摘み取られてしまった。内なる暗い弦がぼやけた音や耳障りな音を出している。マイケル・ウィルソンのあとからバンに戻った。どこを見てもわからないことばかりで、どいつもこいつもちょっかいを出してくる。イーストは後部シートに乗り、ドアを閉めた。

「すげえスタンドだな」ウォルターがいった。いいにおいのチキン・ビスケットのファミリー・ボックスが膝の上で湯気を立てている。「みんなこういう感じじゃないとな」

イーストはシートベルトを締めた。「マニー・ラミレスって誰だ？」

前部のふたりが鼻を鳴らした。

「九十九番だ、イージー」マイケル・ウィルソンがいった。

「自分のシャツも見てないのか？」

イーストは胸のあたりを見た。〝ドジャース〟。「何を？」

「背中だ。シャツの背中に名前があるだろ」

「庭の見張りはあまり出歩かないのさ」マイケル・ウィルソンが得意げにいった。

一時間ほどでコロラド州に入った。地面が盛り上がっていくような気がした。イーストは前部シートに移り、ウォルターが運転に回り、マイケル・ウィルソンは真ん中のシートに行き、とろんとした目でうとうとしている。温かいものを食べたせいで、イーストの胃袋がびっくりしていた。

山々が目の前にそびえている。LAと同じだ。だが、ザ・ボクシズでは、山は壁や木と同じで、ものでしかない。すべてが集まる谷間を囲む、日に焼けた岩の背に過ぎない。ここの土地には、建物がほとんどないからか、山々は人が身を寄せ合っているようで、青色や灰色や白色がはるか上で連なっている。

動かない岩に過ぎないのに、バンに乗っている少年たちや同じ道路を走っている誰かわからない人々からイーストの目を引き離す。人を見るのをやめた。ここの人はユタの人ほど見返してこない。ユタで見た人たちより若く、健康そうに見える。山々を眺める者、疲れて落ちくぼんだ目で運転する者、DVDプレーヤーに目を奪われている子供を連れた家族、ルーフラックにマウンテンバイクやスキー板やリュックサックを載せた山男、スバルに乗っているストレートヘアの痩せた白人の女たち。誰も見返してこない。イーストがいてもぎょっとしない。

　黒人を見たのは一度だけで、引っ越し屋のトラックを運転していた。

　昼時に、グレンウッド・スプリングズという出口でガソリンを満タンにし、ピザを二枚買った。トイレに行き、各自ソーダを飲んだ。灰色のレジのそばに、小さな木彫りのバッファローが置いてあった。ピザの箱が熱くて、指がやけどしそうになった。しばらくバンの床に置いていたら、湯気でウインドウが曇った。

　彼らは出口ランプの標識まで走った。〝絶景ポイント〟。「あっちに行ってみようぜ」ウォルターがいった。「みんなでピザを食おう」

「何だって、みんなでか？」マイケル・ウィルソンが笑ったが、ウォルターは受け流した。

　車でそっちに行き、ふたつの巨大な四角い岩盤に縁取られた景色を眺めながら、こんなところまでやってきたのかとしみじみ思った。峡谷が口をあけている。緑に覆われ、めまいがする。横に停まったばかりでかい白のリンカーン・ナビゲーターから出てきたふたりの子供が叫んだ。「ワオ！　ワオ！」イーストは自分が見られているのかと思い、バンのエンジンをかけた。

ところが、ふたりの子供たちは絶壁の縁から、びくびくと下の谷底をのぞき込んでいるだけだった。

イーストはバンから降りた。今度もしっかり立ち、踏ん張らなければならなかった。手すりの内側の地面は滑りやすい砂利だ。イーストは縁に近づき、恐る恐る下を見た。

光景を呑み込むまで、しばらくかかった。峡谷の深さを目の当たりにして、吹き下ろす本物の風を感じた。だが、現実なのかどうか、よくわからない。広大で気圧されるような空間が、青い岩壁に口をあけている。下の空気が冷たくて、ひんやりする。水が溜まっている。岩壁の裂け目にも何かを感じる。時がそこに積み重なっている。永遠にも似た時が。こんな人生を百回合わせたよりも長い時が。

はるか下では、鳥が宙に輪を描いている。

「ママ、パパ！」子供たちがまた歓声を上げた。「見て！　すごいよ！」イーストも冷たい風を顔に受け、雪と岩のにおいを嗅ぎながら、そこに立ち尽くしていた。

彼らは何時間もかけて峠をいくつか越え、山に入ったり出たりした。街をすっぽり覆うような影が山の斜面を滑り、暗く苔《こけ》むす谷間へ延び、雲が道路を覆って行く手を隠した。地図上では空っぽだ。この場所も、この州も。そこを横断していると、LAとまるでちがうと思った。道路は腸のように、くびれたり、膨らんでいたりする。イーストは運転させてくれと訴えたが、胃が引きつって、すぐに代わってもらった。ガードレールがすぐ横に見える助手席に移ると、ますます胃が引きつった。

次に停車したのは、イーストがゲロを吐くためだった。目が覚めると、だらだら汗をかいていた。恐ろしい黄色い金魚の夢を見ていた。「バンを停めてくれ」イーストはあえぎながらいった。

マイケル・ウィルソンが急ブレーキを踏み、ガードレールの横にバンを停めた。

イーストは慌てて外に出た。まずセメントのような味に襲われた。次に背骨が反り返り、その日のランチがガードレールに降り注いだ。

ピザ、コーラ、その他。〝まいった〟。真下から顔を背け、自分と眼下の揺るぎない地面とのあいだに広がる数マイルの虚空を見た。さっきと同じ鳥の群れが、下のほうで小さな染みのように見える。風が湿っている。岩盤と同じように。

楽になった――今のところは。それでも、湿った空気を吸い込んだ。そのときの空気を。

「次は誰だ？」マイケル・ウィルソンがいった。バンに乗っているほかの三人は、笑いもしなかった。

「こんな山の高いところまで来たのははじめてか、イージー？」

「さあな」イーストはぼそりといった。「思っていたのとはちがった」

「よその土地に来たのもはじめてだったりして？」

いい返す気力さえなかった。

ジープやスバルがステッカーで覆われている。〝地球は人間のものではない。人間が地球のものだ〟。〝中絶反対〟。〝クリスト・サルヴァ〟（〝キリストは救いたまう〟の意）。後部、荷台、ルーフ、固定できるところにはどこにでも、マウンテンバイクをストラップで括《くく》りつけている。「こんなところでチャリンコに乗るなんて、いかれた連中だな」ウォルターがいった。「空気が薄いんだろ？　外に出て百ヤード走れるかやってみたらいい」

「おまえには百ヤードなんて無理だろうな」マイケル・ウィルソンがいった。「どこにいても」

午後になって、やっと山道を抜けて、蛇行する下り道をデンバーの街へ向かった。イーストはシルバーのコロラド州警察の車両に目を向けた。ダッジ・チャージャー、フォード・エクスペディション、長くて平らな車体のフォード車。下り道のいたるところに散らばり、獲物を追う鮫のように、スピード違反車を取り締まっていた。一台のパトロールカーに何マイルも尻にべったりくっつかれたりした。「たかだか五十五マイル（時速九十キロ弱）だぞ、クソが」マイケル・ウィルソンが不満をぶちまけた。「五十五マイルからさらに二マイル落としたぞ」パトロールカーがライトをつけ、うしろを離れて、ジープの尻にかじりついた。誰もが安堵の息を吐いた。

〝タイの銃が〟とイーストは思った。〝タイの銃、タイの銃、タイの銃が〟。

バンはデンバーを一気に抜けた。細切れの雲が長くたなびく青い寒空の下で、低層のビルがきらきら輝き、雲が切れると急に鮮やかに色づく。あるハイウェイから別のハイウェイへ移るとき、イーストはうしろを振り返った。山々がうしろにずらり並んでいる。まだ近いが、折り畳まれ、押しつぶされているように見える。現実の姿、現実の表情はまるでわからない。よくある稜線だし、ＬＡの茶色の稜線よりちょっと明るくて鋭角なだけ。

行く手に何が待ち受けているのか、彼らはわかっている。真っ平らな大地、果てしなく続く凪いだ〝海〟のような。

「誰か運転しろよ」マイケル・ウィルソンがいった。「クソみたいな景色はもうたくさんだ」

ウォルターがハンドルを握った。マイケル・ウィルソンは助手席のシートをうしろに倒し、両手の指先で顔を揉みはじめた。イーストは真ん中のシートに移り、マッサージの様子を見物した。「どこで覚えたんだ？　東京の温泉《スパ》か？」

「なわけねえだろ、イースト」マイケル・ウィルソンがいった。「おまえのお母さんに教わったんだぜ」

イーストはほほ笑み、路面に目を戻した。東へ延びる道に。しばらくして、イーストも目を閉じた。眠気に身を任せた。

だが、甲高い電子音に邪魔された。首を巡らしてタイの様子を窺った。タイは目もくれない。指の筋肉が灰色のプラスチックのゲーム機の近くでぴくぴく動いている。エイリアンと爆弾のゲームらしい。いつまでも寝転がってプレイしている。

「バッテリーは切れないのか？」イーストはついに文句をいった。

タイが目の焦点を合わせた。「しょっちゅう切れる」ぼそりという。「だが、おれのバッテリーは切れない」

「母さんに会いにいったか？」

「いや」タイがいい、鼻を鳴らした。「そっちは？」

「行った。カネを持っていった」イーストはいった。「出発の前の晩に」

「へえ」声を落として、タイがいった。「優しいんだな」

イーストも同じくらい声を落としていった。「銃を持ってるって聞いたんだが」

画面上の小さな物体が一インチ（約二・五センチ）ほど動くのに合わせて、タイの目が上下に素早く動いていた。やがて、ついにタイの顔が画面の光を受けてぱっと明るくなり、表情が和らいだ。

「おまえの知ったことか」

「持ってくる必要はないはずだが」イーストは迫った。「フィンは銃を調達するまで、身ぎれいでいろとフィンがいっていただろ」

「〝、、フィンがいっていただろ〟ってか」

「没収する気はない。だが、そうならそうといっておけよ」

タイが親指を猛烈に動かすと、ゲーム機が電子音を発した。「クソがいかれちまうじゃねえか？」タイが小さな声でいった。

〝クソがいかれちまう《シット・ビー・クレイジー》〟。ふたりのあいだでは、決まり文句だった。昔からの。何も意味しないが、同時にどんな意味にもなる。あいまいなのに、はっきりしている。目配せとか、ストリートでの手振りのようなものだ。一緒に実家にいないとか、互いのねぐらは気にしないことを意味する。イーストに弟を従わせる力がまったくないことや、弟との絆が絶たれたと認めることを意味する。もうタイは誰にも従わない。理解を超えた子供であり、今は秋のミツバチのように怠惰だが、やがて立ち上がり、エネルギーと力に体を震わせて動き出す。どこから来たのか、今どこにいるのか。それはイーストにもわかる。どうしてこんな子供になったのか。それはわからない。鞭がしなるときの空気の渦のような存在。みんなそういう。

兄が弟を連れていれば、子守をしているといわれる。だが、ちがう。そんなものではない。ゲームに夢中になって、タイがにやりと笑った。親指が高速で動く。やがて鋭いまなざしを緩める。「おまえのせいで負けちゃったよ」タイがいった。

7

ここでの運転は好きだった——起伏のない平坦な平野だし、人影も見えない。収穫後の切り株が薙《な》ぎ倒されて細かく砕かれている。トラクターか灌漑《かんがい》用採掘機の仕業だろうか、長い銀の縫い目が地表に延びている。平らだ。平らだが、思いのほか多様だ。バンの影が長く延び、平原の色がしだいに移ろう。少年たちは寝たり起きたり、文句をいったりした。数時間以上、車に乗っているのは、仮死状態のようだ——冷たい層の下で心臓が鼓動を刻んでいる。左方に積乱雲が浮かび、独自の動きをしている。

嵐の前線のすぐ手前を走っているせいで、すべてが濡れ、傾く太陽に照らされている。やがて前線を越えると、雲に覆われたほの暗い中に出た。また燃料メーターが低くなり、イーストはガソリンスタンドに寄り、外に出た。白い雨避けの下にポンプが林立し、派手な黄色いプラスチック屋根の店には、ステーキ・アンド・エッグ・コーナーがある。数台のピックアップ・トラックが店の片側に面した低所の細い道路を通り、ハイウェイに乗った。車高が高いクロムメッキのものとか、荷台にキャンピング用の覆いをつけてがたごと走るものとか、白い土嚢《どのう》を積んだもの。ウインドウから見える男や女がこっちを見ていく。珍しいものでも見るような目で。

「連中が生まれてこのかた目にした黒人は、おまえらだけなんだろ」マイケル・ウィルソンが物憂げにいった。「コービーをのぞけばな」

「それはコロラドだ（NBAの花形プレーヤーだったコービー・ブライアントが、二〇〇三年にコロラド州のホテルで女性をレイプした事件のこと）」ウォルターがいった。

「ここはネブラスカ州だ」

「コービーなんだから、ネブラスカにも女ぐらいいたに決まってるだろ」

イーストはマイケル・ウィルソンが料金を支払うのを待った。その後、ガソリンを入れ、バンを駐めた。タイは寝ている。爬虫類のようだ。イーストはすべてのドアをロックし、トイレの個室に入った。東へ向かうにつれて、トイレが汚くなる。LAを出てすぐに、この国のすべてのトイレが掃除され、それ以後はまったく掃除されていないかのようだ。

イーストは首を振った。眠れない。隣の個室に入っているやつがヘッドホンで音楽を聴きながら、息を殺して歌っている。耳を凝らし、苦労して、やっと一節の最後の単語しか聞き取れなかった。〝おまえ。おまえ。おまえ〟。腐った卵——内側から腐った卵——のにおいが漂ってきたあと、個室から出ていった。イーストは顔をしかめ、息を止めた。歯磨きのチューブのように腸の中身を絞り出そうとした。考えがまとまらない。睡眠不足だ。しっかり考えないと。目的地までもう少しだ。今夜は全員がしっかり眠るようにしないと。歩き回り、頭の中身を整理しなければ。

イーストはジッパーを上げ、身軽になることなく個室から出た。

表では、嵐がすぐそこまで迫っていた。のっぺりした灰色のカーテンのようにそびえ、チリやゴミを舞い上げている。ウォルターがハンドルを握り、路肩でアイドリングしていた。

イーストは急いで戻り、助手席に乗った。そのとき、においに気付いた。モールのような、アラブ系の少女たちが行き交う人々にスプレーを吹きかける――〝サンプルはいかが？〟――売店のような。あのフルーツの甘いにおい。

次に気付いたのは靴だった。金色の靴。金箔を貼ったくさびのような靴で、少女の足がはまっている。

前部二列のシートのあいだで、きらきらと浮いている。マイケル・ウィルソンが隣にいて、真横を向いて愛想を振りまいている。後部シートでは、タイがビックリマークのように背筋をしゃんと伸ばして座っている。このときばかりは興味をかき立てられているが、どうしていいかわからないようだ。ウォルターはうしろに目を向けようともせず、バンを出しはじめた。

少女は白人だった。十六、十七歳といったところで、くるくるとカールのかかった赤毛。怖がっているのか、イーストに対して懸命に目を向けている。物珍しいだけかもしれないが。

それでも、じろじろ値踏みされるのは慣れているようだ。

ほかの三人が口をひらく気配がないので、イーストはこう切り出した。「おまえ、いった い誰だ？」

マイケル・ウィルソンが舌打ちした。「E、この子はマギーっていうんだ。ちょっとオマハまで乗せていこうかって話してたところだ。空港で降ろしてやろうぜってさ」

イーストはいった。「いや。だめだ」

マイケル・ウィルソンがにやつきと溜息を漏らした。

「E」彼がいった。「この子は助けを求めてる。このスタンドにおいてけぼりを喰らっちまったんだぜ」片手を少女のベルトに回す。イーストはベルトが金色の靴とおそろいなのに気付いた。「この子の行きたい方角へは誰も行かない。ところが、おれたちは行く。だよな？」

少女がマイケル・ウィルソンの黒いジャージに手を置いた。もろに股間に置いた。

イーストの背筋に冷たいものが走った。黄色い線で囲まれたベガスの駐車スペース。イーストは少女をにらみつけた。

「だめだ、乗せない。停めろ」イーストはウォルターを叩いた。「戻れ。さっきのところまで」ウォルターが震えながら息を吐き、駐車場でUターンした。

少女の手もそのままに、マイケル・ウィルソンが体の向きを変えた。

「E」マイケル・ウィルソンがうんざりした口調でいった。「この子には〝足〟が必要だ。そこのところは動かしようのない事実だ。おれたち全員に何かいいことがあるかもしれないぜ。おれにはある、きっとな。だからさ、バンを出そうぜ。そうすりゃおまえをぶちのめす必要もなくなる」少女がそわそわして顔を赤らめ、マイケル・ウィルソンが耳に残る小さな笑い声を上げた。表情が一変していた。透明な葉巻をくわえているみたいに、あいた口が歪んでいる。「出せ、ウォルト」マイケル・ウィルソンが付け加えた。「こいつのいうことに耳を貸すな」

どうしていいか迷っているらしく、ウォルターが頬をさすった。「あそこに停めろ」イーストも譲らなかった。駐車スペースを指さした。「そこのドアの近く」

「イースト、痛めつけてやるからな」マイケル・ウィルソンが脅した。

イーストは目を陰らせ、少女に穴があくほどの冷たいまなざしを向けた。少女の緑色の目は明るいが、にらみ返してきた。人の品定めには慣れているらしい。ふと〝家〟の表にいたあの黒人少女、ジャクソンからやってきた少女を見ているような気がした。同じだ。挑みかかってくるようなまなざし。物珍しそうでもある。

「降りろよ」イーストはいった。「ここにいたっていいことはない」

少女が唇の両端を引きつらせ、笑みを見せた。その後、前に身を乗り出すと、髪がかぐわしい枝のように大きく揺れた。指がイーストの左腰に這ってきた。

イーストはくぐもった叫び声を出し、蛇が飛びかかるように、少女の手を払いのけた。少女が手を引っ込めた。無表情を装おうとしたが、体が震えていた。

「ごめんなさい」マギーという少女がいった。思っていたより甲高い声だ。「もしかしたら、あたし――」

「そんな、マギー」マイケル・ウィルソンが懇願した。「こいつ、このガキはさ――マギー、こんなやつのいうことは気にするなって」

マイケル・ウィルソンが少女に手を回したが、少女は身をよじった。「あたし、降りるわ」

イーストは座り直した。スタンドをちらりと振り返る少女のしぐさを見て、感づいた。急に忘れものを思い出したかのようだ。人々、ぬいぐるみの動物。それをどうしても取ってきたい。怖じ気づいたのだ。

「マギー、そんな」マイケル・ウィルソンが猫なで声を出した。欲望でべとついた声。

女には分別がある。手を引かせることもできる。荒れ狂う風を読み、風の意図がわかる。その点、男はやみくもに風に突っ込み、いつもペニスを勃てるから、死人が出てしまう。〝家〟のときだってそうだ。

マイケル・ウィルソンが頭に血をのぼせていた。どうしたってそうなる。まず頼み込み、追いすがった。「でも、無理よ」少女がいい、金色の靴が駐車場に降りた。ガラスのドア――〝いらっしゃいませ、以下のカードがお使いになれます〟――があいて少女を通した。

マイケル・ウィルソンが舌打ちをした。「クソッ」彼がいった。「行っちまった」

マギーをつかもうとしていた手を握りしめ、イーストの頭を殴った。

イーストは頭を低くして、身を守ろうとした。「バンを出せ」イーストは小声でいい、ウォルターが従った。マイケル・ウィルソンが青くて低い天井に頭をぶつけないように立ち上がったが、イーストが助手席で体を丸めていたから、右ストレートを繰り出すことはできなかった。シートのあいだに身を乗り出して、左手で殴りはじめた。イーストは二発目のパンチを食らって細かい星が見えた。

「出せ！」イーストはあえぎながらいった。「行け！」

スライド・ドアがあき、ひんやりした空気が車内に押し寄せた。イーストはまた身を縮め、バンがUターンしたせいで、マイケル・ウィルソンが横に倒れた。また立ち上がり、拳を振り回した。イーストはパンチを逸らした――ウォルターがまた急ハンドルを切ると、マイケル・ウィルソンが何かにつかまった。

ガソリンを使ってこの喧嘩を食い止めるかのように、ウォルターが加速して出口へ向かった。「危ないぞ、マイク」ウォルターが注意した。「事故るぞ」

「なら、停めろ」マイケル・ウィルソンが怒声を発した。「こいつをぶん殴ってやる」拳を固めて、シートに背をもたせた。「痛めつけてやるからな」マイケル・ウィルソンが啖呵《たんか》を切った。

〝出口まで一マイル〟の標識にさしかかると、ウォルターが出口に向けてハンドルを切った。イーストは顔を触った。血が耳や頭についていて、どす黒い線のような傷口からどくどくと出血している。音まで聞こえそうだ。今こそカードを切る時だと思った。

「どうしたんだよ、ウォルト？」イーストは訴えた。「〝まあいいさ、この子は乗っちまったんだから〟と思っただけだろ？」

ウォルターが何事かもごもごと答えた。ハンドルを握ったままじっとおとなしくしている。うしろのシートでは、マイケル・ウィルソンが声を上げて笑い、肩をほぐしたり、ならしたりしている。

イーストはマイケル・ウィルソンに食ってかかった。「おっと、今度はこわもて用心棒のまねか。自分の仕事をしろよ」

マイケル・ウィルソンが甲高いよそ行きの声で非難した。「イージー。何をいいたいのかはわかる。たかがストリートのホモ野郎のくせして。女なんか知らねえんだろ。だが、おれは知ってる。あの女はみんなにヤらせただろうよ」

味方を増やそうとしている。

ウォルターがブレーキを踏み、速度が時速八十マイル、七十、五十五へ下がっていった。出口はどの道路ともつながっていない。何にも使われていない広場があるだけだった。かつて誰かが金もうけをしようとつくったひび割れたコンクリートの敷地だ。ハイウェイを挟んだ反対側に、一軒のガソリンスタンドがまだ看板を出している。

人気《ひとけ》はない。ここでやられるのか。

「おい、おれを怒らすようなことをしちゃまずいぜ」マイケル・ウィルソンがどすの利いた声でいった。「思い知らせてやるよ」

ウォルターがバンのギアを〝パーキング〟に入れても、イーストはじっとしていた。〝ついに来たか〟と思った。いつこんな時が来るかわからなかったが、いつか来ると思っていた。殴り合いだけなら、打ちのめされるだろう。さらに酷い可能性もある。だが、〝投票〟もあるなら、勝てるかもしれない。ウォルターは味方だ。ウォルターもあの少女とヤりたかったんだろうけど、結局、あの子を降ろした。正しいことを求めている。手助けしてくれるかもしれない。

タイは？　どういう腹積もりなのか、イーストにはわからない。

マイケル・ウィルソンが立ち上がった。イーストは声を上げた。「みんな降りろ！」そして、真っ先に飛び出した。もう汗が吹き出ている。

ふたつの拳を固め、重みを測る。腕がこんなに細く感じたのははじめてだ。

〝ついに来た〟。

そのとき、マイケル・ウィルソンがひび割れたコンクリートを横切って襲いかかってきた。痛めつけられると、心が体を放棄して、自分のものだと見なさなくなることがあるという。終わったあとで、体の中に戻ってくるのだと。だが、イーストの心はどこへも行かなかった。計算していた。マイケル・ウィルソンは殺しはしない。あの女のために殺したりはしない。だが、ばかが本性をむき出しにしたら、何をしでかすか？　値踏みは終わった。やると決めた。あり得ないほどいかれたばか野郎になった。

すると、マイケル・ウィルソンが動きを止め、白いメッシュのドジャースのシャツを脱ぎ、バンのサイドミラーに引っかけた。ジムで鍛えた腹の筋肉が、一匹の子犬のようにぴくぴくと動いている。その筋肉のせいで、イーストの胸中にしまっていた恐怖の小瓶が割れた。

「聞けよ」イーストはいいわけをはじめた。「ちゃんと説明してやるから」

「黙れ」マイケル・ウィルソンがいった。「千マイル前にこうしておくんだったぜ」腕の筋肉の盛り上がりに、中国語の刺青が見える。拳を固め、振り回した。

イーストは身をこわばらせた。だが、マイケル・ウィルソンの動きは素早かった。腕を曲げて、イーストの腎臓に拳を打ち込んだ。イーストは内側でほとばしる苦いものを感じた。

「来いよ、イージー」マイケル・ウィルソンがいい、長い腕をイーストに回した。イーストは組み合い、足場を確保しようとした。立っていろ、絶対に。コンクリートはおまえの友だちじゃない。

マイケル・ウィルソンがさらに力を入れた。横にひねり、イーストの胸を抱えて持ち上げ、地面に叩きつけようとした。イーストは足を広げて踏ん張った。マイケル・ウィルソンが息を吸い、悪態をついて、またひねった。イーストは今度も踏ん張り、懸命に立っていた。ウォルターがそばに寄り、大声で叫んだ。マイケルがイーストを締め上げた。ローションのにおいがする。片方の拳が離れ、飛んできた。今度はイーストの目のそばに当たった。ずきずきして、腫れ上がったような気がした。マイケル・ウィルソンが固い爪でイーストの頭を探った。耳をつかみ、ねじり、引きちぎろうとした。イーストは金切り声を出した。そのとき、すべての動きが止まった。

音が消える。荒くて、湿った吐息。黒くて冷たいものが、イーストの顔をなでた。犬の鼻にも似た感触だ。タイが小型の銃をイーストに向けて構えた。ゆったりと、まっすぐに。

「やめろ」タイがいった。気にも留めていないかのように、銃を構えている。

マイケル・ウィルソンが毒づき、イーストを離した。タイと冷たくて黒い銃身に向かって、勢いよく。

腹に漫画が描かれた牛乳屋の大型トラックが、横の道路を走り過ぎた。

「銃を持ってたわけだ」マイケル・ウィルソンがいった。

タイは答えない。イーストは目の焦点を合わせ、声の出し方を思い出そうとした。口の内側を噛んだ。今が最大のチャンスだ。

「タイにカネを渡せ」歯のまわりが腫れていたから、滑舌が悪かった。

ところが、タイはイーストに銃を向けたままだ。

「誰が渡すかよ」マイケル・ウィルソンがいった。片方の拳をもう一方の手で揉んだ。「おまえの弟は撃つのか？　誰を撃つかはまだ決めてないようだけどな。それで、どうする？おれを追い出すのか？」

「ああ」イーストはいった。考えてはいたけれど、あっちからいってきたからには、そうするしかない。

マイケル・ウィルソンが爪先で地面を蹴り、またイーストに手を振り、横腹へのフックを放った。不意の一発。イーストはくずおれ、痛みのあまりうめいた。「わかったか？」マイケル・ウィルソンがにやにやしている。「おまえなんか、クソみたいなもんだ」そういって一歩近づき、もう一発くれてやろうとしたとき、雷鳴のような乾いた音が四人全員を襲い、イーストはパンチを食らわず、閃光に包まれてあとずさった。

タイが銃を空に向けていた。乾いた灰色の煙を伴った銃声が、どこかにぶつかってこだましている。

マイケル・ウィルソンが吐き捨てた。「おい、おまえ、マジかよ」

タイがはじめてマイケル・ウィルソンに銃を向けた。

「そのカネを、今ここでもらおうか」タイがいった。

マイケル・ウィルソンが恐ろしい形相でタイをにらみつけた。尻のポケットから、二十ドル札を丸めたものを地面に落とした。札がバラバラに散らばりかけたので、タイが足で踏みつけた。

「ほらよ」

ウォルターが口をひらいた。「それでぜんぶじゃないだろ」

マイケル・ウィルソンが遠くをちらりと見て、ガソリンスタンドへ続く陸橋までの距離を目で測った。

「残りのカネも出せよ、マイク」ウォルターがいった。

「残りは持たせてやる。要るだろうからな」イーストはいった。「さあ、行けよ」

マイケル・ウィルソンがほくそ笑んだ。「こんな農場の真ん中でかよ？」

「そうだ」イーストはいった。ミラーに引っかけてあった白いメッシュのシャツをつかみ、投げてやった。マイケル・ウィルソンがシャツを受け取り、着た。「それじゃ、おれのバッグももらうぜ」マイケル・ウィルソンがいった。イーストはうなずいた。マイケル・ウィルソンが後部シートからバッグを取った。

「かわいいバッグだ」イーストはひとことといわずにはいられなかった。

「いっておくがな」マイケル・ウィルソンがいった。「おまえらと別れてもどうってことはない。せいせいするぜ。電話一本して家に帰るだけだ。おまえらは路頭に迷う。おれがいなけりゃ銃をもらえない。おれがいなけりゃ、男を見つけられない。運転できる歳に見えるやつなんかひとりもいない」

「おまえがいなくてもどうにかなる」イーストはいった。

「おまえに話してるわけじゃねえよ」マイケル・ウィルソンがいった。「銃を持った若いのにいってるのさ」そういうと、イーストに背を向けた。「おまえは近所を見張る役だ。だが、もうここは近所じゃない。おまえの知らないことばかりだぜ、チンピラ。引き返せねえぞ。失敗しても、おまえの居場所はないからな。ここまで知ってしまったわけだから、ジョニーとシドニーに殺される。ほかのやつかもしれないが——それはどうでもいい」

「ほざきたいだけほざけ」タイがいった。

「長い目で考えろ」マイケル・ウィルソンが言葉を嚙みしめながらいった。「まだ一人前にもなっていないんだぞ」

「そうかい」タイがいった。「じゃあな」

マイケル・ウィルソンはぴかぴかのスニーカーで地面を踏んでいた。喧嘩をしたばかりで、こんなトウモロコシ畑の真ん中にいるというのに、いつもどおりぴかぴかの派手ななりだ。黒いトラックスーツ・パンツ、ジムのロゴがついたつやつやのバッグ、白いナイロンのシャツ、そして、メッシュ越しに見える黒い肌。はぐれた雨滴がマイケル・ウィルソンに当たり、消えていった。

「忘れんなよ」マイケル・ウィルソンがいった。「おまえらは死ぬ。ファック」

マイケル・ウィルソンがうなずき――イーストにではなく、銃に向かって――きびすを返して足を踏み出した。やがて小走りになった。走り出すと、タイが銃をしまった。しばらく、イーストは信じられなかった。タイがこんなふうに仲裁に入るとは、そして、マイケル・ウィルソンを逃がしてやるとは。イーストの目論見どおりのタイなら、イーストの傷ついて血にまみれた頭の中にいるタイなら、マイケル・ウィルソンを撃ち殺し、道路の外れに放置して鳥の餌にしていたはずだ。こんな展開ではない。うねる雲の下、マイケル・ウィルソンが白いシャツをたなびかせ、ネックレスをきらめかせて、田舎道を逃げていくとは思わなかった。しばらくすると陸橋を伝って道路を渡り、降りはじめた。彼は振り返らなかった。

8

イーストの指はミラーより状況を捉えていた。目は問題ないように見えるが、指で触れると、膨れて熱くなっていて、ぶよぶよだった。ウォルターの飲み物に入っていた氷をナプキンに包んで当てたが、ぐっしょり濡れただけだった。

「どのくらいこっぴどく痛めつけられた？」ウォルターがまた訊いた。しきりにミラーをのぞいている。まるでマイケル・ウィルソンが追いかけてくるとでも思っているかのように。タイが後部シートで退屈そうに座り、外を眺めている。

やっつけられたのはいつ以来だろうか、イーストは記憶を探った。八歳か九歳のときだ。そうだ、九歳だ——三年生のとき、夏休みの一週間前だ。三年生は次の学校へ上がる。だが、落第が決まった四人が毎日ひとりの少年をつかまえては、餞別《せんべつ》だとばかりにぶちのめしていた。校長はそういう連中を停学にしない——連中が停学を望んでいるからだ。三度も留年しているやつもいる。そいつはもう十一歳だった。

連中はイーストの顔や肩に傷をつくり、一本の歯をぐらつかせた。母親は学校に行って派手に文句をいってやるとわめいた。だが、行ったことはない。それのほうがこたえた。だが、今度のほうが痛い。

フィンがイーストを傘下に置いたのはその年だ。関心を寄せ、イーストが困らないように計らった。タイについては、あまり気にかけていなかった。タイはフィンの血統ではない。

目に当てていたナプキンを外すと、皮膚から何かが流れ出していた。ウォルターがそれを見て、目を見ひらいた。

「悪いことはいわない。薬局に行ったほうがいい。塗り薬を買おう。薬をつけなきゃだめだ。それから包帯もな」

イーストの声が力なく、か細くなっていた。「見た目は、どんな感じだ？」

ウォルターが笑いを押し殺した。「ケツを蹴っ飛ばされたみたいに見えるよ」

イーストはナプキンをまた当てた。

「大丈夫か？」

イーストはうなずいた。目の話はしたくない。

高い城壁のような雲が太陽を遮っている。路上の車がヘッドライトをつけた。イーストはこわばって震える指で財布をあけ、片目でカネを数えた。二百六十ドルある。もう一度、確かめた。

「いくら持ってる？」イーストはか細いうつろな声でウォルターに訊いた。

「三百二十二ドルだ」ウォルターがうしろを振り向かずに答えた。

「三百ではじまったのに、どうして三百二十二もある？」

「おいおい、おれがカネを持ってたからに決まってるだろ。まさか、おまえ、持ってこなかったのか？」

「財布は持ってくるなといわれただろ」イーストはいった。「二百六十足す三百二十は？」

「五百八十だ。プラス・タイの持ち金な」

「タイ。いくら持ってる？」

ふたりが答えを待つなか、タイは無言でウインドウの外を眺めていた。

「タイ」イーストはまた呼びかけた。「ぜんぶでいくらあるのか確かめてるんだ」

反応はない。

「近くに街がある」ウォルターがいった。「ハイウェイを降りよう。店を探そう」

イーストは折れた。「わかったよ。何とかなるか、五百八十ドルで？」

「ガソリン代は要る」ウォルターがいった。

「銃も」イーストはいった。

タイが咳払いした。「銃にカネは払わなくてもいいはずだ」

イーストはいった。「何だ？　今のは物音か？」

「しっかり聞こえたんだろ」タイがいった。

イーストは振り向き、弟に腫れた目を見せた。目が痛い。蛇に嚙まれたとか、毒が溜まっているみたいに熱が籠っている。「もっと聞かせてほしいもんだな？」

タイは黙ったまま、落ちくぼんだ中央分離帯が過ぎ去るさまを見つめている。

「おまえらときたら」ウォルターが首を振った。「危険特別手当でももらわなきゃやってられねえよ」

イーストは薬屋の表に停めたバンの中にいた。タイは降りるそぶりも見せない。戸口が青と白に光るさまを見ていた。安っぽい街《プラスチック》。白人の客がポテトチップスの袋と、ケースに入った飲み物を持って行き交っている。みんな知り合いのようで、話をしたり、話さないまでも手を振るぐらいはしている。

「タイ」イーストはうしろに向かって呼びかけた。〝なしのつぶて〟。「銃の話はどこまで聞いてる?」

「ここはドラッグストアには見えないな」タイがいった。

「そこに看板が出てる。〝薬《ドラッグ》〟って」

「へえ」タイが皮肉を込めていった。「なら、たぶんそうなんだろ」

「おれが訊いたことに答える気はあるのか?」

「ない」タイがいった。

「おまえが段取りをつけたのか? 売り手はおまえの知り合いか?」

タイがじいさんみたいに、かすかに鼻を鳴らした。

タイに話しかけても、いつもこうなる。これまでもわがままで、意固地なガキだった。今では壁みたいなものだ。どんな話をしても、自分が警察になったような気になる。実際に一、二度、補導され、警察の机を挟んで尋問を受けても無表情を貫いたりして、こんな技を身に付けたのかと思うこともあった。でも、タイに訊いても無駄だ。永遠にわからない。

タイのとらえどころのなさは、同じ母方の血を拒んでいた。イーストは同じ年ごろの少年たちをまとめたり、麻薬常習者《ジャンキー》を無事に迎え入れたり、送り出したりできる。向けられた銃口から目をそらさないでいられる。だが、タイはどこかから、一緒に過ごした子供時代を消し去る術を見つけたらしい。イーストと暮らした二年という年月を。今ではタイに何をいっても無駄だ。

ウォルターが消毒薬と、幅がクレジット・カードくらいある包帯を買ってきた。「そんなものは巻かない」イーストはいった。

「勝手にしろよ」ウォルターがいった。「夜になったら、どうなってるんだか。巻いときゃよかったと思ってるかもな」

「今夜、例の銃の受け取り場所に行くのか？」

「マイケル・ウィルソンがあの女に行き先を教えてなけりゃいいけど」

イーストもそれを考えていた。「そこまでばかじゃないだろう。いくらマイケルだって」

「でもさ、ウィスコンシンに向かってるってことぐらいはいったかもしれねえぞ。東へ行くとか。おれたちが東へ向かってるって、あの子は知ってたぞ」

「何もいってないだろ」よりによって、マイケル・ウィルソンの良識を信じるようなことをいう羽目になるとは。「まあ、うまくいくさ」

「こんなところにいるんだから」ウォルターがいった。「うまくいってないってことだろ」

薬を塗るとひりひりしたが、イーストは眉毛の際と目の下に擦り込んだ。ハイウェイに戻るときも、指先でさすっていた。今では乗員が三人になったバンは、車体が長過ぎ、広過ぎるように感じられた。車内全体が薄暗い巣窟のようだ。イーストはウインドウを半分ほどあけ、風と午後の光を入れた。さっきの嵐がうしろに迫り、分厚い雲がそびえている。フェンス越しに、もう街灯に照らされている別の街が見える。ごちゃごちゃした家並みだ。ふたりの白人の少女が照明のついた私道でバスケットボールをしている。

一時間ぐらいで、顔の痛みは引いた。今では、マイケル・ウィルソンに殴られた背中とか、そのあとで不意にパンチを喰らった横腹が、内側から引っかかれているようにうずいている。熱いのと冷たいのが交じり合っている。青痣が左右から広がり、臍《へそ》のあたりでつながっているような気がする。腐った洋梨が脳裏に浮かんだ。子供が泣くのを懸命にこらえているみたいに、たまに息が止まる。痛みが怒りを生み、怒りが沈黙を呼んだ。

シートのあいだにしまっていたロード・マップを取り出し、何を見るともなくページを繰った。州から州へ。アリゾナ。アーカンソー。カリフォルニア。全面を使ったロサンゼルスの都市マップで手を止め、じっと見た。だらしなく広がるこの都市の中にも、耳にした街がある。だが、ザ・ボクシズは見つけられなかった。地図の見方を教えてくれた人はいない。

地図を信じられないといけない。道をまちがっていないと信じられないと。道を、地図を、計画を信じられないと。よりどころにしているものが、ちゃんとどこかへ導いてくれると信じられないといけない。

どこかに貼ってあったピンク色のビラを持って、アイオワまでやってきた。フットボールみたいな巨乳の黒人女。その女の写真の下に、黒いシーソーのような形で電話番号が派手に書いてある。

指で番号をなぞる。「いつここにかける？」

ウォルターが飲み物をひとくち飲んだ。「いつがいいと思う？」

「次の休憩のときがいいだろう」

「わかった。どっちみち、おれはまたどこかで休憩しないといけないし。あのドラッグストアはトイレがなかったから」

「うしろで用を足せよ」

「おまえがやれよ」ウォルターがいった。「スラム街生まれのケツでも出してさ。おれは生まれながらにして品位ってものがある」

イーストは思わず噴き出した。

「どんな具合だ？」

「おれたちはいくら持っているんだったっけ」

「五百八十二ドルだ。応急手当で五ドル・マイナス」

「わかった」イーストはいった。「おれの具合はもう訊くな」

「E、二十五セント硬貨が要るぞ」

ガソリンスタンドの奥で、給油ホースのシューという音が聞こえるなか、イーストとウォルターは公衆電話の前に身を寄せていた。イーストはロード・マップを持っている。

「携帯の番号じゃない。ただではかけられない」ウォルターがいった。

「わかってる」イーストはいったが、ダイヤルと説明書きを茫然と見つめた。腹が立つ。

ウォルターが番号を読み上げた。二一三。次に二六二。それから八〇八三。ボタンがべとついている。

「先方が出たら、エイブラハム・リンカーンを呼びだせばいいのか？」

「エイブラハム・リンカーンだ」ふたりは真顔を保った。

「クソ。雨が降ってくる前にとっとと済まそう」イーストはもう一度、ピンク色のビラを見た。耳に入ってきた音声が、硬貨を入れてくださいと伝えた。「入れろ」イーストは意地悪い口調でいい、ウォルターが銀色の硬貨を差し出した。硬貨はきらめき、生暖かかった。ウォルターもどこかうざったいと思っていた。明るい声、いつでも前向きなところ。どこか納得できないところがある。

まず待ち受け音楽が流れてから、女の録音音声が聞こえた。〝ハーイ、ベイビー。電話してくれてうれしいわ〟。三十秒。生身の交換手の声はもっと静かで、お支払いはいかがしますかと尋ねてきた。イーストは声を絞り出した。「エイブラハム・リンカーンと話がしたい」どうにかいった。

ウォルターも今度はくすくすと笑っていた。

「おつなぎします」交換手の女がいった。

誰だ？　落ち着いた声、誰かはわからない。フィンの家にいた口を結んでいた女か？　ちがう。でも、あの女を思い出した。きらきらのビーズのネットで髪をまとめていた。紅茶を運んできた、あの手。

やがて男の声が聞こえてきた。

「どんな具合だ？」

イーストはとっさにいった。「順調だ」いったそばから、居心地の悪さを感じた。二日のあいだバンで走り、人には何もいわず、任務を胸の奥底に隠してきた。バンには不安が充満している。それをまた話の俎上《そじょう》に載せる。

「エイブラハム・リンカーンか」イーストは恐る恐るいった。

「そうだ」男がいった。野太い声。フィンの声ではないが、低いところはいくらか似ている。

ウォルターが声を殺していった。「誰だ？」

「今ネブラスカだ」イーストは報告した。

「ネブラスカのどこだ？」

「ガソリンスタンド」

「いいか」男がいった。「どの辺のガソリンスタンドだ？」

「いや。わからない」イーストは認めた。

「わからないのか？　どこの街にいるのか、わからないのか？」

「ネブラスカに入ったばかりで」イーストは口ごもりながらいった。

「わかった」声がいった。やれやれといった感じだ。「だいぶ早い。よくやった。一時間後にまた電話しろ。ペンか鉛筆を用意しておけ。道順を教える」

「了解」イーストはいった。

「もう一回いっておく」男がいった。「どこにいるか確認しておけ。正確に」

「すまない」

「あとでな」

通話が切れた。イーストは熱くなったプラスチックの受話器を見つめた。さっきまで送話口が当たっていたあたりを触った。

ウォルターがそわそわしている。「誰だった？」

「わからない」イーストはそういうしかなかった。

「何だって？」

「一時間後にまた電話しろってさ。今度はどの街にいるか確認しておけって」

ウォルターが電話ボックスの側面を平手で叩いた。「どの街にいるかはわかってたのに」

「いえよ」

「訊けよ」

むっとしたらしい。〝このデブはチャンスを逃した〟とイーストは思った。〝満点を取るチャンスを〟。ロード・マップを丸めて脇に挟んだ。

「小便してくる」ウォルターがいった。

イーストは急いで店に入り、レモネードを買ったが、中身の大半は氷だった。真ん中の列のシートで靴下と靴とシャツを脱ぎ、溶けていく氷を体に塗りたくった。冷たいかけらが疲れた肌を清めるが、土気色の左脇のうずきはまだ残っている。枕カバーから新しい下着とねずみ色のドジャース・シャツを出して、着替えた。ズボンを履き、氷を顔にすり付けた。

外はだんだん寒くなってきた。夜の寒さではなく、冬の寒さだ。大型トラックが車体上部に延びるマフラーを轟かせ、両方向からどくどくと走り過ぎていく。

ウォルターが戻ると、三人はまた旅を続けた。嵐がまたうしろに迫り、雲が渦を巻きながら高くそびえている。くさくて、裂けたドジャースのシャツをウインドウの外に出し、しばらく旗のようにぱたぱたと流した。つまんでいた指を放すと、すぐに飛んでいった。

イーストは州境をまたぐ夢を見た。途切れ途切れで、胸がざわつくような夢で、はじめて見る夢だった。あさっての方向に走り、逆走し、あり得ないところに出た。ハイウェイが川の中で途切れていたり、橋がぐらついていたり、平原が突然割れたり。東に進んでいるからあり得ないのに、スモッグに覆われ、茶色い垂れ幕のような山の斜面が見えるLAが、前方にある。どこへ行っても――人々はアメリカの話をしている。いつか見たほうがいい、車で横断したらいいと。どうしてそう思ったのかは、誰もいわない。

目が覚めた。ウォルターが運転席で運転に専念している。唇が何かを呟いている。繰り返しているところを見ると、歌のようだ。ウォルターがバックミラーをのぞいた。

「どこまで来た？」

「さあな。千五百マイル。しっ」ウォルターが二本の指でうしろを指し示した。

イーストは目をぱちくりさせ、体を起こした。「どうした？」

「しっ」ウォルターがまたいった。

リアウインドウ越しに、棚状の嵐雲の下から沈みゆく日の光が漏れ、曇った青い層ができている。同じ車線のうしろに、一組のヘッドライトが見える。

「州警察のパトロールカーだ」ウォルターがいった。

イーストはヘッドライトの背後に浮かび上がる輪郭をもう一度見た。「どうしてわかる？」

「おれたちのうしろについたときには、それほど暗くなかった」ウォルターがいった。「それからずっとケツにくっついてる」

「スピード違反したのか？」

「いや。時速六十五マイルぴったりだ」ウォルターがいった。「このバンに速度設定装置《クルーズ・コントロール》がついてればなぁ」

「というと、大丈夫かもしれないのか？　連中がその気なら、回転灯を回してもおかしくない」

「そうなんだろうな」ウォルターがいった。「たぶん。ゆっくりやるつもりなのかもな。データベースでおれたちを検索中とか」

「データベースだって？」イーストはあくびしながらいった。

「全ナンバーの情報が入ってる」ウォルターがいった。「何ていう名前だったかは忘れた。警官が検索する。指名手配されてるかとか、行方不明かとか、盗難車じゃないかとか、カネを借りてるかとか、そんなことを調べられる。好きな情報を引き出せる」

「でも、ジョニーがバンは〝きれい〟だといってたぞ」

「バンはジョニーの家族の名前で登録されている。ハリスというやつで、そいつが見つかることはない。保険にも入ってる。免許証も本物。たしかだ。おれがつくらせたんだから。ベガスまでは、ぜんぶ〝きれい〟だった」

「カジノに立ち寄るまでか？」

「立ち寄ったのがまずいんじゃない」ウォルターがいった。「レッカー車に牽引されそうになったことでもない。作業員にカネを渡せば済む。百ドルもくれてやれば、問題は消える。まずいのはおまえらふたりだ。エスカレートさせて。作業員をぶちのめすなんてよ」

「それはおれじゃない」

「そうか。だが、おまえの弟だろ」

「おれのせいじゃない」イーストは食い下がった。

うしろに目を向ける。タイは何も反応しない。生きてるのかどうかさえ、さっぱりわからない。

「わかったよ。それでだ。ここで問題なのは――あの連中が通報したのかどうか？　おれたちの手配書みたいなものが出てるのかどうか？　それか、カジノでとどめていて、今度おれたちが入店しようとしたら叩き出すつもりなのか？」ウォルターがいった。「ウィスコンシン・ナンバーだからな。たぶん〝今度〟はないとわかってたはずだ」

イーストはいった。「そんなことまで、おまえはどうして知ってる？」

「そういうことをしてるからさ」ウォルターがいった。「プロジェクトとか」

「プロジェクト？」

「知り合いがいる」ウォルターがいった。「仕事をしてた。おれもしばらく〝家〟の見張りをやった。だが、昇進した」

「免許証はおまえがつくったとかいってたな」イーストはいった。「どういうことだ？　本物じゃない。そういうことだよな」

「イースト。フィンはでかい組織を持ってる。自動車局《DMV》に息の掛かった人がいる。州政府にもいる。おれはそこでバイトしてるんだ。そこの連中はおれが二十二歳だと思ってる。だから登録記録を持ちだせる。人をつくりあげることができる。システムの中で、十年以上も寝かせてから使う記録もある。必要になったら、おれが処理する。おれが実現する」

「何を実現するんだよ？」

「免許証をつくるのさ」ウォルターがいった。

「いかさま師なのか？　印刷するってことか？」

「ちがう、印刷は州がやる。前はおれもやってたが、出来栄えがまだまだだった。店のドアマンの目はごまかせるが、警官には見抜かれる。だが、今のやつは本物だ」

「でも、本物じゃないだろ」

ウォルターがいった。「本物ってなんだよ？　カリフォルニア州の免許証に載ってるものはぜんぶ入ってる。州議会議事堂にも、アントワン・ハリスという人物が実在するという記録のバックアップがある。州警察の警官が照会すれば、記録が出てくる。本物といってもいいんじゃないか？」

「信じられないな」イーストはいった。

「まあ」ウォルターが不満げにいった。「真偽を示さなくても済むように心から祈ってるよ。アントワンは〝きれい〟なやつだ。そのままにしておきたいもんだ」

「おれだって〝きれい〟だ」イーストはいった。「パクられたこともない。〝きれい〟な名だ」

「運がいいこったな」ウォルターがいった。「しっ、うしろのやつが動く」

パトロールカーが回転灯をつけると、明滅する青と白の光を周囲にまき散らした。ウォルターがスピードを緩め、右に寄った。

だが、パトロールカーはそのまま追い抜いていった。

「ほらな？」イーストはいった。「心配することはなかったんだ」

ウォルターが張りつめていた息を長々と吐いた。揚物、汗、オイルのにおいがした。

「あ、そうだな」ウォルターがいった。「もっと早くおまえを起こしとけばよかったよ。話をしてたら、きっとましな気分になってただろうぜ」

ウォルターがヘッドライトを受けて浮かんでいる。サイズ4XLの大きなドジャース・ジャージが鮮やかに揺れている。イーストはまた道路にまつわる夢を見ている――そう思っているだけなのか。やがて、金網が見えた。車線ではなく、サービスエリアにいる。ウォルターの体のうしろに公衆電話がある。

ウォルターが二度目の電話をかけている。イーストはシートで慌てて体を起こした。だが、ウォルターはもう電話を切ろうとしている。片手にピンク色のビラを、もう一方にはロード・マップを持っている。振り向き、フロントガラス越しにイーストを見て、うなずいた。

「わかったぞ」ウォルターがドアをあけ、そうひとことといった。「運転するか？　おれがやってもいいけど？」

「こそこそ出ていったな」イーストは咎めた。

「おまえは寝てたから」

「おれを差し置いて電話するなんて、おまえのやることじゃないだろう」

「なら、おれは運転だけしてるさ」ウォルターが窮屈そうにシートベルトを体に回して締めた。こいつの体に合うものなどないのだ。「ああ、おれのやることだろうからな」

「イースト」ウォルターがいった。「おれはおまえの手下じゃない。おれは電話した。さっきおまえがしたようにな。わからなかったことがわかって気が晴れたかといわれたら、ああ、そのとおりだ。誰が道順を決める？　字が読めるやつだ。標識を読めるやつ、マップを読めるやつだ」

「おれだって読める」イーストはいった。

「そりゃよかった」ウォルターがいった。「車を出していいか？」

イーストはウォルターからビラを引ったくった。裏は手書きの文字で埋まっている――へたくそで、のたくり、輪っかのような文字がぐにゃりと右下がりに雪崩《なだれ》を打っている。

「こんなの読めないぞ」イーストはやがていった。「こんなの、誰も読めない」

「だろ」ウォルターがいった。「おれしか読めない。おれなら一文字残らず読める」

夜になり、ますます暗くなっていた。パン屋のトラックが故障したらしく、駐車スペースふたつ先で、ドアをあんぐりあけて駐まっている。差し押さえられた家に似ている。

「マイケル・ウィルソンのことはいわれたか？」

「マイケル・ウィルソンの話はしなかった。話したくないだろ？」

「裏でこそこそするなよ」イーストは鋭い口調でいった。

「ずいぶん腹を立ててるんだな」ウォルターがいった。「おれも追いだすのかよ。いいぜ。

いつも残るのはおまえだ。おまえとおまえの弟だ。わかってた。強情なストリート黒人だな。勝つのはいつもおまえだ。また勝たせてやるよ」

「なんだよ」イーストは声を荒らげた。

「おれは本気だ」ウォルターがいった。「ほら、キーだ。追いだせよ」

これじゃ女子中学生向けのドラマじゃないか。だが、ウォルターには負けた。

「なんだよ」イーストはうなるような声で繰り返した。

ウォルターがドアの外に唾を吐き出し、キーを握った。エンジンをかけ、ミラーをチェックした。「一時間ぐらいだ」ウォルターがいった。「それでこのハイウェイから降りる」

ようやくイーストは穏やかな口調に戻った。「何ていってた？　受け取り場所について？」

「簡単だ。このハイウェイから降りて、二十マイルばかり離れた食料雑貨店だ。トラックと落ち合う。そこからトラックについていく。代金は支払い済み。先方はこっちが何者かは知らない。受け取って、先に進むだけだ」

「先方はどんなやつらだ？」

ウォルターがスピードを上げた。ワイヤーでつくった鹿の電飾が置いてあるおかしな畑が、遠くでぼんやり光っていた。「何もいわれなかった」

9

「何州にいるんだっけ？」

「アイオワ」

ウォルターはまだイーストに冷たく当たっている。州間ハイウェイから降りるときも、何もいわなかった。しばらく走ってから、イーストはこう訊いていた。「銃があるところに向かってるのか？」ウォルターが一度だけうなずいた。ほんの少し。

「道順のとおりなのか？」

「ああ」

ハイウェイから本格的に外れるのは、はじめてだった。こんな土地を見たのもはじめてだ。

〝アイオワ〟と聞いて脳裏に浮かぶのは、地図と特産品ぐらいだ。トウモロコシ、トラクター、にやつく乳牛の顔。それがイーストの考えるアイオワだ。

だが、この道を走っていても、そんなものはひとつも見えない。寂しげな場所にうち捨てられた牛乳パックのような家――黒ずんで、平らで、ペンキを塗っていないシンダーブロックの基礎。四隅の細長い羽目板が包帯のようにはがれかかっている。子供が砂場遊びで並べるように、家々の表にいろんな種類のおんぼろ車が駐まっている。安っぽいLEDのクリスマス飾りが、窓の中からぼんやり光り、排水路のそばで赤子のイエス・キリストが見張りに立っていたりする。

裏庭は空っぽで、果てしない暗闇が広がる。

少年たちは息を殺し、神経をとがらしてバンを走らせ、イーストはシート越しに路面のでこぼこを感じ取った。鈍い明かりが雲の底に映る小さな街が見えてきた。看板、とんがり屋根。小さな食料雑貨店は営業時間が終わっているが、屋根の輪郭に沿って並ぶプラスチックの文字が、まだ赤い光を放っている。

「ここだ」ウォルターがいい、するりと駐車場に入り、水たまりを踏んでしぶきを飛ばした。雨が上がったのか、水を撒いたのか、どちらかだろう。

「ここなのか？」

「何回いえばわかるんだよ？」

「ウォルト、なあ」イーストはいった。「ただざ、銃は食料雑貨店では取り扱わないもんだろ」

「ここでは取り扱ってる」ウォルターがバンを回し、アイドリングし、ライトをつけたまま停めた。「気分はましになったか？」

「ああ」

「顔の青白さはさっきよりましに見えるな」ウォルターがいった。「また吐くんじゃないかと思ってたが」

イーストは語気を強めていった。「その話を出さなけりゃ、そんなに痛まないんだが」

小雨がフロントガラスにぽつぽつと当たっている。

「おまえの調子はどうだ、タイ？」ウォルターが声をかけた。

答えが返ってきた。「最高だ」

「興奮してんのか、おい？　もっと銃に触れると思って？」

「ああ。それしか考えてねえからな」タイがおどけていった。「銃。銃。銃だ」

コツを、とイーストは思った。タイに話しかけるコツを、おれも知らないのに、ウォルターは知っている。からかったりもできるようだ。互いをよく知っているように見えるが、実際にはちがう。

イーストとタイは、互いを知らなかった。実際には知ってるはずなのに。

そのとき、食料雑貨店の裏手から、小型の黒いピックアップ・トラックがそろりと近づいてきた。運転手は目もくれず、合図もなく、関心がなさそうに見えた。

「あれか？」イーストはいった。

ウォルターの目がきょろきょろしている。トラックのウインカーが一度、点滅した。道路側へ向かう合図だ。

ウォルターもウインカーをつけると、ピックアップ・トラックがエンジンを吹かし、ゆっくりと離れていった。「取り引き開始だ」

ウォルターがハンドルに身を乗り出し、バンと小型の黒いトラックとの距離を保った。ハイウェイに戻ると、三人の緊張も緩み、さっき見てきた家や看板や畑の前を通り、東へ向かう道順をたどった。こっちは家も少なく、修繕のあともない——路面の縁は、落ちくぼんでいたり、小皿ぐらいの大きさの穴がえぐられたりしている。二台ともセンターラインに沿って並んで進んだ。

「これもおまえが取り決めたのか、ウォルト？」イーストはいった。

「いや。向こうが決めた」ウォルターがいった。「要するにこういうことらしい。ある男がいた。ブローカーだ。フレデリックという男だ。そいつが電話でぜんぶ決めた。そいつ自身は銃は取り扱ってない」

「ここら辺のやつか？ LAのやつか？」

「ここはおれの管轄じゃない」

「ここは何じゃないって？」

「そいつがどこにいるのかは知らない。おれが決めたわけじゃない」ウォルターは歯を食いしばったまま いった。「訊けるもんならもっと訊いてみろよ？」

「わかった」イーストはいった。「わかったよ」

もっと広い別の道路が、トウモロコシの切り株で覆われたふたつの畑を突き抜けて延びている。きまり悪そうな青白い鹿の死骸を、ヘッドライトがなでた。その後、ピックアップがスピードを緩めて斜めに進み、センターラインをまたいで停まった。ウォルターはぎくりとして、タイヤをきしらせて急停止した。

助手席にいた男が急いで降りてきた。青いスウェットシャツ、フードをかぶり、紐を引っ張って顔を隠していた。鼻だけ、白い鼻、真っ黒なふたつの目だけが見えている。ウォルターがシフトレバーをつかんだ。しかし、何かをするような余裕はなかった。どこへも行けない。

「落ち着け」イーストはいった。

助手席の男がバンの前を素通りして畑に出て、荒れ果てた二車線路の入り口に近寄った。金属ゲートのボルトを動かした。そして、振り向いて、身振りで呼び寄せた。

「嫌な予感がする」ウォルターがいった。「閉じこめられたら」

「いや、あんなフェンスはたいして役に立たない」イーストは小声でいった。

ウォルターがバンを二車線路へ向けて走らせた。フードをかぶった男がウインドウをあけろと身振りで示した。

「死神みたいな野郎だな」ウォルターが声を殺していい、ウインドウをあけた。

外気が殺到した。星空の下の冷気。男がボールのような頭を巡らしたが、顔は見せなかった。言葉が聞こえてきたが、その声には感情のかけらも感じられなかった。本当に死神なのかもしれない。何者なのかわかったものではない。「ここを行くと、ふたつの〈ハーベストア〉サイロがある小屋に突き当たる。背の高い青いサイロだ」声がいった。「丘を一マイルばかり行ったところだ」

ウォルターが丁寧な口調でいった。「どの丘ですか？」

男は話しかけられたことに気付いているそぶりさえ見せなかった。「この道を行け。突き当たりの谷間にある。行けばわかる。いいな？」

ウォルターとイーストはふたりとも呆気にとられるままにうなずいた。

相手もうなずき返したが、鼻がちょっと縦に動いたようにしか見えなかった。

「帰りもこの道を引き返せばいい」〝鼻〟がいった。「見つけられるなら、突き当たりから私道も出てる」そういうと、長いゲートを押した。バンの前で、ゲートがきしりながらあいた。

少年たちは固まっていた。こういうときの礼儀がよくわからなかった。小さな子がハロウィーンにいったら、コスプレ親父が玄関に出てきて、ウイスキーを一杯勧めてくるような奇妙な家だったみたいな——どうする？

「行け」〝鼻〟がいった。「ここでぐずぐずしていてもしかたない」先で何かを嗅ぎつけたらしく、頭を上げた。〝入れ〟。

ウォルターがアクセルを軽く踏むと、バンがよろめきながらフェンス内に入った。テールライトの光を頼りに、男がゲートを閉めて、立ち去った。小さなテールライトが小さな足跡のように遠ざかっていく。

ウォルターがバンを停め、上の空で、アイドリングさせたまま、指先で顎をさすった。

「どうなんだろうな」

「何が?」

「何かにおわないか?」

「におう?」イーストは探った。こんなところまで来て、びくついてるのか?「さっきおまえもいってたが、段取りはついてるんだろ。お膳立てはできてるんだろ。ぐだぐだしている暇はない」声色を和らげて続けた。「行くぞ」

ウォルターがまたハンドルに指をかけた。

だが、バンはまるで誰かの手で運ばれているかのように、左右前後に揺れた。タイヤと地面とが喧々諤々《けんけんがくがく》とやり合っている――ところどころはきれいな路面だが、こぶができていたり、草が生えていたりするところもある。少しすると、地面が長い三角形のように盛り上がっている緩い斜面を進んだ。

「これがさっきいっていた丘だな」ウォルターがいった。

「一マイルぐらい来たか?」

「ぜんぜんわからない。コーヒーでも飲まないとやってられない」ウォルターがいった。

行く手には、暗い畑が広がっているだけだ。

丘をさらにふたつ越えたところで、それが見えた。亜鉛メッキの〝帽子〟をかぶったふたつ並んだサイロが、まったく目立たずに、ひっそりと不思議な雰囲気でたたずんでいる。二階建ての家屋《ファームハウス》がある。照明が消え、ペンキも塗っていない。長いあいだ塗り直していないせいでペンキが黒ずみ、背後の森と似たような色になっているのかもしれないが。道から離れたほうに、小屋がある。バンは家屋の前を通り、人や馬の足ではなく、タイヤに踏みつけられて禿げた平らな広場に降りた。トタンを張った大きな小屋だった。低いところに大きな窓がひとつしかついていないことから、中には照明がついているのだろう。小さな草が苦しげに生えている。

ウォルターがゆっくりとバンを近づけ、異質なサイロに目を凝らした。

タイが派手に息を吐きだした。「さあ狼さんたちのお出迎えだぞ」タイが知らせた。

イーストはまたドアをつかんだ。二匹の犬がどこから放たれたのか、すっ飛んできて――足音がウォルター側のドアから伝わってきて、ウォルターがすぐにウインドウを閉めた――ヘッドライトを浴びてくるくる回ったり、うしろ足で立ち上がったりすると、剥いた太い牙がぎらりと光っていた。勢いよく近寄ったり、離れたりしている。凶暴そうで、興奮している。群れる獣《ギャング・アニマルズ》が単純な計算をする。こっちは二匹、向こうは一台。こっちが有利だ。こいつらどこかおかしくないか？　イーストは思った。うしろ足で立ち、バンに向かって喉を剥きだすかのように吠えているが、音がしない――踏みならされた地面を擦る足音しか聞こえない。イーストはウインドウを少しだけあけた。何も聞こえない。声の出ない犬だ。映画のシーンのようだ。

「もうコーヒーなんて要らないだろ」後部シートのタイがばかにするような声でいった。

すると、小屋の陰になっているあたりから口笛が聞こえ、犬たちがそっちの方を向き、動きを止めた。鼻を下げ、耳を外に向ける。反射的に。誰かがまた声を上げると、二匹が走り去った。

「マジかよ」ウォルターがいった。「頭がおかしくなりそうだった」

「犬は嫌いだ」タイがいった。

「そうなのか？」イーストはいった。

「ああ」タイがいった。「いつもうるせえし、よだれだらだらだし。慣れ慣れしいし」

イーストは信じられず、呆気にとられて座っていた。イーストも犬好きではない。犬がいると、状況が変わる。いつだって。

バンのライトぐらいでは、まわりの空間がまったく把握できない。誰も出てこない。

「ぜんぶいわれたとおりだ」ウォルターがいった。「黒いトラック。短い私道。農場のピックアップ。ぜんぶエイブ（エイブラハムの愛称）のやつにいわれたとおりだ。ぜんぶ合ってる」

「なら、待とう」

「降りて行くことになってるだろうが」タイがいった。

ほんの一瞬、イーストは弟に対するあらゆる感情が湧いてきた。当然だが腹が立つし、生意気な態度にもうんざりだ。

「見てみろ」タイがいった。「あの窓口。銀行からかっぱらってきたようなドライブスルー窓口だ」

イーストは首を巡らした。たしかにそれっぽい形だし、場所が低くて横に長い。金属の引き出しが金属の窓敷居に載っかり、スピーカーも置いてある。

「びっくりだな」ウォルターがいった。「あんなのは見たこともない」

「窓口を盗んできたのか？」

「買ったんだろ。オークションかなんかで五ドルぐらい出して」ウォルターがいった。「もう気付いてるかもしれないが、この辺は景気が悪そうだしな」

イーストはいった。「そこまで車で行けるんじゃないか？」

「向こうはそれを望んでない」タイがいった。「路面が平らじゃない。バンがひっくり返る」

「クソ」ウォルターがシートベルトをカチリと外し、うしろに戻した。

イーストはまた周囲を見た。「タイ？　どう思う？」

「おれはこう思う」タイがいった。「おまえらふたりが玄関に出向く。そのとき、おれがすぐ出られるようにバンの後部ゲートのロックを外しておく。ただし、あけはしない。おれはここにいて、事態を見守る」

「本気か？」イーストはいった。「おまえは出ないのか？」

「いいんじゃないか」ウォルターがいった。「助けが必要になったら、ガツンと一発かましてくれるんだろ？」

「ああ。おれを隠し球にしておくのさ」

イーストは溜息をついた。「わかったよ」イーストはいった。「いたいなら、バンの中にいればいい」

「いたい」タイがいった。

イーストはドアをあけた。冷気にぎょっとした——息が白くなり、バンから漏れる光を受けて輝いている。イーストはうしろに回り、後部ゲートをあけずにロックを外した。ウォルターもやってきて、排気ガスと暖かみのない赤いライトに包まれた。

「寒くないか？」イーストは訊いた。

「そんなでもない」ウォルターがいった。「風のせいで寒く感じるんじゃないのか」

「そんなでもないだって？」イーストはいった。

「やせっぽちはこれだから」ウォルターが哀れみをにじませていった。「ありゃ。なしのつぶてだな」

窓口に近づく——壁や地面からはがれたコンクリート片や芝生の塊が、窓口の足元に溜まっているさまからすると、本気で車を寄せ付けたくないようだ。イーストは呼び出し用とは思えない赤い色の小さなボタンに手を届かせようと、足の踏み場を探した。双方向スピーカーがある。それがパチパチと音を立てた。

「おまえらが例のガキどもか？」中の声がいった。「西から来たっていう」

「そうだ」イーストはウォルターに目をやった。

甲高い声で、震えている。老人の声だ。「いいか、おまえらには銃口を向けてある」声がいう。「いうとおりにやれよ」

信じていいのかとイーストは思った。こっちに銃の照準が合わされているのか——銃は何挺ある？　きょろきょろしないように心がけた。

「ほかは？」

「ほかの何だ？」

声がいった。「ほかのふたりは？」

「ああ」ウォルターがいい、代わりに答えた。「バンにいる」

スピーカーがパチパチと鳴った。「そいつらの姿も見せてもらう。念のためにな。ごまかされたらかなわん。そういう取り決めだしな」

「無理だ」ウォルターがいった。「寝てるんだ」

「そんなことは知らん」声がいった。「起きたらまた来い。今、起こせんのか？」

「起こしたくない」

「妙だな。わざわざここまで来たんだろ」声がいった。「それなのに、起こさんというのか」

「ああ」ウォルターがいい、見ひらいた目をイーストに向けた。

イーストには答えるべきものがなかった。

「ひとり、ふたり、三人、四人という取り決めだ。こっちは取り決めどおりにしてる。ブツはある。そっちの求めるとおりのものが。おれもほかのふたりが起きたときに来る」声がいった。

「待てよ」イーストは暗いスモークガラスの窓口からあとずさり、小屋をじっと見た。吹きさらしの家屋、二棟の特徴のないサイロ。どの窓も影も、暗過ぎて何も見えない。五、六人が銃を持って待機しているかもしれない。誰もいないのかもしれないが。

冷たい風がむき出しの腕を刺している。

ウォルターもイーストに倣《なら》ってうしろに下がり、身を寄せてきた。

「まるで罠でも仕掛けそうだな」ウォルターがいった。「銀行強盗の手口だ。人質を一カ所にまとめて、楽に見張れるようにする」

「なんで四人いなくちゃいけないなんて取り決めた？」

「取り決めたのはおれじゃない。そういったろ」ウォルターがいった。「おれならこうはしない。だったら、食料雑貨店にいたときに取り決めてうまくいってたはずだ」

イーストは冷たい掌を合わせて揉みながら、毒づいた。

「ジジイってやつは」ウォルターがいった。「田舎者の石頭め。誰かに四人だといわれたら、聖書に書いてあると思っちまう。前にもこんな連中を相手にしたことがある」

「いろんなやつを相手にしてるんだな」

「昔話はあとでしてやるよ。弟を外に連れてきてくれないか？」

イーストはいった。「タイを入れても四人にはならないぞ」

ぶるぶる震えながら、ふたりはウインドウに近づいた。ウインドウ手前で、スピーカーから急に空電音が響き、やがて消えた。

「もしもし」

ウォルターが咳払いをした。白い息が勢いよく出た。「途中でひとり降ろしたから」ウォルターがいった。「三人に減ってる。三人しかいないんだ」

「相談してるところは見ていた」声がいった。「だが、こっちはいわれたとおりやるだけだ」

「こっちに来て、見てくれよ。四人目はいないから」

「おれだってばかじゃない」声がいった。「取り決めを変えるわけにはいかん。四人という話だった。四人で来たら、ブツを取り出し口に入れてやる」

「プランが変わったんだ」ウォルターがいった。「電話させてくれ」

揚物をしているときの脂のように、空電音が強くなった。「勝手にすればいい」

ウォルターがうなだれていった。「そうじゃなくて、電話を貸してくれないかな」

「電話はない」男の声がいった。

イーストは硬質ガラスに目を向けた。ぼやけたバン、霜の光がちらつく世界が映っている。血がなくなっているかのように、唇と皮膚が縮んでいる。黒い空、あざ笑うかのような星々。

「バンの中を見てくれよ」ウォルターがいっていた。「三人なんだ。それしかいないんだ。条件があるならいえばいい。だが、一日、無駄にさせないでくれ」

「いわれたとおりにするだけだ」声が返ってきた。冷静な声だ。

「おれたちは組織全体の遣いで来てる」ウォルターが説得を試みた。「あんたは邪魔するのか。どうして、どんな理由があってそんなことをするのか、おれにはわからない。でも、今はあんたが邪魔してる」

老人がマイクに向かって咳をした。「だからここにいる。安全なところに」

「どうにか新しく取り決めることはできないのか？」

「できるさ」声がいった。「さっきも取り決めたんだろ。もう一度、同じ手順を踏めばいい」

「誰かは知らないが、ボスに電話ぐらいしてもらえないのか？」

パチパチという音がしつこく続いているが、いらだっている気配はない。「電話はない」

この寒さにシャツ一枚しか着ておらず、イーストは今という瞬間から引き離された。そのとき背負っていたものから引き離された。このアイオワの吹きさらしの農場にいるというのはどう考えてもおかしい――三人の黒人少年が、取り引きに失敗し、銃が必要なのに、知り合いひとりいない。イーストはウォルターを見ていた。太った少年がどうにかいいわけをでっち上げて問題を解決しようとしている。ウォルターは別の道を探る男だ。ひとつの考えを試し、切り捨て、別の考えを試す。暖炉並みにでかい体がそんな余裕をもたらしている。あらゆる手を試す時間をつくっている。

ウォルターが人に好かれるのもわかる。

イーストはというと、これまでも寒い中にいたことはあるが、これほど寒いのははじめてだった。バンに戻れば、セーターがあるが、この老人との話を切りたくない。こんな老人でも耐えているというのに、寒いと認めたくはない。

でも、このまま居続けたいかどうかもわからない。寒さに打ち勝ちたいかも。結局、銃の問題だ。銃はずっと嫌いだった。音がやかましいし、使えばごたごたする。銃を携帯していたこともあるが、だからといって安心したことはない。

そうはいっても、おれだってばかじゃない。この世界を動かしてるのは銃だ。

イーストは震えていた。口の中も外気と変わらず、冷たい。頰の内側まで突き刺されるような鋭い寒さが、生身の傷のように鋭い。

あの黒人の男、こんなに長い道のりを経て撃ち殺そうとしている判事、これまで守ってきた任務。先が見えない。想像もできない。銃弾、死体。撃たないという状況は、今になって見える。先に行けない、首尾よくいかない。それが現実だ。それがこの凍えそうな骨身に染みる。とても切り抜けられない。

このじじいにだめだといわれるたびに、おれの骨が痛む。そして、ますます固くなる。しかし、それを弟にいっても仕方がない。そんな話はできない。弟は同じ血だが、骨はちがうから。

イーストは氷のような空気を吸い込んだ。目に何かがこびりついて、凍りかけている。ウォルターがピンク色に照らされ、スモークガラスの窓口に向かって説得を試みている。だが、耳の奥で血が揺れ動く音しか聞こえない。話し合っても無駄だ。

「ウォルター」イーストはいった。「やめよう。寒過ぎる」

ウォルターが話をやめ、横を見た。驚いている。顔に書いてあるようにわかる。「わかった」ウォルターがいった。

だが、うしろを向いたとき、窓口から何かがこすれるような音が聞こえて、ぎくりとした。古くて錆の浮いた機械の音。引き出しががたがたと、銀色の舌のように出てきた。

「そこに行くがいい」増幅した声がいった。

ウォルターが降りてきたがれきの山をまた登り、金属の引き出しの前に行くと、中から何かを取り出した。

「おまえらが必要なものは、そいつらが売ってくれる」

「ちょっと待ってくれ」ウォルターがいった。「はめられたりしないか？　電話もないなら、どうしてそんなことがわかる？　先方に電話をかけずに？」

「わかる。あいつらは売る」老人がいった。「誰にでも売るからな」

イーストはタイのシートのうしろにあるバンの後部ゲートをあけ、セーターを探し出した。四着あった――ウール、どれも落ち着いた色の縮れ編み、すっかり冷たくなっていて、ちくちくする。二着はスモール・サイズ――一着はタイに残しておいた。４ＸＬのやつはウォルターに手渡した。

「これ、どうするんだ？」

顔があまり冷たくて、イーストはひとこともいえなかった。

ウォルターが不思議そうな顔をし、やがて気の毒そうな顔になった。「イージー」ウォルターがいった。「おれは寒くないんだが」

寒気と睡眠不足でかなり感覚が狂っているようだ。夜の闇がはがれ落ちはじめている。〝虫が飛んでいる〟とイーストの心の声がいった。やがて、付け加えた。〝おれはどこかおかしい。頭がおかしい〟。そのとき、それが見えた。ちらつく雪。無力な雪片がほんのかすかな風に乗り、降ってくるのではなく、舞っている。気付かれず、止められもせず、見知らぬ人のようにそばを通り過ぎていく。

ことばにするときには、消えている。

ウォルターがヒーターの風力を最大にした。イーストは温かい風に顔を寄せたが、体は温まらなかった。故障でがたついている機械とか、がたごと動いてバラバラになりそうな洗濯乾燥機のように、ぶるぶると震えている。震えながら、腕、掌、脇、太股を叩いた。「あのさ、タイ」イーストはいいかけて、耐えられなくなった。ウォルターがイーストに触れた。

「イースト、おい？　イースト？」

口を閉じておけない。冷たいよだれが垂れた。

「イースト？　イースト？」

ようやく消えた。感覚が戻り、震えが消え、イーストの意識が肉体に戻った。触覚が指先に戻り、口も閉じていられるようになった。具合が良くなって、ばつが悪いと同時に、意外でもあった。

こわばる口を動かして、イーストは話した。「タイ、なあ。おまえが持ってる銃だけど。

それだけじゃ足りないか？　充分じゃないか？」

タイからは沈黙しか出てこない。兄が今まで苦しんでいても、答えたら名折れだとでも思っているかのようだ。しかし、ついに折れた。「このちゃちな銃じゃだめだ。もっと要る」

イーストはうなずいた。とにかく答えは引き出した。

声のない犬が勢いよく出てきて、三人を追いかけた。

「嘘だろ。ここから出してくれ」ウォルターがいった。運転しているのは自分だというのに。

三人はさっきたどった私道を離れ、舗装路に戻った。イーストはさっきの老人のメモを〝解読〟した。北へ走り、ぼんやり光る〈ハイビー・フードストア〉という看板の食料雑貨店がある、さっきの街へ戻った。パーカー姿のスケートボーダー三人が駐車場の縁を走っている。ひとりの警官がシボレー・インパラから見ている。

イーストはおとなしくしていた。寒気で体力がそがれていた。

「考えられる手は三つある」ウォルターがいった。「そこに書いてある別の家に行くか。おれは知らない。エイブのやつに電話して、どうにかしてくれと頼むか。それか、この辺をバンで流して、黒人を見つけたら、ちょっと体を貸してくれないかと訊いてみる」

「こんなところで黒人を見つけられるわけない」イーストはいった。「エイブに電話しよう」

〈ハイビー〉の表で、二台の電話が待っていた。でも、ウォルターは警官がいるという点が気に入らないといった。それで、探し続け、ようやくガソリンスタンドにたどり着いた。つや消し加工の金属の電話ボックスがあり、あたりは静かだ。ウォルターがバンを近くにつけた。

「今度はあんたがかけるか？」

「そっちでかけてくれ」イーストはいった。それでも、バンを降りて、受話器を持つウォルターの横に行くと——夜明け前でも、ガソリンスタンドのじりじりというネオンサインのおかげで、さっきほど寒く感じなかった——ウォルターが電話をかけた。冷たいボタン、まだべとついている。さっきと同じ物静かな交換手。「おつなぎします」ところが、そこで電話が切れた。

ウォルターが小銭を入れ、今度はイーストがかけた。セクシーな女の声が大きく響いてきて、ようこそという——今ではその声が怖かった。女は延々しゃべり続けたが、やがて交換手が出た。

「やっとつながったか。エイブラハム・リンカーンを頼む」イーストはいった。「途中で切ったろ」

「いいえ。おつなぎしようとしていました」交換手がいった。「本当です。先方が出ないのです」

「そうかよ」イーストはいらだちをにじませた。

「本当なんです。もう一度おつなぎしてみます。こちらは中継ラインなのです。先方で必ず誰かが出るはずなのですが」

イーストは不満の声を漏らした。交換手がこっちを怖がっている。肘を突いて体を預けようとしたが、金属のボックスの鋭い冷たさがセーターを突き抜けてきた。冷た過ぎる。トラックがばしゃばしゃと駐車場に入り、髪が濡れて、煌々と火のついた煙草をくわえた女が降りて、急いでライトの下にやってきた。自転車に乗った人が暗い道路をよろよろと走っている。焦げ茶色のジャケット、灰色のヘルメットという姿で、自転車に反射シールがついているおかげでかろうじてわかる。

「見ろよ！」ウォルターが大声を出した。

「ああ」

「黒人だぜ」

「いや、ちがう」イーストはとっさに答えた。そのとき、交換手の声が聞こえてきた。

「もしもし？　もしもし？　やはり誰も出ません」

警報の暗い低音がイーストの背筋に広がった。「みんなにかけてみたのか？　中継先に？　さっきいってたように」

「三つの番号につなぎました。どの番号もコールし続けました。どの番号にも二度かけました」交換手がいいわけした。「申し訳ありません。こちらはもう遅い時間で。午前三時です。電話に出るはずですが、もう一度かけてみましょうか」

交換手の丁重な語り口が癪《しゃく》に障り、イーストは声を荒らげた。「当たり前だ！　かけろ」

そういってウォルターに顔を向けると、ウォルターにぐいとつかまれた。

「あいつをつかまえさせてくれ。四人目になるかもしれない！」

「電話が終わってからだ」

「行っちまう！」

「自転車に乗ったやつか。幹線道路で」イーストはうさんくさそうにいった。

ウォルターがいった。「ちょっと行ってくる。あとで迎えに来る」

イーストは雄羊のように眉をひそめた。「こんな寒空に置いていくなよ。十秒だって無理だ」

自転車乗りが闇に紛れていった。

交換手がいっている。「もしもし。再度かけてみました。三つの番号に。誰も出ません……もしもし？」

イーストは交換手に礼をいい、電話を切った。「どういうことだと思う？　誰も出ないなんて？」

「見当もつかないよ」ウォルターがいった。「手遅れにならないうちに、あのくされ自転車を追いかけようぜ」

「わかった」イーストはいった。「くされ自転車を追いかけよう」

自転車乗りはまだ南北を走る道路を市街地に向かって漕ぎ、とんでもないスピードで進んでいた。膝が翼のように左右に揺れている。華奢な自転車の二倍はありそうな体格だ。ウォルターは、よろめきながら進む自転車を追い越し、五十ヤードほど先の私道にバックで入れ、ウインドウをあけた。

「おい、あんた」ウォルターが声をかけた。「おい」

黒人の自転車乗りが漕ぐのを止め、灰色のかかしのようにサドルにまたがったまま身を起こした。灰色のヘルメットから延びたフラップが顎の下で固定されている。上着には埃がこびりついている――こいつが自転車で幹線道路を走ったのははじめてではない。ロサンゼルスならこいつはただの狂人だ、とイーストは思った。今この場では、男の上着がうらやましかった。

「どこへ行くんだい？」ウォルターが愛想よくいった。

自転車乗りは肩をぴくりと動かしただけのようにも見えるが、かすかに肩をすくめ、前を指さした。「あっちだけど」

「ちょっと人手が要るんだ」ウォルターがいった。「黒人の手が。あるものを受け取らないといけないんだけど、それにはあとひとり足りない」

「黒人の手だって？」男がいった。「受け取るものってのは何だ？　ソファーでも受け取るのか？　午前五時に？」

「手間をかけた分は払ってもいいから」ウォルターがいった。二十ドル札を何枚かウインドウの外に出して見せた。

男がカネに目を落とし、また上げた。「遠慮する」きっぱり。

「重いものじゃないんだ。十五分でいい。一緒に乗ってくれ」

「ごめんだ」自転車の男がいった。「まっぴらごめんだ」そういうと、尻をサドルに戻した。

イーストは運転席側に身を乗り出し、ウォルターのウインドウから顔を見せた。「なあ。中を見てくれよ。おれたちは不良じゃないんだ。行きたいところまで送っていくよ」

「おれはこの道を走ってるだけだ」男がいい、ペダルに足をかけた。バンの前を通り過ぎるとき、唾を吐いた。

タイが笑った。「このバンに乗ったら、絶対に殺されると思ってるぜ」

ウォルターが、住所が書かれたくしゃくしゃの紙を取り出した。三人には、もうそれしか残っていない。

バター色の小さくて地味な家。イーストは手を出したくなかった。はじめて来た通り、何も知らない街、できるかどうかさえわからない取り引きだ。ところが、今ではこの家が三人の首に絡みついているように思われる。バンを通りの路肩に寄せ、数街区《ブロック》の周囲を回って様子を探った。おかしな感じはない。ほぼすべての敷地が金網フェンスで区切られている。小型ボートがトレーラーの上で錆びつき、青いビニール袋に入った新聞が芝生の庭で回収の時をじっと待っていたりする。早起きの犬がくんくんとにおいを嗅いでいる。木々はLAとはちがう。しっかり根を張り、高く、がっしりとそびえ、裸の枝が世界中の空気をつかもうとしている。

動きはない。イーストにとっては、おかしなものだ。こうしてまた見回り、あたりを調べているのだから。ちょうどＬＡの〝家〟でやっていたように。犬、ドア、窓。周囲を注意深く見て、人目を探す。

ウォルターが目当ての黄色い家のブロックでバンを停め、三人でその家を見定めた。隣の白っぽい色の家屋《ファームハウス》は、どの窓にも防犯用の鉄格子がついている。

〝誰にでも売るからな〟。

即興でやるしかない。ほかにどんな手がある？

イーストはうしろを向いた。「タイ。どうすればいいかわかるか？」

「わかるか、だって？」タイがいった。「おれをばかだと思ってるのか？」

またこんな機会があったら、この弟を秘書にでもしよう。

「単純なことだろ」タイがいった。イーストは意外だった。

「ふたりが入って、ひとりが待機か？」

「そのとおり」

「それで、おまえは一挺持ってる」ウォルターがいった。「そのほかに何が必要だ？」

「ウォルト。あんたは銃について何か知ってるのか？」

「少しは」

「それなら、もっといい銃が必要だといっておく」タイがいった。「おれが持ってるのは、ちんちんの裏にでも隠せそうな〝豆鉄砲〟だ。だから、まともなやつがほしい。二挺な。豆鉄砲はあんたらのどっちかが持てばいい。イーストに持ってもらうか。それに、見張りもやってもらう」

ウォルターが訊いた。「値段はどのくらいする？」

「相手の出方しだいだ」タイがいった。「あいにく今回は売り手が有利だ。持ってるカネはぜんぶ持っていって、いくらか持ち帰れるようにがんばれ」

「誰が行く？」ウォルターがいった。

イーストは目をこすった。つかれ果ててるから、やりたくない。フィンには、こういう仕事をする手下がいる。涼しい顔で中に入り、ビジネスマンみたいに握手する。それか、チルコなんかは、両手にそれぞれ銃を持って、銃身が真っ赤になるまでぶっ放す。イーストは見張り役だ。チームを動かしたり、朝まで仕事をさせたりといったことならできる。だが、こっちを殺してもいいと思っているやつがいるところへ入っていくのは無理だ。

指の感覚が戻っていた。両手をこすり合わせて、温かくしていた。

「そうだな、ウォルト」タイがおどけていった。「表で待っていて、面倒なことになったら駆けつけるやつは、どっちがいい？　おれか、やつか？」

「それなら、おまえとおれで行こう」ウォルターが前部シートからイーストに向かっていった。

イーストはうなずき、目を閉じた。もともとの計画はつぶれ、チームは割れ、ことあるごとにタイに嫌みをいわれる。それなら、行ってやろうじゃないか。

タイが続けた。「グロックかテックだ。グロックかテックがいい。ちゃんとしたのがあれば。カモ撃ち用のおもちゃしかないかもしれないけど。持ち金は五百ドルちょっとだな。まともな銃が二挺買えなけりゃ、知るか、LAに戻るだけだ」そういってタイが笑った。「それじゃ、バンを近くに駐めろ。通りの真向かいがいい。取り引きだ」


冷たい風を受けて、イーストの身が引き締まった。無駄な口数を叩かないことにした。黄色い家の太い鎖のついたドアがあいた。

「銃を買いに来た」

ドアの隙間から白人の顔が見えた。ひげ面にメタルフレームの眼鏡をかけている。「カネを見せろ」白い顔がいった。

ウォルターが尻に手を伸ばした。自転車乗りの黒人に差し出した二十ドル札の束を見せた。「銃は持ってるか？」ひげ面の男がいった。「持ってるなら、今、預からせてもらう。小銭とキーも。そのあとフィリップがそっちに回ってボディーチェックする」

「銃は持ってない」イーストはいった。「チェックしてもいい。ただ、ここは寒いんだ」

家の横手から、がりがりに痩せた気の弱そうな顔の男が出てきた。腕の内側に隠すようにして、金属探知器の棒《パドル》を持っている。棒を出すと、電子音がした。男が気まずそうにうなずき、玄関前の階段を上ってきた。

「いいかい？」男がいった。

「そいつは金属探知器か？」ウォルターがいった。

「ああ」

「こんな玄関前でチェックするわけじゃないだろうな」ウォルターがいった。

「いや」

ふたりはパドルの先端で突かれたり、なでられたりするのに身を任せた。使い方が合っていないような気がする。男は肩の関節がシャツの縫い目から突き出るほど痩せている。拳がロープの結び目のように浮き出ている。歳はまるでわからない。

「よし」フィリップという男がいった。「入っていいぞ。ただし、ひとこといっておく。いいか？　食ってかからないほうがいい。あそこの親切な人は、あんたらの必要なものを売ってもいいと思ってる。だが、中にいるほかの人は、みんなあんたらに死んでほしいと思ってる」

また田舎の流儀だ、とイーストは思った。百万マイル離れた惑星からやってきた連中のようだ。

「こっちは取り引きしたいだけだ」ウォルターがなだめるようにいった。

フィリップが寒さで赤くなった顔で見つめていた。「今いったことを忘れないほうがいい」そういうと、フィリップがドアに向かって顎を引いた。鎖が外れる音がした。ドアがあき、フィリップがふたりを中に通した。襟元から、刺青が顔をのぞかせている。大昔の宣言の文句のようだ。

ふたりは、桃色の布を張った落ち着いた色調のアンティーク家具のある店内に入った。

「そこに並んで座ってくれ」フィリップがいい、ソファーを指さし、接客スペース奥の出入り口から店内奥に引っ込んだ。眼鏡をかけたひげの男が店内奥から玄関うしろの階段を上っていった。格子に、厚さ二インチほどの透明な板が取り付けてある——黄色いナイロンひもでいい加減に結びつけている。

「防弾ガラスだな、ありゃ」ウォルターが呟いた。

イーストはうなずいた。

ウォルターがいわれたとおり座り、イーストもそっちに移動したが、ソファーの上にあるものが目を引いた。壁に肖像写真がかけてある。長方形や楕円形の写真に、ひげを生やした長身で痩せた男たち、巻き毛の白人の女、晩年のおばあさんが写っている。アンティークのフレームに囲まれた、白い顔、のっぺりした表情、堅苦しい姿勢。イーストにとっては、目を奪われる写真だ——これまで見たこともないほど古い写真。見知らぬ人々が似合わないポーズを決めて立っていたり、仏頂面の家族が家の前で並んでいたり。開拓者の顔、もう死んでいるだろうが、その目はセピア色に染まっていてもまだぎらつき、警戒している。引きつけられ、相手の視線を感じる。

ウォルターに腕を引っ張られて、イーストはしぶしぶ座った。

フォーマルなローテーブルの向かい側に、やはり桃色のふたりがけソファーのようなものがある。少し離れた床板に、幌のついたゆりかごが置いてある。くすんだ灰色で、プラスチック製。そこにオレンジ色の大きなカニのぬいぐるみがあり——今やっとわかったが、よだれまみれで寝ている赤ん坊につかまれている。

「ごゆっくり」フィリップの声が奥から漂ってきた。

ドアフレーム越しに、アンティーク調のダイニングルームが見える——長いテーブルと椅子、レースのテーブルクロス、その上に散らばったプラスチックの皿や郵便物。チェリオス（〈ゼネラルミルズ〉のオート麦シリアル）が床に散乱している。

またきしむ音が聞こえ、戸口が灰色のスウェットシャツを着た男に塞がれた。イーストは口笛を吹きそうになった。巨漢だ。ウォルターも4XLサイズのでぶだが、この男と比べれば、子供に見える。頭は禿げ上がり、ゆったりした物腰で左右の足に体重をかけ直しながら、ふたりを品定めしている。ブロンドのまつげのせいで、青い目が独特の陰りを帯びている。

「いらっしゃい」男が穏やかな声色でいった。「おれはマットだ」そういうと、もうひとつのソファーに腰掛けた。「会えてうれしいよ。ひょっとすると、今日こそ床が落ちる日になるかもな」

ウォルターがいった。「早速、本題に入ってもいいか？」

「どうぞ」マットがいった。

「拳銃を二挺、買いに来た。一挺はセミオート。もう一挺は、まともに撃てるなら何でもいい。それから、それぞれの銃弾も」

「それぞれの銃弾も、ねえ」男が眠たそうに繰り返した。溜息交じりだ。「なんでこんなに朝っぱらからなんだ？　遠くから来たのか？」

「ずっと遠くから来た」ウォルターがいった。

「この辺で泊まるのか？　それとも泊まらずによそへ行くのか？」

「よそへ」ウォルターがひとことで答えた。

ウォルターは率直に答えている。イーストに不満はなく、ほっとした——〝最短距離〟で用を済ませ、店を出る作戦だ。うなずける。さっきやってきたマットという男を見上げた。そこそこ愛想よい対応にも、苦もなくさげすみをにじませている。ふたりの少年に目を向け、口をもぐもぐと動かした。

「よそへか。ほんとか？　この辺には盗みたくなるようなものはない」

「すぐによそへ行く」ウォルターがいった。「必要なものを手に入れたら」

「やれやれ」マットが少し前のめりになった。首の根元のあたりに重心があるかのようだ。

「本気のようだな。少し見てもらおうか。フィリップ。フィリップ。冷蔵庫の上にあるやつを持ってきてくれ」

痩せた男の足がリノリウムの床を擦る音がした。イーストはもうひとりの男をちらりと見た。メタルフレームの眼鏡をかけたひげ面の男が、階上の格子の奥で横になって待機している。銃は持っているのか？　持っていると思っているほうがいい。フィリップも安全装置を外して話を聞いていると思っているほうがいい。田舎町の流儀。

フィリップが金属トレイを持って戻ってきた。表面が曇っているが、昔は上等なものだったようにも見える。マットいう男が柔らかい手つきでトレイを受け取った。青い目を丸くし、質屋が宝石を見るときのような疑いのまなざしを、銃に向けた。そして、トレイをふたりの少年たちの前に置いた。

三挺の銃。ふたつの弾倉。

「いい銃だ」イーストたちのせいで胸焼けになったかのように、マットが溜息交じりにいった。

イーストは注意深く見た。銃には詳しくない。何度か持ち歩いたり、練習で撃ったこともある。だが、この銃は自慢したり、練習したりするためのものではない。

「ここから選んでみたらどうだ」マットが小声でウォルターにいった。

ウォルターが手をすり合わせ、最初の銃を手に取った。まず薬室、次に機関部を確かめた。天井の片隅に照準を合わせる。カチリ。無言でトレイに戻し、次の銃を確かめる。

「いったとおりだろ？」マットが嬉しそうにいった。

ウォルターがいった。「ここのはだめだ」

「何？」太った男がおどけた調子で咳払いをした。また目を丸くした。「ここのはだめか？どんなのがほしいのか、詳しくいってくれ」そして、肩越しにいった。「フィリップ。ここのはだめだとさ」

「いい銃だけど」ウォルターがいった。「ここのはだめだ」

「街の黒人《ニガーズ》どもが使うような安物の小型《サタデーナイト・スペシャル》銃じゃねえぞ」男がいい、唇をなめた。

「気を悪くしないでくれよ」

来たか。打ち上げられた言葉がその場にしみ込むまで、イーストは見守った。池に投げた石のようなものだ。

ウォルターが口を真一文字に閉じてから、吐き出した。「ほかのも見せてくれよ」

「どの道を来たのか教えてくれるか」太っちょのマットがいった。

「南からだ」ウォルターがいった。「州間ハイウェイで」

「最初にほかに寄らなかったか？　ここに来る前に？」

それを受けて、ウォルターがイーストを肘で突いた。「ふざけたやつだぜ」ウォルターがあざけった。しかし、イーストには、ウォルターの眉がぴくりと上がり、目に窓枠の四角い光が湾曲して映るのが見えた。〝どうする？〟。機転が利かなくなっている。

うまく対処した問題もあるが、あといくつ待ち受けているのか、誰もわからない。

イーストは代わりにいった。「寄った。なあ。訊きたいことがあれば訊けばいい。そしたらちがう銃を見せてくれるか」思っていたより強い口調になった。それは問題ないかもしれない。

そう聞いて気をよくしたらしく、マットが何かをもぐもぐ噛みながらいった。「小屋に行ったか？　畑の中にあるでかい小屋に？」

「かもな」

「どうして売ってもらえなかった？」

「知るかよ」イーストはいった。「おれたちが気に入らなかったんだろ」

「盗みを働く若いアフリカ系アメリカ人が多いから気に入らなかったのか？　それとも、実は警官だったなんて若いアフリカ系アメリカ人が多いからか？」

「上品に振る舞おうとしてる若いアフリカ系アメリカ人もここにいるんだが」イーストはいった。「ほかにもあるなら、何挺か持ってきたらどうだ？　だめならちがう街で買うだけだ」

「何？」マットがいった。「どこの街で買うんだ？」

ウォルターが代わりにいった。「ドュビュークだ」

「ほお、ドュビュークで銃を売ってるやつなんか知らんな」

「見つけるさ」ウォルターがいった。「でも、ここでこうして取り引きをしてる。とにかくしようとしてる」

それを聞いてかどうか、赤ん坊がもぞもぞしはじめた。片手を伸ばし、不満の声を上げた。イーストの脳裏では、黒い弦が派手にがなり立てていた。赤ん坊は大嫌いだ。赤ん坊を利用して、大部屋に置いて客に見せるような大人が大嫌いだ。古い写真とか、布張りの家具みたいに。まるでそれが立派な態度だとでもいうかのように。指一本触れられないとでもいうかのように。

きっとどこかで母親がまだ眠っている。

マットがふたり掛けのソファーでうめき声を上げ、もぞもぞした。「フィリップ」マットが優しくいった。「あの引き出しに入ってないか見てくれないか？」

「どの引き出しだよ、マット？」

「二番目の」マットがいった。「トースターの下の」

「トースターの下の二番目の引き出しだな」フィリップが繰り返し、またキッチンに下がった。

巨漢のマットがにやりとし、赤ちゃんに語りかけるときの気味の悪い声でいった。「そっちはどうだい、サヤエンドウ？　次にどこに行くのか決まってまちゅか？」

イーストは眉をひそめた。子供のころ、たまにサヤエンドウと呼ばれていた。マットがぴったりその言葉を使ったので、家の中で大声で名前を呼ばれたみたいに面食らった。だが、マットは何の気なしに使っただけだ。イーストがのっぽで痩せっぽちだといいたかった。それだけのことだ。

この連中は気にくわないが、取り引きはしたい。早く終わらせたい。首尾よく終わらせたい。

「おれもこいつと一緒に行く」イーストはきっぱりいった。

「へえ」マットが何かを考えながらいった。「それはよかった。オーケー、来たぜ」

ふたつ目のトレイ。二挺の拳銃、予備の弾倉ひとつ。「どうぞ」マットがまたいった。

ウォルターが一挺を持った。鈍色のセミオートマチック。弾倉を外し、つぶさに確かめた。

「グロック17か」鼻歌でも歌うような調子で呟いた。

「いい銃だぜ」マットがいった。「グロックの最高峰とはいわんが」

「最初からこいつを出してくれたらよかったじゃないか？」

マットはにやりと笑い、何もいわなかった。

「試射はできるか？　地下室に試射場があったりしないか？」

「地下室には、おれのかみさんがいる」マットがいった。「寝てりゃいいんだが。おれたちどっちにとっても。だから、試射はできない。外に出て野原に行けば撃てる。だが、今はおれの家の中だし、朝も早い。おれたちが起きてただけでも運がいい」

「奥さんがいるのか？」ウォルターがいった。

マットがまたにやりとした。「大人になれば、落ち着くもんさ、若いの。おまえもそのうちこうなる」

「そんなに大きくないな」ウォルターがいい、二挺目の銃を指さした。「たいしたおまけじゃない。もっといいのを売ってくれないか？」

「その小型のルガーで最後だ」マットがいった。「それから、おまけじゃない。さっきのタウルスでもいいぞ」

「いくらだ、この二挺で？」

「五百二十五」

「四百」

「おっと、四百五十でどうだ」マットがいった。「ただし、ひとこと付け加えておく。おれは値切りに応じた。だが、一度きりだ。嫌なら取り引きはなしだ」

「四百八十」ウォルターがいった。「このビスケットの箱に入っていたやつをしまって、さっきのタウルスをくれ」

「三挺ぜんぶで五百」

「三挺は要らない」ウォルターがいった。「こんな当てにならない銃は手近に置いておきたくない」

「粗が見えると思っているやつも」マットがいった。「自分の靴がなぜ臭いのか、ずっとわからずにいたりする」

ウォルターがずばりいった。「グロックとタウルスで四百五十」

「実をいえば、今のおれのいちばんの望みは、おまえらを追い出すことだ」マットがいった。

「カネを稼げるかどうかは、ますますどうでもよくなってきてる」

「なら」ウォルターがいった。「今ここで決めてくれていい」

イーストの胃が締めつけられた。やるじゃないかとしぶしぶ認めながら、ウォルターを見た。たかが取り引きかもしれない。だが、誰もが取り引きできるわけではない。

「わかった」マットがあきらめの声を漏らした。「グロックとタウルスで四百五十でいい」

膝に置いていたイーストの手が、思わずぴくりと飛び上がった。

「決まりだ」ウォルターがいった。「街を出たら、ちゃんと撃てるかどうか確かめる。撃てなければ、戻ってくるから」

「見れば、撃てることぐらいわかる。撃てるのは子供でもわかる。問題は、狙いがつけられるかどうかだろ?」マットが立ち上がろうとして、顔をしかめた。「フィリップ、冷蔵庫の上のタウルスを持ってこい」

ウォルターが二十三枚の二十ドル札を取り分けた。「つりはあるか?」

「弾がほしいなら、つりはない。両方の銃に込められるのが一箱半あるが」

「ああ、そうか」ウォルターがいった。「それでいい。もう二十ドルやるよ。ぜんぶくれ」

フィリップがダイニングルームのサイドボードをあけた。あまり離れていないので、イーストにもよく見えた。赤と黒の箱が花瓶の横に積み上げられている。フィリップが〈ダラー・ジェネラル〉のロゴがついた袋にふたつの箱を入れ、玄関へ持っていった。

ウォルターがいった。「あの人、どこに行くんだ?」

「表まで持っていくのさ」マットがいった。「家の中に招き入れて、装塡済みの銃を手渡すとでも思ってたのか?」マットが二十ドル札を数えた。「四百八十ドル。握手が領収証だ」

三人は突っ立ったまま、誰も握手しなかった。

表では、タイが運転席に座り、穏やかなまなざしで待っていた。イーストたちが近くまでくると、うしろのシートに移った。イーストはビニール袋の中をのぞいた。新しい銃弾。あけていない箱がひとつと、中身が半分の箱がひとつ——充分だ。

「家の引き出しという引き出しに銃があったな」イーストはいった。

ウォルターが鼻を鳴らした。「それぐらいわかってる。千挺ぐらいあったさ。一日いても飽きなかっただろうな」

「どんなのを仕入れてきた？」ふたりがドアをあけると、早速タイが訊いた。

「今度は講義の時間か」ウォルターがいった。ポケットに入れていた銃を出して、タイに手渡した。イーストもタウルスを出した。タイが二挺の銃を確かめているうちに、ウォルターがバンを発進させた。

「このグロック、こいつはいい」タイがいった。「もう一挺のはクソだ。鈍器代わりにして人を殴るくらいしか使い道はないな」

ウォルターがにやりと笑った。「いったろ？」

「いくら払った？」

「銃と弾をひっくるめて四百八十だ」

タイがあんぐりと口をあけた。「四百八十だって？　こんな銃に？　四百八十だって？」

ウォルターが角を曲がった。「得だったのか？」

「ザ・ボクシズでも、これに似たグロックを買ったが、二百ドルだった」タイがいった。

「店には何人いた？」

「三人だ」ウォルターがいった。「それから、赤ん坊がひとり」

タイがいった。「停めろ」

「よせ！」イーストはいった。だが、タイは聞いていなかった。勢いよくサイドドアをあけ、通りに飛び出した。イーストもドアをあけたが、シートベルトに押さえつけられた。ちょうどそのとき、バンが跳ねて路肩に寄り、イーストは毒づきながらひりひりする指でシートベルトを外そうとした。タイがあっという間に家と家の間に入り、見えなくなった。

タイはシートに二挺の拳銃を置いていった。だが、グロックを持っている。追いかけても無駄だ。

イーストはドアを閉めた。「おまえ、ばかなのか？　タイのいうとおりにしちゃだめだろ」

「あいつ、どうするつもりだ？」

「じきにわかる」イーストは険しい口調でいった。「戻れ。早く」

クリスマスのライトがぼんやりともる家々の玄関の奥では、キッチンの明かりがつきはじめている。ウォルターがウインドウをあけた。吠える犬もいない。何もない。タイの気配もない。拳銃を買った家のほうへ、ふたりは静かに戻っていった。

「ここで停めるか？」

「真正面はまずい」イーストはいった。「気付かれて、どうしたのかといぶかられたくない」

「探しに行くか？」イーストは街並みをざっと見た。怒りをたたえた目で。

「いや。まだだ」

ウォルターがいった。「あいつ、どうする気だ？　入って、払い戻しでも頼むのか？」

「ウォルト」イーストは怒りに任せていった。「タイがどうするかなんて、誰にもわからない。あいつは計画なんか立てない。いつもドン、だ」

「タイはおれたちを助けてくれたぞ」ウォルターがいった。「ベガスから逃げたときも——それに、おまえがマイケルにシメられそうになったときもさ？　タイはその場で決める」

「自分のいったことを思い出せよ。ゆうべはタイが厄介だといっていたくせに。あいつは獣だ」

「うまくやってくれるかもしれない」ウォルターがいい、十字路で三点方向転換をした。やたら楽しげなアコーディオン音楽が、近くで四つのドアをあけて停まっている車から漏れ聞こえている。背の低いラテン系の男が寒いなかダッシュボードを磨いている。

もう一度、店の前を走って偵察した。イーストの胃がひんやり冷たくなった。時間を測っていればよかったと思った。ウォルターが店の五十ヤード奥でバンを停め、ふたりで黙って見守った。

バンの時計が六時十一分を示している。六時十三分。何分待てばいい？　ほんのりピンク色の朝が天空にゆっくりとよじ登っている。

何年も見張りに立っていたからこの時間の様子はわかる——あと数分で光が木々と空の境界線ににじみ出し、煙突に色付けし、庭へ入り込む。みすぼらしい街の夜明けも、これまで何年もそうだったように、イーストの気持ちを引き締めた——見張りにはちがいない。動くものをすべて観察する。まばたきもしない。

これまで、昨日はじめて会った少年たちを、自分の命を賭ける集団につくりかえてきた。成功したかどうかを知る術《すべ》はない。試練の時を待つだけ。たとえば、今のような。

六時十六分。大きな白い〈レディング〉の箱を荷台に積んだ作業トラックが、目に見えない馬に引かれた荷馬車のように、がたごととゆっくり走っていった。

ウォルターがいった。「いつまで待ってればいいと思う?」

「わかってる」イーストはいった。「わかってる」

「腹を決める時が迫ってるぞ」

イーストは銃を買った家から目を離さなかった。

「おまえの弟だ」

「命がけで守るつもりはない」イーストは素っ気なくいった。

六時十八分。

イーストはずっとタイより体格もよく、力も強かった。年上だし、これでもできのいい息子だった。いつも母さんにいい顔をしようとしてきた。母さんのお気に入りはタイのほうだったが、いつも当てにされた。母さんの誕生日にはじめて自分の金でケーキを買って、お祝いしようとしたときのことを思い出す。買って家に帰り、隠しておいたのに、タイに見つかった。タイは夕食前に外に出たきり、何もいわずに、午前三時までずっと帰らず、誕生日も過ぎてしまった。おれ抜きでも、出せるものなら出してみろよといい捨てていた。イーストは出せなかった。その夜、敗北に大泣きした。まだ九歳なのに、一家を揺るがす存在になろうとしていた。

　そういう気まぐれが、タイの十八番だ。二年のあいだタイと暮らし、結局、家族がバラバラになって、イーストはそう思うようになった。

九歳の頃から、夜な夜なストリートを徘徊するようになった。十一歳になると、完全に家を出た。母さんのお気に入りだというのに。

「あんたが決めろよな」ウォルターがいった。「弟なんだし。銃を持って突っ込みたいなら、おれはかまわない。走り去りたいというなら――それでもいい。街の女たちが警察に通報するかもしれない――もう通報したのかもしれないが。それなら、かなりまずいことになる」

そういって、車を停め、両拳で顎をぐりぐりした。「七時になってもまだ中にいたら、どうだ？　八時まで待つか？」

「追いかけていけばよかった」イーストは呟いた。

「ひとつ訊きたいことがある」ウォルターがいった。「おれたちは四人連れのはずだった。タイまでいなくなると、残りはふたりだ。あんたとおれだ。おれたちは似た者同士だ。見張り役だ。まとめ役だ。もっといえば、銃の扱いはへたくそだ。ふたりで続けるとしたら、どっちがやる？　どっちが撃つ？」

「標的の男をか？」イーストは腹が立った。目を見ひらいて警戒していたのに、水を差された。「おれがやる」

「いいけどさ」ウォルターがいった。「撃てるのか？　あんたは銃の扱いにそれほど慣れてないだろ」

「やれる」イーストはきっぱりといった。「それに、あいつは戻ってくる」

「そんな気配はないぜ」

そのとき、犬が吠えながらすっ飛んできた。ウォルターがエンジンをかけた。イーストの背筋がぴんと伸びた。黒い人影が一本の線となって家と家のあいだを走った。タイが飛び出し、さっきバンから降りたあたりに向かって通りを移動していた。「拾え」イーストはいった。ウォルターがギアをドライブに入れ、方向転換した。タイは銃を隠しもせずに持って走っていた。〝おれにかまうな〟。こっちが見えていないかのように、どうでもいいかのように、通りを走っている。

ぎりぎりのタイミングでバンのほうに進路を変え、ドアをあけた。

「何を？」イーストは訊いた。「何をした？」

タイが真ん中のシートに滑り込んだ。息を切らしながら、笑ってもいた。「いったろうが、おまえらは払い過ぎだ」

ウォルターが一時停止の標識を無視して田舎道に出た。「何をした？」

「いったろ」そういいながら、折った二十ドル札の束をタイがシートに置いた。「四百八十ドル。ほらな、頼りになるパパは誰だ？」タイがウインドウ越しに、悠然と外の様子を見た。朝が訪れようとしている。

10

あの黄色い家に入るのは当然の流れだった、とタイがいった。寒いのに高い窓がぱっくりあいていたんだから。まずガレージの脚立を盗んだ。裏手の屋根に登れば、中に入れる。ところが、登るまでもなかった。アルミの脚立を持って裏庭を歩いていると、誰かが家から出てきた。

「フィリップだ」ウォルターがいった。「足を引きずってるやつだ。背中を痛めてるみたいによ」

「がりがりだ。歩くのもしんどそうだった」

「やっぱり。あいつだ」

「フィリップか。そのフィリップがまず目にしたのは、脚立を盗んだ黒人のガキ、つまりおれだ。それで、おれに向かってきやがった。車のキーでおれに殴りかかってきた。〝クライム・ストッパー〟とかいうキーがあるだろ？　おれは脚立でフィリップのケツをぶん殴ってやった。そのとき、いいことを思いついた、と思った。こいつのケツに銃を突きつけて、中に入れてもらえばいい。ところが、フィリップがキーと一緒に何を持ってたと思う？」

「四百八十ドルか」いかれてる、とイーストはあきれた。何が待ち受けているか考えもしないで、こんなふうに突っ込んでいくなんて。

「おみごとだな」ウォルターがはやし立てた。

タイが笑みを浮かべた。天使のようでもあり、見下しているようでもある。「この辺のガキに襲われたと思ってるだろうな」


二十マイル東で、この二日ではじめて椅子に座って食事をとろうと、パンケーキ・ハウスに寄った。イーストの見たこともないようなパンケーキが出てきた。ふわふわで、食べごたえがあり、ステーキのように分厚い。

「今日中にたどり着く」ウォルターがいっている。「あと数時間だ」

興奮が朝の薄ら寒さをかき消していた。理由ははっきりしている。新しい銃。弾はたっぷりある。カネは取り返した。やることなすことうまくいったおかげで、タイはにやにやしている。午後には適当な場所を見つけて体を休められる。だが、イーストの胸にあるのは、それだけではなかった。早朝、あの家では、男たちと先祖の開拓者たちが揃って目を光らせ、赤ん坊が火薬だらけの床に名刺みたいに置かれていた。そんなひどいところにいても、イーストの胸が熱くなったのは、どうしてもやり遂げたくなっていたからでもあった。取り引きをまっとうに結び、あの連中と握手して別れたかった。うまくいく寸前だった。ドライに。するとタイが襲撃して、みんなそのことを笑い飛ばしている。安っぽいわりに骨の折れる事件だったし、目立ったし、人目を引いたというのに。

〝結局そういうことだ〟と思いながら、イーストは重ねられたパンケーキを突いた。注文しなきゃよかった。こんなに食べられない。〝結局おれたちなんかこんなものだ。泥棒しながらアメリカを横断するちんぴらでしかない〟。

外はぎょっとするほどの寒さだった。

イーストが運転した。ウォルターを小突いた。どこかに寄って、部屋を借りて、シャワーを浴びてぐっすり眠ったりできないか？「それは避けたい」ウォルターがいった。「名前の登録は避けたい。今はだめだ。ここまで近くに来てるし。目的地に近い」

結局、目的地まで行くことにした。到着したら、周囲を流し、あたりの感覚をつかむ。計画を立て、実行する。

二時間ぐらいあとで、ウォルターが運転を代わった。それまでより細い幹線道路に出た。二車線のウィスコンシン州道で、両縁に深い側溝が掘ってある漆黒の舗装路だ。木々の背丈が高く──そして、道路に近くなった。マツの木。細くて火事になりやすいカリフォルニアのマツとはちがい、冬物のコートを着たような、見通せないほど葉が密に茂った木々で、枝には乗っている猫かと思うような松ぼっくりが生っている。緑が黒々と深い。近くを速く走っているせいで、木と木、枝と枝のほんの小さな隙間で視界が引き裂かれるように感じられる。山々、広大な空間、悠久の時の対極のように、一瞬で過ぎ去る。ここでは、見るものがあまりに多いのに、時間がまったく足りないから何も見えない。幹の陰に何かが隠れているかもしれない。イーストは目を閉じたが、居心地が悪い――ウォルター、バン、細い道を見ていないと。深くて容赦のない側溝、枝葉を伸ばす木々。そういったものが人の顔に見える。怯えた鳥が襲撃者となり、郵便受けが今にも崩れそうな色に燃えている。くたくたで、見張りしかできない。ウォルターも疲れ切って、運転しかできない。ふたりとも止まる術《すべ》を知らないかのようだ。そして、そこに着いた。

〝ウィルソン・レイク〟。セコイア材の梁の大きな緑色の看板に、街のクラブ、ロッジ、教会の紋章《エンブレム》に囲まれて、そう書いてあった。そこからさらに一マイルほど、密に茂ったマツの林が続く。

やがて山と谷を経て、湖が姿を現わした。木々の隙間が何かの染みのようにぼんやりにじみ、白昼のぎらつく光を受けて水色にきらめいている。通りから見える家々は、朝から目にしてきた羽目板を張った箱ではなく、マツの林がひらけたところから空に突き出たバンガローとかアルファベットのAのような、石と茶色い木材、木の骨組み、木の壁でできた三角形の建物だ。私道手前に表札が掲げてある。〝ウィー・スリープ（うたた寝）〟、〝グリージー・レイク（脂ぎった湖）〟。郵便受けも凝っている。よくある郵便公社の黒いものではなく、小屋とか、腹に郵便物用のスリットがあいた陽気な男とか、郵便箱に頭を隠しているおかしな動物などの形をしている。

「ありゃ何だ？」イーストはいった。

「アナグマだ」ウォルターがいった。

タイがいった。「何だって？」

「アナグマだ。州の動物だ。アナグマって聞いたこともないのか？」

三人はゆっくりジグザグに進み、あたりの様子を見た。見るものはたいしてなかった。大きくて古い家々。湖は円形に近く――直径半マイルといったところ。渚がふたつ、進水場が三つ、ひっそりした店が並ぶ短い通りが一本。三本の通りが平行に走り、何本かの細い道路でつながっている。湖の外周を走る道路も一本ある。ウォルターが自分で紙に書きなぐったメモを読み取ったかぎりでは、住所はレイクショア・ドライブ四四五だった。湖を取り囲む道路沿いだ。

対岸まで走ってくると、バンガローやパーティー用の家など、真新しい家が多くなった。天窓やルーフデッキがヘリパッドのように天に突き出ている。ガスグリルが雨除けの覆いをかぶせられていたり、見たこともない旗が、私道でも、玄関の上でも、いたるところではためいている。通り過ぎながら、イーストはいぶかった。この辺の人たちはみんな知り合いだろう。マツの葉がカーテンのように敷地を覆っているが、隣の庭にはやかましい犬とか、詮索好きな未亡人がいたりするかもしれない。隣近所とはそういうものだ。何があるかわかったものじゃない。

リスのような小動物が目の前を素早く横切り、ウォルターが急ブレーキを踏んだ。イーストは顔を上げた。誰もこっちを見ていない。

彼らはひどく疲れている。

「着いた」ウォルターがいった。

私道が二股に分かれている。股の根元にふたつの郵便受けがある。四三五と四四五。バンが静かに進んでいった。近くには誰もいない。ゆっくり走るバンを見る者もいない。その家はアルファベットのAの形で、両斜面にベッドルームがぽっこり出ている。二階建て。丸太《ログ》小屋《キャビン》の梁が突き出てぎざぎざに見える。灰色がかったモルタルが骨組みを支えている。

玄関ドアの両側に大きな窓があいていて、旗はない。

「でかい家だ」イーストはいった。スポーツ・トラックが表に駐まっている。色は黒。

「ここらの家は別荘だ」ウォルターがいった。「でかくて空っぽだ。ところでさ、弟を起こしたらどうだ？　見ておきたいかもしれないぜ」

イーストはうしろに目を向け、タイの様子を見ようとした。「いや。寝かせておこう」

ふたりの女が近づいてくる。この道でジョギングしているらしい。歳は五十代といった感じで、反射テープのついた薄手のフリースと手袋を身に付けている。のろのろ走るバンに手を振り、ウォルターもお返しに二本の指を立てた。自然なしぐさだ。

犬がうごめく庭はない。木々の頭越しにログキャビンをのぞけるようなテラスも近くにはない。イーストは癖で目を光らせていた。

「電話線があっちから延びてる」ウォルターがいった。「家の裏手に電柱が立ってる。電話線が二軒の家の裏に延びてる。切断しようか」

「何でだよ？　やつは携帯ぐらい持ってるだろ」

「ところが、ここまで電波が届いてるか？　一本も立ってないに決まっている」ウォルターがくすくすと笑った。

イーストは不満の声を漏らし、森に目を向けた。タイヤの跡が、四四五番地を含む家並みの裏の森へ続いている。「バンを離れたところに駐めて、家まで歩いて裏から入るのがいいかもな」

「アナグマに気をつけないとな」ウォルターがいった。

三人は湖に引き返し、街中に向かった。警察署を見つけた。小さな建物で、消防署の陰に隠れるように建っている。二台のパトロールカーと一台の覆面カーが駐車場に駐まっている。覆面のほうは白い小型のＳＵＶで、警察車両によく見られる上等のタイヤとウィンチがついている。見ておいてよかった。

「もう眠らないとだめだ」ウォルターがいった。「ずっと吐きそうなんだ」

「わかった」イーストはいった。イーストの疲労はもう砕けはじめていた。

ウォルターが幹線道路に戻ると、左右のマツの木々がますます近くなっていった。そのまま、別の湖沿いの次の小さな村まで走った。この湖はさっきの湖より小さくて、湖岸のつくりは粗く、泥をかぶっている。古いコンクリートの広場が崩れかけたボートの進水場まで続いていて、その手前に車が自由に駐められるようになっている。湖畔に並ぶ家々は、かつては別荘だったのだろうが、今そこで暮らしているのは、休暇で遊びに来ている人々ではない。

壊れた椅子やプロパンガスのタンクが庭に置いてあり、土色に褪せた小型のセダンが駐まっている。

「貧民湖に行き着いたようだな」イーストはいった。

「庶民《スラム》の湖だろ」ウォルターがいった。「ここは安全だと思うか?」

「こっちには銃がある」

ウォルターが笑い、サイドブレーキを引いた。コンクリートの広場全体が、浅くて暗い渚に向かって傾いている。

「あんたの弟だけど」ウォルターがいった。「どんなときも眠れるんだな」

「ばっちり起きてるぜ」タイが声を上げた。

「寝といたほうがいい」イーストはいった。「あとでしっかり目をあけて、動けるようにしておかないといけないからな」

「そうするさ」

まばゆい最後の昼、三人は目を閉じた。

11

イーストは溺れ死んだかのように眠った。一度、釣り糸を持ったふたりのガキが走ってくる音で目が覚めた。足音と大声で。口の中で、舌が固くなって感覚がなくなっていた。よくいわれることを思い出した。〝釣られるような弱った魚なんか食うな〟。ザ・ボクシズでの話だ。この辺のガキどもがどんなものを釣り上げるかはわからない。ウォルターが真ん中のシートに戻っていた。イーストは助手席で体を丸めた。また目を閉じる。布団をかけずに寝るのは、思っていたほど難しくなかった。環境が変わったから——都会でないからかもしれない。

体が安眠をあきらめてしまったからかもしれないが。

やがて太陽がマツの木々の陰に隠れ、今ではぎざぎざの影が氷のように冷たい湖面に這っている。近くで、金属をコンコンと叩く音がした。

イーストは頭を持ち上げた。外にいる赤毛の少年だった。十七、八歳ぐらいで、皿のように平たくてのっぺりした顔に、さっき櫛で整えてきたような産毛の口ひげが生えている。そんな少年が、拳銃でウインドウを叩いている。

「あけろ」警官か？　口の中が酸っぱかった。ウインドウを少しだけ下げていった。「何だって？」

「今すぐ」赤毛の少年が急いでいった。「持ち金を出してもらう」

イーストは顔をしかめ、あくびをした。「よお」イーストはいった。「寝てるのがわからないのか？」

「起きろよ」赤毛の少年が命令した。イーストよりひとつかふたつ多く歳を取っているかもしれない。口ひげが凛々《りり》しく、髪にはオレンジからくすんだ白まで多彩な色が混じっている。その少年がもう一度ウインドウを銃身で叩いた。区切り。学校の先生のようだ、とイーストは思った。

「おい」イーストはあくびしながらいった。「あいにく、このバンに乗ってるやつは、みんなおまえよりでかい銃を持ってるんだ。わかるか？　ほかのやつを起こしたら、おまえを撃つやつが増える」

産毛の口ひげの下から悪態が吐き出された。「嘘つけ」

イーストは思案した。こいつはやりたいことをやるだろう。こいつの気を変えるのはおれの仕事じゃない。

「五ドルやるから」イーストはいった。「消えろ。さもないと、このバンにいるやつをみんな起こす。そうなれば、まずいことになるぞ」

「うるせえ」口ひげがいった。

「好きにすればいいさ」イーストはいった。「おれを起こしやがって。おれがこの場で撃たないのは、おまえを仲間の元に帰して、おれを休ませろといわせたいからに過ぎない」

赤毛の少年は銃身で顔を掻くと、がっかりした様子で、代わりの標的を探すかのように銃口をあちこちに向けていた。

「ほら」イーストはいい、ポケットを探った。だめだ。持ち金の大半は、タイが取り返した銃の代金に入っている。手持ちは十ドル札が一枚と一ドル札が三枚だ。

「つりはないか？」イーストはいい、十ドル札をウインドウ越しに掲げた。

赤毛が疑っているように目を細めた。「いや、つりはない」

「なら、これで」イーストはいい、一ドル札三枚を差し出した。「渋ってるわけじゃないが、おれのほうがこのカネを切実に必要としているからさ」

こいつ。退屈を装った興奮が、その目に浮かんでいる。そういうやつは、どこの界隈にもひとり、ふたりはいる。

赤毛の少年がスウェットシャツのカンガルー・ポケットに銃をしまった。一ドル札を受け取ろうと手を伸ばす。イーストは手渡すときに少年の手をしっかり握り、こっちの意図を伝えようとした。

「今度会ったら」イーストは警告した。「すぐに腹を撃つ。腹の真ん中を撃つ。弾は九ミリだ。死なないかもしれない。だが、痛いぞ。人生が変わるぞ」

「わかったよ」少年がいうと、イーストは一ドル札三枚を手放した。

「じゃあな、ガンマン」イーストはいい、ウインドウを閉めた。

少年は三ドルをポケットに入れて立ち去った。遊び場を歩き去るとき、腹立ち紛れに、誰も乗っていないブランコをひとつずつ押した。やがてマツの木々が少年を呑み込んだ。イーストは目を閉じた。

だが、眠りには戻れなかった。ここにとどまるのは賢明ではない。ザ・ボクシズではないのだから。ホーム・グラウンドの利はない。たぶん、さっきのガンマンは戻ってこない。十人から十五人の仲間を連れて、みんな銃を持って戻ってきたりはしないだろう。たぶん、ガンマンは三ドルをもらってよしとするだろう。しかし、予想は外れるかもしれない。

どんな予想だって外れることはある。

イーストは運転席に回り、バンをゆっくり、そっと発進させ、一マイルばかり道路を走り、ルター派教会の裏に駐めてもよさそうな場所を見つけた。五十ヤードほど先で、男女の子供たちが、敵味方入り乱れてバスケットボールをしている。四人の大人——親たちなのか、牧師たちなのかは知らないが、どうでもいい——が、コーヒーを手に立ち、試合《バトル》を観ている。イーストは彼らのフォードやホンダと同じところに駐めた。一、二時間は、こういう〝仲間〟を喜んで受け入れよう。

雲は厚く、陽光は鈍い。三人は昼前から寝た。六時間。丸々一晩ではないが、集中力は高まるだろう、とイーストは思った。闇の中でも、仕事はできる。今夜の闇の中でも。真ん中の列のシートでは、ウォルターが鼻息やいびきをかきながら、まだ眠りこけている。

そのとき、あることに気付いて、殴られたような衝撃を受けた。うしろのシートを振り向くと、頭がない。膝も見えない。前のシートに突っ張る脚もない。タイがいない。

イーストは寝汗でべとついている体を慌てて起こした。灰色の駐車場、黄色い線。子供たちはバスケットボールの試合をしていない。駐まっていた車の多くもない。時計を見ると、六時近い。

やがて、タイの姿を見つけた。灰色がかった芝生の向こうにあるピクニック・テーブルの椅子に座り、庭の外の木々を眺めている。セーターは軍の放出品のようなダークグリーンだ。どれだけ気温が低くても、平気らしい。イーストより痩せているというのに、首を反らし、目を閉じて弱い光を浴びている。首を鳴らす。

イーストはじっと座り、鋸引《のこび》きのようないびきを聞きながら、汚れたフロントガラス越しに弟を見ていた。イーストは手足を伸ばしたが、だるさが残っている。

タイ。目当ての家を見つけて、様子を探ったとき、イーストはタイを眠らせておいた。いや——起こさないと、眠らせておこうと決めた。いや、それもちがう。先延ばしにしたのだ。

イーストは小声で毒づくと、息を吐いてドアをあけ、外に出た。近づいてくるイーストに気付いて、タイが腰を上げた。「ちょっと待てよ」イーストはいった。タイが渋い顔で何歩か離れた。

「いくらか眠れたか?」イーストは訊いた。「男の家の前を通ってきた。おれは起こさなかった。今思えば、起こしておけばよかった」

肩をすくめる。「思ってるってか」タイが不満げにいった。

イーストは足をテーブルの下に入れ、タイが空けたばかりの椅子に座った。

「寒い」タイがいった。「車に戻る」

「少しぐらい話をしろよ」イーストは迫った。「ウォルターは寝てる。やっておくことはないか? 明るいうちに家を見たいとか?」

「関係ねえよ」静かな声だ。ほとんど気が抜けたような声。「おまえらふたりは見たんだろ」

「妙な感じは何もなさそうだった」

「へえ?」タイがいった。「何がわかった?」

イーストは雨ざらしで色褪せ、脆くなっているピクニック・テーブルの上で、キーをいじっていた。この街の子供たちのイニシャルや名前が引っかいて書かれてある。〝ボー〟。〝RH・アンド・JM〟。〝アイ・ラブ・シグリッド〟。古いのは、この前塗られたはちみつ色のシーラーに覆われている。新しいのはむき出しだ。

「細かく話を詰める気はないのか? どうやるとか?」

タイがいった。「どうやる?」

イーストは驚いた。「やるんだろ? おまえはどうやりたいのかってことだ」

「まだやりたいんだな？」タイが声を落としていった。

「そのためにここまで来たんだろ」一陣の風が吹く。突然、風の叫び声が灰色の夕闇を吹き流した。風の叫び声がするほうをにらみつけると、風が木々をかすめ、やがてやんだ。「だが、これは覚えておけ」イーストはいった。「慎重にな。逃げる道のりも長いからな」

「〝慎重にな〟ってか」タイがいった。「おれなら逃げられる。おれのやり方でやればな。それどころか、おれだけなら、やり遂げて、逃げられる」

「そうかもしれない」イーストはいった。いや。まちがいない。タイが実名で飛行機に乗り降りしたらどうなっただろうかと想像した。幸運と意思があり、よそ見をする気はひとつもない。「でも、フィンはおれたちを送り込んだ。四人を。だからそういう形でやらないといけない」

「答えはぜんぶ持ってるんだな」タイが皮肉交じりにいった。「相変わらず」

タイはおれに決めさせようとしている。おれに決めさせて、バカにする。イーストは口を挟まなかった。キーを見つめ、古いピクニックテーブルを引っかいて、一本の線を描いた。

「ひとつ教えてくれ、タイ。どうしてこんなことをはじめた？」イーストは訊いた。

「はぁ？」タイがいった。手をポケットに突っ込み、かりかりしている。「何か訊いたか？」

「訊いた」イーストはいった。「何があったんだ？　どうして殺し屋になった？」

「ああ」タイがいった。「何の話がしたいんだ？　おれの仕事か？　仕事のやり方か？　それとも、家を出た理由か？」

やたら面倒くさい。腕が三本あるやつと取っ組み合いをしているみたいだ。イーストのキーが滑り、テーブルの表面を長々とこそいだ。木の繊維。その下に明るい色の軟材があらわになった。唾をつけて、指先で押して戻した。

「わからない」

「そうなのかよ。知りたいことがわからないのかよ」タイが悪意に満ちた目をバスケットボールのリングに向けた。大きな編み目のネットに。

「いや、だからさ……」イーストはいった。ここに一日もいれば、このテーブルに自分の名前をぜんぶ彫ってしまいそうだ。偽名も。「あまりおまえの顔を見ないだろ。誰のところで働いてるのかも知らない。誰に教えられたのかとか。誰と付き合いがあるのかとかも」

「なあ、誰《ニガー》もいねえよ」タイがうなるようにいった。「ここまで来た。腹は決まってる。ほかにいうことはない」

イーストはいった。「そういうやり方がいいなら、そうすればいい」

「そっちが何を考えてるかはわかる」タイがいった。「おれは組織の内側を知ってる。おまえは定職を任されたが、なくして、別の仕事をもらった。おれはちがう。おれはフリーで仕事を請け負ってる」

「十三歳だろ、おまえ」イーストは笑った。「そんなわけないだろう」

「フィンにいえよ」タイがいった。「おれは腕一本で生きてる。おまえとはちがう」すべすべの広い額に、細くて熱い一本の皺が走った。

イーストはしばらく弟を見つめたあと、自分の手に視線を落とした。何をするともなく、またキーでテーブルを引っかきはじめた。

「どうでもいいけど」タイがいった。「寒い」

「それじゃ、戻ろう」イーストは立ち上がった。「計画を練りたいなら、話してくれるか?」

「計画はない」タイがいった。「話すこともない」

目当ての家に戻る途中、ドライブスルーの店を見つけた。チキン・サンドイッチ、ミルクシェイクをバンの中で食べた。イーストは果物がほしかった。自然なものがほしかった。バンのどこかに、LAでもいだオレンジがあるはずだ。でも、どこにいったかわからない。

ウィルソン・レイクの外周を北側に四分の一ほど戻り、渚に出た。そこの駐車場は広く、屋根付きで、二台の車しか駐まっていなかった。

タイが銃をチェックして、弾を込めるあいだ、彼らはバンをアイドリングさせておいた。タイがグロックを持ち、もう一挺をウォルターに手渡した。そして、イーストには一瞥をくれた。

「おまえの銃もおれが持ってやろうか?」

屈辱。イーストは肩をすくめた。「あの小さいのはおれに貸せ」

タイが自分で持ってきた短銃身《スナブ》の銃を渡した。「女向けの銃だけどよ」

自分の見せ場だから、強気に出ている。イーストは静かにしていた。三人は持ち金をシートに出し、山分けした——タイはマイケル・ウィルソンから奪ったカネも出した。ひとり三百ドル近く。どうなるかわからないから、三人はそれぞれカネをポケットにいれた。

「おれはキーを持ってないから、バンはロックしないでおけ」タイがいった。

「一緒に戻ってこないと思うのか？」イーストはいった。「おまえは運転なんかしないだろ」

「知ったことか」

「ロックをしないでおくのもいいかもな」ウォルターが肩をすくめた。「森にいる連中は気にもしないさ」

「気にしないって。はっ」タイがいった。「よし、散歩に行こうぜ」

散歩。イーストはドアを閉め、ちくちくするセーターを着たまま腕を伸ばした。バンのエンジンが冷めて、かちかちとかすかな音がする。ウォルターがつま先立ちで跳ねた。準備運動だ。タイは何も表に出さずに動き出した。イーストもまねしようとした。ウォルターの顔は見なかった。こっちが感じていることを顔に出すだろうから。声に出していうみたいにあからさまに。それに、出したものはまず引っ込められない。

カーブしたレイクショア・ドライブを歩いた。三人が縦に並んで。ただ、タイにぴったりくっついていた。日の光はほとんど残っていない。

マツの木に囲まれた家並みが近づくと、木々を抜ける小道に折れ、きれいに片づいた庭の奥に出た。湖からしだいに登り道になっていった。木々がまばらになっているところで、木々のあいだに分け入り、家の住所を確かめた。

「どの家だっけ？　四番目だっけ五番目だっけ？」ウォルターがいった。「裏手には番地が書いてないな」

「黒いトラックを探せ」イーストはいった。

突然、バサバサ、ガーガーという音がして、足元のマツの葉が跳ね上がり、黒い影が飛び立ったように見えた。地面から蘇り、雄叫びを上げている。イーストは木につかまり、ウォルターは尻餅をついた。タイは宙返りでもしそうな勢いで離れた。黒い影は鳥だった。シチメンチョウかキジか、とにかく、マツの落ち葉に包《くる》まって暗がりで寝ていた鳥か何かが起こされたのだ。逃げ出す姿こそ見えなかったが、慌てて逃げるときのわさわさ動く脚、風を切る翼、そして、けたたましい鳴き声が聞こえた。

「ちくしょう」タイが安堵の声を漏らした。「うまそうだったな」

「まだ撃っちゃだめだ、おい」ウォルターがいった。

「撃つかよ。あれくらい、素手でとっつかまえられた」

イーストはマツの葉を払いのけた。まわりを見る。半数の家々には明かりがともっている。古い白塗りのブランコが、暗がりの絞首台のようにたたずむ。あたりに人影はない。

三軒の家の前を通り過ぎた。あと二軒先だ。かぐわしい夕闇に紛れて、三人はマツの枝をくぐった。イーストは暗がりに目を凝らすが、それでも気付かない枝もあり、空間の感覚がつかめない。空間など実はない。タイがゆっくり前を移動し、ウォルターが懸命にうしろをついてくる音に、イーストは耳を澄ました。枝が折れる音、小声の悪態。

イーストは息を吸い込んだ。ここでなら眠れる。暗くて、柔らかい地面。寒ささえ感じない。だが、足を踏みだす。持っているものは、腰に当たる蛇口のような銃身だけ。

地面は緩い上りが続く。四軒目の家を過ぎた。二階は明かりがついているが、静かだった。照明上部でシーリング・ファンが回っている。五軒目の家は暗い。

うしろとは十五から二十ヤード離れている。デブのウォルターは服を枝に引っかけてしまい、それを外すのに手間取って遅れていた。弟のタイはもう目当ての家に着いているだろう。あれだ。あれが目指してきた家だ。まちがいない。ひらけた敷地のほの暗い明かりに向かって、マツの木の下を進んだ。

タイはやはり着いていて、敷地の手前で待っていた。

「この家か？」

「この家だ」タイが答えた。

私道をのぞいて、狭い敷地が囲まれている――家屋の周囲十から十五フィートに木が並んでいる。狭過ぎて防火帯にもならない。敷地内は手入れされていないらしく、膝下丈の雑草がまだ青々と茂っている。

ウォルターが両手と両膝をついて、這ってやってきた。「這うほうが楽だな」ウォルターがうなるようにいった。「そんなに枝も生えてないし」

人気《ひとけ》のないテラスに、スイッチの入っていない黄色いライトが垂れ下がり、裏口の上にも、同様のライトがついている。

イーストからすれば、この家はあきれるほど目立たない。ひとつの住所まで、はるばるやってきた。この住所まで。森の中の黄色い家。アルファベットの〝A〟の形をした正面と裏面に窓がはめられ、正面から裏面へ光が抜けるようになっている。

「誰もいないようだな」ウォルターが声を潜めていった。

「確かめないとな」タイがいった。

イーストは顔を上げ、空を見た。歩いてくるときは暗く感じられたが、今は銀色で、マツの木の隙間から光が奇妙なほど漏れてくるような気がする。

「楽勝だな」タイが囁いた。「家の中が隅々まで見える。ベッドルームにでかい窓がついてる。地下室もなさそうだ」

ウォルターがいった。「男はどこだ？」

「わからない」タイがいった。「暗くしてベッドに入ってるのかもな。メシでも食いに出てるのかもな。暗がりのソファーに銃を持って座って、待ってるのかもしれないが」

「ひとりだと思うか？　もっといると思うか？」イーストはいった。

タイが目をむいた。「何も思わない。ありのままを受け入れるだけだ」

ウォルターがいった。「それで、どうする？」

「もうちょっと散らばって、様子を窺えばいいんじゃないか」

「わかった」ウォルターがいった。「でも、近づき過ぎるなよ。急ぐ必要はないんだから。人ちがいをしないように確かめないと」

「おまえ、〝ジョージ・ワシントン〟に電話したのか？」タイが嫌みをいった。「ここでいいんだろ？」

「この家だ」イーストは声を潜めていった。「人ちがいしないように確かめよう」

「人なんか見えないぜ」タイがばかにしたような口調でいった。「ふたりして確かめてくれよ。こっちはこっちで見られるだけ見てくる」木々が縫い目のように点々と生えている庭の縁に沿って左へ移動し、家の横手にこっそり回った。

ウォルターがイーストの横に立って、息を切らしている。タイが踏み出すたびに、マツの葉が跳ねる音に耳を澄ました。

「ずっと運転しながら考えてたのに」ウォルターがいった。「これだよ」

「おれも考えてた」イーストはいった。

「どう見ても留守だ」ウォルターがじっと立っている。「誰もいないんだろ」

「誰も起こしたくないし、だから、こんな暗いのは絶好のチャンスだ」イーストはウォルターの考えを当てた。

「そうなんだ。要するに、いつまでこうして待ってるのかってことだ」

「おれはしばらく待ってもいい」イーストはいった。

聞こえてくる音も、動きもない。タイを見失っていた。

ウォルターがいった。「見ればわかるか？」

「誰のことだ？　判事か？」

イーストは写真を思い出した。もじゃもじゃでふさふさの頭。もみ上げのあたりには白いものが混じる。だが、もっとはっきりした写りだったような気もする。脳裏にはいろんな顔が浮かんでは消えていた。フィンの顔。ウォルターの顔。自分の顔。

「たぶんな」イーストはいった。

「おれはわかる」

「おれだってわかる」イーストはいった。しかし、ウォルターから離れたかった。

「あんたの弟はこういうことを何度やってきた？」

「直接訊けよ」イーストはいった。「幸運を祈るぜ」イーストはそう付け加えた。

「この仕事をはじめたのは、何歳ぐらいのときだ？」

「知るかよ」イーストはそういって、一歩離れた。

「あいつは自分が何してるかわかってる」ウォルターがいった。「なにしろ、ぐずぐずしないで取り掛かってる」

「評判を落としたくないんだろう」イーストはいった。「反対側を見てくる」そういうと、敷地の縁に沿って右側へ歩きはじめた。

「わかった。感づかれるなよ」ウォルターが無駄なことをいった。

一歩ずつそっと踏み出せば、地面は静かだった。スリッパを履くときのような要領で踏み出せばいい。枝の陰から、横手の窓と正面の私道、黒いトラック、そして、道路もちらりと見えた。そこで立ち止まった。黒い穴蔵にいる黒い顔。自分の手さえほとんど見えない。片手を胸に当て、体内をどくどくと駆け巡る血を静めようとした。頭の中では、黒い弦がいらだちの音をかき鳴らしている。〝家〟のチームに対しても、ときどきこうなった。連中が見張りをさぼったり、気を抜いたりしたときに。また胸が高鳴った。腹が立ち、むかついた。かたくなになった。

マツの落ち葉が積もっているところを均し、触ってみた。乾いている――でも、冷たい。かまわず、腰を降ろす。不思議なものだ――何日か前まで、十二時間シフトで見張りに立っていた。週に六日。今は座りたくてしかたない。

何日こんなことを続けてきた？

頭の中が砂になったかのようだ。不規則な睡眠もあった。でも、道路の問題が大きかった。洗脳されたみたいに感じる。何日も目を閉じずに洗濯機の中をのぞき込んでいたかのようだ。ハイウェイの白線や黄線や反射板が、意味もわからないまま読み続けなければならない暗号とか、聞きたくない音のように感じられた。頭がぐにゃぐにゃになったみたいに、力が出ない。

大切な場所を何年も警備してきた。目を外に向け、あらゆることを見てきた。今は座って木に寄りかかり、家の中に目を向けているけれど、何も見えない。この木の家の中では、物音も動きもない。神経が磨り減っている。

移動中に考える時間があるだろうと思っていた——人を殺すということを。けじめのつけ方にもいろいろあって、人殺しもひとつの方法だし、ひとつのステップだということを。ここが目当ての家だ。男を探し出す。一人前になる。おれがやり遂げる。

しかし、考えられなかった。大陸横断のどさくさのなかで、男の顔を忘れてしまうとは思いもしなかった。顔も、計画も、ぼやけている。道のりと目的地だけが残った。こうして庭の外れに座り、機を窺うまで、標的のことなど考えなかった。標的が死にに帰る時を待っている。

さらに暗くなった。うしろの木々で物音がした——鳥のように、素早く移動するような音。何かに見られている。すると、もっと重々しく地面を踏む音がした。ウォルターが貨物列車のように木々を縫って近づいてくる。信じられないくらいすさまじい音だ。そのままじっとしていると、ウォルターがけつまずきながら通り過ぎそうになったので、声を殺していった。

「おい」

ウォルターが足を止め、あたりを見回して、やっとイーストに気付いた。ウォルターがいった。「タイが誰もいないといってる。近くから確かめてみるそうだ」

「誰かが車で来たらどうする?」

「銃に弾は込めてある」ウォルターがいった。「先にぶっ放せばいい」

「ひとりで来るとはかぎらない」イーストはいった。「わからないぞ。判事かどうかさえわからない」

「タイが何ていったかわかるか？」

「いや」イーストは溜息を吐《つ》いた。「タイが何ていったかなんてわかりたくない。だが、この道沿いの家に人がいたら、おまえの立てる音がまる聞こえなのはわかる」いらついて血管が浮いた。イーストは立ち上がったが、冷気が尻に張りついて、不快な円が広がっている。

　庭の広さを見積もった。「考えがある。戻れ。裏手の左角を張ってろ。おれは正面右角を張る。それで家の四面がぜんぶ見える。そうしておけば、タイが近づいて、いろいろ確かめられる」

「あいつ、もうやってるぞ」ウォルターがいった。

「それでも」

「わかった」ウォルターがきびすを返し、また家の裏手へ回りはじめた。枝を避けて、もたもたと進んでいる。そのとき、タイの姿が見えた。イーストは弟の動きを目で追った。猫が獲物を追いかけるような仰々しさはみじんもなく、さりげなく、ふつうに立って歩いている。銃を持っているが、なるべく見えないようにしている。かがんで窓枠に近づく。そして、地面の状況を確かめて、窓敷居の下まで頭を下げてゆっくり移動する。窓枠にもたれるようにして首を上げ、中をのぞく。片手でドアノブを回す。あかない。

　イーストはタイの動きを追い、慎重なペースだと思った。窓ごとにじっくりと部屋を確認し、間取りや角度を押さえている。殺し屋の考え方はふた通りある。気付かれる前には、人がどこにいるかと考える。その後、気付かれたら、どこへ行くと考える。隠れそうな場所は？　物影に隠れるか？　銃を置いてあるクローゼットに急ぐか？　撃ち返してくるとすれば、どこから？　それとも、慌てて庭に逃げだすか？　殺し屋はその家の住人と同じように家をよく知る。だが、知る目的はちがう。

しだいに警戒を解きながら、タイが裏手に回った。車が一台、石だらけの道路をゆっくり、スピードを緩めずに走っていった。イーストはじれて家に引き寄せられ、すでに遮るもののない敷地の中に入っていた。

四分後、タイが一周して確認を終えた。もう警戒感はまったく漂わせていない。家に人はいなかったとか、わざわざじっくり調べてやったのにとか毒づいている。木々から出たところにイーストがいると気付いて、近づいてきた。仰々しく銃をベルトに挟んだ。

イーストは申し訳ないとさえ思った。「いつ帰ってくるかもしれない」

「いや」タイが首を振った。「来ていない。服もないし、スーツケースもない。シンクに皿もない。浴室には石鹸もない。上水道の元栓も締まってる。中は寒い。ずっと誰もいない。ここに来てるとすると、しばらくは戻ってこないことになる」

「おれも見たほうがいいか？」イーストはいった。

タイが笑った。「好きにしろよ」

イーストもひと通り見た。暗闇に包まれて目が飢えていた。中をのぞき込むが、タイの見立てとちがう点はひとつもない。泥棒の目を引くもの——上等なスピーカー、エスプレッソ

・マシン、壁の高いところに設置されたフラットTV。こんな別荘のある連中はけちったりしない。盗みはイーストの仕事ではないが、人から聞いてそれなりに知っている――イーストが率いた手下のほとんどは、泥棒をやったことがあった。盗みをやめると、黙っていられなくなるようだった。

裏のガラスの引き戸はあかないようにロックしてあるが、都市部とはちがってかんぬきはかけていない。たぶん警報が鳴るし、ガラス破壊センサーもついている。窓には警備会社のマークはついていないが、賭けてもいい。どうだっていい。タイが判事を目にしたら、でかい音を立てるのだから。

ウォルターがふらりとやってきた。「どうする？　ここにいて、張り込むのか？」

「バンを近くに持ってくればよかったな」イーストはいった。「寒い」

「判事がいたらすっ飛んで逃げていただろうな。家の近くに黒人のガキどもが乗ったバンが停まったりしたらさ」

「わかってる」

寒さが体を貫いていく。バンのぬくもりから百マイルも離れているように感じる。

「戻りたいのか？」ウォルターがいった。

イーストは目を細めた。「いや」

「おれまで風邪を引きそうだ」ウォルターがいい、巨体を震わせた。

イーストは顔を背け、頭の中で判事の顔を思い描こうとした。せめて思い出せるところだけでも。

「戻りたいのか？」ウォルターがいった。

「さっきも訊かなかったか？」イーストは意地悪な口調でいった。

タイが家の角を曲がって姿を見せた。口の中を噛み砕いているかのように、顔をしかめている。「クソ。もうやめだ」タイがいった。「もうたくさんだ」

イーストはいった。「あと一時間待とう」

「は？」タイがいった。「おまえが決めるのかよ？　いいぜ、なら、ここにいればいい。家のそばに立ってるのが好きだもんな。おれはごめんだ」

「賛成」ウォルターがいった。

イーストは空を仰いだ。木々がつくるくすんだ黒い四角い敷地の上で、薄れてはいるが、まだ銀色に染まっている。

「またエイブに電話してみようぜ。代替計画があるかもしれないし」ウォルターがいった。

「なあ、イースト。こんなところにいたって、寒くなるだけだ」

「しかし、また電話に出なかったらどうする？」

「そんときは出ないんだろ。とにかく暖まろうぜ。食い物を買いに行こう」

「おれは暖まらなくてもいい」

タイが鼻を鳴らした。「聞いたかよ。ファッキン・カウボーイだな。ゆうべも寒がってたくせして」

イーストは暗がりでにらんだ。

「そりゃ、わからないさ」ウォルターがいった。「電話に出るかどうかは。だけど、判事はホテルにいるかもしれないし、ガソリンを入れてるかもしれないし、空港にいるかもしれない。でもほかの場所にいるかどうかはわかる」

「どうやって?」

ウォルターが口を結び、険しい顔を見せた。「おまえは知らないことだ」

「それは——」

「それはいえない。でも、ほんとだ」

「ファック」タイがいった。「ふたりとも死ねよ。おれはバンに戻ってる」

戻りはじめるタイを、ウォルターがちらりと見た。「おれもそうする」ウォルターがいった。

静かになった。鳥も木から木へ飛び移るのをやめている。

「来ないのか?」

「自分の仕事をする」イーストはいった。

「オーケー。わかった。だけど、おれはこんな〝冷蔵庫〟とはおさらばしたい。来いよ」

イーストはためらったが、ウォルターのうしろについて道路に出た。タイは百ヤードほど先にいて、姿を曝している。あたりが暗いのがせめてもの救いだ。イーストはウォルターに追いつこうと足を速めた。

「ひとつ教えてくれ」イーストはいった。「判事だけど、もうLAに帰ってないだろうな？」

「どうだろうな」ウォルターがいった。「あり得るけど、ないと思う」

「理由は？」

ウォルターは顔をしかめた。「おまえは知らないことだ」ウォルターがまたいった。

「またかよ。クソ」イーストは松ぼっくりを蹴飛ばした。「こんな森、火をつけてやる」


気付いたらガソリンがだいぶ減っていた。みんな疲れている。みんな気が立っている。イーストはハブられているような気がした。もぬけの殻とは。また〝家〟を失ったかのようだ。これまでどうにかやり遂げようと力を合わせてきたが、今では横目で見ただけで、互いに殺し合いそうな勢いだ。

イーストはバンを走らせ、小さな光のあぶくのように見える街を突き抜け、マツの木々が切り取るぎざぎざの夜の闇に戻った。幹線道路は南にあるから、北へ向かった――もうひとつの湖、貧民湖《スラム》へ。ただの勘だった。太い道路をひと目でも見たら終わりだ。仕事が終わる。もう終わってるのかもしれないが。

何マイルもはるばる来たのに、と思った。無駄だった。

「なんで携帯電話を持ってちゃだめなんだよ？」タイが不満を漏らした。「電話を探すだけで、こんなに時間を無駄にしてるんだぞ」

「なんでかはわかってるだろ」ウォルターがいった。

「やり方はわかってるんだろ。びびって何もできないだけだ」

「殺人にはびびるさ」ウォルターが答えた。じっと宙を見つめている。

「わかった。もういい」イーストは割って入った。「なあ。〝金持ち湖《ウェルフェア・レイク》〟に公衆電話がなかったか？」

「あったな」

「そういえば、おれたちが寝てるときに、どこの誰だか知らないが、おれたちからカネをふんだくろうとしたんだぜ」

ウォルターがくすくすと笑った。「ふんだくろうとしたってどういう意味だよ？」

「ちっちゃな銃を持った白人のガキだった。三ドルくれてやった」うしろにとっておく〝オチ〟なのに、面白くなる前にいってしまった。もう面白みはほとんど残っていない。

「というと、そいつはちゃんとふんだくったわけだ」タイがいった。「何でおれを起こさなかった？」

「考えてみろ」ウォルターがいった。「何でおまえを起こさなかったのか。ほんの一分でいいから」

あった。電話ボックス。ふたつ目の湖のほとりに、漁師用の電話があった。街灯のついた電柱から線が伸びていて、しぶとく生き残っていた最後の虫が寒空の下でもがいている。

女がひとり、三十代、ひょっとすると四十代かもしれないが、薄汚いピンクのサンダルを履いて、電話している。三人はうざったそうに女を見ていた。

「どうする？」イーストは訊いた。

「ちょっと待て」ウォルターがいった。「どうしたらいい？　しばらく流すか？　戻ってきて、また凍えるのか？　あの女は部屋着姿でいつまであそこにいられると思う？」

「あの部屋着は温かそうだぞ」タイがうしろから口を挟んだ。「朝までいるぜ」

イーストは駐車スペースの列を二列分あけてバンを停め、ライトを消した。エンジンはつけておいた。ミネラルウォーターの栓をあけたが、水を飲むとますます寒くなった。

「何を話してるんだろうな？」ウォルターがいい、ぼきぼきと首を左右に曲げた。

素足にけば立ったサンダルを履いている。肩越しに振り返り、バンを見て眉をひそめた。また振り返る。

「電話が通じたら、あんたが話をしてくれ。けど、おれにもいくつか訊きたいことがある」

ウォルターがいった。

「かまわない。おまえが話してくれ」イーストはいった。「〝おれは知らないこと〟ってのは何だよ？　おれはそれが知りたい」

「ある人のクレジット・カードを見るとする。いいか？」ウォルターがいった。「誰かなんて訊くな、どこでとかもな。今からふたつのことを教えるが、聞いたら忘れてくれ。ひとつ、その人のクレジット・カードを監視してる連中が組織にいる。ふたつ、航空券の購入に使われたりしたら、エイブラハム・リンカーンがそう話したはずだ。いつ、どこでとか。だからおれは、ないと思うと答えたんだ」

「だが、エイブラハム・リンカーンは電話に出なかった」

「今日はな」ウォルターが暗い調子でいった。「それは認める」

電話中の女が片手を上げて、誰かが頭上で手を合わせようとしてきたのに、それを手の甲で振り払うようなしぐさをした。六回。子供を平手打ちしたときの動きを確かめているかのようだ。

「クソ、もう我慢できない」イーストはいい、ドアをあけて飛び出した。さっきより寒くなってる。それに、静かだ。

まだ十フィートも先から、女がイーストに歯をむいた。

「近寄らないで！」女が声を荒らげた。「来ないでよ！　あたしが先に来たんだから！」

「なあ」イーストはいった。「あんた」

「来ないでよ！」女が歯を食いしばったままいった。「あたしが電話してるんだから！」手首に巻いた黄色のゴムのブレスレットに鍵がひとつつながっている。警戒心もあらわに、この世でひとつの宝物のためならとすべてを投げ出すくらいの勢いで、受話器を握りしめている。「ここにガキがいるのよ」女が送話口に向かって叫んだ。「電話をしたがってるの！　そうよ！　だからいってやったの。あたしが電話してるんだって。お金を払ったんだもの！　あたしが先に来たのよ！　それなのに、消えてくれないの」

イーストは何も持っていない手のひらを下にして空気を押し下げるように動かし、女を落ち着かせようとした。「おばさん」イーストはなだめた。「せかしてるわけじゃないんだ。せかしてないから」

「いいえ、せかしてるじゃない。せかしてるくせに！」

タイの小さな〝水鉄砲〟がポケットに入っている。おかげで奇妙でいびつな感情が膨らんでいた。

「いつまで電話すんだよ？　おばさん！」

「知るわけないでしょ」女がいい返した。「一分になるか、数分になるか。何なんだよ！」

イーストは無表情で女を見ていた。まあ、結局こういうことだ。何日もバンに乗ってきて、こんな女に出くわしてしまった。乞食女。ザ・ボクシズなら、そう呼ばれるだろう。スチールタワシみたいな髪をしてるから。部屋着の下で、肩甲骨が震えている。おれの母親の白人バージョンだ。

「数分だな」イーストはしぶしぶ譲った。きびすを返して、バンに戻っていったが、中のふたりにからかわれるのはわかっている。やっぱり。ドアをあけたとたんに、どっと笑い声が飛び出た。

「マジかよ」ウォルターがおかしくて涙を流しながらいった。「あの女の目がぎらっと光ったのは見物《みもの》だったな」

イーストはまだ残っている威厳をかき集めてバンに乗った。「あと一分だそうだ」

「朝まで喋ってるぜ。おれのいったとおりだ」タイがいった。「やりたいようにやれよ。今のはえらい面白かったぜ」

イーストは面白かったと納得しようとした。

「それで、強盗はどんなやつだった?」ウォルターがいった。「おれたちのカネをふんだくろうとしたやつがいたんだろ?」

イーストは肩をすくめた。〝おまえは知らないことだ〟。「でかくて肌が白かった。ロひげ。赤毛。十代だろうな。軍隊みたいに緑色のコートを着てた」

「ほんとに軍人だったのかもな」タイがいった。「おい! 見ろよ!」

女がスリッパ履きで慌てて出てきた。危ない橋は渡らないことにしたらしい。

今までとはちがう交換手だった。つなぐのにやたら時間がかかっていた。「まだ切ってないよな?」ウォルターが二度そう訊いた。「まだ切れてないよな?」

「切っておりません」

やがて別の回線に接続する際の静けさが訪れた。「もしもし」男の声がいった。

イーストはウォルターの顔に耳を近づけ、相手の吐いた息を吸うような格好になった。

「あのさ」ウォルターがいった。「おれたち、あそこに行ったんだ。たどり着いた。あんたらは電話に出なかった。それで、あの男は家にいない。わかるか?」

「ああ」声がいった。

「情報はないのか？　役に立つような情報は？」

「状況が変わった」声がいった。「今朝、警察が来た。何人かパクられた」

黒い受話器からはみ出している曲線的なウォルターの耳が、ピンクがかった茶色になっている。

「何人か？　誰だよ？」

「なあ」男がいった。「いいたくねえな」

「〝ボス〟は？」

「〝ボス〟はもちろんパクられた」

「ファック」イーストはいった。体に力が入り、何かをぶちのめし、走り去りたくなった。

唇を噛み、耳をそばだてた。

ウォルターが訊いた。「おれたちを送り出したふたりは？」

「当然パクられた。あの一帯は根こそぎやられた」

「何人だ？」

「十五、二十人ぐらいか。要するにこういうことだ。きのうは組織があった。今夜はない。

明日、何ができるか考えてるところだ」

ウォルターが受話器を胸につけた。「聞いたか？」

「ああ」イーストは小声でいった。

「状況が変わった」相手側の声がいった。「つまり、そいつを黙らせられるなら、こっちは大助かりだろうな。こうなったからには、ますます重要になっている。さらに多くの人間の情報を喋るかもしれない。わかるか？」

ウォルターがいった。「わかる」

「だが、おれは命令を受けていない。やるべきことをやれ」声がいった。

「あいつが週明けの日曜日に飛行機で移動するって予定は変わってないのか？」

「日曜の飛行機だ」声がいった。「ロサンゼルス国際空港《LAX》直行便だ」

「念のため教えてくれ」ウォルターがいった。「今日は何曜日だ？」

「木曜の夜」声が簡潔にいった。「おまえら、懐は大丈夫か？　あるのか？」

「ああ、あるよ」ウォルターがいった。

「そうか」声がいった。「次の電話もこんな感じで頼む。気を利かせてな」

「要するに、自分で決めろってことだな」ウォルターがいった。

「そういうことだ」声が答えた。「期待してるぞ」

ウォルターが送話口を手で覆った。「おれたちしだいだってよ」ウォルターが声を殺していった。「どうする？」

イーストはウォルターの茶色の目に長々と鋭いまなざしを向けた。「やろう」イーストはいった。「フィンにいわれたとおり」

「わかった」ウォルターがいい、大きく息を吸い込んだ。銃を満載したバンが、エンジンをつけたまま一服している。どっちへ行くかも知らず。

12

前にザ・ボクシズの〝家〟で、ホセアという少年とキャンサーという少年が険悪な関係になっていた。いずれは衝突すると誰もがわかっていたし、そんなことは誰も望んでいなかった。キャンサーとちがってみんなに好かれているホセアが、ほぼ確実にやっつけられるからだった。疑いようもない。喧嘩になることは、ほかの少年たちもわかっていた。喧嘩を売ったのはホセアなのだから。おまえなんか誰からも好かれてないとキャンサーにいい、その理由まで伝えた。キャンサーをばかにした。何度も。ホセアのいうとおりなのは、誰もが知っていた。ホセアはたいしたやつだ。

だが、ホセアびいきや正直な物言いよりも、決まりのほうが上だ。どういうときに人と正面からやり合うのかをわきまえろ。誰とやり合うかをわきまえろ。犠牲が伴うこともわきまえろ。ほかの少年たちは、喧嘩がはじまったことを知っていた。ホセアがあんなことをいったからには、報いを受けないわけがない。

ところが、喧嘩にはならなかった。風の強い、溶鉱炉のように暑い日だった。まずキャンサーが〝家〟に行き、ホセアを待ち受けていた。キャンサーがその場を離れると、ホセアが姿を見せた。その後、ふたりともそろい、機は熟したが、シドニーが仕事ができたと中から声をかけた。Uが呼吸停止でキッチンの床に倒れたのだという。外に出さないといけない。Uはぶるぶる震えて真っ青だった。〝家〟で死なれたらかなわない。命が助かるのがいちばんだが、せめてよそで死んでもらわないとな。どっちにしろ、おまえらで運び出せ。キャンサーとホセアはその仕事に呼び出され、Uを運んで車に乗せるのを手伝った。結局、Uは車中で死んだので、Uをどこで降ろすかではなく、死体をどこに捨てるかという仕事になった。どんな場合でも、死体をそこら辺に捨てるわけにはいかない。死体となれば、事情は複雑だ。そして、死体がキャンサーとホセアの緊張を緩ませた。

だが、ほかの少年たちはちがった。それまでの緊張感は消えていない。その後、イーストは少年たちをなだめ、互いから引き離し、ナイフみたいにぴりぴりしている空気に酔って誰彼かまわず突っかかったりしないようにしなければならなかった。ホセアとキャンサーが歩み寄り、水に流しても関係ない。死体をとりあえず隠しておいて、暗闇に紛れて片づけられる時を待っているのだとしても関係ない。ナイフが空に放り投げられたからには、地面に落ちるのを見届けるまで、少年たちは仕事に手が付かなかった。

ガソリンスタンドがあった。冷気に包まれた明かりを受けて、車がべろべろになめられたみたいにぎらついている。イーストはガソリンを入れて、料金を支払い、ウォルターがまた例の番号にかけてみた。やはり。やはり何も変わっていない。さっき聞いた以上のことは、誰も知らない。

三人はスチーマーに入っていたホットドッグを買い、走り去った。人間世界の果てに来てしまったような気がする。この道路沿いには、街と呼べるようなものはなく、あるのは木々が地表からはがれたような広場だけ。道路を曲がると、突然地上に家が見えた。ガレージのてっぺんにライトがひとつだけついた建物。そのライトが炎のようにぎらついて、通りかかった庭に降り注ぎ、過ぎ去ると木々がカーテンのようにぴしゃりと閉まった。道路は川のように暗く、何でも呑み込み、ポストの反射板だけが〝ここだ、ここだ、ここだ〟と、センターラインの反射板も〝ここだ、ここだ〟と、測ったようなリズムで呼びかける。

路面を点々と縁取っていたポストの泳いだ目がなくなった。

さっきは訊くなといったくせに、ウォルターは今になってクレジット・カードの情報を利用して、人の足取りを追跡する方法をべらべら喋っている。「クレジット・カード番号は楽に手に入る」ウォルターがいった。「ウエイターにも、店のレジ係にもできる。その番号でいたずらしなけりゃ、盗みを働いたりしなけりゃ、カードの使用状況を監視していても、気付かれやしない」

「おまえがそれをしてるのか？」タイが割って入った。「判事のカード利用状況を？」

判事。名前はイーストの記憶の片隅に隠れている。

「おれがアカウントを開設した。管理もおれがする。自分のアカウントをオンラインでチェックしないやつもいる。たまに修正しないといけないこともあるし、一度開設したら、ずっと手間要らずのこともある」

「どこで覚えた?」

「勉強したのさ」ウォルターがいった。「学校には組織の若手がいる」

イーストは外の底知れない闇を見つめていた。ここで休憩を取らないといけない、と自分にいい聞かせた。体を休めないと。誰だって準備は必要だ。前夜、あの家で銃を手に入れたときは雪が降っていたけれど、今夜はそれよりずっと寒い。この寒さじゃ体がすくむ。誰だってエネルギーが必要だ。食い物が必要だ。

三人は湿ったホットドッグを食べ、箱を丸めた。ゴミ袋は見つからなかった。イーストは丸めた箱をシートの隙間に押し込んだ。

タイはウォルターの背もたれの上に両足を載せた。「判事のカードの情報をたどってるっていってたな。どうしてやつに気付かれない?」

「何を?」ウォルターがいった。

「誰かに監視されてるってさ」

「どうして気付かれないかって? みんなひょっとしてと思ってる。最近では、みんな誰かに情報をたどられているんじゃないかと不安がってる。でも、カネが減ってなければ」ウォルターがいった。「カネがそのままなら、どうこうしようとも思わない。そして、おれたちはやつのカネを取ってない」

タイがいった。「コンピューターがあれば——図書館とかで——判事の様子がわかるのか？」

「いや」

「そこが肝だと思うが」タイが皮肉交じりにいった。

「わかってる」ウォルターがいった。「込み入った話だからな。情報を追ってるのはひとりじゃない。おれが扱ってたパスワードはひとつだけじゃない。判事のパスワードは知らない。パスワードをぜんぶ覚えてるわけでもない。ＩＰアドレスとかも全部偽装だ。何もかもセットしていた」

「おまえらが使ってたコンピューターは？」タイがいった。

「おれの学校にあるやつさ」

「どうりでまだ学校に通ってるわけだ」タイが笑った。「フィンがどうしておまえを見張りにしたのか、教えてくれよ。賢いのにな」

イーストは口をひらき、また閉じた。イーストが知るかぎり、タイはここ何年か分より多くの質問をこの短い時間でしている。

ウォルターが答えた。「仕事内容を知るために見張りに立ったんだ」

ウォルターが速度をゆっくり落とし、バンを停めた。幹線道路が停止標識のところで終わっている。その先には、車が森に突っ込むのを防ぐ、蛍光塗料を塗ったガードレールに、道路標識がごちゃごちゃ立っている。ウォルターは四角を描くように走っている。ルーフのコンパスが〝N〟、〝E〟、〝S〟、〝W〟と変わってきたから、イーストはわかっていた。湖を中心に周囲の街区《ブロック》を回っているだけだ。二時間近く走っている。

「おれたちは好きに決められる」ウォルターがいった。

ほかのふたりはイーストの声を待っている。

イーストは身じろいだ。どうにかLAに——ザ・ボクシズに——つながった公衆電話のライトの下では、〝やる〟というのは簡単だった。だが、このバンの中は暗くて、わからないことばかりだ。

なぜか話を切り出しにくかった。「また電話して、新しい情報が入ったかどうか訊くか？」

ウォルターが首を振った。「それもいいかもしれないけど、せめて朝まで待たないと。学校があいてない。それに、誰があとを見てるかわからない。誰がパクられてて、誰がパクられてないのかわからないだろ」

助手席側のウインカーの光が側溝をチカチカと照らしはじめた。

「戻ったら」ウォルターがいった。「進展があったかどうかわかるんじゃないか」

「あのマツの森に戻るのか」イーストはあきらめの声でいった。「誰もいない森に」

「何か見つかるかもしれない」ウォルターがいった。「家に侵入したらよ。手がかりのようなものが」

タイがいった。「さっき、中に入ったぜ。窓を割ってよ」

ウォルターがシートに座ったまま首を巡らせた。「何でそういわなかったんだよ？　警報はなかったのか？」

「あったのかもしれないけど」タイがいった。「聞こえなかった。あったとしても、もう警官が来て、帰ってるころだ」

「戻ったほうがいいと思うか？」ウォルターが肩越しにいった。「タイ？」

タイがいった。「おれか？　おれはもう中を見た。やることはやった。おまえらふたりで決めろよ」そういうと、これ見よがしに横になり、体を休めた。

「ああ」イーストは腹を決めた。「引き返そう」抱えていた両膝を放すと、全身が痛かった。内側を殴られたように。あの家に戻ると思うと、気が重くなる。だが、タイのいうとおりだ。やることをやる。

ウィルソン・レイク。どのポストにも、どの私道にも反射板がついていて、三人に目を向けてくる。レイクショア四四五の私道は、冷たそうな黒いトラックのほかには何もない。ウォルターが湖の駐車場に入ってバンをアイドリングさせておき、また銃を持ち、準備を済ませた。薄手の黒い手袋をはめた。今度も道路を外れ、さっきと同じように歩いていった。

草地は静まり返り、暗がりでウォルターが引っかかった枝が勢いよく跳ね返った。タイが先頭に立ってマツ林を歩き、黄色い裏手のポーチのライトが見えるところまで移動した。一匹の蛾が、力なく、ライトに何度も突っ込んでいる。

「電話の配線ボックスがある」タイがいった。キッチンの窓の下に灰色の箱がある。

「それで？」

「警報器があるなら、そこから線が延びてるはずだ」

「セルラー方式の警報器の場合もあるぞ」ウォルターがいった。

「この辺は電波が来てない」タイがいった。

「どうしてそれを知ってる？」ウォルターがいった。「どうして知ってるんだ？」

ウォルターはタイを薄気味悪いと思っているらしい。

配線ボックスには蜘蛛の巣が張っていた。タイがふたをあけ、プラグを外した。

「中に入ったら、何を探す？」

ウォルターがいった。「何でも。行く先とか？　航空券の領収証とか？　メモとか？　とにかく見てからだ。ただし、中に入っても、ものを壊したり、散らかしたりはしない」

「当然だ」タイがいった。

「靴を脱げ」ウォルターがいった。

タイが割ったのは、裏側にいくつかあるうち真ん中の窓で、シンクの上に位置している。ドアフレームに二重ロックがついているが、タイが身をよじって頭と肩を滑り込ませられるくらいの広さはある。

「中に懐中電灯はないかな」ウォルターがいった。「懐中電灯ぐらい持ってくればよかったよな」

タイが靴を脱いだ。「持ち上げてくれ」

ウォルターに舌打ちされて、イーストも手を貸した。手を合わせて足場代わりにした。タイが足を掛け、腕を中に入れ、置いてあるものをどかした――窓際の洗剤ボトルと、カウンターのグラスふたつ。そして、よじ登った。きつそうだ。タイが何かに声を上げた。イーストはウォルターにタイの足をつかませ、手助けに行き、タイの胴体、そして金属の窓枠に触れた。そこに引っかかっていたものを見つけた。タイの耳だ。それに触れる。ぱっくり裂けた軟骨片は奇妙なほど温かく、一瞬、母親の顔を思い出した。

「クソ、いってえ」タイが家の内側からうめいていた。イーストはその耳を押さえ、タイの頭にくっつけて、それ以上裂けないように、コイン投入口のように狭くて固い入り口をくぐらせてやった。やがてタイが首を伸ばした。入った。首まで入った。

イーストがもう一方の腕をタイの肩に回し、狭い入り口に押し込めはじめると、タイの体は少しずつ、肋骨が一本ずつ中に入っていった。腰と両脚が宙に浮かんでもがいている。

「ファック。いってえ。もういい」タイが中からいった。

「おれたちはこっちで待ってたほうがいいか?」イーストはいった。

「ああ、おれが調べて、あとでおまえらも中に入れる」

「わかった」イーストとウォルターに太股をつかまれて、タイが空中で体をくねらせている。体がシーソーのように揺れ、腰が敷居を超えて見えなくなった。そのとき、ひと組のヘッドライトが私道に向けられた。

13

まだ数秒は車が走っている。まだ数秒はこっちの音が聞こえない。イーストはタイの脚を両手でつかんでいた。タイはまだ体を引き上げようと、身をよじっている。

「おまえを外に出すぞ」イーストは弟の体をつかみながら、窓越しに鋭い小声でいった。

「何だって？　嫌だ！」

「誰か来た」

「い、い、入ったばかりじゃねえか」そういって、タイが悪態をついた。

ひと組みのライトが大きく弧を描き、車が私道に入った。やがて家の〝A〟形の正面を照らし出した。ライトがカウンタートップ、蛇口に反射した。そして、車が停まり——はじめて見る明るさ、小さくてやたら明るいライトだ——ライトがぱっと消えた。

「急げ」イーストがいった。タイの手をつかみ、引き戻す。頭がカウンタートップの上に持ち上がり、窓から出てきた。そのとき、頭が窓敷居にぶつかった。「いてっ、いてっ、いてえよ」タイが文句をいった。

「しっ」

「網戸。網戸」ウォルターがいった。

「網戸なんかどうでもいい」イーストはいった。そういうと窓を閉め、かがんでいたタイを起こした。三人は慌ててマツ林へ逃げた。この狭い庭は、家のライトがつけば丸見えになる。

「おれの靴はどこ行った？」タイが声を殺し、激しい口調でいった。

「しっ」イーストは答えた。

小型車のドアがあく音がした。ふたつの人影が出てくる。運転席側から大人の男。助手席側からもうひとり。

「誰だ、ガールフレンドか？」ウォルターがいった。

タイが目を凝らした。

イーストはマツの太い枝を持ち上げた。葉が乾いてもろくなっているが、まだきれいに揃っている。顔の前に持ってきて、その隙間からのぞいた。男が鍵束を指でめくりながら、家に近づいてくる。

男が玄関前で足を止め、頭上のライトをつけた。姿が見えるようになった——大柄の黒人。イーストは思った。〝あの黒人か？〟。男がドアをあけ、オープン・スペースを抜けてキッチンへ向かう。ショルダーバッグだかブリーフケースだかをカウンターに置く。スイッチの入ったライトは、ぎらぎらとまぶしくて、まさに、白いペンキのような光だ。ライトが強烈な光を放ち、庭を満たし、木々を照らし出す。イーストは身をすくめた。

隠れているか？　これで充分なのか？　かくれんぼの最後の瞬間のジレンマだ。もっといい場所があるんじゃないか？　今、動いたらばれるだろうか？

男がゆっくりキッチンから奥へ移動し、家の横手に向かった。音はしない——無音にしたテレビを観ているみたいだ。続いて少女がキッチンに入ってきた。手を伸ばす。棚からカップを取り、下の方からプラスチックの水差しを出して、飲み物を注いだ。

黒い肌。真っ黒だ。顔つきも年格好もよくわからない。

「水道あけてねえな」タイがいった。「やつらは何日か泊まりに来ただけだ」

「あの男か？」ウォルターがいった。「イースト？」

イーストは凝視した。額がずきずきしてきた。「まだよくわからない」

「よく確かめたほうがいい」タイがいった。「おれが撃ったら、生き返らないから」

イーストは脳裏で写真を懸命にめくっていた。あの朝、ジョニーに見せられたものをもう一度、確認したかった。男のスーツ、体格は思い描ける。でも、顔はまったく思い出せない。

無言のまま、男と少女がライトのついた家の中を移動している。箱の中の標本のように。目がくらむほどまぶしい。胃が縮み上がるのがわかる。

「ノックしよう」タイがつぶやいた。「やつが出てきたら、おれたちが撃ちに来た判事なのかどうか、訊けばいい」

「女の子はどうする？」ウォルターが声を殺していった。

「あの子は撃つな」イーストはいった。

「標的じゃないからな」タイがいった。「おれをキレさせないかぎりは」

「残酷じゃないか」ウォルターがいった。「あの子の目の前で男を撃ったりするのは。見た感じ、まあ――あの子の父親みたいだろ」

タイは何もいわなかった。イーストは落ちていた枝を体に寄せた。乾いた葉が頰をぽつぽつと突く。

「まだ決まらないのか？」タイがしびれを切らした。

近所の家はいちばん近くてもかなり離れていて、影がぼんやり見えている。空では、星々が人知れずめぐっている。イーストは一本のマツの葉を嚙んだ。なじみのない、苦くて甘い味。オレンジの皮のようでもある。ぎらつくライトに目を凝らす。

少女がいるせいで、急がないといけなくなった。向こうはふたり。ひとりを引きはがさないといけない。見逃すなら――撃たないならそうするしかない。当然ながら。リズムをつかんだと――おれと世界のペースが重なったと――思っていた。だが、誰かが乱す。パトロールカーが束になって押し寄せて、ぶち壊す。誰かがドアをあける。世界はお構いなしだ。おれに対しても、おれの計画に対しても。教訓はそれだけだ。

ちがうといい張るかもしれない。絶えず息をして、絶えず人と距離を置いていれば、無事でいられる、と。でも、マイケル・ジャクソンに訊いてみろ。LAにいる誰に訊いてもいい。地震は突然襲ってきやがる。レーダーもないし、〝来るぞ〟と叫ぶやつもいないし、携帯に警報のテキスト・メッセージが入ることもない。ただ家がぐらぐら揺れ、壁からものが落ちる。イーストは十五だった。でかい地震ははじめてだった。

〝止めろ。止めるんだ〟と自分にいい聞かせた。

マツの葉を吐き出し、這いはじめた。森の縁を左に移動し、家の側面に回った。外に放たれる光が球場みたいにまばゆい。充分に離れていないとまずい。黒っぽい服、黒っぽい靴、黒っぽい枝、黒っぽい肌。ある晩、ソニーが姉の天文学の教科書を持ってきて――ソニーの姉貴は車で一時間もかけて科学専門の女子校に通っていた――LAの夜空には見えない星について知ったり、ザ・ボクシズではお目にかかれない言葉を覚えたりした。

〝反射係数《アルベド》〟。天体《ボディー》が光を反射するかどうか。まず習うことのない言葉だ。イーストのアルベドはほとんどゼロだ。光を受けても、たいして跳ね返せない。

イーストは家の正面に向かったが、男はまた奥のキッチンに現われた。マッチをつけ、コンロの火口《ほくち》に点火した。銀色のやかんにボトルから水を注いで、それを置く。頭上にライトがあるせいで、顔が陰に包まれる。白髪交じりの髪。歳は五十ぐらいか。がっしりした厚みのある肩。少女のカップを洗い、布巾で拭く。

イーストは動きを止め、ベッドルームの窓から様子を窺った。少女が奥のトイレに入るのが見えた。玄関のあたりに光が満ちたあと、トイレのドアが閉まり、光を吸い取った。

〝ちょっと待ってろ〟とタイにはいってきた。確認しようと思ったけれど、何もわかってないし、何も断定できない。

すると、男がまた移動し、玄関側へ歩きはじめた。窓をひとつ過ぎ、次の窓へ移っていくさまを、イーストは見ていた。玄関でポケットを探っている。タイは今どこだ？　タイは待っている。イーストを待っている。

男はキーを見つけられない。足を止め、戻っていく。キッチンへ。手を伸ばし、カウンタートップに置いてあるキーを手に取る。

トイレのライトがまた縞模様の光を投げ掛け、少女が出てきた。キッチンへ行く。蛇口をひねるが、水は出てこない。容量一ガロンの水差しに手を伸ばし、洗ったばかりのカップを取った。カップにまた水を満たすと、窓の外に目を向けた。イーストには少女の目が見えた。顔が向きを変え、横からこっちを見ているような格好になった。その顔はジャクソンからやってきた少女の顔だった。イーストが見ている前で死んでいった少女の顔。イーストは息を呑み、一瞬、顔を背けた。

そうだ。少女と男のことだけを考えろ。それだけを。

男はどこだ？　玄関から出てきていた。車の前にいる！　少女から離れて、外にいる。しかも、キーを持っている。イーストは森の縁をちらりと見たが、タイもウォルターも、さっきまでいたところにはいない。誰もが動いている。〝やれ〟の号令もないのに、はじまる。

イーストはそっと左に移り、さらに玄関に近づいた。ベッドルーム、エアコンの室外機を囲む茶色の短い柵を過ぎた。森から離れて、一本のマツの木が地面から突き出ている。そして、男は黒いトラックと車――ボルボの〝鼻〟の短い小型ワゴンで、イリノイ・ナンバー――に近づく。

男がリモコン・キーでロックを外し、バック・ドアをあけてスーツケースを持ち上げた。

てこずっている——でかいスーツケースだ。トートバッグ・サイズの小さいやつではなく、ばかでかいやつだ。ふたつ同時には持てない。ひとつを踏み固められた地面に置き、もうひとつを持って家に入る。イーストは姿が見えなくなるまで観察していた。

もうひとつのスーツケースが車の近くに置き去りにされた。持ち主はそばにいない。何も考えずに、イーストは光に包まれた玄関付近を避けて、トラックうしろのスーツケースへ、まっしぐらに走った。タグはどこだ？　名札は？　まだマツの枝を持ったまま、スーツケースに手を伸ばした。把手から側面へ、名札を探した。ない。

そのとき、一番上のふたにある金色の刺繍に気付いた。家の明かりがあまり当たっていないせいで、うっすらとしか見えない。〝CWT〟。しばらく頭の中がやかましく回りはじめ、探していた男の名前を引っ張り出そうとした。すると、家の中から金切り声が響いた。思い出した。カーバー。トンプスン。イニシャルは合ってる。

この男だ。

少女が叫ぶ。「パパ？　パパ？　誰かが——」

少女が走ってきた。イーストに向かってではない——車のドアを閉めるためでもない。少女の目が見えた。イニシャルなんかどうでもいい——少女はこのスーツケースを取りに来たんだ。

イーストは背筋をぴんと伸ばし、まぬけみたいにマツの枝で顔を隠した。

「パパ！」少女が玄関から外へ飛び出してきた。

イーストの心臓がどくどくと鳴り出した。気付かれた。

父親の第一声は遠くから聞こえてきた。そして、叫び声を上げながら、父親が急いで近づいてきた。〝メラニー！　メラニー！〟。イーストは急いでうしろを向いた——銃がどこかもわからない。顔は隠したまま。少女に見られるのは、男に見られるのとはわけがちがう。少女は目撃者になる。男は標的だ。知り過ぎた男だ。イーストは咳払いをしたが、そうしているときにも、少女がスーツケースをつかみとろうとした。そのとき、もうひと組の足音がマツの葉に覆われた地面を滑って止まった。弟だ。駆けつけてきた。

タイがいった。「やるぜ、E。あの男か？」

イーストはうなずいた。「あいつだ」

判事が戸口で足を止めた。目を凝らしていたが、やがてにやりとした。判事は今にも笑い出しそうな、興味をそそられたような声色でいった。「どこかで会ったか？」

タイが腕を持ち上げ、喉からうなり声を、さげすみの声を上げた。そして、網戸越しに撃った。二発、三発。弾が男に命中する音が聞こえ、長いあえぎ声がしだいに消えていった。

少女がスーツケースにしがみつき、目を閉じた。口をあけるが、何も出てこない。

父親が床に倒れた。ウォルターがやってきた。

「死んだのか？」

タイが少女に銃を向けた。少女はつむった目をあけてなかった。黒い把手を握りしめている。

「だめだ」イーストはいった。

〝バン。バン〟。タイは二発撃った。銃声が漆黒の庭を切り裂いた。「やめろ」イーストはいったが、少女はもうくずおれ、スーツケースもその上に倒れてきた。

ウォルターの顔が真っ青だった。引きつってもいる。「死んだのかっていってんだよ？」

「胸に三発だ」タイがいった。「充分だろ。あの男でいいんだよな？」

イーストはマツの枝を落とした。「あいつでいい」蚊の鳴くような声しか出ない。

あの女の子。灯光の下で、顔が動かなくなっていった。暗いなかで、ジャクソンの少女の顔になっていた。あの子と同じ、何も動かない世界を隅々まで見通しているかのような表情。何も動かない世界を。イーストは少女のそばに立っていた。「撃つなといったのに」イーストはいった。

「おれの判断だ。おれがやった。こっちでそう取り決めた」タイがいった。「話してる余裕はなかった」

「その銃は捨てたほうがいいんじゃないか」ウォルターがいった。

「いや」タイがいった。「それはちがう。今はおれの靴を探さないといけない」

タイが汚れた靴下で駆け出し、窓をよじ登ったところへ戻った。イーストはよろよろとその場を離れた。銃声がまだ脳内部の空間にこだましている。刻々と時が過ぎている。

家の明かりがマツの木のうしろまで深く届いている。さっきもそうだったのかもしれない。

マツの葉が積もっている家の裏側で、タイが脚をせわしなく動かしている。あらゆる音が鋭く伝わり、息が亡霊のように宙に形を残す。

「逃げよう」ウォルターがせっついた。「イースト。ここから離れないとだめだ」

「わかってる」イーストは首を巡らした。ふたつの黒い塊——玄関のドアのうしろの男と、もうひとつ、黒いスーツケースに押し倒されたかのようなもの——を見たわけではない。明かりのついた空っぽの家の横に延びている、草の生えていない小道をじっと見ていた。

「クソったれ！」タイがどうしようもない暗闇でいった。

ウォルターの目がさっと動いた。「イースト？」

「あいつの靴に何かしたのか？」

「何もしねえよ」ウォルターが不満もあらわにいった。「自分で蹴って脱いだんだよ。おれたちふたりで先に行ったほうがよくないか？　イースト？」もう足で道を探りながらあとずさっている。

すると、激しく、慌ただしい足音が聞こえた。タイが来る。窓の下に降り、家の明かりの縞模様をまとって走り出した。片手に靴を持ち、もう一方で銃を持っている。「走れ！」タイがあえぎながらいった。イーストは家に背を向けた。ウォルターはすでに体を揺すりながら道を下っている。ほかには音も、動きも、反応もない。ぽつぽつと静かにたたずむ郵便受けが、通り過ぎる三人を見ていた。

三人は下り坂に足音を響かせて、すぐさま石だらけの道路に戻った。左側は湖に近く、マツがそれほど密に生えていない。急いで口に空気を吸い込むが、すぐに出ていく。湖畔のカーブを曲がると、たったひとつ、黄色い染みのついた柱に取り付けられたライトに照らされた駐車場が見えてきた。木々の下で輝く彼らの青いバンがちらりと見えた。何も考えられず、イーストは足を速めた。〝逃げろ、逃げろ〟と頭に鳴り響いている。そして〝何があった?〟とも。

言葉はなく、少女は顔に疑問を浮かべていただけ。

そのとき、もう一台の車が見えた。太いタイヤに乗った古くて太いシボレーが、バンのそばに停まっている。黄色い光を受けたマツのように黒々としている。ふたりのガキがバンのまわりをうろついている。まずい。

「見ろ」イーストはそういって指さした。

「クソが」タイがいい、先頭に出た。「よし。銃を抜いて、広がれ。おれがなんとかする。だが、おまえらも腹を括れよ」

「近所のガキどもじゃないか」ウォルターがいった。

タイは険しい形相を崩さなかった。「いったとおりにしろ、ウォルト」

タイが左に広がり、イーストはそのままゆっくりと、黄色い線で囲まれた駐車スペースを二歩で渡りながら、駐車場を走った。ウォルターはうしろからついてきた。タイの銃が〝ガチリ〟と重い音を立てると、イーストもポケットを探って小型の銃を取り出そうとした。走りながらで手に付かなかったが、どうにかつかんだ。

まだガキどもはこっちに気付いていない。ひとりはきのうの貧民湖《スラム》の不良かもしれない。

肉付きのいい肩だし、口ひげもある。

「ひとりは銃を持ってるぞ」イーストは息を切らしながらいった。ただの推測だ。だが〝気をつけろ〟という気持ちは、タイにも充分伝わっているはずだ。

タイが片手を持ち上げ、木々に向かって一発撃った。〝バン〟。白人の少年たちもようやく気付いた。互いにすがり、やがて、自分たちの車を目指して駆け出した。がたつくエンジンがうなりを上げる。タイが左から追い、イーストは自分たちのバンに向かい、ポケットに手を入れてキーを取り出した。「おい！」タイが叫んでいる。「おい！」

黒い車がタイヤを焦がした。木々の隙間をめがけて突進した。すぐさまライトが過ぎ去り、甲高いエンジン音が湖から遠ざかる坂道を登っていった。イーストはバンにたどり着き、息を切らしながらキーをつまんでロックを解除しようとした。

だが、使えなかった。白人のガキどもがぶっ壊していた。ウォルターが息をぜいぜいさせて、うしろからやってきた。目をむいている。「ああ、クソ」ウォルターがうめいた。「ああ、クソ！」

イーストは息を吐いて、車のまわりを一周した。片側のウインドウが留め金から外されている。垂れぶたのように、ヒンジだけで斜めに垂れ下がっている。そこから中に入ったのだろう。中にあったものはぜんぶ持ち出されていた——服、食料、救急箱、それに毛布。ミネラルウォーターのケースも外に出されて、地面に散らばっている。

「おれのゲームを持っていきやがった」タイがうしろから毒づいた。

「カネは身に付けてたよな?」ウォルターがいった。「ふたりとも、カネは持ってるよな?」

「おれのゲームを持っていきやがった」

「ここを離れないと」イーストはいった。

「だけど、見ろよ」ウォルターがいった。イーストは一歩下がった。どこが問題なのか、よく見えなかった。だが、見えにくいサイドの下、ウッドの部分に、スプレーで何事か書いてある。〝くたばれ黒人《ニガーズ》〟。

「テールライトも割られた」まだ手に持った靴をぶらつかせて、タイがいった。

ウォルターが唇を嚙んだ。「こんなのには乗ってられねえよ」ウォルターがいった。「おおい、世界中のおまわりさん、助けてくれよって呼びかけてるようなものだ。そうこうしてるうちに、死体も見つかるわけだ」

「だが、今はこれで行くしかない」イーストはいった。「乗れ」

西へ向かう四車線道路を見つけ、それに乗った。街中は人に見られるから避けた。この辺の住民に。壊れたサイドウインドウから風が切れ込み、バンの中を駆け巡り、隅々まで探っている。タイがもとは救急箱にあった〈エース〉の包帯で、ウインドウを固定しようとしていた。イーストは息が落ち着いてから、うしろを向いた。

「あれはいったいどういうことだ、タイ?」

タイは落ち着いた様子で、ウインドウの補修を続けた。「何だよ？　今度はおれに怒鳴ってるのか？」

「どうしたんだよ？」

「どうしたって？」タイが手を止め、ほんの一瞬だけ前に目を向けた。「任務完遂しただけじゃねえか」

「あの女の子だ。いったはずだ。あの子は撃つなと。どうして目に付いたやつをみんな殺す？」

タイがいった。「よく考えてみねえとな」

イーストはハンドルを叩いた。「クズ野郎。外道が！　それに、さっきの連中にも。連中に見えるように走っていったり。ついでに最近、何人を撃ち殺したのか、教えてやればよかったな」

タイが皮肉を込めて、少し間を置いた。「ああ。まったくだ。おまえのいうとおりかもな。うまくやらねえとな。サイドに黒人《ニガーズ》なんて書かれたバンを運転してんだからな」

「暗いから見られることはない」イーストはいい返した。

「人は見たいものは何でも見えるんだよ」

タイの常套手段だ。話題をそらす。こっちは話題を引き戻すのも癪に障る。暖炉に尻を向けてるかのようだ。やたら熱い。

がらんとした暗い道路が延びている。光も形もない。イーストは目をこき使った——すごい勢いで下に滑り込む路面に凝らした。どうしても道路を見続けたかった。

あれだけ計画したのに、何もなくなった。

「これから先、手助けはしてもらえるのか?」イーストはウォルターに訊いた。「それとも、おれたちだけでやるしかないのか?」

ウォルターがゆっくり手をひらき、また閉じた。

「タイ?」

「車があるだろうが」タイがいい放った。「銃もある。どうにかしろ」

「車を替えないとな」ウォルターがいった。「別の車を調達しないとだめだな」

「エイブに電話したらどうだ」イーストはいった。「取り次いでくれるかもしれない」

ウォルターがいった。「いや。おれの話を聞いてくれ。もうおれたちだけでやるしかない」

小さな街に近づくと、イーストは制限速度までスピードを落とした。バンは光の真ん中を突き抜けた——そこは冷蔵庫の中のようにまばゆいガソリンスタンドだ。深夜シフトの女ふたりが、茶色の髪を毛羽立ったフードにはらりと垂らしてガソリンを入れている。ふたりが振り向き、バンが通り過ぎるのを眺めた。サイドに横断幕みたいに記された文字も見えたはずだ。

〝**くたばれ黒人**《ニガーズ》〟。

こっちが何者か誰もわからないとはいえ、そんなものを見たら、誰もが記憶にとどめる。

点と点を繋ぎ合わせれば、誰にだって線が引ける。

燃料タンクにはまだかなりのガソリンが、そして、夜明けまではまだ数時間が残っている。

街をふたつ通り、ふたつ目の街の外れで、青いライトに照らされた公衆電話が設置されたガソリンスタンドを見つけた。イーストはそこにバンを入れた。「おれが電話する」イーストはいった。

「向こうは何も知らないぞ」ウォルターがいった。声の芯から、疲労困憊した者のあきらめが感じられる。「好きにしてくれ」ウォルターが折れた。

タイはうしろで黙りこくっている。シートに深く身をうずめている。海から現れて、また沈んでいく怪物のように。

イーストは二十五セント硬貨を片手ひとつかみ分持って降り、女のセクシー・ボイスで録音されたやかましいメッセージに歯を食いしばった。やがて感情のかけらも感じられない交換手が出て、つなごうとした。

交差点で、赤いライトがひっきりなしに明滅している。

うしろのバンに顔を向ける。もうぼろぼろだ――プラスチックのグリル・トリムも何かで折られている。あのガキども。フロント・ウインカーの片側もなくなっている。〝こんな〟とイーストは思った。〝こんな気持ちになるのか〟。自分が撃ったわけではないが、〝あいつだ〟といったのはおれだ。命まで賭けて証明した。〝やれ〟とそのあとでいうはずだった。

あそこに女の子がいなかったら。

今はあの子のことは考えたくない。

「やったのか？」エイブラハム・リンカーンがいった。驚いたような声だ。「始末をつけたのか？」誰ひとり予想していなかったかのように。

相手が誰かとひそひそ相談するあいだ、イーストは風をよけて横を向いて待った。ようやくエイブラハム・リンカーンの声が聞こえた。「わかった、よく電話してくれた」

「それだけか？」

長い沈黙。

「帰れるようなら、帰ってこい」声がいった。

三人はぼんやり青く光る公衆電話のそばの駐車場にいた。からからに乾いた風がバンの下をすくっている。そのたびにバンがゆりかごのように、横に揺れた。

ウォルターが溜息をついた。「ここまでやってきて、あとはおれたちしだいかよ」

イーストは点滅する信号機の赤い目を見ていた。

「ひとつ考えられるのは」ウォルターが続けた。「このまま走り続ける。ショップを見つけて、塗料とテープを買って、ウインドウとテールライトを直す。バンを塗装し直す。もうひとつは、バンを捨てて、別の方法で帰る。飛行機とか。バスとか。何でもいいけど。三人分の航空券代はないかもしれない。でも、ふたりがどこかに身を隠して、ひとりが帰って送金すればいい」

ATMカードを持ってくればよかった、とイーストは思った。いいつけに背いて、〝身ぎれい〟でなんか来ないで、余計なものを持ってくれば。タイのように。

「もっといい考えがあるぜ」タイがいった。「どこかのババアが乗ってる車をぶんどって、ずらかる」

「おれも考えた」ウォルターがいった。「ただし、人目を引くのはまちがいない。どの車を探せばいいのか、どの車を追えばいいのか、教えるようなものだ」

「このバンは乗り捨てるしかねえ」タイがいった。「マジな話。焼いたほうがいい。ガソリンをぶっ掛けて焼く」いいながら、暗闇で弾倉を取り出し、弾を込め直した。

「時間を無駄にしたくない」イーストはいった。「ここで決める。誰かに電話して、航空券を取ってもらえないのか？」

「今日か？」ウォルターがいった。「今日は無理だ、イースト。殺人があった。殺されたのは連邦証人だ。そんなときにガキ三人が飛行機に乗るんだぞ。自分の名義でそれを手配してやろうなんてやつはいない。空を飛んでるときにばれたら、おれたちはおしまいだ。牢屋にぶち込まれる。そこまでの危険を冒す気か？」

「なら、このまま走り続ける」イーストはいった。「夜が明ける前にバンをどうにかする」

「それじゃ遅い」タイがうしろのシートからいった。

「タイ」ウォルターがいった。「その銃は処分しないのか？」

タイがいった。「おれにはこの銃しかねえ」


三人はさらに西へ向かい、ミネソタの端をかすめ、アイオワに入った。誰も急がない道路、この三人がいるはずのない道路。じきに日が昇る。ウォルターが銃をダッシュボードに置いたが、がたがたいったり、滑ったりするので、イーストがポケットに入れた。

〝くたばれ黒人《ニガーズ》〟。その文字をつけたまま、十を超える小さな街を通ってきた。はじめは背が高くてぼんやりと見える農家風の家、次は古い看板の上に新しい名前を手描きで描いた小さな店。〝オート・ボディー〟、〝ビーフ・ジャーキー〟、〝ダクシー・ダーミー——剝製師のサービス〟。

たまにトラックが対向車線を走ってきて、すれちがいざまに突風を吹きつける。

「明るくなってきた」ウォルターがいった。「あいてる店があったら、塗料を買おう」

ショッピング・センターに入り、駐車場のだいぶ奥の方にある大きなディスカウント・ストアの前を通った。コンクリートの正面から、店名の文字がはげ落ちている。直しても無駄だと思って、あきらめたらしい。

「漏らしそうだ」タイがいった。「そこのガソリンスタンドに寄ってくれ、頼む」

「ちょっと離れたところに駐めたほうがいいかもな」ウォルターがいった。

「どうせガソリンを入れないといけない」イーストはいった。

運が良かったのかもしれない。とっくに停められていてもおかしくなかった。イーストはスタンド内の売店に入り、壊れたテールライト用に赤いテープを見つけた。〝緊急時のみに使用してください〟とパッケージに明記してあった。レジ係はクリスマスみたいな赤いセーターを着て、頭に妙なものを着けている。ぬいぐるみの角のようだ。大柄な女で、大きなダイヤモンドの指輪をはめている。誰かのママなんだろう。

「スプレー・ペイントは？」

女が首を振った。「新しい条例でね」

「新しい条例って？」

「ある種の連中がね」女が大きな声でいった。何度か練習したみたいないい方だ。「中等学校中にスプレー・ペイントで落書きしたものだからね。もう簡単に買えなくなったわけ」

イーストは目をそらした。そして、テープの代金を支払った。

「どうもありがとう」イーストはいった。できるかぎり行儀よく。

女が不要なビニール袋にテープを入れた。「どういたしまして」

外に出ているのは、タイひとりだった。この寒空の下で、靴下を履いただけで立っている。寒さとバンに何かを吹き込まれたかのようだ。庭のネズミを狙っている猫のように、目をむき、かすかに震えている。イーストが目を向けたちょうどそのとき、タイが銃を抜いた。一台の車が入ってくる。車高の低い白のセダン。インフィニティだ。タイが車の行く手に立ちはだかり、銃を構えた。

タイヤがこすれ、セダンが急停止した。

〝何してやがる？〟とイーストは思った。どうしようもない。今、はっきりした。こういうやり方でいこうと決めたのに、あいつとウォルターと三人で決めたのに、あいつはお構いなしだ。

おれが何をいっても、何をしても、タイが住むいかれた世界では無意味だ。

イーストは受け入れたくなかった。振り出しに戻ってやり直したかった。だめだ。ガソリンスタンドのやかましいライトを浴びていても、グロックだけは黒い現実のままだ。走り出したものは止まらないのだ。タイが回り込み、ドライバーに狙いを定めて怒鳴った。「おい！　車から降りろ！」

14

汚れた靴下を履いた少年が車内から運転していた男を引っ張り出した。男の顔に銃を突きつけた。男がびくびくと給油ポンプに背中を付けた。

「何をやってるんだよ？」年上の少年が訊いた。片目に傷跡があり、もう一方の眼光は鋭い。

幼いほうの少年が車に頭を入れて探った。妻はいない。赤ん坊もいない。ボタンを留めてネクタイを巻いた、早起きのビジネスマンだけだ。運がなかった。少年がトランクをあけて、体を起こした。銃を持つ手を振って命じる。「トランクに入れ」

金色のネクタイ。金色の生地に鮮やかな青のパール柄がついている。

「そんな、嫌だ」男がいった。低くて落ち着いた、怒りさえ含んだ声だ。「入らない」

「キーをよこせ」幼いほうの少年がいった。「トランクに入れ」そういって、また銃を構えた。

「嫌だ」男があえぎながらいった。長身の少年と、店内のレジ係に片手を上げて、目で訴えかけている。

幼いほうの少年が銃を上に向け、ビルから張り出した庇に風穴をあけた。こだまが下へ跳ね返った。金属的な音。

「こんなのは無茶だ」年上の少年がいった。「ばかげてる。頭を冷やせ。これじゃ一緒にやれない」

「おまえの手助けがいると思うか？」幼いほうの少年がいった。「見張りしかできねえくせに」そして、男に向かって続けた。「一度しかいわねえぞ。おれにいわせりゃ、おまえにも一発くれてやるぞ」

そのとき、年上の少年が幼いほうの少年とその〝カモ〟のあいだに割って入り、銃を持った幼いほうの少年を突き飛ばした。幼いほうの少年が車にぶつかって、倒れそうになったが、踏ん張り、振り向いた。ビジネスマンは給油ポンプの裏に回り、ポンプにぴったり体を寄せていた。

「ほお」幼いほうの少年がいった。「よくわかったぜ」

幼いほうの少年が銃を向けると、相手の少年は、さっきまで持っていなかった銃を持っていて、幼いほうの少年の胸を撃った。撃たれた少年が短い叫び声を上げ、倒れた。すぐさま年上の少年がのしかかり、腕を押さえつけて銃を奪うと、急いで相手のポケットに手を突っ込んで、油で汚れた紙できれいにまとめられた予備の弾も奪った。次に相手のズボンのボタンフライをあけ、パンツの前びらき部分から、ふたつに折った二十ドルの札束を取り出した。そこにあるとわかっていたかのようだ。そして、また立ち上がり、目を閉じた。

「嘘《ジーザス》だろ」ビジネスマンが祈りの声を上げた。「そんな、嘘《ジーザス》だろ」

「黙れ」年上の少年がいった。振り返る。すると、何かにとりつかれたかのように、倒れている少年の前でかがみ、何かをズボンの内側に戻した。ボタンフライをかけ直し、また立ち上がり、見下ろした。倒れている少年が口をあけ、首をよじった。夜のまばゆい光を受けて、首の筋肉が震えている。

太った少年が、バンの運転席で身をこわばらせて座っている。

ぎらつくヘッドライトを浴びて、年上の少年の顔が仮面と化した。硬そうな骨のライン、影に隠れた穴のような目。その少年が金色ネクタイの男と向き合った。「失せろ、クソ野郎」少年がいった。

「そんな、嘘だろ《ジーザス》」ビジネスマンがいった。ガソリンスタンドでは、角の飾りをつけた女が電話を握りしめ、見つめている。きつく、きつく握りしめている。

15

ウォルターがしゃくり上げながらいった。「わかってた」泣きじゃくる。「こうなるしかないってわかってたんだ。おれたちは」

「おれたちって誰だ？」

「おれとマイケルだ」ウォルターがいった。「こうなるんじゃないかって思ってた。マイクはこういっていた。あの兄弟はどっちかがどっちかを殺すぜって。冗談だと思った。だから、イージーには悪い知らせだなっていった。そしたら、こういうんだ。ちがうぜ、おれはイーストが殺すほうに賭けるね」

「嘘つけ」イーストはいった。「つくり話だろ。おまえの話はぜんぶそうだ」

「ちがう」ウォルターが涙を流した。「もうどうだっていい」

イーストは唇を噛んだ。

「すまない」ウォルターがしゃくり上げた。「こうなるとわかってたのに。おれには無理だ、何もできないって、自分にいいわけしてた。バンから降りなかった。何もできなかった。あんたを止められなかった」

「おれを止める？」イーストはいった。「手がつけられないのはタイだろう」

「そのタイを撃ったんだろ。ずっとあいつに冷たく当たってた」

「冷たくなんかしていない」

「冷たかったよ」ウォルターは折れなかった。

イーストは闇を疾走した。二本の固い手で腸を揉まれ、形を整えられ、全身をつくり直されているかのように、ひどい恐怖に襲われていた。突かれるような感覚、腹の中の食べ物の塊、タイヤにはじかれてシートの下にぶつかる路面の石、そういったものをすべて感じる。路上でショックを受けた頭では、時間の感覚さえ麻痺する。

警察から逃げるのははじめてではない。見張りに立っていたとき。喧嘩したとき。何か壊れろと思って、店のウインドウに石を投げたときも。逃避反応というらしい。恐怖と、極度の興奮が入り混じっている。時からも、自分という存在からも、それまでしでかしてきたことからも解き放たれる。そして、網から逃れる魚や、捕獲員から逃れる野犬のように、猛スピードで走り出す。

回転灯に追われていたわけではない。だが、弟のこと、そして、ここまで来る途中で倒してきたふたりのことも、考える余裕がなかった。それに、ウォルターがいつまでもぼやき続けている。弟の冷酷さがこんな形で影響するとは。

「すまない」イーストはそれだけいった。だが、そういうと、またウォルターがすすり泣きはじめた。

完璧なやつなんかいない、とイーストは思った。

「おれは死なせたと思うか？」

「胸を撃ったんだろ、イースト」

「ああ」

「そうだろう」ウォルターがいった。「人を殺すときのやり方だ」

前に、タイが六歳ぐらいのとき、イーストは母親から、タイにいいつけを守らせるようにいわれていた。当時、母親のベッドルームは日当たりもよく、きれいで、テレビは小さく、片隅で静かにしていた――やがて、その音がアパートメント全体を満たすようになる。テレビをつけてはいけない時間だよ、と母親がいったのに、タイはどうしても消さない――《スポンジ・ボブ》か何かをやっていた。イーストはテレビを消してやった。タイが飛んできて、イーストを殴り、またテレビをつけた。イーストは母親にいわれたとおり注意し、壁のコンセントプラグを抜いた。すると、タイがリモコンを投げて、イーストの頭にぶつけた。頭が切れてないかと、イーストが鏡で確かめて戻ってみると、テレビがついていた。音量がますます大きくなっていた。タイをつかみ上げ、ベッドルームを出てドアに鍵をかけた。それでひどい目に遭った――鍵が古くて壊れていたから、外から鍵をかけたら最後、ドアを外さないと中に入れなくなった。

イーストは片腕をタイの胸に、もう片方を腰に回して、洗濯物の入った袋のように抱えていった。タイが鎖骨のあたりに置かれたイーストの左手をつかみ、薬指に思い切り嚙み付いた。はじめイーストは怒りとショックで絶叫した――まだ痛みはあまり伝わっていなかった。ふたりの動きが止まった。叫び声に面食らい、ばつが悪くなり、決闘に発展した。タイにとっては、イーストがおとなしくなったので、しっかり歯を立てることができた。そのとき、痛みが伝わってきた。イーストは叫ぶのを止め、弟と戦いはじめた――床に倒し、腕を外し、身をよじりながら、ますます食い込む歯から手を引きはがそうとした。生きるというのは、果てしない戦いを続けるようなものじゃないかと思いはじめたのは、そのときからだ。今でも光を当てる角度によって、茶色い肌に刻まれた凹み――円を描く小さな歯形――が見える。

ちがう道、ちがう土地を走っているが、イーストは夢うつつでハンドルを握り、脳裏で時間を巻き戻していた。弟は元どおり。バンは無傷。標的の家はそのまま。銃を持った赤ひげのガキは、ブランコのそばでひとり暇していている。銃も、食い物もなく、道を引き返す。マイケル・ウィルソンがどこかの橋の下で、おれたちを迎え入れる。ぜんぶ水に流したのだ。ひどい夢を見て、冷や汗とやましさにまみれて目覚めたあと眠れずにいるときのように、息をするたび胸の内の黒い弦が響き、ほんとは何も起こらなかったんだと安心させようとする。だが、安心などどこにもない。ウォルターのすすり泣きがそれを如実に物語っている。両手に目を落とす。事前に渡された黒い手袋を、まだ着けている。

一度だけバンを停め、うしろに手を伸ばして、真ん中のシートの下から、空っぽの黒い靴を取り出した。粘ついたマツの樹液とぽろぽろ崩れやすい土がこびりつき、靴ひもにマツの葉の芽が刺さっている。何かの液体がついているのかもしれないし、外気と同じようにただ冷たいだけかもしれない。目を向けられなかった。ウインドウをあけ、対向車線にはみ出すと、葦やゴミといった、そこに生えているものと置き去りにされたものとで覆い尽くされた側溝に、靴を放り投げた。

じきにまわりは真っ青な朝になる。銀行の気温表示板はどれもちがう気温を示している。華氏二十八度、三十一度、三十六度。タイが間に合わせで固定していたサイドウインドウから、風が甲高い音を立てて入ってくる。イーストは道路の左右をざっと見て、店を探した。あることを思いついた。物は試しだ。

「バンに上塗りするか？」イーストは提案した。

「好きにしてくれ」ウォルターが答えた。疲れ切った様子だ。

小さな街の豪華なディスカウント・ストア。どことなく脆い要塞のような店が、フットボール場くらいの古い傾斜した敷地のいちばん高いところにちょこんと立っていて、何でも修理すると謳っている。幹線道路の交差点のまわりに、舗装された戦場が広がっていて、まだ営業している数棟のビルがある。だが、空に吸い取られたかのように空っぽの駐車場もある。

ウォルターが体を起こした。「あそこのデニーズの裏に駐めよう」ウォルターがいった。

「目立たないように、トラックとトラックのあいだがいい」

バンのサイドの青い部分に記された文字は、黒板のような深緑色だった。

「どうする?」ウォルターが訊くと、白い息がふわふわと消えていった。

イーストはバンの状態を確かめた。「そこは上塗りする。手早くスプレー・ペイントで充分だろう。それから、ダクトテープでこのウインドウを固定する。テールライトには赤いテープを貼る。それでどうにか走れる」

夜が明けたばかりだというのに、店は混んでいた——髪をうしろで束ねた早起きの女たち。ひとりで来て、ぴりぴりした様子で洗剤や粉ミルクの入った買い物カートを引いている男。誰もがくたびれている。代金を受け取る側の連中までそうだ。目がついていれば、誰でもふたりの黒人少年に気付く。オレンジ色に染めた髪を顎まで伸ばし、派手なセーターを着た女も、ロウソク売り場からじっと見ている。イーストは縮こまったような気がした。縮こまったままでいようとも思った。二十フィート上の天井に蛍光灯がついている。イーストのセーターには、小さなマツの皮や葉がひっつき、冷や汗のいやなにおいもした。

寝ていないせいか、神経が張りつめて吐きそうだった。

「あそこの奥だ」ウォルターがいった。「塗料と塗装用品売り場だ」

通路が目もくらむほどまぶしい。店内の大半はごちゃごちゃとしていて、在庫が崩れそうに積み上げられているが、棚の両端には商品がきれいに並べてある。だが、塗料の棚には、商品が隙間なくずらりと並んでいるだけだ。

「探し物なら手伝ってやろうか?」二十歳前後の男が角から首を突き出した。メキシコ人のような山羊ひげをたくわえ、首筋に刺青を彫っている。

「遠慮しとくよ」ウォルターがいった。

イーストは男を注意深く見た。ギャング臭をぷんぷんにおわせている。こんなところにも。男があまりに涼しい顔でこっちを見ているので、イーストは神経をとがらせた。

「気が変わったら、ここに《ライト・ヒア》いるからな」男がいった。バイクをキックスタートさせたときのように、ブルブル震えるような〝R〟の発音だった。ロサンゼルス南部に似ている。こいつは同郷だ。

「どうも」イーストはいい、うなずいた。なるべく微妙に。

ウォルターがスプレー缶を吟味していた。「これでいいだろ。下塗剤《プライマー》にするか？」

「いや」イーストはいった。

「ジョニーに何ていわれるかわからないな」

イーストはいった。「ジョニーはこのバンなんか二度と見たくないさ。とにかく今は」

「プライマーのほうが安い」ウォルターがいった。「ひと缶か？　二缶要るか？」

「ひと缶に決まってんだろ。あほか」イーストはいった。

ウォルターがプライマーの灰色のスプレー缶を手に取った。一度、振ってみると、攪拌ボールが缶の中でカラカラと鳴った。

さっきの男が急にうしろを通った。「気をつけてな《ヴァジャンセ・コン・ディオス》」男が平易な口調でいうと、口笛を吹いた。通路の端を曲がって姿が消えるまで、イーストは目を離さなかった。

ふたりは歩いてレジへ向かった。ウォルターがずっとぶつぶつ独り言をいっていた。塗料もテープも手に入れた。ウォルターがグラノーラ・バーの箱をひとつ、途中の棚から取った。

「それは必要ない」イーストはいらついた声でいった。

「安いし」

「だめだ、今は少しでも節約しないと」

「おれは食いたいんだ、イースト」ウォルターがいった。「生きたいんだ」

レジ係はほとんど目もくれなかった。イーストはようやく気付いた。店内正面側と天井に、ぽつぽつと防犯カメラが設置されている。どこへ行っても、こんな感じだろう。

「さっきのガソリンスタンドにも、防犯カメラがついていたと思うか？」

「さあな」ウォルターがいった。「バンに戻ったほうがいいのかどうかも、おれにはわからないよ」

また外に出ると、ふたりの息が朝日を受け、白い煙となって立ち上った。イーストはスプレー・ペイントを手に取り、振って準備した。「どこでやる？」

「どこだっていいよ。でも、ここはまずい」ウォルターがいった。

そのとき、パトロールカーが見えた。デニーズの裏手だ。バンのうしろに来てぐるりと回った。青いライトが夜を切り裂き、赤い光は夜空を貫き、トラックや照明の柱を照らし続けている。警官が降りて歩き回りはじめた。制服と警棒を身につけている。パトロールカーはアイドリングしたまま、煙を外に吐き出している。

「おい」ウォルターがいった。

そういうと、あとは何もいわず、警官とは反対側に歩き出した。

イーストはスプレー・ペイントを持ち、驚きのあまり一瞬固まった。

こういうものか。坂を転げ落ちるときは。警察はちょうど到着したばかりなのかもしれない。取り囲むように展開する手を使うつもりなのか、応援待ちなのかもしれない。バンが目当てではなく、誰か乗っているかもしれないと思って、様子を見にきただけなのかもしれない。もし一分だけでも早く着いていたら、そうしておいてよかったと思うはずだった。できることをやれば、一時間の価値があったのに。ふたりは駐車場のほかの車の陰に隠れるようにして、警察が押さえようとしている現場から道路に向かって下った。決まった行き先はなく、ただ現場から離れる。一週間ともに走ってきたバンが、イーストに訴えかけている。〝守ってくれ〟。〝家〟を守ってきたように、と。そんな実体のない声も、消え去った。

ポケットに、銃とカネは入っている。だが地図も、ピンクのビラも、毛布も、水も、服も、手袋も、ウォルターが書き取ったさっぱり読めないメモはない。ヒーターもない。

スプレーは必要なくなった。イーストはそれをトラックのうしろに捨てた。

「行き先を決めてくれ」イーストはいった。「おまえに従う」

駐車場には石ころが散らばり、目のようにぎょろりと突き出ている。コンクリートに埋め込まれていたのに、コンクリートのほうが磨り減ったかのようでもある。イーストとウォルターは駐車場を離れ、霜で滑る排水溝を越えた。ちらりと振り返った。バンも警官の姿も見えない。見えるのは回転灯だけ。店だけ。じきに店も見えなくなった。

「振り返るな」ウォルターがいった。

幹線道路の路肩にやってきた。「ここも渡るか？」

「こっちだ」ウォルターが次の交差点を指し示した。

イーストは信号機に目を向けた。「信号機にも、あそこに防犯カメラがついてる」

お手上げだとでもいうかのように、ウォルターが両手をひらひらと振った。「よし、こっちに行こう」

車が途切れる瞬間を見計らって、道路を渡った。こっち側の建物は小さく、正面側の幹線道路と、裏手の高さ十フィートのフェンスとのあいだに押し込まれている。四方が塞がれている。ガソリンスタンド、ドーナツ・ショップ。どこに行っても、人と大きな窓ばかりだ。

ウォルターがあえぐようにして息をしていた。小型の消防車——ライトをつけたポンプ車——が、うしろから疾走していった。左折車線をデニーズの方に向かっている。〝焼いたほうがいい。ガソリンをぶっ掛けて焼く〟、とタイはいっていた。

イーストの脇腹が急に痛くなった。ウォルターはもうぜいぜいいっていて、犬のように不安そうな目をしている。

最初のガソリンスタンド。イーストは、給油ポンプのそばに駐まっているトラックを品定めした。目立たないが古く、タイヤが節くれ立っている。頑丈だが遅い。ふたりは先を急いだ。次は、郵便局のようなところにさしかかった。まだあいていない。コインランドリー。美容院。やはり閉まっている。何軒か並んだドライブスルーの店。イーストはまた左側の鉄条網を見た。上部に有刺鉄線が巻いてあり、ところどころにゴミが引っかかっている。その下には何もない。

歩いていけるところはない。隠れる場所もない。ここでやるしかない。

イーストは目を閉じ、ウォルターが追いつくまで待った。

「銃を使ってやるしかないよな？」

「電話してみれば」ウォルターがぜいぜい息をしながらいった。

「電話して何ていえばいい？」イーストはいった。「スーパーマンでも迎えに来させろというのか？」

「そうだな」ウォルターがいった。「電話してもしかたねえか」

「銃を使ってやるしかない」

「だな」ウォルターも同意した。


時。逃走には必要だ。場所も。殺し屋が家を下見するかのようだ。ふたりはドライブスルーの店を調べた。最初の店はハンバーガー・ショップだった。忙しそうだ。二車線のドライブスルーで、どっちの車線も渋滞している。かっこよくて速い車ばかりだ。スポーツ・タイプのレクサス。だが、何をするにも、十組ぐらいの人目がある。

次はドーナツ・ショップ。ふたりは建物を調べた。四角くて不格好な店だ。あとからペンキで縞模様をつけた小さなコンクリートの箱。アスファルトの道がくねりながら裏手に延び、窓口のすぐ手前を通っている。高さ五フィートくらいの分厚い生け垣が敷地を取り囲んでいる。

「見てみよう」イーストはいった。

生け垣の外側に沿って進み、黒い目のような窓口の向かい側に回った。狭い道を幅一、二フィートの鉄格子を張った排水溝が横切っていて、そこだけ塀に隙間ができている。

「そこをくぐる」イーストはいった。「枝がまばらになってるところで待って、車が来たら、おれたちのどっちかが遮り、もうひとりが話をつける。車に乗って逃げる。タイミングを合わせろ」

「カージャックの経験は？」

「一回もない」イーストはいった。「おれは見張りだから」

「大した見張りだよ」ウォルターがいった。「窓口の店員に見られるんじゃないのか？」

「窓口の手前でやるか」イーストはいった。「うしろからやるとか」

「ドライバーはどうする？」

「どうするってどういう意味だよ？」

「連れていくのか、それとも置いていくのか？」タイはさっきのやつをトランクに入れようとしてた。おまえはどうする？」

「さあな」イーストはいった。「わからねえよ」

ふたりは暗い顔で塀を調べた。「完璧とはいえないな」ウォルターがいった。

「別のところを探すか？」

「どうかな」ウォルターがいった。「完璧なところなんて見つからないかもな。こっち側にはないよ。どうなっても、撃っちゃだめだ。静かにやるしかない」

「必要ならな」イーストはいった。

「イースト。ここはもう森の中じゃない。さっきの駐車場には警官がうじゃうじゃいる。長くとどまれば、肌の色はますます黒く見えてくる」ウォルターが不安げなまなざしを向けた。

「わかったよ」イーストはいった。「なんだよ。すぐに引き金を引くようなやつだと思ってるのか？」

「弟を撃ったよな」にべもない。

「あいつはおかしくなってた」

「あの判事を撃ったのは、何時間前だ、六時間前か。そのときはムショに行くとは思いもしなかった。今はちがう。このところ、あれこれと行く手に立ちはだかってきたがおれたちはぜんぶ乗り越えてきた。でも、いまや連敗中だ。幸運を運ぶあんたの弟にはもう頼れない」

「あいつはそんなものじゃない」

ウォルターがいった。「まったくだ」

ふたりは生け垣の裏側に陣取った。この隙間から見ていれば、来た車からは見られることはない。

一度に二台がやってきた。一台目はバンで、着色ウインドウ、緑の車体、重厚で、目立たない。申し分ない、とイーストは思った。でも、無理だ。すぐうしろにスズキだかイスズだかの小さな車がついている。運転してるのは女で、耳の辺りでイヤリングのようなものがきらきら光っている。バンのまうしろに、目撃者がいるのはまずい。小型車の女はこっちにはまるで気付いていなかったが、子供も乗っていて、そのふっくらした小さいのが、じっと見つめてきた。

「この店に防犯カメラはついてなさそうだな」ウォルターがいった。「やろうと思えば、うしろに忍び寄れるんじゃないか」

「それで?」イーストはいった。「分捕った車で来た道を引き返すのか?」

「それもアリだな」

次に来たのはピックアップで、大人の男がふたり、少年がひとり乗っていた。運転台にガン・ラックが備え付けてあり、ぜんぶ銃で埋まっている。「あれはだめだ」ウォルターがいった。

「だな」

次の車は不意にやってきた。立ったまま眠っていたのかと思ったほどだった。そんなわけはないが、ほんとに寝てたのか。ウォルターに腕を突かれて、やっと気付いた。車用品店《アフターマーケット》の泥よけと金色のシートカバーを付けた薄茶色のフォード。黒人のおばあさんが、ひとりで乗っている。

「よさそうだな」ウォルターがいった。

「あのおばあさんをトランクに入れるのはごめんだ」イーストは小声でいった。

フォードは窓口の横につけ、待っていた。折れた枝が服に刺さるのも構わず、突然ウォルセーターを払い、挨拶代わりに片手を上げる。大おばにするみたいに。

いかれてる。イーストは身震いした。ひとりで逃げようかとさえ思った。

おばあさんが顔を向ける。口をとがらし、金縁眼鏡越しに値踏みしている。古いパワーウインドウがモーター音とともにゆっくり下がり、おばあさんが鳥のさえずりのような甲高い声で、ことさらはっきりした口調でいった。「あんたがた若いおふたりさん、どこかへ行く足《ロッド》をお探しかい？」

「何ですって？」ウォルターがいった。

「若いおふたりさんは、どこかへ行く足《ライド》を待ってるのかい、といったのよ」

ウォルターがいった。「ええ、そうなんです。乗せてもらえるとありがたいです」

おばあさんが首を巡らし、ウォルターのうしろの生け垣にまだ隠れているイーストをのぞくと、おばあさんの明るい表情が少し曇った。

「お連れさんよね？」

「いとこなんで、一緒です」

声を出さずに、〝ふふん〟と返す。「まあ、乗りなさい」

ウォルターがくるりとうしろを向き、イーストに顎をしゃくった。「来いよ」

イーストは少しためらったあと、生け垣から身をよじって出てきた。水に飛び込む子供のように、目をぎゅっとつぶった。小枝がイーストにすがり、服を裂いた。ウォルターのほうが体の横幅では二倍あるが、楽にくぐり抜けた。

「この州ではじめて会った黒人のおばあさんだってのに」イーストがひそひそといった。

「車を盗むのか」

「向こうから差し出したんだ」ウォルターが声を殺していった。

車のルーフ越しに、ドライブスルーの窓口があき、丸いにきび顔の若い白人の女が見えた。

「おはよう、マーサ！」白人の女が声をかけた。「ご機嫌いかが？」

「まあ、ええ、いいわ」おばあさんがいった。店員の女が笑顔でおばあさんの代金を受け取り、一ダースのドーナツが入ったボックスに金色のシールを貼って手渡した。「いい週末を――また来てくださいね！」店員が大きな声でいった。そして、ウォルターとイーストに怪訝そうなまなざしを向けた。

イーストが後部ドアの前に行くと、ロックが解除された。おばあさんが箱入りのドーナツをシートの横に置き、もう一度ウォルターをじっと見た。

「よそから来たのかい？」

「ええ」ウォルターが勢いよくうなずいた。「おれに話をさせろ」ウォルターがイーストに囁いた。

「当たり前だ」イーストはいった。

ウォルターはすでに前部シートに座り、お礼の言葉をしきりにさえずっている。イーストは掃除の行き届いた車内に入り、シートに身をうずめた。ラバーマットが二重に敷かれ、花柄の傘がシートに置いてある。かすかな潤滑油のにおい。シートベルトをつかむ。引き出すと、ごろごろと音がした。バネが古く、やっとの思いでベルトを留めた。

ズボンには、タイの銃を挟んでいる。突き出ている。

「あなた、お名前は？」おばあさんが訊いた。まだ車を出すつもりはないようだ。

「ウォルターです」

あっさり、とイーストは思った。本名。なんでだ？

「Aです」イーストはいった。

「あたしはマーサ・ジェファソンよ」おばあさんがいった。「アンドレだから」「それで、今日は、おふたりさんはどこへ行くの？」

「乗せてもらえるだけでいいです」ウォルターがいった。「差し支えなければ」

おばあさんが少し考えた。いかにもおばあさんらしく、口をとがらせて考える。「あたしにいわせれば、若い子は乗せてもらえるだけでいいなんてことはないね。若い子はどこへ行きたいか、よくわかってるもの」

「ここまで来たんですけど、行き詰まっちゃって」ウォルターがいった。「旅を続けないと」

「厄介なことになってるの？」おばあさんがいぶかるように目を細めた。「それとも、あなたがたが厄介なのかしら？」

「厄介なことにならなきゃいいんですけど」ウォルターがいった。

おばあさんが笑った。ツボにはまったらしい。「家出なの？」

「ちがいますよ」ウォルターがいった。

「おうちがないの？」きしるような笑い。古い木の椅子みたいな。

「いいえ」ウォルターもそつなく笑い返した。

「大学生？」

「ええ」

「いいえ、ちがうわね。若過ぎるもの！」しかし、この〝尋問〟が終わると、ようやく車のギアを入れた。歳は食っているが、くせ者だ、とイーストは思った。「強盗なの？」あっけらかんとした問いかけ。

「ちがいますよ」ウォルターがまたいった。

「盗むようなものはここにはないけど。まあ、それじゃ、何をしてるの？」マーサ・ジェファソンがいった。まるで恋人同士が軽口を叩き合っているかのようだ、とイーストは思った。

「手を貸してくれるなら、一緒に強盗してもいいですけど」

おばあさんが甲高い声で楽しそうに笑った。「ばかいっちゃだめよ」おばあさんがいった。

「遠慮しとくわ」

ようやく自分の言葉《ソース》を使った。

「今朝は」マーサ・ジェファソンがはっきりといった。「デモインの空港に行くところなの。それでいいのかしら。空港に行きたくないなら、ハイウェイ手前で降ろしてもいいけれど」

「空港まで乗せてもらいます」ウォルターがいった。「ありがたく」

マーサ・ジェファソンが正式に了承した。「それじゃ、乗せていきます」

「お願いします」

イーストは外を見た。デニーズにさしかかっている。警察の車両が駐車場のあちこちに駐まっている。やがて、マーサ・ジェファソンが交差点を曲がり、すべてを置き去りにした。あのバンも、持ち物もすべて。イーストは振り返らなかった。

「セーター一枚じゃ寒いんじゃないの、ミスター・ウォルター」おばあさんがいった。

ドーナツの箱からドーナツのにおいが車内に漂っている。箱をあけて食べるのだろうか？　イーストはそんな行儀の悪いことを思った。ウォルターがグラノーラ・バーの箱をあけ、まずマーサ・ジェファソンに一本差し出してから、うしろにも一本よこした。イーストは包みを破り、頬張ると、乾いたひとくちが口の中でゆっくり湿っていった。味わうというより感じた。バーのひとくち目が砕け、舌に触れてのり状になっていく。腹が減っているときには、こんなつまらないものでも世界を大きく広げてくれるらしい。イーストはふたくち目の前に眠っていた。

目を覚ました。ダッシュボードについている小さなデジタル時計が、九時二十分を示している。乗ったあとどうなったのか、何もわからない。外では、ハイウェイが高速で流れている。このハイウェイは通ってきた道だ。あのときは、暗いなか西へ向かった。

ウォルターがいっている。「電気工学を勉強するつもりなんですよ。電子工学。配線。設置。そんなのを。成績がよければ、学位を取って、設計をはじめたいですね。シリコンバレーで働けるかもしれないし。プログラミングじゃなくて、エンジニアリングの方の戦力として。それもできなければ、設置と修理はできます。コンピューターとか。ケーブルとか。警報システムとか」延々と喋り続けている。

「いろいろ考えてるのね」マーサ・ジェファソンが感心した様子でいった。

「どっちに転んでもいいように」ウォルターがいった。

「そういう世の中だものね。どっちに転んでもいいように考えなくちゃ」

ウォルターがいった。「まったくです」

「孫もカリフォルニアに住んでるのよ」おばあさんが打ち明けた。

足元でハイウェイがうなり、前のふたりは話し続けた。親戚みたいに。自分の根っこをよく知っているみたいに。やがてイーストはまたうとうとしはじめた。ウォルターはたいしたやつだ。イーストはウォルターがひとりバンに乗っている夢を見た。前がまったく見えず、何が待ち受けているのかわからない嵐のなか、ひとりで乗っている。ウォルターはたいしたやつだ。イーストはハイウェイのランプに入るまで眠っていたが、緩やかな上り坂になるとまた目を覚ました。周囲はどこを見渡しても駐車場だ。外に出ると、空港の空には雲が散らかり、灰色だった。灰色に染まる窓の塔の背後で、一機の飛行機が弧を描いて上昇している。

「チケットを取ってきますよ」ウォルターがいっている。「この四十ドルで足りますね」

「だめよ、そんなの」マーサ・ジェファソンがいった。「駐めるのは二日だけなのよ。一日五ドルもかからないし」

「それじゃガソリン代です」ウォルターがウインクし、二十ドル札二枚をおばあさんの財布に入れると、彼女がまた声に出さずに〝ふふん〟と返した。

今度はどんな芝居だ？　イーストは嘘の会話をすべては聞いていない。口を閉じていよう。

「わかってたわ」おばあさんがいった。「あなたたちはいい子だって」

ウォルターときたら。たいしたやつだ。イーストの胃が固くなり、掻き出されているように感じられた。顎を思い切り殴られたかのようだ。おれはひどいにおいなんだろうと思った。

ぶるぶる震えながら、旧式のフォードは、下の二階を見下ろすコンクリートの棚の近くのスペースに入った。ウォルターがさっと外に出て、トランクからおばあさんの旅行鞄を持ってきた。

その後、イーストはできの悪いいとこよろしく、ウォルターのうしろをのろのろとついていった。空港。空港には近づくなとウォルターはいってなかったか？　世界は灰色の染みだ。どこまでも続く模様のついた絨毯が、何となくカジノを思わせる。くたくた《ドッグ・タイアド》に疲れて、目に見えない鎖《リーシュ》で引かれているかのように、ただうしろをついていった。

通路を横切る人々はまばらで、黒や灰色の服を着て、耳に電話を押し当てている。黄色や白の長いライトが頭上でぎらついている。ライトは何も語りかけてこない。

「ゲートで待ち合わせですか?」ウォルターがいっている。

「姉のこと? ええ、そうよ。でも、並んだ席は取れなくて。さすがにそこまではね」おばあさんがいった。「でも、姉の席はあたしの真ん前なのよ。あっ。ああ、どうしましょう」そういって、急に足を止めた。「ドーナツを忘れちゃった」

ウォルターも足を止め、にやりとした。

「お姉さん、ひどく怒っちゃいますよ!」ウォルターがマーサ・ジェファソンを冷やかした。

マーサ・ジェファソンがげらげらと笑った。「そのとおりね!」

ウォルターがわざとらしい怒りの形相をイーストに向けた。

「アンドレ! どうしてドーナツを持ってこなかったんだよ!」

〝アンドレ〟。そうだった。うんざりしたまなざしをウォルターに向ける。

疲れ切っているからなのか、外に出たからなのかはわからないが、どんな芝居をするつもりなのか見えてきた。サングラスを外されて、まばゆい日光をはじめて見たかのような気分だ。空港で芝居をする三人の黒人。滑稽でやかましい。男子が狼を、女子が羊を演じる学校の寸劇みたいだ。ここにいる連中の期待に合わせた芝居をする。素の自分たちよりましに見せる。

イーストは理解したが、どんなせりふをいえばいいのかがわからない。

マーサ・ジェファソンがいった。「かんかんに怒るでしょうね」

「いいですよ――」ウォルターがいった。「お願いできる？」

おばあさんが探るようなまなざしで訊いた。

いいつけを守る甥っ子のようにウォルターがいった。「いいですよ。おれがすぐに取りに行ってきます。アンドレ、ミセス・ジェファソンをセキュリティー・ゲートへ連れていってくれ。くぐる前には戻る。ただし、おまえはくぐっちゃだめだぞ――乗客じゃないからな。わかったか？」

イーストの胃が締めつけられた。うなずく。ウォルターがマーサ・ジェファソンの鞄を肩から下ろし、代わりにキー・リングを受け取った。

「アンドレ。おまえは列に並べないぞ」ウォルターがいった。「わかるか？」

「列には並ばないよ」イーストは口ごもりながらいった。〝ふざけんな〟。おばあさんがイーストの頭から爪先までをじろじろ見ている。ひどいにおいなのかと、改めて思った。

「よかったら鞄を持ちます」イーストはいった。

「それはご親切に」マーサ・ジェファソンはそういったものの、鞄を放さなかった。イーストは風采が気に入られていない方だ。まあいい。

ふたりは揃ってセキュリティー・ゲートの列にゆっくり向かった。

人がぱらぱらと列に並んでいる。列のうしろで足を止め、もぞもぞしながら、電話の画面を見たり、低い声で話をしたりしている。さりげなく、でも注意深く荷物を引きずって、ジグザグの通路に入っている。イーストとマーサ・ジェファソンは立ち入りが制限されたエリアのすぐ手前で足を止めた。

いかめしい顔の黒人のおばあさんとぼろを着た黒人少年に、何人かが目を向けた。イーストは胃がむかむかしてきた。眠そうなふりをしてごまかすのが精いっぱいだ。

「ここから先はだめよ。セキュリティー・ゲートはくぐれないから。航空券がないとだめなの」マーサ・ジェファソンが念を押した。

「わかってます」イーストは気だるい調子でいった。「ウォルターにもいわれてます」

〝あのでぶはいつになったら戻ってくるんだ?〟

自分がおばあさんのそばにいるのは、おとなしくて親切な少年を演じるためではなく、陰に隠れるためだ。それはわかっている。むき出しだ。立っているのもやっとだ。ウォルターが何かを持って、どたどたと走ってくる。今では駐車場をあとにして、手にキー・リングを持っている。何かを考えている。イーストはおばあさんのそばに寄り、大おばと一緒に旅行している甥っ子を装った。靴底に血などついていない甥っ子を装った。あとから芝居に加わったけれど、演じられて光栄だ。

ウォルターが戻ってくるまでだ。

黒人の夫婦が列にゆっくり近づいてきた。ゲーム機から顔を離さない中学生ぐらいの息子を連れて、父親の肩には三つ編みの小さな娘を乗せている。女の子は不安げなまなざしをイーストに向けた。

「あたしも一度ヒッチハイクしたことがあるのよ」マーサ・ジェファソンが思い出話をはじめた。「忘れられないわ。もちろん、ずっと昔、ルイジアナにいたころの話」

イーストは〝そうなんですか〟といいたかったが、しゃっくりに襲われた。

「大丈夫？」マーサ・ジェファソンがいった。

「大丈夫です」

「そうは見えないけれど」そういうと、おばあさんがあとずさった。イーストには文句をいう力さえなかった。駆け込む場所はない。さっきの女の子が横目で見つめている。女の子が目を閉じると、ジャクソンからやってきた少女になった。

急に胃が締めつけられ、とっさにゴミ箱に駆け寄った。歯を食いしばったが、こじあけられ、長い絶望の叫びとともに、腹の中身をカップやら包み紙やらの中へ吐き出した。

「まあ、なんてこと」おばあさんがいっていた。「どうしたの」

黄色くて熱いものが口の中に残っている。それも吐き出すと、顔を拭くものはないかとポケットを探った。ない。グラノーラ・バーの包み紙、キー、二十ドル札の束、銃しかない。手の甲で口をぬぐった。

「だからいったじゃないの」おばあさんがいった。何もいっていないけれど。しかし、おばあさんはイーストにいっているわけではないようだ。通路に並んで、この小さな災難を見物している人たちに向けた発言だ。本当のおばあさんとはちがって、手を貸すつもりがないのはわかる。さらにあとずさり、距離をあけている。

ようやく、ウォルターが戻った。派手で、でぶで、まぬけの天使が、賞品でももらってきたかのように、金色のシールがついたドーナツの箱を胸の前に持っている。「持ってきましたよ」ウォルターが得意げにいい、マーサ・ジェファソンのキー・リングを掲げ、財布に戻してやった。

あたりを見回し、何かがあったようだと気付いた。みんなの顔に書いてある。「どうかしました？」

「あなたのいとこ、具合が悪そうよ」マーサ・ジェファソンがいった。

ウォルターがイーストの額に手を当てた。重くて柔らかい手だ。

「何でもない」イーストはいった。

警備員が様子を見に近づいてきた。人の列も前に進んでいた。父親の肩に乗って横目で見ていた小さな女の子が、またイーストを見ている。

ウォルターがいった。「さて、そろそろ行くか、アンドレ」

マーサ・ジェファソンも無言でうなずき、ちらちらと列に目を向けていた。向こうも別れたがってる。ウォルターとさえ。どうすれば別れられるのかも心得ている。優しくもよそよそしいそぶりでやってのけた。「お会いできてよかったわ。こんなに楽しい若者たちと」

おばあさんとウォルターが満面に嘘の笑みをたたえた。

「お会いできて、ほんとに楽しかったです」ウォルターもいった。

おばあさんがそわそわしている。「こちらこそ」

ウォルターがドーナツの箱を手渡し、はっと息を呑んだ。「ああ！」思わず声を上げる。「でも、ミセス・ジェファソン、これ、機内に持ち込めますか？」

ミセス・ジェファソンがにっこりほほ笑んだ。最後のほほ笑みだが、イーストたちに向けたものではなかった。「まあ、持ち込めないわね。でも、心配ご無用。職員とは知り合いだから。空の人とはみんな知り合いだから」

目がぼやけているが、イーストはそうは思わなかった。このおばあさんの知り合いなど、ひとりもいない。

ウォルターがいう。「どうした？」

ごろごろしていたイーストの胃が急に止まった。「食い物に当たったみたいだ。何かに」

「パニックだな。体が暴走してるんだ」

イーストは聞き流した。やたら広い男子トイレに入り、オート・ディスペンサーの石鹸で顔を洗い、茶色のペーパータオルで拭いた。自動水栓の蛇口の下から、朝のビジネスマンがせわしなく行き交う様子が見えた。イーストは長いあいだトイレにいた。鏡に映る自分の姿は、見たこともないほどひどかった。マイケル・ウィルソンにやられた目元はまだ紫色で、腫れていた。すっかり忘れていた。痛がっている暇がなかった。きれいに洗った今も、膨れてぶよぶよだ。どうりでマーサ・ジェファソンもおかしな目でこっちを見ていたわけだ。ごしごし洗ったのに、皮膚はまだ盛り上がっていて、黒ずんで、脂ぎっている。冷たい水のおかげで、頭が少しすっきりした。

「気を失いそうになった」イーストはいった。

「たしかにな。空港に着くまでずっと寝てたもんな」ウォルターがまわりのほかの男たちを素早く見た。「出られるか？　話をしないと」

イーストはうなずいた。トイレを出ると、弾むような日の光に身が引き締まり、また空間と時間の世界へ踏み出した。ウォルターとふたりで出口へ向かった。〝アイオワか〟と思った。アイオワまで戻った。うしろには、糸に通したビーズのように、ほかの場所が連なっている。バン、弟、ウィスコンシンの木の家。そして、ザ・ボクシズ、ベニヤ板を打ち付けたおれの〝家〟。うしろに連なっている。はるか遠くでも、ずっと昔でもなく、うしろに。鎖のようにつながっている。うしろに残してきた傷跡も、目の青痣のように黒ずんでいる。

アイドリングしているタクシーが、体に悪そうなガスを吐き出している。ベンチを見つけると、ウォルターがポケットを探って何かを出した。

「それは？」

一本のキー。「彼女のだ」

「誰のだって？」

「ミズ・ジェファソンのさ。あの人は二本持ってた。これは駐車係に渡す予備のキーだ。エンジンはかけられる――さっき、試してみた。ただ、トランクはあけられない」

イーストはキーをつまみ、よく見た。

「それに、彼女が戻ってくるのは二日後だ」ウォルターが一列に並んでいるタクシーを見た。「車がなくなっても、たぶんそれまで気付かれることはない」

イーストは口笛を吹いた。「やるじゃないか」イーストは小声でいった。

ウォルターが葉巻を吸う老人のように、両脚をまっすぐ伸ばしてから、組んだ。「だろ」ウォルターがいった。「われながら」

「ウォルター」イーストはいった。「おれたち、つかまるのか？」

「おれも考えてた」ウォルターがいった。「あの様子だと警察はバンを押さえただろう。問題は、その理由だ。ウィスコンシンが理由か？　それとも、おまえの弟が理由か？」

「どうだっていいだろうが？」

「よくない」ウォルターがいった。「ぜんぜん変わってくる」

「警察はウィスコンシンの件では騒いでも」イーストはいった。「おれの弟の件では動かないっていうのか？」

「まあ、そんなとこだ」ウォルターが引きつった笑みを見せた。「あんたがいったとおりかもしれない。警察はタイの件では動かないかもしれない。だが、ウィスコンシンの件は別だ。タイの件を追っていて、あそこでバンを見つけたのだとしたら、黒人のガキが別の黒人のガキを撃っただけの話としか思わない。たぶん、そんなに手はかけない。あのあたりは探すだろう。あのデニーズも。だが、空港には来ない。わかるか？」

イーストはうなずいた。

「だが、ウィスコンシンの件を調べていて、タイにたどり着いたのかもしれない――そうなら、目撃者がいる。あのガキどもに見られてるし、たぶんナンバーも押さえられてる。警察が全国指名手配《APB》して夜通し捜索していて――それでバンを発見したのなら、やつらには犯人の逃げ道が見えてくる。一、二、三。点をつなぐと、西に向かってるのがわかる。こっちだと。おれたちの帰り道が見えてくる。わかるか？」

「どっちの理由かわかるか？」

ウォルターが笑った。「はっ。わからねえよ。イースト、あんたとタイの件かもしれない。判事の件かもしれない。あんたが撃った件を追ってるのかもしれない」

イーストはじっとしていた。でも、心の中の黒い弦は派手に音を立てている。

「でも、バンはここにはない。運が良かった――ゆうべバンで数百マイル走って、乗り捨てたことになる。そこで煙のように消えた。しかも、バンを乗り捨てたのは、空港の近くじゃない。車も盗んでないから、探しようがない。だから、警察はおれたちが飛行機に乗るとは思わない」

「しかし、おれたちは」イーストはいった。「飛行機には乗らないんだろ」

「まあ、考えてるところだ」ウォルターがいった。

「何だって？　危険だっていってただろうが。足を踏み入れるだけでも」

「今はどこに行っても危険なんだ」ウォルターがいった。「だろ？　でも、おれたちには現金がある。当日券を買えるかもしれない。ＩＤはチェックされるけど、不備はないし、ＬＡ

に着いたらすぐに捨てればいい。今使ってる名義は消して、葬り去る」

うつむいていたウォルターが背筋を伸ばし、顔を上げてまわりを見た。迎えの車を待っているかのように。不安なんかないかのように。

「いくらかかる?」イーストはいった。「足りるのか?」

「さあな」ウォルターがいった。「でも、よさそうな気がする。空から国を見るのはさ。今日の午後には家に帰れる」そのアイデアを表現するかのように、ズボンの上で一本の線を引き、最後にひとつ点を打った。「おれがこの一週間どこにいたのか、誰も知らない」ウォルターが打ち明けた。「きっと心配してる」

「へえ、家族がいるのか?」

「ああ」ウォルターが答えた。「もちろん。家族はいる」

イーストは少し離れたところにいる空港警察官の動きを見ていた。四十ヤードほど先で、スーツケースを持った人たちを誘導している。

「なるべく早く銃を捨てたほうがいい」ウォルターがいった。

「もう撃つこともない」

「どうしてわかる?」

「おれはもう撃たない」イーストはいった。そして、立ち上がり、いちばん近くにあるゴミ箱に歩いていくと、手を突っ込んで、破れていないファストフード店の袋を漁った。よさそうなのを拾い上げ、皺を伸ばしてから、持っていた小型銃を袋に入れる。イーストはウォルターの元に戻った。

「おまえもゴミをここに入れたらいい。問題ないだろ」

ウォルターがベンチの上にポケットの中身を出した。グラノーラ・バー、バンのキー、クリップで留めたカネ、きれいなのも使ったあとのものもあるペーパーナプキン。ナプキンでポケットを隠し、銃を出して包む。そして、袋に入れた。イーストは袋を潰し、またゴミ箱に持っていき、慎重に隅に置いた。

「気は晴れたか?」ウォルターがいい、立ち上がった。

「いや」

ウォルターが眉間に皺を寄せた。がっかりしたらしい。こいつの関心事は問題を解決することだ、とイーストは思った。策を考える。ところが、イーストの腹の具合だけは、解決の手だてがない。

パトロールカーが近くを通りかかった。白人警官、黒いサングラス。どこを見ればいいのかは決まっているようだ。空港警備。スピードを落とさずに走り去った。

心が痛み、ひとかけらの気持ちしか見えない。わかりきった気持ちしか。飛行機には乗りたくない。信用できない。信用できないのは自分自身かもしれない。吐き気がするし、だるい。いうことを聞いてくれない。自分自身の手綱も、ほかの——うるさくて、乱暴で、気難しい——連中の手綱も、これまでしっかり引いてきたのに、今は自分の体のうしろや横にずれたり、重なったり、まるで影になったような気がする。喩えれば、自分の体から抜け出て、ふたりになったみたいな。しかも、目に見える。

飛行機には乗ったことがない。でも、はっきりいえるのは——乗って、じっと座って、千人ぐらい詰め込まれる——今日そんなことはしないということだ。

「おれは陸路で行く」イーストはきっぱりいった。「飛行機がいいなら、おまえは飛行機に乗ればいい。安全だと思うなら」

ウォルターがいった。「本気か？」

「ああ」

「安全なんだ。つまり、飛行機を使うのは」ウォルターがいった。うしろめたさを隠しきれない様子で。「おれにとっては。おれは誰にも顔を見られてない。ウィスコンシンでも、遅れて逃げてたし、タイのときも、バンの中にいたから。見られたのはあんただけだ」

イーストは舗装面の一点を爪先で突いていた。「そうか」

「おれがいいたいのは——」ウォルターがいったが、先を続けられなかった。

「もういい」イーストはいった。もう終わりにしたかった。結局ひとりきりだ。「やってみろよ」

カウンター前に並ぶ列を、イーストは少し離れたベンチから見守っていた。ゲートでの一件はどうしようもない。ウォルターはいいやつだ。イーストには考えられないくらい役に立つ。でも、ウォルターにしてやれることはもう何もない。一緒に国を横断してしてきた——

チームとして。クルーっていうのか？　いまやバラバラだ。標的の男に弾を撃ち込み――仕事をやり遂げた。だが、イーストには敗北感しか感じられない。それが代償というやつだ。この一週間の痛手は、まだまともに見ることもできない。それでも、大きな痛みは感じる。

ポケットに百ドルある。残りはウォルターが持っている。その薄い札束のことを、イーストは考えていた。それに、ベッドルームの木材の下に隠している小さなクラッチバッグに入れたATMカードのことも。いわれるままに持ってこなかったカード、フィンのいいつけに従うために隠してきたカード。ウォルターの家はどんなところだろうかとも思った。コンピューターと書斎があって、ひょっとするとピアノがあったり、猫がいたりして、そして、家族がいるのだろうか。あいつが戻ったとき、あるいは、戻らなかったとき、LAには誰がいるんだろう？　その人はウォルターが今どこにいるのかと案じているんだろうか？　もしあいつがカウンターとかゲートで取り押さえられたり、機内から引きずり出されたりしたら、今おれが座ってる場所でしくじったあいつを見ていたいだろうか？　数枚の二十ドル札をポケットに入れたまま、教師にこびる生徒のようににやつきながら、背後のライトに照らされたカウンターまでのろのろ戻ってくるさまを見ていたいだろうか？　あいつは自分の力を過信していたことになるのか。それとも、うまくいくのか。

〝実力より運〟だと人はいう。おれにはどっちもない。

イーストが持っていたもの――ザ・ボクシズの〝家〟、部下、フィンのギャングの一員としての日々の仕事、あと、フィンその人、オフィス・ビルの下にある隠れ家もか、それにタイ。何街区《ブロック》も何年も離れていたのに、目に見えない引力に不運な形で引き寄せられた末に、タイへの思いが大きく変わったにしても。そういったものはすべてなくなった。ぜんぶ消え去った。ストリートはあるし、仕事もある。おれは仕事のやり方を知っている。でも、フィンの一味であることを知られてしまっている。別の組織に雇われたところで、おれは中古品、よそ者だ。一人前には絶対になれない。フィンのところで積み上げてきたものは、何の役にも立たない。

一からはじめるしかない。十歳のガキと同じように。

デモインの発券カウンターを見ていて、LAを思い出した。花のにおいを基調に、太陽と砂漠と車と揚物のにおいが混じる。知っている人たち、抜け殻のような母親、散り散りになった部下たち。そんな光景を思うにつけ、帰りのチケットを買う気にもならない。

ウォルターに応対している職員は若い男だった。痩せていて、薄い口ひげを生やし、顔には余計な肉がひとつもついていない。見るからにウォルターをさげすんでいる――デブだし、黒人だし、何日も着続けてるような皺くちゃの服がくさい。みすぼらしいのに、やかましい。ウォルターのすごさは、傍目からはわからない。職員は渋面になる寸前まで唇を引き結んで、用件を聞いている。画面をタップし、質問し、免許証を確認し、また質問する。ここからは聞こえない。眉毛が二匹の小動物のように動いている。

職員にはねつけられろと願う時間も過ぎ去った。カウンターで止められて、押さえつけられろ。そうなったら、おれは銃を取りにいく。カウンターの職員に風穴をあける。あとはどうにでもなれ。すべてを復讐の嵐に投げ入れてやる。

首を振って意識をはっきりさせた。印刷された文書がカウンターに出てきた。ウォルターがまたうなずいた。そして、カウンターを離れる。

〝おれたち、つかまるのか?〟さっき、ウォルターにそう訊いた。

あの太った少年がズボンの片側をずり上げ、こっちに向かってぶらりと歩いてくる。何も気にせず、少し鼻を高くして。

「いくらかかるって?」イーストはいった。

「それがさ」そういって、ウォルターが口笛を吹いた。「三百ちょっとだってさ。高えな。ぎりぎりの時間にカウンターに行けば、買えるぞ」

イーストは突き放すようにいった。「次やるときは、まともな計画を立てないとな」

「ひとり気になる人がいる」ウォルターがいった。「ドーナツ・ショップにいた女の店員だ。あの女はおれたちをふたりとも見ている。車に乗るところも見ている。マーサ・ジェファソンと知り合いで、あのおばあさんが空港に行くことも知ってる。警察があの女に話を聞いたりすれば、おれたちは足をすくわれるかもしれない」

「だが、おまえはチケットを買った」イーストはいった。ほかの道など考えるまでもない。

「どのみち、おまえは行くんだろ」

「そのつもりだ」ウォルターがいった。「話す場所を探そう。二十分後にはゲートに行かないと」

ふたりはそれぞれトイレの個室に入り、しばらく気張ったあと、シンクで合流した。まわりのビジネスマンたちがふたりに好奇の目を向け、シンクで手を洗った。ウォルターがくしゃくしゃの札数枚を手渡した。イーストは数えた。七十一ドル。

「やるよ」ウォルターがいった。「何かあったときのため、二十ドルだけ返してくれ。バスに乗ったりとかするかもしれないし。それくらいあれば、家に帰り着ける」

イーストは二十ドル札を一枚、戻した。これで百五十一ドルが全財産になる。

「ほら」ウォルターがいい、航空会社のカウンターでもらった一枚の紙片を差し出した。ラゲッジ・タグで、LAの市外局番が記してあり、ゴムひもがついている。「明日の朝まで待ってから、電話してくれ。助けてやる。嘘じゃない」

イーストはしわがれた声で笑った。「助けてやるって？　冗談だろ？」

ウォルターが口ごもった。「イースト。おれがおまえを裏切る理由がどこにあるんだよ？　なんたって、今やあんたは大罪人だ」

イーストはうつむいた。

「どこにいるのか教えてくれ。街の名前と住所。切符も手配してやれる。飛行機でも、列車でも、何でも好きなのを。車を借りてやることもできる。送金もできる。泊まるところも見つけてやれる」

「わかった」イーストはいった。「わかってるさ。バンのキーは捨てたほうがいいよな」

「ああ、クソ。そうだった」ウォルターがいった。壁のディスペンサーからペーパータオルを何枚か取り、手を拭いたあと、それで二本のキーを包んだ。ゴミ箱に捨てる。

「そこのゴミはどうなる？」

「焼かれる。どこかの焼却炉で。灰にされる。でも、ゴミなんか誰も見やしない」ウォルターがいった。「このトイレから出ようぜ。ここのにおいにはうんざりだ」不意に笑みを浮かべ、顔が明るくなった。「なあ、E。おれたちやり遂げたよな」

ターミナルの白い絨毯に反射するあふれる光の中に、ふたりは揃って歩き出した。人々がまわりを行き交っている。ほとんど誰もイーストの目には入らなかった。

「大変だったな」ウォルターがいった。「もうごめんだ。人を撃つなんて。でも、あんたがいてくれてよかった。あんたがいなかったらできなかった」

「ああ」イーストはいった。

「おれたちはやったんだ」ウォルターがいった。「もう行かなきゃ」

「気をつけろよ」

「ああ」ウォルターがイーストの肩を叩いた。「愛してるぜ」

イーストもウォルターの肩を叩き、歩きはじめた。げっぷをした。生々しくて、苦い。

〝愛してるぜ〟か。おれは愛してないし、そんなクソみたいなことはいわない。ポケットにカネが入っているか触って確かめ、番号のついたラゲッジ・タグをマーサ・ジェファソンのキーの穴に通してつないだ。そして、外の駐車場に向かって歩き出した。しかし、外に出る前に振り返った。ウォルターがセキュリティー・ゲートの列に並び、こっちを見ていた。ズボンが腹の下にずり落ちているが、航空券はしっかり握りしめている。イーストが片手を上げると、ほほ笑み返してきた。じゃあな。うんざりだ。

イーストは正面で入り口のゴミ箱に戻り、さっき捨てた油の染みがついた白い袋を拾った。中身の重みを感じる。ふたつの重みが入っている。タイを撃った豆鉄砲と、もうひとつ、カーバー・トンプスンとその娘の命を奪ったグロック。足のついた二挺の拳銃。三挺目のタウルスは一発も撃っていないきれいな銃だったが、弟と一緒に置いてきた。逃げる前にタイのズボンに挟んでおいた。イーストは袋を握りしめ、腰に押し当てた。

「どこかへご案内しましょうか？」肩越しに声がした。

空港警察官が見ていたのかもしれない。イーストがゴミ箱を漁っていたのを見て、寄ってきたのかもしれない。単にひどい格好のせいかもしれない。それか、ひどい気持ちを見透かされたのか。

「いや、いい」イーストは顔も向けずに、物憂げにいった。「ほっとけ」イーストはまた歩きはじめ、駐車場に入った。今のおれは大罪人だ。

はじめは南に向かった。警察とバンから南へ遠ざかった。ウィスコンシンからも遠ざかる。どっちでもよかった。道路の横には農場が広がっている。むき出しの幹線道路で、木もない。ときどき、平原に埋もれた小屋や、金属の柵に入れられたブタの群れが、ぼんやりと見える。

目が硬くなって、べとついているのがわかる。排水溝の水でもみ洗いしたあと、拾って顔にはめ込んだみたいだ。

茶色の標識によると、この道は州立公園方面のようだった。ピクニック、キャンピング、川遊び。川という単語を見て、脳裏に眠っていた何かが起きはじめた――交わったり、砕けたり、冷たい水がこっち側とあっち側とを隔てているにちがいない。幹線道路を降りて、その木々に縁取られた古い道路に出た。

パトロールカーが追い抜いていった。〝州立公園管理局〟。制服の色はちがっても、警官は警官だ。

やがて州立公園の木の門から四分の一マイル手前にある小さな家《ファームハウス》に近づいた。一帯の見捨てられた土地に、その古い家は陰気にぽつんと建っている。雨風に曝されてすっかり色褪せているところは、銃を受け取りにいった小屋そっくりだ。大人の背丈ほどの草が一面に生えている。売り出し中の看板が二本立っているが、日差しを受けて看板の赤い色がピンクに変色している。立てられてだいぶ経つのだろう。

敷地にミセス・ジェファソンの車を頭から入れた。車回しが裏手まで延びている。ここの草に突っ込んだら、車をすっぽり隠せそうだ。一本の木の下に草の生えていない地面があり、小さな灰色の鳥が飛び交っている。これだけ小さいのだから、巣立ったばかりなのかもしれない。そこの陰に車を隠し、油染みのついた袋をシートの下に挟むと、眠りに落ちるまで鳥を眺めていた。

第三部　オハイオ

16

目が覚めると、それはマグマのように、火山のように内側から噴き出て、岩に穴を穿ち、顔から流れ出てきた。青痣が残る目の堰が切れた。家の裏、うち捨てられたオイル・タンク、一面の雑草、木の幹。人々が暮らし、去った場所。イーストは涙が涸れるまですすり泣いた。しかし、だからといって、実際には何も変わらないのだ。どんな言葉を聞いても、どんな光景を見ても、どんな思いを抱いても。筋肉のいたずらだ。涙腺が緩んだだけだ。車が冷えるにつれて、皮膚も乾いて冷たくなった。次に目覚めたのは夜だった。

夕暮れの暗さではなく、夜の闇だ。マーサ・ジェファソンの車のダッシュボードに貼り付けてあるデジタル時計では、八時十五分だった。六時間寝ていたらしい。

ひと晩たっぷり寝たわけではないけれど、ぐっすり眠れた。火曜日にザ・ボクシズを出てから、ぐっすり眠ったのはこれがはじめてだ。

記憶が正しければ、今は金曜の夜だ。

イーストは木の根元に行き、小便をした。暗闇でかすかなさえずりが聞こえる。何かが動いて、びくりとした。風だ。草と風。家の裏、持ち主のない家の草と風だ。

イーストは外にとどまった。


車は古いが、手入れが行き届き、チューンアップされている。きれいな路面のうねる田舎道では滑らかに走る。あのバンのように、中身は見かけよりいい。二本の閑散とした道路が交差するあたりのガソリンスタンドでタンクを満タンにした。ガソリンスタンドの冷たい光によってそれぞれの道の表面が照らされている。フロントガラスの汚れと雨滴をペーパータオルで拭き取った。

あのおばあさんを裏切るのは申し訳ないが、アイオワ州デモインに――空港にもほかの場所にも――戻るつもりはない。あのおばあさんには顔を見られている。寝息も聞かれた。値踏みされた。どれだけ知られたか、おれがいびきをかいているあいだにウォルターがどこまでばらしたか、わかったものではない。最後の最後で、マーサ・ジェファソンがおれを追いつめることになるかもしれない。後部シートで寝てたから。車を盗んだから。だから、イーストはフロントガラスの汚れを落とし、買っておいた冷蔵のビスケット・サンドイッチも、車の外で食べた――くずを落とさず、包みも残さなかった。

ラジオのスイッチを入れたが、空電音が入るだけだった。マーサ・ジェファソンが合わせていた局を変えたくなかった。

四方向の道筋がひらかれているジャンクションにさしかかるたび、故郷から遠ざかる方向を選んだ。東へ向かった。

午前四時にシカゴ方面の標識の下を通り過ぎた。しばらく考えた。シカゴか。知らない者はいない。ギャングの街、マイケル・ジョーダンの街、人だらけで、カネを稼ぐ口も多い。旅の友は銃だ。でも、雲に覆われてほの暗い黄色の街の明かりを見ていると、マイケル・ウィルソンがベガスにふらふら寄っていったときのことを思い出した。〝ちょっと味見しようと〟。

あらゆるものを宣伝したり、あらゆるサービスを謳う広告板が立っている。煙の立ち上る広い大都会が、何マイルにもわたって両側からイーストを挟み込む。左側はオレンジ色のライトがともる灰色の工場。列車を支えたり、船を載せたり、川の上に道路を通したり、空に向かってロケットを飛ばしたりする巨大な鉄の骨組み。

インディアナでは、もっと大きな道路に出るとき、ほかの車と一緒にブースの前に並び、有料駐車場に入るときみたいに、小さな箱から出てくるチケットを抜き取らないといけなかった。イーストはその場でチケットを読んだ。そのまま道路を走ると、どこかで四ドル支払うことになるらしい。うしろに並んでいた誰かがクラクションを鳴らした。

ブース、防犯カメラ、盗難車。人がやることをまねろ。

やがて、街の標識が過ぎ去ると、また闇に包まれた。ハイウェイの路面が狭くなり光あふれる家並みは、木々の向こうにしかなかった。

ちょうど夜が明けるころに州の果てにたどり着いた。ずらりと並んだブースが道路を封鎖している。至る所に防犯カメラがある。〝現金〟の表示があるブース横にゆっくり着け、チケットを手渡す。「四ドルと六十五セントです」女の職員がいった。

前の日の午後、空港を出てから、人の話し声などほとんど聞いていなかった。次の出口を過ぎると、別の有料道路に入ることを示す標識があった。ここはオハイオ州だ。ハイウェイ49という細い道路で南へ向かい、その後、また東へ折れた。

午前十一時ごろ、つぶれそうな給水塔のある小さな街に入ると、太陽がおとなしく雲に隠れていた。ミセス・ジェファソンの車で移動するのは、この辺で限界だろうと思った。燃料タンクもほとんど空だ。三つの州境を越えてきた。

大通りの交差点に小さな警察署があった。正面に駐車メーターが並んでいる。イーストはそこのスペースに駐め、カネを持ったことを確かめた。袋から拳銃一挺を取り、もう一挺が入った袋の口を丸めて、ふたつの前ポケットにそれぞれ入れた。車の灰皿にキーを入れ、ロックしないで車から降りた。

しばらく不安でしかたなかった。乗り捨てるのはまずかったんじゃないか？　また冬空の下で歩くなんて。

時間極めの駐車スペースだから、じきに誰かが気付く。タイならビルの裏に駐めて、焼いていただろう。

イーストはメーターにそっと二十五セント硬貨を入れ、歩き去った。

17

街を外れてでこぼこの歩道を歩き、ベーコンのにおいを漂わせるレストランと、中古車が正確に並ぶ販売店の前を通った。タイヤとタイヤがきっちり縦に重なり、ぴかぴかに磨かれたヘッドライトが横一線に並び、どの車も向かい側の車と目を突き合わせている。

雲が低く垂れ込めた灰色の昼時、ビルの窓は鏡張りで、光をぎらぎら跳ね返して中が見えない。敷地はどれも似たような四角形で、それぞれに継ぎ目や境界線が設けられている。例えば、フェンス、手すり、草の縁、マーサ・ジェファソンを待ち受けていたドーナツ・ショップの通路のように点々と並ぶ低木などだ。タールを塗った縁石の列だけのこともある。家と家とのあいだには一線が引かれ、右と左、前とうしろを隔てている。ひとつ通り過ぎるたびに、過去から現在へと進む。

最初にエンジン音が、次にタイヤが舗装路をこする音がうしろから聞こえ、すぐ横で停まった。車体は小さいのにタイヤは太いパトロールカーで、ウインドウをあけている。もじゃもじゃの口ひげ。

「今朝はどんな調子だ？」

イーストも足を止めた。駐車メーターのことを思わずにはいられなかった。まだ制限時間内のはずだ。そのことじゃない。何年も警官を相手にしてきたから、してはいけないことはわかる。

「まあまあです」イーストは口ごもりながら答えた。

「どこか行くあては?」

「散歩してるだけです」

警官が疑いのまなざしを向けてきて、イーストは肩をぎゅっとすくめ、何も答えなかった。

「この街に知り合いは?」警官がもうひとつ訊いた。質問して、釣り堀の店員みたいにじっと見る。いずれ真実が浮かび上がってくるとでも思っているかのように。

「いいえ」イーストはじっとしたまま、両手をポケットに入れている。入っているのは、もうだいぶ減って折り畳んだ紙幣、カリフォルニア州を折り曲げたような形の銃だ。

警官の無線機が、げっぷと口笛のような音も出した。警官が無線機をちらりと見て、手で音を止めた。

イーストは路面に目を落とし、いった。「もういいですか?」

口ひげがまじまじとイーストを見た。当たっているのがわかるような視線。今夜コンクリートの上で寝ていようものなら文句をいってきそうな視線だ。

「それじゃ、気をつけろよ」警官がいった。別れの言葉ではない。指図だ。

イーストは何も答えなかった。うしろでエンジンが急にうなった。タイヤが回転しはじめると同時に、パトロールカーは急なUターンをした。誰かにいわれてちょっと様子を見に来ただけのようだ。

街には、焼き過ぎたトウモロコシのようなにおいが漂っている。パトロールカーが反対側に疾走していくにつれ、前に延びている二車線道路の幅が広くなっていった——平らな路肩も広くなり、時速五、六十マイルで行き交う車に黒い砂や灰が巻き上げられ、イーストの耳に当たった。セーターに首を引っ込める。身を隠せる木もなく、縁に沿って歩けるような森もない——田舎道をまっすぐ歩くしかない。誰が見ているかわからない土地で。

平坦な道が一マイルほど続いた。刈り込まれた草の茎が細切れになり、溝の小さな吹きだまりが鮮やかに色づいている。マイケル・ウィルソンの笑い声が聞こえる。〝田舎野郎《カントリー》〟。

標識によると、あと四マイルで次の街に入るらしい。

十代《ティーンエイジ》の女が店番をしている交差点のガソリンスタンドで、長いサブマリン・サンドとニット帽を買った。帽子には〝ブラウンズ〟と書いてあり、オレンジと茶色の二色の色ちがいがあった。イーストは茶色を選んだ。サンドの具はハムを選んだ。体内では、胃が漂流船と化している。でも、食べたほうがいい。それはわかっていた。

不安げな女店員がサンドイッチを用意しているとき、イーストは黄色いテープの矢印で現在地が示されたドアそばの地図を見ていた。ウィスコンシンも、アイオワもない。イーストたちが悪さをした場所は載っていない。この州——オハイオ州——だけだ。ここの西のどこかで、薄茶色の車が眠っている。街の名前は覚えていない。とにかく離れたかった。逃走だ。警察から、自分の体内の動乱、横揺れから。

店員がビニールの手袋をはめて、サンドイッチの具を詰めている。トマトを多めにしてくれというと、店員がポケットから電話を取り出し、すぐにつかめるように、まな板の半玉ぶんのタマネギのそばに置いた。手際がよくなった。サンドイッチを押し、ナイフで素早く切ると、イーストの注文分は終わった。あとは勘定だけ。

ひどいなりなんだろう。

イーストは袋に入ったサンドイッチを受け取り、トイレを借りた。どこを見ても、錆色の水に何年も浸かっていたみたいだ。大きい方も出したかったが、腹がからからに乾いている。ハルゼー・テイラー社の給水器は使えなかった。

トイレから出てくると、店員は奥の部屋で、隠れるようにして電話していた。イーストを見ると、完全に引っ込んだ。水を一杯もらいたかったのだが。

外に、コンクリートでできたピクニック・テーブルがあった。石が埋め込まれていて、頑丈な鉄の骨組みのアンブレラがさしてある。冬の寒さだ。アンブレラはもともと白地に赤で大きなロゴがついていたようだが、日ざらしで今は赤が褪せている。骨組みに錆が浮き、その錆が先まで伝って下に落ち、テーブルの端に染みついて被膜のようになっている。イーストが知るかぎり最悪の座り心地だったので、結局、歩きながらサンドイッチを食べた。くずがぼろぼろこぼれ、ズボンに跳ねて、砂利を敷いた幹線道路の路肩に落ちた。

袋の底に、ひとつかみ分のナプキンがあった。二十枚ぐらいだ。灰色の南の空に、オレンジ色の長い斜めの線が引いてある。頭痛のようでもあり、裂け目のようでもある。

景色が変わった。平らでひらけた土地から、階段のような丘陵地を覆う森になった。この辺の人々は地面をえぐったようなところに住んでいる――外装が施された郵便受けから長い私道を通らなければ、奥の家までたどり着けない。すっきりした形の窓がいくつもついているとんがり屋根のでかい家もあるし、シンダーブロック造りの小さな箱みたいな家もある。リード乗用車やピックアップ・トラックやボートが、家の正面か脇にきれいに並んでいる。につないだり、柵で囲って犬を飼っているところもある。

路肩を歩いていると、車が通りかかるたびに運転手の視線を感じた。森の中から出ないでいられたらいいのだが、誰かの犬につきまとわれるのだけはごめんだ。

あちらこちらで馬とか牛を見かけた。煙に包まれている脚つきの箱も。肉の薫製でもつくってるかなにかだろう。近くまで見にいったら、ミツバチの群れに覆われていたのだとわかった。ミツバチ。まだ学校に通っていたころ、ミツバチの映画を見せられたことがある。小さな巣、力を合わせ、女王のために働く。ある先生が校舎の屋上で巣箱をはじめた――養蜂用の防護服を買ったりもした。ところが、ひとりの生徒が五十カ所もさされて病院送りになると、ミツバチの授業は打ち切られた。

イーストは歩き続けた。あの小さな街から、あの小さな車から遠ざかった。あの車はイーストとアイオワをつなぐ骨だ。アイオワでは、バンがイーストとウィスコンシンとをつなぐ骨だった。どこかで判事と娘が倒れていて、どこかで弟が倒れている。おれの名前を吐くこともなく。骨だから。LAかどこかにいるウォルターとマイケル・ウィルソン。どこにいるかわからない。ウォルターはバラさないだろう。問題はマイケル・ウィルソンだ。厄介事に関わらないように、罪を軽くしてもらおうと知ってることを喋るはめにならないように、祈るしかない。

こっちを見ているやつがいるだろうかと思った。警察以外で——警察は当然見ている。おれが足を踏みだすたびに、おかしな目を向ける。だが、警察のあしらい方なら知っている。ポケットに銃が入っているときに呼び止められても、びびりはしない。

心配なのは警察じゃない。想像もつかない足止めだ。小さな街の中心街は、きれいで静かだ。年輩の白人男がイーストを見かけたら、しばらく目で追ってくる。〝痩せっぽちの黒人少年がひとり、ふらふらと歩いてる。帽子をかぶってたぞ〟。記憶にとどめるには充分な材料だ。人相を伝えたり、写真を見れば特定することもできるだろう。そういう連中に〝やあ、こんにちは〟と声をかけられても、イーストは会釈して歩いていくだけだ。まだ昼でよかった。

生活ゴミに気付いたのは、清掃が行き届いていない街外れにいるときだった——踏みつけられた包み紙、捨てられたボトル。路肩で歩く向きを少し変えて、よく見てみた。やはり。アンプルと小さなパイプ、ある営みの痕跡、ちぎられたマッチブック、半面が焦げたプラスチックのアイスクリーム用スプーン。〝プラスチックのスプーンを使ったのか〟と思い、首を振った。民家の敷地の外のアスファルトに散らばっている屑や色とりどりのゴミには、ゲロの染みや、生々しく鼻を突く尿のにおいがついている。

太い道路を少し外れたところで、薬をやっていたらしい。そういう連中だけは避けないといけない。常習者になった友だち、十三歳にもならないうちから、ディープな〝U〟になった友だちもたくさんいる。彼らにならなら抵抗することはできた。だが、ここには友だちなどいない。ここの連中は何歳ぐらいなのだろうと思った。

おばあさんの顔、棘《とげ》のある声音が脳裏に蘇った。寒いなか歩いていったウォルターに向かって、おばあさんが話しかけている声が聞こえる。こっちを見ている。ジャクソンから来た少女の顔になることもあった。血を流し、通りで眠ろうとしている顔や、ウィスコンシンの少女の絶叫する口。スーツケースの下敷きになった体。すべてが脳裏に詰め込まれていて、出させろと叫んでいる。どれもこれもが。

あと一マイル、と思った。あと一マイル。

ガソリンスタンドにさしかかると、ふたりの男に乗っていくかと声をかけられた。顔を上げると、一方がもう一方に話している。ふたりとも顔はこっちに向けて。向こうはふたり、こっちはひとり。イーストはまたうつむいた。

方向感覚が途切れ途切れになっている。でも、冬の太陽がじりじりと右へ傾き続けている。

じきに闇に紛れて歩けるかもしれない。

交差点を越えるたび、道路の標識には〝東《イースト》〟と記されていた。だからそっちに歩き続けた。

心は疲れ切っているが、体は苦しくなかった。外から観察している標本のように感じられた。何時間も歩いてきたのに、体が軽い。小雨が降ってきたが、寒くもない。寒気を吸い込み、肌から吸収した。気持ちがいい。セーターに残った湿り気も、風が乾かしてくれる。背中を押してもくれる。車を運転してきてなまっていた脚にも、熱が戻り、動きもよくなり、頑丈になった。かがんで靴ひもを結び直したときには、アイドリングしているエンジンのようにぶるぶる震えていた。

どれだけ歩いたのか、見当もつかない。しだいに暗く、寒くなってきたから、そろそろ腹を決めないといけない。これからずっと寒くなる。草木がだんだん縮んでいき、煙突から小さな煙が上るのが見える。後悔に襲われた。あと一日、車に乗っていられたんじゃないか？　これまで歩いてきた距離なんか、車なら一時間で走れたんじゃないか？

いや。イーストは自分にいい聞かせ続けなければならない。あの車は乗り捨てるしかなかった。

今ごろは時間超過のキップを切られている。今ごろはコンピューターに登録されている。日曜日でメーターも休みになっているなら別だけれど。それも考えた。何曜日かわからなくなっていた。

標識は一マイル先に次の小さな街があると謳っていた——教会、自警《ネイバーフッド・ウォッチ》団、メイド・イン・アメリカのシボレー・ピックアップの広告板。木々が地区を囲み、隣の荒れ果てた畑から守っている。その壁の外れに、さっそく酒屋がある。そのすぐ奥から街の明かりがつきはじめ、木々の下が窓ガラスからの黄色い光に染まっている。

また家並みを横目に歩いていると、体の感覚が研ぎ澄まされ、顔色も顔つきもよくなった。人々が通りを横切る——二十歳ぐらいの者、もっと年上の者もまとまって、だぶだぶの服を着たり薄着をしたり、上着の前をあけて着たり、セーターやスカーフを身に付けていたり。外は歩けるけれど、長く歩くような格好ではない。寒空の下、紙コップで飲み物を飲んでいたり、家に入ったり、家から出てきたり、手をつないでいたり、心配していたり、笑っていたり。旗を揚げ、この寒さでも窓をあけている大きくて古い家々をじっと見た。ようやく、ベッドルームの壁ほどもありそうな大きな石に文字が刻まれていたのでわかった。そこは大学だった。そこにいるのは学生だ。一時期のマイケル・ウィルソンのような。

どうしても目が行く。人々の歩き方——歩道で顔を合わせると、そのままたむろして、ポーチに座ったりしている。気軽に幹線道路を渡っても、車がスピードを緩めてくれる。この世界を信頼しているらしい。

イーストは道路を離れ、六人グループのあとについて、駐車場を横切った。LAを発ってからはじめて見るぴかぴかのセダン。フォルクスワーゲン、アキュラ、ホンダ、ホンダ。ふたりの学生が別れ、長くて明るい窓、明かりのついた窓が百もありそうな建物に向かっていった。イーストは人数の多い方のあとについていった。三人の若い男とひとりの若い女。建物から建物へ移り、緑の広場を突っ切った。子供たちが近所を散歩するかのようだ。ようやく大きな四角い建物に近づいていった。四人のすぐうしろにつき、中に入った。体育館だ。〝利用する場合は身分証を提示すること〟と受付に記してあるが、受付にいる男は電話していた。イーストはほかの四人に倣ってその男には構わず、男も一度も顔を上げなかった。

中に入ると、四人の学生が左の騒がしいアリーナに入った。青白いライトの下で女たちがバレーボールをしている。イーストは磨き上げられた廊下をたどった。目当てがあった。〝男子ロッカールーム〟。中のトイレに入り、座って腹の中がかき回されるまで待った。彼の中の漂流船が、その積荷が取り除かれるまで。その後、シャワーの音がする方へ行った――静かなライト、ふたりの年上の男が体を洗い、液体ソープとシャンプーのディスペンサーが壁に備え付けてある。

空のロッカーをあけ、服を脱いだ。二挺の拳銃をポケットに入れたまま、ズボンをそっと掛ける。今、誰かに見つかったらどうなるか。それをいうなら、いつだって見つかったらまずい。

ただ、カネは抜いて、シャワーの個室に持ってきた。

白いグラウト材で仕切られた正方形のタイルがどこまでも続いている。踏むとざらついている。足裏に砂がついていたせいだ。体中にこびりついている。ザ・ボクシズからここまでの一週間分の垢。やけどしそうなほど熱い湯を浴びて肌が赤らみ、内も外も痛みさえ感じ、ハンマーで叩かれた肉のように柔らかくなっていく。頭もシャワーに打たせ、すっきり洗い流そうとした。


あるロッカーに忘れ物のきれいな靴下が一足あった。ロッカーの上には、着古した赤いTシャツもあった。おがくずみたいなものが積もっていたが、振って落とした。″CHAMPION″の文字が胸についている。

苦々しいドジャースTシャツの最後の一枚を丸め、ゴミ箱に突っ込んだ。ベースボールにさようなら。白人の大好きなものにさようなら。

ヒモを結び直した靴が、ぼろぼろに見える。爪先やヒモに点々と黒いものが着いている——それまで気付かなかった。斑点。何かはわからない。なるべく静かに廊下を歩いた。特に誰かにじっと見られるようなことはなかった。今のところは追い出されてもいない。ウエイトルーム、室内の空気が青く見えるプール、試合が終わった大きなアリーナ。観衆はいなくなっていて、イーストはそこに入って給水器の水を飲んだ。青い作業シャツの小柄な男が、観客席を畳んで壁際に戻している。若いアシスタントのチームが、きらきら反射する小さな道具でバレーボール・ネットを外し、椅子や審判台をしまっている。青いシャツの男が反対側の観客席も手際よく片づけている。たまに足を止め、ベルトに留めてあるタオルであちこち拭いたあと、やはり折り畳んで壁際に押していった。アリーナ全体が様変わりした。イーストにとっては、おもしろい見せ物だった。壁に寄り掛かって見物していた。太股のあたりが二挺の銃で膨らんでいた。

やっと小柄な男が物置の戸を閉め、大きな鍵束をじゃらじゃらさせて鍵をかけると、アシスタントたちがいなくなった。ふたりの黒人の男がバスケットボールを持って入ってきて、コートの一角で細かい動きを研究しはじめた。体を寄せたり、ハンドチェックをしたりしている。〝マジかよ〟といって、笑っている。〝マジかよ〟。

ふたりのうちひとりがいなくなり、残った方が、折り畳んだ観客席のそばでうろついているイーストに気付いた。「調子はどうだい？　ゲームの相手を探してるのか？」彼が声をかけた。

イーストは首を振った。ところが、男は近づいてきて、こっちをまじまじと見た。声の調子が変わった。「大丈夫か？　何か食った方がいいんじゃないか？」

イーストは首を縮めてセーターにかくした。男に答える声が出てこなかった。

「食堂に連れていってやるぞ。手を貸そうか」

イーストはまた首を振り、立ち上がり、こそこそと逃げた。あの男は大丈夫そうだ。だが、信頼する理由はひとつもない。それに、こっちの問題をわけてやるいわれもない。

その夜は体育館で寝た。折り畳まれた観客席の裏側に狭い棚がいくつかできている。上下の隙間は十二インチほど。イーストはそのひとつ、腰ぐらいの高さの棚にするりと入った。次の棚がほんの数インチ鼻先にある。引き出しに入ってる道具のようだな、と思った。それか、死体安置所の死体か。最後に眠ってから、二十四時間以上経っていたが、彼にはわかっていた。夢も見ずに熟睡していても、静かにしなければならないと。

午前五時に目覚めた。体育館は閉まっているようだったが、心も体も動かさず、ひと切れの安全な暗闇に横たわっていると、最初の物音が廊下を伝ってきた。モップ・バケツ、錠前《デッド》差し金《ボルト》を外す金属音。指をポケットの銃に伸ばし、最初の声が聞こえるまで待った。朝の利用者だ。その後、イーストは棚から降りた。またシャワーを浴びようかと思った。でも、それは贅沢というものだ。この体育館にずっといるわけにもいかない。

水を飲み、トイレに行ったあと、体育館から出るときに三人とすれちがい、しぶしぶ少しだけ挨拶を交わした。霜が降りるくらい低い気温。淡いライトはついているが、キャンパスの大半は暗い。朝までたっぷり寝たおかげで、気分がよくなった。八時間、九時間か？

初日のガソリンと駐車料金と食料で、九十ドルちょっとがなくなった。一本の横道に面した店で、ベーグルのクリーム・チーズ・サンドを買った。ベーグル。三ドル十八セント。はじめての大学の授業料。

今日の道路は上ったり下ったりだった。木は嵐に繰り返しなぶられたかのように、低くて、ひねくれていて、不格好だった。それでも、黒ずんだリンゴがいくつかぶら下がっている。腹が減っていたが、リンゴ畑に侵入する勇気はない。あるところで、道端に落ちていたリンゴを見つけて、拾った。ほぼ完璧な見た目だった。童話に出てくる罠のように。拾って銃と一緒にポケットに入れた。

道路の反対側の看板の裏にタグがついているのに気付いた。〝C＋W〟。雨風でペンキが色褪せているものも、真新しくてつややかなものもある。たいていの看板についていたが、そのうちにぜんぶの看板につくようになった。うしろを向いて、道路の同じ側の看板の裏を見た。やはりタグがついている。誰かの縄張りを歩いているらしい。

ひとつの人影が、半マイル先あたりをこっちに向かって歩いてきた。もっと近づくと、女の子だとわかった。イーストはうつむき、セーターの襟に首を縮めた。まともに見もしなかった。ふさふさの茶色い髪をピンでうしろに留めている。ダウンジャケットを着ているが、それでも震えている。すれちがったときには、ほっとした。

一軒の家が目を引いた。中央から焼けてしまったらしい。あまり時間は経っていない。煉瓦はまだ黒く煤けている。屋根の先端が落ちて、火口みたいになっている。重苦しい染みがまだ宙に漂っている。前庭を挟んだ反対側に、スクールバスが停まっている。目立つ黄色の車体に、灰色のスプレーでこう書いてある。〝クリスチャン・ウルブス〟。そして、プラスの記号。まるで十字架。

おれたちのバンにも似ている。頭の中でバンのイメージを踏みつぶし、反対側へ歩いていった。

滑る。小雨が降って、路肩に油を敷いたようになっている。関節が赤らんで疲労に覆われている。寒さは頭に入っていなかった。正午近く、小さな交差点を渡った。トラックが猛スピードで突っ切っていったが、気付きもしなかった。

ポケットに触れる。リンゴがない。食べた覚えはないし、捨てた記憶もない。銃はだぶだぶのポケットにまだ入っていて、歩くたびに揺れて太股に痣ができている。

次の街は二マイル先で、店があったら、服を買おうと思った。休めるところがあれば、休む。ウォルターが一緒に歩いているつもりになった。あいつの声、仮説。この閉鎖された工場は何をつくっていたのか、この木々はどうやって植えられたのか、この手の教会は黒人をどう思っているか。しかし、ウォルターはここまで歩けはしない。家に帰って、どうして電話がかかってこないのかと思っているだろう。そして、あのおばあさん、マーサとかいう人の心配をしてるだろう。あのおばあさんは飛行機で戻ってるころか。ひょっとすると今日、戻るのかもしれない。ウォルターはおばあさんに対する罪悪感で髪をかきむしってることだろう。

充分遠くまで離れただろうか。遠くまで来たような気がする。右も左もわからないような気がする。充分遠いところがあるにしても、歩いてこられるところではない。

次の街で腰を落ち着ける。そこなら充分遠いはずだ。まだ見てもいないが、とにかく、しばらくのあいだは。

たいした街ではない。幹線道路沿いに店が二軒ほどあるが、休業しているか、商売っ気がないかのどちらかだった。煙草の吸い殻や吸いさしが吹き飛ばされて、ドアの前に溜まっている。裂けたビニール袋に入った電話帳が腐っている。やっとのことで看板の残骸を見上げた。〝タイヤ、パンク修理〟。いまとなってはどうでもいい。昔はそこそこおしゃれだったナイトクラブ。染みだらけの看板が立ち、建物はもう骨組みだけ、外壁は恐竜のうろこみたいに白い石がちりばめられている。押収車両保管場のようなフェンスに囲まれた奇妙な庭があり、窓に石鹼のような丸い文字で〝SLAUGHTERRANGE.COM 従業員募集〟と書かれている。道路向かいの落ち着いた家は、そういったものに不満を抱いているかのようだ。

イーストは横道に逸れ、幹線道路と並んで走る大通りを見つけた。その道沿いには、古い食料雑貨店、蜘蛛の巣だらけの梱包箱でいっぱいの郵便局、質屋があった。〝アンティーク〟の看板を掲げる店が二軒あったが、店自体が倒壊しそうだ。工具店の窓敷居は腐食している。今、客が入っているのはドーナツ・ショップぐらいで、〝BUD〟と明滅するサインがついたバーが一軒あるから、夜になれば、客はそこへ行くのだろう。コインランドリーもあって、洗濯機が引っかくような、あくびのような音を出している。

そして、小さなモーテル。〈スターライト〉。埃ぐらいしかない、がらんとした事務室から、各十部屋の棟がふたつ延びている。曲がりくねったネオン管が、まだ看板にしがみついている。ザ・ボクシズの南北を走る通り沿いにあるようなモーテルだが、あっちは営業しているし、建物はだだっ広い。顧客は泊まったり、酒を飲んだり、隠れ住んでたりする。何十年も住んでいるのにほかの住人が嫌いで、車をモーテルの駐車場に駐めたきりぜんぜん動かさないものだから、落ちて車の下に転がったオレンジがそのまま腐っていたりした。でも、オハイオの〈スターライト〉はがらがらで、外観は日ざらしで白茶けて、そのうえ埃が溜まっている。正面玄関のドアには、まだ掲げられている〝営業中〟の看板の上から南京錠がかけられている。

たいした街ではない。幹線道路はわざわざこの街のすぐ北に通されたようだ。でも、この街を生かせなかった。

〝まあ、だから飛行機を使うわけだ〟と思った。

〈スターライト・モーテル〉前の、体に悪そうな土が入ったコンクリートのプランターに上り、あたりを見渡した。過酷な移動から解放されて、窮乏のあまり体が悲鳴を上げている。つかの間、日差しが家並みを照らした。少し先に教会がある。おもちゃのブロックのように、こけら板の建物がごちゃごちゃ集まり、大きな十字架、金箔をかぶせてあるが、汚れている。

二日も外歩きして、意地もだいぶ萎えた。でも、決めたことに対する意地は、まだ残っている。イーストは腹を決めた。〝ここで腰を落ち着けるといっただろ〟と自分にいい聞かせた。小さい街だし、外に出ている者はひとりもいない。どこを見ても、この街はやめて、通り過ぎる――いや、とっとと出て行く――ほうがいいような気がするが、だからこそ、暮れゆく日の下にいても、ここにとどまってやると思った。

パーカーを着た少年五人を荷台に詰め込んだピックアップ・トラックがゆっくりと通っていった。五人とも顔をこっちに向けた。連中の母親も一瞥をくれ、ウインドウの外に煙草の煙を吐き出したあと、吸い殻も外に飛ばした。

イーストはこの街の名前さえ知らない。

一時間後、街の様子をざっと目でなぞり終えると、寒さで体がこわばっていた。ぎこちなくプランターから降りて、食料雑貨店の方に歩いていった。閉まっている。それでも、オレンジや缶詰が中の棚に載っている。とにかく、それだけは確認できた。とにかく、店はまだ生きている。中の暗がりに目を凝らしたあと、うしろに下がって、表示板を読んだ。〝日曜定休〟。日曜日に休む食料雑貨店なんか聞いたこともない。

すると、今日は日曜日なのか。

その後、ドーナツ・ショップに歩いていった。さっきよりさらに閑散としているかもしれない。でも、店はあいている。ラージ・サイズのフライド・アップル・フリッターふたつ分の代金を払い、あとからホット・チョコレートも頼んだ。寒さが永遠の敵だと思いはじめている。生地のにおいの熱い風が店から漏れているから、通りかかった人は目を向けるだろう。イーストはかじかむ手で熱いカップを持ち、立ち上る湯気を吸い込んだ。

長過ぎると思われないように願いながらトイレを使った。シンクに張った湯に前腕を浸し、顔や首のうしろを洗った。入念に水気を拭いた。幹線道路の方から騒がしい音が聞こえ、何の音だろうと思った。この二時間のうちに、さっきのおかしな押収車両保管場がトラックや車で埋まっていた。建物は倉庫の外観で、ブルドーザーで一階分ほど土を寄せ集めたような間に合わせの防壁がうしろにあり、幹線道路から見えないようになっている。柱に取り付けてある薄暗いライトがいくつか、寒そうな明かりを落としている。騒がしい音は銃声のようだ。日が暮れる少し前にはじまった。最初の銃声は、ドーナツ・ショップでフリッターを立ち食いしながら、まどろんでるときに聞こえてきた。最初に連射音がしたとき、思わずホット・チョコレートの残りを指にこぼしてしまった。フルオートではなく、トリガーを引いて、四、五発ずつ連射している。びくりと顔を上げた。店のブースにいた地元の連中も顔を上げたが、すぐにドーナツに目を戻した。

駐車場の出入り口に行ったとき、また銃声がした。〝家〟。少女の驚いた顔。とっさにかがんだ。寒風のなかあたりを見回す——歩いてきた南の方角のうっとうしい空に、暮れゆく〝オレンジ〟の最後の一皮が見える。小型車が駐車場のライトを受け、じっと動かないブタのように倉庫のそばに駐まっている。

どこか変わった銃声だ——聞こえ方がちがう。本物の銃声ほどの衝撃はない。〝パン〟という別の音——どういったらいいのかわからないが。ザ・ボクシズとはちがって、音を反響させる家はない。でも、リズムは同じだ。銃撃戦がはじまっているのはわかる——弾のやり取り。イーストの街でなじんだ音楽。

射撃場か？　でも、叫び声も中から聞こえる。それに、激しく動くような音も。たまに、絶叫のようなものも。

誰かが弾を撃ち尽くしたようだ、と思った。

そっと倉庫に近づき、耳を澄まして様子を探った。

ひとりかふたりずつ、六人ほどが、スポーツ選手やハンターが使うような厚手のキャンバスのバッグを持って出入りする様子を見たあと、イーストは思い切ってドアをあけてみることにした。〝スローターレンジ〟。電子音が鳴ったが、ドアの内側にダクトテープで貼り付けてある、やかましい鈴なりのクリスマス・ベルも鳴った。

垂木から垂れ下がった細長い蛍光灯が、ジジジと音を立て、チカチカと光っている。昔は車の修理工場だったのかもしれない。床はコンクリートで、鉄格子のついた二本の長い排水溝に向かって緩やかに傾斜している。出入り口側の半分には、くすんだ色で薄汚いが、二枚の絨毯が敷いてあり、どちらにもソファー、椅子、黒くて細長い染みがついたコーヒーテーブル、箱形のテレビが置いてある。奥側には、ガラスの窓口がついたアンティークのカウンターがある。カウンターの上には武器がずらりと天井から垂れ下がっていて、その奥に若い男がいる。

「いらっしゃい」男がいった。じっと立っている。まなざしは鋭く、鼻は弱そうで、ウサギの鼻のように光沢があり、ぴくぴく動いている。Uの鼻だとイーストは思った。

イーストは何もいわなかった。男の頭上の銃をじっと見ていた。大きくて、銃床が突き出ている。スナイパー・ライフル。こんな銃がドラッグストアのヘアブラシのようにプラスチックの箱に入っているのを見たのははじめてだ。本物の銃ではないようだが、どういうものなのかは知らない。宇宙で使うスペース・ガンみたいな、おもちゃのように緑とオレンジ色の奇抜な銃もある。

「何か用か？」男がいい、イーストをまじまじと見た。隠すように、かすかに顔が引きつったのを、イーストは見逃さなかった。歳はたぶん三十ぐらい。カウンターの奥に本物の銃があるのだろう。

「ここはどういうところなんですか？」

「オハイオ川以北でいちばんのペイントボール（塗料入りの模擬弾を使ったサバイバル・ゲーム）場だ」男がすらすらいった。仕事として覚えさせられたみたいに。

「ペイントボール？」イーストはいった。

男が手を伸ばして、引き出しからオレンジ色の小さな弾を出した。それをイーストにひょいと投げてよこした。「古くなって使えないやつだけど」男がいった。「そんなのが当たると痛いんだ」

イーストはかすかな蛍光色の塊を掌に載せて見た。

「どうしてここに来た？」男がいった。「求職か？」

イーストは肩をすくめた。

「今夜はペリーは来ない。午前中ならいるかもな。決めるのはペリーだ。だからペリーに会ってもらわないと」

「どんな仕事？」

「そうだな、アシスタントってところだ。見張りみたいなもんだな」

イーストは訛りに気付いた。一語一語にきつい音が混じっている。映画に出てくるスパイみたいだ。

「それならできる」イーストはいった。

「大人の仕事だ。夜遅くまでかかることもあるし」

イーストはいった。「大人の仕事もできる。遅くても大丈夫」

「いくつだ」男が丁重に訊いた。「十三か？　十四か？　学校に通ってるのか？」

「おれは一人前だよ」イーストはいった。「もう学校にも通ってない」

「へえ。そうかい」男がいった。鼻水が垂れてきて、泡のように膨らんでいる。すると、ふたりの男がキャンバスのバッグを持って入ってきた。カネを払い、差し出された色着きの弾が入った容器を受け取ると、漏斗型の装塡器《ローダー》で弾を銃や自分の容器に込め、ソファーの端に腰掛けて、ぶつぶつと悪態をついていた。ようやく店の容器を返し、カウンター横の階段を上って、建物奥の防壁側のドアから出ていった。

「見ちゃだめか？」イーストはいった。

「今夜はだめだ」カウンターの男がいった。「明日また来いよ」はじめは気さくにしていたのに、今になって気が変わったみたいだ。

駐車場に出て、車やトラックとは離れた場所に座り、あたりに満ちる銃撃の音楽を聞いていた。どんより曇った夜。星はない。いつの間にか、無性に眠くなった。妙な時間だ。

はっとして目が覚めると、建物に寄りかかっていた。バンの夢を見ていた。恐ろしいやつがバンに弾を浴びせていた。マイケル・ウィルソンなのに、顔はなぜかシドニーで、ウィスコンシンの小屋の玄関で銃を撃っている。娘がジャクソンからやってきて死んだ少女になっていて、スーツケースの下から銃でこっちを狙っている。どうしても振り払えない。心が落ち着くのに充分な遠さなんてないのだ。

ピンク色の断熱材がひと巻き、壁に立て掛けてあった。壁に使うタイプで、ファイバーグラスだ。手触りを確かめ、揺すってみた――乾いていて、ネズミなどの動物はいない。

駐車場でいちばん大きなトラックを見つけた。ジャッキアップされたフォードで、作業台がついている。断熱材を十フィートほど巨大な後輪のあいだに敷いた。トラックの下に潜り込み、断熱材に乗った。残りの断熱材を毛布や新聞代わりにして、自分の体を包み、焦げたシロップのようなにおいがする、巨大な丸いディファレンシャル・ギアの下に体を隠した。寒さと光に包まれ、駐車場に響く銃声を聞きながら眠った。

夜のうちに目が覚めると、ピンク色の巻き物の先の丸い穴から、空が見えた。体を覆っていたトラックがない。だが、イーストはまだそこにいる。

18

朝日の不意打ちを食らい、なかなか外に出られなかった。体に巻いているものをやっと剝がし、自分の足を見つけて振りほどいた。ピンクの糸くずが口の中に入っていて、唇にもこびりついている。髪にもピンクのフリース。全身がむずむずする。

そのうちに頭がはっきりしてきた。寝ていた場所に戻り、断熱材を持ち上げ、慎重にきつく巻いた。そして、もとの場所の壁際に立て掛けた。

寒い朝に人目を気にしながら幹線道路を歩き、またドーナツ・ショップに寄った。目当ては食べ物というより、トイレだった。シンクに水を溜め、掌で顔を洗った。口の両端のよだれの跡、セーターが何かに濡れた跡。目の痣はゆっくり治っている。筋肉に力が入らず、くたくたに疲れている。こんな顔の残骸は、鏡で見ていられない。

ドーナツをふたつ買ったが、狭くて温かい店内でほかの客と一緒に食べる気にはなれなかった。だから、通りに出て、廃業した小さなモーテルの表でひとりじっとしていた。

〈スローターレンジ〉の大きくて白い建物のドアをあけると、ひとりの人がいた。顔色がハムみたいに桃色に染まった年輩の男で、座っているバースツールより大きな体格だ。紙やすりをかけたようなごわついた赤毛。左手で小さな機械をしっかり持ち、右手のドライバーで作業している。

「仕事を探してるやつがいるとシャンダーがいってたが、おまえか？」男が顔も上げずに、どすの利いた声でいった。

イーストは男をまじまじと見たが、途中で止めた。身長六フィート五インチ（約二メートル）、体重三百ポンド（約百三十六キロ）ぐらいか。昔は物を運んでいたような男だ。ドライバーとひん曲がった金属の塊を置き、〈カーハート〉のオーバーオールで手を払った。

「ゆうべ駐車場で寝てたのはおまえか？」

イーストは嘘をつかなかった。「眠ってしまって」

「寒かっただろ」その白人の男がいった。「ティム・クレインのトラックの下で眠るのは。どこに泊まってる？」

イーストは何もいわなかった。

「それで、仕事を探してるのはおまえか？」

イーストはうなずいた。ずっと男の目を見据えていた。どことなく不自然な感じがする。べとついている。ハイになっているわけではなく、ちょっと反応が鈍い。

「いくつか訊いておきたいことがある」

イーストはいった。「でしょうね」

「名前は？」

「アントワン」

「仕事の経験は？」

「警備の仕事をしてました。二年間」

「おまえ、いくつだ？」

「十六です」

「十六歳なら、二年も警備はしてないだろう」

「免許証を持ってます」イーストはいった。「十六歳って書いてあります」

大男がスツールに座り直した。免許証を見せろとはいわなかった。そんなことを要求するタイプではない。「よく薬でハイになるか？」——声に棘がある。茶目っ気なのか——「ヤク中か？」

イーストは首を振った。

「ギャングに入ってるか？」

また首を振る。あながち嘘ではない。

「クリスチャン・ウルブスとか？　有名か無名かはさておき、そんなようなギャングには？　刺青は彫ってないのか？」

イーストはいった。「彫ってません」

「すまんが、見せてもらえるか？」男がいった。「シャツをめくって」

イーストはセーターとその下の赤いシャツをめくり、桃色の顔のじいさんに見せた。肋骨と胸の黒くて小さな点も。

男もばつが悪そうだった。「もっと高く」男がいった。「鎖骨まで確かめさせてもらう。連中はたいがいそこに彫るからな」

「連中って？」

「ウルブスだ。連中の刺青はな。よく知らんが」男がいった。

イーストはシャツを完全に脱ぎ、くるりと一回転した。内側から染み出る鈍い怒りが顔に出た。だが、一回転し終えると、男は気まずそうに顔を背けていた。イーストに対してなのか。それとも、こんなことを頼まなければいけなかったからなのか。

イーストが素直に従う態度を見せるかどうかを確かめたかっただけなのかもしれない。

「よし」男がいった。「ここでの仕事のやり方を教えてやろう。だが、仕事全般のやり方までは教えられんぞ。それはもうわかってるはずだな」

「わかってます」イーストはいった。

「おれはペリー・スローターという。ここのオーナーってことになる。ちょっとすまん」そういうと、巨軀の男がぐったりしたような気がした。男がうしろを向き、前面とトップに分厚いガラスの窓がついた長い木のカウンターのうしろでかがんだ。起き上がると、プラスチック・チューブが延びた薄箱形の器具を持っていて、器具の一部を耳にかけて固定し、鼻腔の中に入れた。しばらく、立ったまま、チューブから何かを吸っていた。

「不満なら、別を当たりますけど」イーストはいった。

「この仕事でなきゃいけないわけでもないし」

「仕事を探してるやつはいつもそういう」ペリー・スローターがチューブをセットしたまま、苦しそうにいった。「この仕事でなけりゃいけないわけでもないとな。だが、おまえさんに不満はない。とにかく今日のところは」

ペリー・スローターがチューブを外し、また引き出しに戻した。逆立つひげに覆われた桃色の頰を膨らませ、イーストに疑いのまなざしを向ける。「たまにちょっと酸素を吸入しとるんだ」ペリー・スローターが認めた。「たっぷりな」

一階と二階がある。一階にはレジとカウンター、大量のペイントボールが置いてある棚、待合室、トイレがある。二階奥のドアをあけると、屋根のついたデッキに出る。そこにロッカーと四人用の圧縮空気充塡装置が置いてある。圧縮空気充塡装置はぴかぴかのクロムメッキが施され、いつでも空気を吐き出しそうに見える。土を盛った防壁の上部が、手すりのついた通路になっている。そこに置いてあるテニスの審判台のような椅子からペイントボール場を監視する。

最初の二日、イーストは朝にペイントボール場を掃除し、重いゴミ、着弾後の殻、塗料が漏れた弾、踏みつぶされた弾など、大量のペイントボールを見つけてかき集めた。場内にあるタイヤの取れた動かないスクールバスや、中央で朽ちかけている泥まみれのジープに乗り込んで、新しく落ちたガラス片や金属片を拾った。ごついタイヤの軽い手押し車をうしろに引いて、駐車場の大型ゴミ収集容器《ダンプスター》まで歩いていき、そこに捨てる。その後、黒いトラックがやって来て、下からは姿が見えない運転手が油圧式レバーを操作して、ダンプスターをトロフィーみたいに持ち上げ、揺すり、中身をトラックに落とす。はじめペリー・スローターは、もうひとりの店員の指示に従うようイーストにいいつけていた。上の階か下の階か、何をすればいいか。そのシャンダーという店員は、シューターがいるペイントボール場に入るときには、目立つオレンジ色の上着とヘルメットを身に着けろと指示し、問題を解決したり、けが人に付き添ったりする際の決まりを教えた。レジの使い方、メンバー料金、ゲスト料金の計算方法、時間料金、ペイントボール代金、銃やヘッドギアのレンタル料金、再入場させるやり方、クレジット・カードの受け方、断り方も教えた。トイレの場所、モップを使っての掃除方法も。シャンダーは外の仕事が好みのようだった。とにかく、何日か続いた暖かい日の午後には外に出ていたが、午後になっても暖かくならないと、イーストを外に行かせ、ペイントボール場のまわりを掃除させた。

　イーストはどちらの仕事も不満をいわずにやった。

　客は毎日来た。日曜日は特に客の入りがよく、興味本位の新規の客や常連客が、ごろごろと車で来たり、足を引きずって来たりして、タイヤやブーツが駐車場の凍った泥山の頂を踏みつぶす音を響かせて入ってくる。そして、銃をレンタルしたり、ばかでかくて平べったいジッパーがついたビニール・ケースに入れて、持ってきたりする。クレジットで払う者。現金で払う者——マネークリップから払うのはまだ仕事のあるやつで、潰した紙コップのようなクシャクシャのへそくりで払うのは、その日暮らしのやつや無駄使いする余裕の無いやつ、マットの下か母親か妻からカネをくすねてきたやつらだ。ひとりで来たり、グループで来たり。時間は予約しているのに、早く来たり、遅れて来たりする。

客は入場料とレンタル料を支払い、ペイントボールを買う。道具《ギア》——銃、ヘルメット、パッド、鞄、軍用ゴーグル——を買うこともある。飲み物、クラッカー、ビーフ・ジャーキー、チョコレート・バーも買う。下の階でぶらつき、テレビでフットボールのゲームを食い入るように見る。見えそうもない距離からだったり、ソファーでほかの客と一緒に座ったりして。急いで階段を上って裏に出る者もいる。服を着替え、財布や電話や仕事用の靴などをロッカーにしまい、鍵をポケットに入れたり、腰にピンで留めるためだ。スウェットパンツ、カバーオール、トラックスーツ、汚れたジーンズ。その後、ペイントボール場に入ってプレイする。撃ち合いを演じる。

客はゴミを残す。使用済みペイント、ぴかぴかのペイントボールの殻。茶色い紙袋や包装紙、コーヒー・カップ、チューブ式の塗り薬、炭酸ジュースのボトル、包帯。嚙んだガム、吸い終わって捨てた煙草、足でもみ消した煙草、なくした手袋。州が発行した書類、ローン会社の書類、宿泊先の書類、妻が書いたメモ。《プレーン・ディーラー》（オハイオ州クリーブランドで発行されている朝刊紙）や《ディスパッチ》（オハイオ州コロンバスで発行されている朝刊紙）、《USAトゥデイ》。無料の情報誌や車の広告や銃の雑誌やコンピューターで印刷したここまでの地図やどこかの地図。

客はペイントボール場で散開し、その場にとどまり、戦闘を繰り広げる。黒いシャツとライト、赤いバンダナ、青いバンダナといった格好で、互いに忍び寄り、ペイントボールを一発、二発と撃つ。地面の割れ目を素早く移動し、ブルドーザーでつくった小山の陰に伏せたり、うち捨てられたトレーラーや木々に背をつけたりする。倒木の幹は要塞代わりで、自然石を積み上げた壁はここでいちばん古そうだ。スクールバスの中に隠れることもある。ときどき突入したり、どっと出てきたりするから、ミツバチの巣箱みたいだ。ペイントボール場のいちばん奥の塹壕近くに、アーミーグリーンに塗装した軍余剰品のジープ二台が埋もれていて、それぞれ五つの白い五芒星のマークがついている。客はその二台を崇めている。

素早く移動して目視し、素早く動いて目視する。互いに声を掛け合い、動きを合わせる、意味のよくわからない軍隊用語で指示したり、電話や無線機《ウォーキートーキー》を使ったりして、藪の中で組織的に動こうとしている。チーム、クルー、同盟、派閥をつくる。互いを襲撃し、押し戻す。ひとりで走る者もいる。目のまわりを黒く塗り、寒くても袖をまくりあげ、息を切らし、じっと待ち、動く物や人があればとにかく撃つ。そうやって、スケルトンの銃床が突き出たライフルを胸にしっかり掛け、見晴らしの利く場所を死守する。

やられた客は横で待機し、傷口をなでたり、ほかの者たちの動きを見ている。死んで、また生き返る。

当初、イーストは日給六十ドルを現金でもらっていた——何曜日かとか何時間かという話はまったくなかった。どうでもよかった。二週目が終わらないうちに、ペリーは百ドルに上げた。そのころにはペイントボール場の仕事にも慣れていた。免責事項の書類があることも、どう保管するかも、足首をひねった客や、ペイントボールを首に受けて腹を立て、訴えてやると息巻いている客にどう応対するかも心得ていた。やがて、銃身にペイントボールが詰まった場合の直し方とか、違反者の罰し方も訊かれるようになった。シャンダーは四カ月前からここにいるが、イーストほどまじめでもなく、仕事ぶりもよくなかった。すると、ある日、今日は仕事をしなくていいとペリーがシャンダーに指示した。

イーストの様子を見て、ときどき不意に数分ぐらい顔を出したときの仕事ぶりを見て、ペリーがイーストを信頼しはじめたのかもしれない。イーストはよく働いていた。それとも、ペリーははなからシャンダーが気にくわなかったのかもしれない。シャンダーは礼儀もわきまえているし、顔もいいが、ごまかすこともあった。しょっちゅう鼻をかむ。物覚えが悪いし、話をつくる。いつも鼻水を垂らしているウサギのような細い鼻だ。

結局、ある月曜日、イーストはシャンダーはどうしたのですか、具合が悪いのですかと訊いた。そんなことではないとわかっていたが。

ペリーが顔を背けた。いつもは耳障りな吐息が、この朝は静かに、不規則になっていた。

「いいだろう。教えてやろう。シャンダーはもう来ない」

イーストは目を丸くした。

「トラックに乗せて、コロンバスまで乗せていった」

話をふと耳にしていた。
「コロンバス？　大学《カレッジ》へ？」テレビでフットボール観戦のとき、ソファーで交わされていた
「大　学《ユニバーシティ》だと？」ペリーがいった。「そんなものとは関係ない。あいつが望んだことだ。
心機一転して一からはじめるなら、そこがいいと思ったそうだ。ほんのひとつかみおれのカ
ネを盗んだせいで、小さなスーツケースで街に放り出されたわけだ」
やれやれと首を振ると、やたら大きな頭と体も揺れ動いた。
「誰かがやつを訪ねないといけなかったら」ペリーがいった。「おまえはその場所を教えて
やれ。もっともそんな人間、ハンガリーかどっか以外にはいるとは思えんがな」
「どうしてですか？」イーストはいった。
「そうまでして誰かと連絡をつける者はいない」ペリーがいった。「ここで生まれ育ったや
つでないならなおさら」
「おれもここの人間じゃないんですが」
「まあ、そうだな」ペリーがいい、週末分の日給として、何枚か二十ドル札を出し、カウン
ター上を滑らせた。
イーストは棚の部屋の南京錠を外した。営業開始の時間だ。
「それで、新しい人を雇うんですか？　前後を同時に見るのは無理ですよね」
「ああ。すぐにな」ペリーがいった。「〝従業員募集〟の張り紙は外したことがない。一日
ぐらい休みが必要か？」

る。「大丈夫です」イーストはいった。日付はよくわからないが、たぶん十五日連続で働いてい

「休みがほしかったらいえばいい」ペリーが上の空でいった。「平気です」

ペリーがすぐに新しい人を雇い入れることはなかった。代わりに、店にいるようになった。いたいのだろうと思った。客と顔を合わせ、いろいろ話を聞くのが好きなのだろう。客のいる前でひとりごとをいったあと、長々と語るのが好きなのだろう。

ペリーの話を聞いていて、イーストはこの場所の事情を学んだ。妻方の古い畑をもらい受け、土の防壁を築いたのも、音や流れ弾が外に出ないようにフェンスに薄い金属板を裏張りしたのも、古い倉庫の中身をぜんぶ出して、店に改造したのもペリーだという。さらに監視用の通路をつくり、夜になってライトがつくまで、長くてほの暗い夕方にペイントボール場を監視できるようにしたのも、ペリーのようだ。

イーストは監視用通路に上り、開閉式のアクリル製の弾よけに守られた監視員用の椅子に座り、客がリスのようにペイントボール場を駆け巡るさまを監視した。素早く移動して目視し、素早く移動して目視する。何人かのプレーヤーには感心した。小柄な者、弾をあまり使わない者、見晴らしのいい場所でじっと待ち、喜んで後部銃手として待機し、身を隠し、体力を温存する者。ペリーにいわれたとおり、イーストはほかの者を困らせるようなことをしたプレーヤー——ズルをした者、頭部を狙う者、降参している者を撃ってはいけないルールのグループでそういう行為をする者——を退場させた。ペイントボールを外から持ち込んだ

者、命中しても跳ね返るばかりで破裂しない不正弾を使い、相手に痣をつける者。イーストは客を守り、ビジネスを守った。

はじめは、イーストを見下し、無視する者もいた。しかし、大半はやがてイーストを受け入れた。いつでもそこにいるとわかったのだろう。監視員用の椅子に座り、手すりから身を乗り出して、急かすこともなく、静かにじっと見ている。自分のことはほとんど喋らない。だが、ある客に西の方から来たのかと訊かれ、うっかりうなずいてしまうと、それが元ネタとなって広まり、素性にまつわる噂話がいくつも花ひらいた。学生じゃない。逃げてきた脱獄囚。ペリーにかくまわれてる。誰かの私生児。イーストは正面から落ち着いて応対し、少年も大人もしっかり目を見て、ひとつずつ問題を潰し、ルールを破る者がいれば、はじめて来た客でも常連でも、公正かつ粛々と追い出した。邪魔な客はバーテンダーのように処理した。恐怖も体温もないかのようだ。みんなパーカーを着ているときでも、綿のシャツを着て椅子に座っている。

アルバイト代や親からもらった小遣いでペイントボールを買うような若い客の中には、イーストに心酔する者もいた。将軍《ウォーロード》と呼んだり、長老《エンシェント》と呼んだり、ギャングスタと呼んだりした。

バックアイズ（オハイオ州立大学フットボール・チーム）がミシガンに勝った夜、ミシガンの連中が車で立ち寄り、銃だけレンタルし、よその店で買った大量のペイントボールをこっそり持ち込んだ。石みたいに固くて、当たったら青痣ができるような代物だった。その後、相手プレーヤーの常連客ひとりを容赦なく集中攻撃した。ひとりを相手に四人がかりで、五、六十発を背中や肩に浴びせ、相手が倒れても攻撃を止めなかった。イーストは怒鳴りもせず、笛も鳴らさなかった。ライトのスイッチを切っただけだった。すると、このペイントボール場を勝手知ったる近所みたいに隅々まで知っている常連客のチームが、絶対的に有利になった。ミシガン・チームのひとりが床尾で殴られて、歯がぐらぐらになった。真っ暗闇だからただの事故だ。ミシガン・チームがやかましく文句をいってきたが、イーストは四人に真正面から向き合い、銃を返却させて、出血している四人組を追い出した。その夜は常連客チームに店を使わせ、朝五時までテレビをつけておいた。さらに人が来た。冷たいビールやピザを持ってきて、午前一時からはじまるフットボール・ゲームの再放送を歌いながら観ていた。

一緒に座ってビールでも飲めよと誘われたが、イーストはひとり離れ、モップで床を拭き、業務を続けた。

酒を飲める歳でもない。

プレーヤーはみんな白人だった。イーストの肌の色を忘れるまで、話しかけられないやつもいた。でも、地位は確立している。ただのアントワン、ペリーが雇った新しい男。嫌なやつじゃない。シャンダーよりましだ——シャンダーは好かれていなかった。変わり者だった。ロシア人だったか、ウクライナ人だったか。とにかくアメリカ生まれじゃない。それに、ヤク中だ。いつだって相手の顔じゃなくて背後を、ぜんぜんちがうものを見ている。そういうのは、ここに来てビールを何本か飲んでペイントボールに興じる連中をイライラさせる。アントワンはどういうやつかは知らないが、アメリカ人ではある。アントワンはちゃんと目を見る。何をしているのか、わかっている。アントワンは。

客はイーストに一目置き、じろじろ見なくなった。もっとも、イーストは彼らを見張り続けた。

19

ずっと銃撃、銃撃。耳を満たし、それしか聞こえない。やがて聞こえなくなる。

ペイントボール場はペリーが経営する事業――自分では、商売《ディール》といっている――のひとつに過ぎない。ペイントボール場もひとつのディールだ。別のディールもある。除雪だ――市道に一台のトラックと私道にもう一台。大型トラックが入れない道路を除雪する下請契約を州と結び、トラックを振り分け、カネをもらっている。もうひとつのディールはブルドーザーだ。庭を均したり、駐車場を片づけたり、家屋を解体して処分できるようにしたりする。持ち家に税金を支払うのをやめて、土地の税金だけ払うようにしたかったら、ペリーが朝やってきて作業をはじめ、夜には土だけになっている。〈ボブキャット〉と大型のブルドーザーと地均し機《グレーダー》各一台、バックホー二台の陣容を勧める。自前の機械もあるし、州所有の――州がオーナーとして整備も行なう――機械もある。ただし、それらもペリーの所有地に置かれ、サイドに黒文字でペリーの名前が記してある。〝保証付き〟。毎日、大型ゴミ収集容器《ダンプスター》の中身を回収するトラックもペリーのものだ。

さらにもうひとつディールがある。ペリーは町長だった。オハイオ州ストーン・コテージというところだが、もう採石はしておらず、山荘《コテージ》があるという話もない。町長になどなりたくなかったが、地域地区規制《ゾーニング》は町長の仕事で、ペリーはそれをしたかった。目抜き通りから一街区《ブロック》しか離れていないところにペイントボール場が建つのを望む者はひとりもいなかったからだ。だから町長選挙に立候補したのだと、誰もが知っていた。だが、そんな連中もひとりひとり押しのけ《ブルドーザー》、一年ちょっと前の投票日にみごと当選した。同月、ペイントボール場がオープンした。

あの連中は承知の上だったんだろう、とペリーがいった。おれがこのクソいまいましい町の長になんぞなりたくないということを、はじめから知っていたのかもしれん。任期は四年間だ。おれに対する復讐だったのかもしれん。当選と引き換えに、そんなものを引き出したのかもしれん。

「辞めればいいじゃないですか。ほしいものは手に入れたんですよね」イーストは頭を下げて、カウンターのガラストップを磨きながらいった。カウンターは長さ十四フィートほどで、古いキャンディー・ストアで使っていたものだ。厚さ一インチのガラスが上に載っている。いろんな客が肘を突くたびに染みがつくが、イーストはきれいにしておきたかった。下に置いてあるペイントボールが入った容器が見えるようにしておきたかった。ライトを当てなくても、きらりと光るようにしておきたかった。

「そのときはほしかったんだ」ペリーがいった。「常にほしいものは変わる。おれはそれも手に入れるつもりだが、体にはこたえる《ヘル・オン・ミー》」ペリーが引き出しの酸素吸入器を引き寄せ、顔につけた。カニューレ、というらしい。「当然の報いだ」

「地獄《ヘル》は永遠です」イーストは思い切っていった。「四年じゃ終わりません」

ペリーが湿った咳を連発した。「四年も勤め上げたら」ペリーがいった。「悪魔の最後の奇跡だ」


イーストがカネを盗まないという事実は、ペリーにとっては意外《レベレーション》だった。レジの帳尻を厳格に合わせ、ツケは認めず、取り引きもしない。それにしても、どうしてペリーがそうだとわかるのか、イーストにはよくわからなかった。ちょろまかすのは——シャンダーも明らかにやっていたようだが——簡単だ。多額のカネがある。大半は現金として静かに素通りする。使用時間の延長、銃の損傷の弁償、不正弾や不発弾の罰金、誕生日のプレーヤーとか上司を痛めつけたりした罰金として、ときどき半端なカネが差し出される。イーストは受け取る。だが、いくらもらってもレジに入れ、預金に入れた。銀行の預金ではない。幹線道路を挟んだ向かいにある、ペリーが住んでいる家の正面の郵便受けに入れる。

ペリーはイーストを信頼していた。だが、信頼はくせ者だ。〝信頼〟とは、〝不信〟が仕方なく演じる役柄なのかもしれない。

イーストを一日十二、十三、十四時間、働かせるための策略なのかもしれない。モップがけに掃き掃除、それにカウンターでの店番。

「なあ、おまえもいつかおれを騙すだろう。どんな騙し方なのかまではわからんが」ペリーが大声でいい、げらげらと笑った。大声を出せば、この店をいつまでも意のままにできるとでも思っているかのようだ。

日給百ドルでも割に合うとはいえない。それでも、毎日、ひとつかみのカネをもらった。支払いが遅れることはなかった。この町では、ほとんどカネがかからない——買うものがない。毎朝、店で卵サンドイッチを買い、週に二度、食料雑貨店で果物を買う。古着屋で外仕事で着る古コート、一、二ドルの古ジーンズ、温かいシャツを買った。まだビニール包装を剝いでいない上等の枕。工具店では、手袋を買った——ぼろぼろのコートを着て、髪をぼさぼさにしている者でも、手袋は上等なのをはめている。イーストはよく研究したあとで、三十ドルの新品を買った。温かくて、よく伸びるから、それをはめていれば、一日仕事しても文句はない。

銀行は古い石造りで、正面に砂岩の柱石がある。銀行名はイーストがザ・ボクシズで使っていた銀行と同じだった。銀行近辺では信用してもらえるような振る舞いを心がけ、今のところ信頼されてきた。とにかく、二十ドル札の束が厚くなっている。拳銃二挺はビニール袋で包み、駐車場の外れのペリーのブルドーザーが畝をつくっていたあたりに埋めたが、カネは埋めるつもりも隠すつもりもない。

イーストは五百ドルの送金用の小切手をつくってほしいと頼んだ。そして、新しい口座をつくり、残りを預金した。窓口の女はふつうの小切手もつくらないのかと戸惑っている様子だった。

「ATMカードだけでいいです」

「ですが、いろいろ融通がきくほうがいいですよ」彼女がいった。「すべてオンライン決済で済ますことはできませんし」

さまざまなオプションの説明に根気よく耳を傾けた。手数料なしの小切手勘定、オンライン・アクセス。彼女は熱心で、愛想はいいが、ドライな感じもする。ボブカットの黒髪が顔に垂れ下がっている。鼻の横にスタッドピアスをつけている。二十三歳ぐらいか。通勤は徒歩だろうか、それとも車だろうか。ここの暮らしは不満なのか。

窓口係が最後の提案をした。

「ATMカードだけでいいです」イーストは冷静に繰り返した。

「でも、おつくりできますよ。つくろうと思えば」自信なさそうに、彼女の手の動きが止まった。やがて、その手を机に載せる。「わかりました」彼女がいった。「承りました」

イーストは立ち上がり、郵便局に歩いていくと、切手不要の封筒を買い、母親に小切手を送った。何も書かずに。

モップ・バケツに漂白剤と洗剤と水を入れて混ぜるときのにおいがやばかった。ふんわり立ち上り、鼻の穴で渦を巻き、体に悪そうだ。でも、清潔なにおいではある。もうシャンダーはいないから、イーストは毎日二度、トイレ掃除をした。イーストが掃除し、モップで蜘蛛の巣を払い、なぜか積もる備品の埃を拭き取るようになってから、客も協力するようになった。ゴミをゴミ箱に捨て、なるべく床に小便を散らさないように心がけていた。唾を吐いたり、泥を落とすときにはほかのところでやり、シンク上部に血がついたら拭き、包帯を落としても拾ってゴミ箱に捨てた。汚さないようになった。返却物は返却ボックスに入れ、ビールの空き缶はリサイクル箱に入れた。

蜘蛛も天井から下りてきて、毎晩、片隅に巣を張ったりしなくなった。

イーストが聞いた話では、この建物はもともと農業機器の置き場だったが、ペリー・スローターがつくりかえたらしい。役に立っているもの――トイレ、二階の物置、奥の階段、重厚なガラスを載せたアンティークのカウンター――はどれも、ペリーが物々交換で手に入れたものだった。

「ペイントボールのためなら」ペリーがいった。「ペイントボールのためなら、何でもするやつもいる。かわいそうにな」イーストがモップがけをしているとき、ペリーがトイレの戸口に立ち、咳き込みながら笑った。「はじめた当初は週末だけの営業になると思っていた。ところが、客はまた来たがった。すると表の道路を五マイルばかり行ったところにもうひとつできて、そっちは毎日あいていた。せっかくついた客がそっちへ行くようになった。だから毎日あけはじめたら、みんな戻ってきた」そういうと、紙やすりで削ったようなざらざらの顎を中指で掻いた。「あっちでやり合った連中も、みんな連れてこっちに来るようになった。毎日だ」

「うちの客にはどうして毎日遊びに来るカネがあるんですか？」イーストはいった。モップの水気を絞った。

ペリーが鼻を鳴らした。「ないのさ。いいか、マスかきと同じ。ヤクと同じだ。うちの客はやめられん。適当なところで切り上げられないんだ」

「どういうことですか？」

「嘘をついてるってことだ。女もつくらん。酒も飲まん。ここに来てるのに、来てないと世間様にいう」肩越しに振り返る。重厚なタイヤが轟音を立てて道路を疾走し、やがて犬が鼻を鳴らすような音に変わった。「いままでしてきた商売でいちばん汚い」

「気に入らないなら」イーストはいった。「どうして手放さないんです？」

「手に余ったら、売らないとな」ペリーのブーツのあたりから蒸気が立ち上った。「アメリカの絶頂期《ピーク》について聞いたことはあるか？」

「〝ピーク〟ですか？」

「ピークだ。山のてっぺんってことだ、アントワン。それ以上高く上れないところ」

イーストはゴミ袋の口をねじって結んだ。「いいえ」

「まあ、まさにこの土地は、オハイオってのは、五十年前まで、そういうとこだった」ペリーがいった。「何というかいまいましい国だ。だが、それも昔の話だ」ペリーが下がり、カウンターのスツールに腰掛けた。イーストもゴミ袋とバケツを持ってトイレを出た。

「うちに来る連中」ペリーが溜息交じりにいった。「連中の父親は、五十年前には、鋳造場の仕事か、機械工か、ホワイトカラーだった。セールス、学校の先生、銀行とかな。実にさまざまな仕事があった。車でクリーブランドやヤングズタウンまで通勤し、年金をもらい、別荘を持った。オハイオ州は日本より多くの鋼鉄を輸出していた。ドイツよりも。イングランドやスペインよりも。世界のどの国よりも多く。当時は子を何人もつくった。ほんとだぞ。三十歳になるころには、四、五人いるような具合だ。近ごろじゃ、毎日ここにこそ来る若いのときたら、女に愛想を尽かされたいと思っとる。家は女にくれてやる。早く新しい男を見つけてくれれば、それだけ早く自由の身になれる。どのみち、たいしたものは買えない。ちっちゃなアパートメントは買うかもしれん――ここのトイレぐらいのな。ほしいのはそれぐらいだ」ペリーがいった。「仕事できるときに多少の仕事はする。ビールとプレイステーションを買う。父親の目をまともに見られない。そういうことだ。おれたちは上り詰めて、ここまで転がり落ちた」

イーストはじっと立っていた。歩いてきた道、街を思い出した。「このあたりはどこを見ても、しなびてますからね」イーストはいった。

「そんなものじゃない」ペリーがしばらくイーストに目を向け、ページを繰ろうとしているかのように、親指をなめた。「父親になりたくはないか、アントワン？」

イーストは笑った。

ペリーがいった。「もうなってるかもしれんな。おまえはときどきそんなふうな振る舞いをするから」彼は意味ありげに付け加えた。

イーストはゴミ袋をドアから外の寒い駐車場に出し、大型ゴミ収集容器の脇に置いた。冷たい空気を吸い、向かいの木々をざっと見た。じめっとした黒とむき出しの白。大きな鳥が枝に止まり、下の道路を見ている。

二挺の拳銃がちょうどその辺の土の畝に埋まっている。毎日、銃のことを思い出す。でも、雨が土を固め続けている。

中に戻り、話題を変えた。「あなたはどうなんです？　子供はつくったんですか？」

「昔な」ペリーがいった。「最初のかみさんと。父親らしいことはあまりしなかった。どんな子供もいずれ親のケツを蹴り飛ばしたくなる」そういうと、湿った咳をした。「当時はそう思われてもしかたないことばかりしていた」

ペリーとのそんな話が楽しみだった——なぜかはよくわからない。いつまでも、どんな話でもした。ペリーはぼそぼそと喋りはじめ、そのうちにイーストのせいだとばかりに大声になった。第二次世界大戦の話。坑夫が死んだ話。アメリカと日本の鉄鋼業。木材にまつわるあれこれと、木々が育たなくなってどうなったかという話。ペリーはこれまでずっと世の中の仕組みを探ってきた。だから、そういったことを一日中でも話し続けられる。イーストも、これからどんな未知の話を聞けるのかと思うようになった。

ペリーは死に近づいている。それについては、ペリーは口にしなかった。イーストはしだいにそう考えざるを得なくなった。ペリーは毎日、大量の薬を飲んでいた。色も形もさまざまで、ポケットに入れている箱から選んで取り出す。カウンターの下にも、妻には知られたくない薬が置いてある。それもひとつかみ取ってルートビアで流し込み、顔をしかめて、目を瞑る。

必要がなければ、そんなに薬を飲んだりはしない。

咳は気まぐれだった。朝かかったりかからなかったりするエンジンのようだ。ぐらついている歯も何本かある。ある日、一本の歯が抜けて、ペリーはそれをカウンターに置いた。そのとき、小さな銀色の折り畳み式携帯に電話がかかってきて、彼は歯のことを忘れてしまった。イーストはその歯をどうしたらいいのかわからなかった。血が固まった小さな黒い斑点が、根っこの間からイーストを見上げている。しばらくして、それを拾い、レジに入れた。

ペリーはまだほかに誰も雇っていない。ここをひとりで切り盛りするのは大変だと、イーストはペリーに訴えた。その後はペリーが来て、四日連続で——午前十時か十一時から、イーストが閉店後の掃除をするまで手伝った。イーストはそれでもよかった。新顔のガキのボスになりたいとは思わない。そういう経験はたくさんだ。

ある朝、ペイントボール場をあける前、ペリーがイーストを朝食に誘い、背が高くて黄ばんだ家に招待した。イーストは行きたくなかったが、断り方を知らなかった。それで、ペリーとペリーの妻と食卓を囲み、背もたれがまっすぐの籐椅子に座った。背のあたりが歪んでいるけれど、座り心地はまったく変わらない。

ペリーがポテトを添えたハム・エッグを出し、いろんな話をした。

妻のマーシャはほとんどずっと黙って座っていた。いくつか当たり障りのない質問をし、その後、充分だろうと思ったのか、途中で席を外した。

マーシャが席に戻ると、ペリーがマーシャの話をした。マーシャがときどきうんうんとうなずいた。元はマーシャの土地だったらしい。マーシャの家族が百年ほどここで暮らしていた。一時期はブドウ、やがてリンゴ、キュウリ、カボチャ、トウナス、トウモロコシをつくっていた。家畜が土を肥やし、土が家畜の餌をつくる。「そんな時代は終わった」ペリーがいうと、マーシャが席を立ち、皿を片づけ、一杯の水を持ってきて、何かを入れてかき混ぜた。それは底に沈み、くるくると回っていた。

マーシャの姉はカリフォルニアに行ったきり、音信が途絶えた。ふたりの兄は戦死し、弟は酒を飲んでハイウェイを車で走り、事故死した。畑仕事をする労働者を雇うこともできず、兄弟たちもいなくなると、メキシコ人たちが波のように押し寄せて、十年から十五年のあいだ農場を守った。だが、メキシコ人たちもいなくなると、この道路沿いの農場は農場でなくなった。どんな作物を育てても、入ってくるカネより出て行くカネの方が多かった。防風林が外へ広がり、昔の畑を覆っていった。

ペイントボール場がどんなものかも知らず、ブルドーザーがどれほど高い防壁をつくるのかも知らず、自宅正面側の窓から見える景色が赤と白の〝SLAUGHTERHOUSE.COM〟の看板になるとも知らず、毎日、午後には銃声とアイドリングしているトラックが家を揺るがすとも知らずに、マーシャはペイントボール場の建設に同意したのだろう、とイーストは思った。夫のブルドーザーがどんな仕事に使われるのかもよく知らずに、夫の提案にイエスと答えたのだろう。だから今では窓の外にはなるべく目を向けず、どうやって自分の生活の糧が得られているのかも考えないようにしているのだ。

ダイニングルームの壁には、マーシャの先祖だと思われる白人の写真が並んでいた。白黒写真の鋭い顔つき。手の込んだ編み方の髪の女たち、まとっているスーツより必ずやや小さなサイズの男たち。誰が亡くなったのかと思うと、子供たちにはほとんど目を向けられなかった。

銃を買ったアイオワの家で見た写真を思い出した。同じ鋭い顔つき、険しい目の白人。厳しい暮らしに刻まれた顔をじっと動かさずにいる。

ペリーが皿を下げ、洗い終えたあと、キッチンのシンク前から喋り続けているとき、イーストは黙って頭を軽く下げ、マーシャに謝意を示してから、静かなダイニングルームから出た。マーシャの話はあまり聞けなかったが、財産をめぐる攻防の現場に居合わせてしまったようだ。何を売ってよくて、何がいけないかといった話だ。積み上げたものが今にも倒れそうなのはわかるが、自分の手で倒したくはない。

ＡＴＭカードが届いた。新しいＡＴＭは現金をじかに預けられる。預け入れ封筒は使わない。自動で金額を数える。イーストは疑ったが、ＡＴＭは常に正確だった。

キーパッドの上にあるウインドウに小さな監視の目が映る。天井に設置されたカメラだ。だが、もう顔を隠そうとも思わなかった。

「十二月としては三十年ぶりの温かさだ」ペリーはオールドクロウをボトルからじかに飲んでいる。「じきにカナダから前線が下がってくる」ペリーが付け加えた。「そうなると、除雪作業に出にゃならん。ここにも人を雇って、おまえを手伝わせよう」

「わかりました」イーストにしてみれば、すでに空約束だ。シャンダーの手伝いとして入ったのが、ふらふらで歩いていたおれだったのだから。

ふたりは踊り場に上り、建物とは離れた端っこに行ってキャンバス・チェアに座っている。はるか頭上では、空が行きつ戻りつしている。地上の色にはほとんど染まっていない大きな雲が、巨大な生物の臓物のように渦を巻いている。

「あと一時間もすれば」ペリーがいった。「あの雲が消えて、星しか見えなくなる。それまで寝ずにいられたらな」

たしかに、雲の棚が過ぎ去り、長く澄んだ空の道があらわになった。イーストには数えきれないほどの星の数だ。何かを撒き散らしたかのような。目を疑った。

ペリーがボトルからぐいと飲んだ。満ち足りて眠たげな顔。

「天文学は勉強したことあるか？　星座とかそういうのは？」

「〝セイザ〟って何ですか？」

「ほら、星の模様だ。例えば、ひしゃくとか、北極星とか」ペリーが大変そうに太い首を巡らした。北は背中側だった。「北極星は知ってるか？〝地下鉄道〟（南北戦争以前、奴隷を北部地方やカナダへ逃亡させた支援組織）の話とか？」おおまかに北を指さす。「あそこのひしゃくを頼りにしたんだ」

イーストは笑った。「ひしゃくって、何です？」

空をなぞっていたペリーの指が止まった。「水をすくうやつ。ひしゃくだ。ふつうは何というんだっけ？　しゃくしか。あそこだ。あれとあれとあれが柄で、そこから四つの星が箱をつくってるだろう」

「どこの箱ですか？」

「わからんのか。あそこにあるだろうが。そこの最後のふたつの星が北極星を指しとる」ペリーがまたひとくち飲み、何かいいかけてやめた。

イーストはよくわからなかった。でも、だからどうなんだ？　こんなにたくさんの星が出てる。昔の人たちはこうやっていたんだろう。椅子に座って、この星々を見つめていたんだろう。朝、椅子にぐったりもたれて目覚めると、ウイスキーの空ボトルが床に落ちていた。だが、ペリーの姿はなかった。

ペリーがいっていたとおり、寒冷前線が下がってきた。二日間、雲がうなり、黒々となった。やがて雪になると、空は世の中を消し去ろうとした。

にわか雪程度なら、イーストも見たことはある――ザ・ボクシズを出てから二度、そして、出る前にも一度、一月のある日、山並みの南におかしな雲が押し寄せ、五分ばかりザ・ボクシズ上空がきらきらと輝いたことがあった。でも、こんなのははじめてだ。路面にも一フィートの雪が積もり、トラックがなす術《すべ》なくスリップし、家のうしろをごろごろと轟音を上げて走っていく。誰も来ない。来なくてほっとした。外に出るのが安全だとは思えなかった。昼ごろ、ペリーが小型の除雪車でやってきて、幹線道路を外れ、駐車場を覆い尽くす雪をかいて大きな長方形をつくった。その後、除雪車から降り、表でアイドリングさせておいた。「まいったな」ペリーがくすくすと笑った。「土曜だし、いいだろう。今日はもう休んでいいぞ。掲示は出しておく。カネも出す」

イーストは驚きを隠せなかった。「毎年こうなるんですか?」とんでもない寒さなのに、ペリーはイーストが見たこともないほど若々しく、うれしそうだった。「ああ。いつもこんなもんだ」

膝まで積もった雪の中でも、客は嬉しそうに銃撃戦を繰り広げていた。その日曜日、クリーブランド・ブラウンズの試合のあと、二、三十人の客が入った。ペリーが赤いプラスチックのばかでかいドラムに入ったコーヒーを持ってきて、客にカップを配った。「この若いのが来てくれるまで、ここをどうやって切り盛りしてきたか思い出せんよ」と夜ぶらぶら過ごしにやってきただけの年輩の連中にいった。彼らはペイントボールの話ではなく、自分たちがどんなことをやってきて、なんで膝や背中や心臓の調子が悪くなったのかという話をしていた。わしらは隠居してるが、若い連中は隠居などできんとか、オハイオにいてもいいことなどないというのに、あいつらはさっぱり出ていかんとか、おれたちゃ、くたばるまで踏張ろうやとか。そんなことをいい合っていた。

ブラウンズの試合が遅くに再放送され、客は夜更かしし、喋り、またブラウンズの負けっぷりを見た。アイスホッケー・シーズンはあと二週間で終わる。だが、実質的にはとっくに終わっている。

イーストは、ブーツに踏みつけられて底にひっついて建物に入ってきた雪を外に掃き出し、溶けた泥をモップで拭き取り、客足がようやく止まるまで、一時間に一、二度それを繰り返した。単調な仕事だ。うんざりして、怒りがわき起こることもある。ペリーに褒められると、舞い上がるような、うずくようなプライドを感じる。フィンが相手でも、たぶん似たような感じだろう。フィンのことを考えるのは久しぶりだった。

ペイントボール場の監視中、男たちが隠れ、集合し、揃って移動し、銃撃するさまを見ていて、タイの記憶、ザ・ボクシズの記憶が脳裏に浮かんだ。でも、ウォルターにもらった電話番号はもうどこに行ったかわからないし、思い出そうともしなかった。ザ・ボクシズはおれがいなくても問題ない。

階段を上りきると、外の通路に出るドア、ロッカー、圧縮空気充填装置が右手にある。左手には、かんぬきがかけられていてめったに使われない狭い物置がある。簡易シンク、緑色の天窓がある。ここに来てずっと、イーストはそこで寝泊まりしていた。荷運び用のパレットに二重の段ボールを敷けば横になれる――寝心地もいいし、滑らかだし、少しは弾力もある。枕と中古の毛布はある。それに道端で食洗機が入っていた箱を見つけた。きれいだし、濡れてもいなかった。平らに畳めるから、昼間は戸棚のうしろにしまっておける。夜にそれを広げ、それを掛けて寝る。胸の中の闇に包まれた黒い弦が、鳴りを静めた。

ペリーはこういう状況を知っているのかもしれないが、顔や態度には出さなかった。ジャクソンから来た少女の夢を見る夜もある。悲鳴を上げる判事の娘の夢。ウォルターとマイケル・ウィルソンと一緒にこのペイントボール場にやってきて、三人で誰かを探し、追いかけている夢。路上の黄色い破線だけの夢も。虚無が、疑問が連なるだけの夢。昼間、男たちが互いをつけ回すさまを見ているときも、たまにそんな夢を見る。

だが、十二月のある日、雨がやまずに客が帰ったあと、ペリーが来てイーストをディナーに呼んだ。断るという選択肢はなさそうだった。ペリーが紙幣を数えて革の財布に入れ、翌日レジに入れる小銭をわけて、いつもの場所に隠した。イーストは手早く掃除を済ませ、裏口のドアを施錠した。その後、コートを着て身を折るようにして急いで道路を渡りながら、ペリーが事情を伝えた。マーシャに息子がいる。だが、今年は感謝祭とクリスマスのどちらの休暇にも来られないから、この時期に来ることにして、今日ペンシルバニア州フィラデルフィアからやってきたのだという。「すまんな」ペリーがいった。「急な話で」

急な話を持ち出したのはペリーではないのだろう、とイーストは思った。

息子はアーサーという男だ。背が高く、弁護士で――ペリーがいったとおり――マーシャの左隣に座った。イーストとペリーがダイニングルームに入ったときには、ふたりは席に着いていた。ペリーがキッチンから食事を運んできて、テーブルのイースト側に着いた。部屋は祝いのための晩餐のように薄暗いが、テーブルは頭上のライトに照らされて、書類がはっきり読めるくらい明るい。

マーシャがバターナッツ（ヒョウタン型のカボチャ）、インゲン豆、ワイルドライス（米に似たマコモの実）をつくってくれた、とペリーが紹介した。

「シチメンチョウはＩＧＡ（アメリカの食料雑貨ブランド）のだけど」マーシャが真顔でいった。「ものはいいでしょ」

イーストはうなずいた。何の話かわからなかった。ペリーが立ち上がり、黒光りしている長いナイフでシチメンチョウを切り分けた。息子が簡潔な祈りを捧げたあと、肉が皿に取り分けられた。温かくて、柔らかくて、ほぼ一カ月ぶりに食べたまともな肉料理だった。胃がびっくりして、じわじわと締めつけられているような気がした。

全員の皿にもう一度、料理が載せられるのを待ってから、マーシャが口をひらいた。

「あなた、アントワンにきちんとした場所を用意してあげなきゃだめよ」マーシャがいった。「昼間ほかの人たちも使ってるソファーで寝かせたりして」

イーストはこの待ち伏せに引き込まれたわけだ。弁護士の息子がマーシャ側の殺し屋だ。

マーシャはペイントボール場に入って――物置を――見たのか？　イーストがいないときに。朝食を食べに出ていたときか？　ソファーをベッド代わりにしてると思ったのか？　それとも、ねぐらを、段ボール箱のベッドを見つけたのか？

「あそこは倉庫なのよ。人間が暮らすようなところじゃないのに」マーシャがいった。「住み込ませてる。夜、見にいったら――アントワンはずっとペイントボール場にいるじゃない。朝、見にいっても――どこかに帰ってる様子はないわ」

町長のペリーが自分のフォークに目を落とすと、マッシュポテトにフォークで平行な溝をつくった。「わかった。こいつがどこで寝泊まりしてるか、知らなかったんだ。ほんとに。採石場で人を雇うときもそうだが、どこで寝泊まりしてるのかなど訊かないんだ」ペリーがまた咳き込み、合わせた手に口の中のものを出した。「アントワン。おまえがどこで寝泊まりしてるのか、おれは知ってたか？」

イーストは身じろぎした。「いいえ」

「わかるものよ。知ろうと思えば」マーシャがいった。「訊こうと思えば。それに、書類を保管しておけば。記録がしっかり揃っていたら、わかるものよ」弁護士の息子が節々でうなずいた。

「書類ならちゃんと取ってる」ペリーがいった。「必要最小限だが、充分だ」

「うまいことといけばね」マーシャがいい、インゲン豆をフォークで突き刺す。「でも、知ってたんでしょ、ペリー。あなたは知っていたのに、この子が暮らしやすくなるものをひとつも与えてこなかった。ベッドとか、ホットプレートとか。住み心地をよくしてあげようとしてもよかったのに。あのね、屋根裏にトースターが一ダースぐらいあるでしょ。アーサーが毎年、送ってくれるから」

「毎年じゃないよ」アーサーがいった。

そして、マーシャがイーストを見た。目の下に悲しげな半月形がついている。無言の謝罪。勝手に見にいったりしてごめんなさいということか。今後も見にいくのだろうけど。

ペリーがバスケットからふたつのロールパンを取った。「何ができるか、やってみよう」

すると、マーシャがイーストに向かっていった。「どうしてこんな話をしているかというとね、通知を受けたからなのよ。州の通知を。査察があるらしいの。一ヵ月以内に。その際にあなたがあそこで寝泊まりしているとなれば、許可が取り消されて、廃業するしかなくなるの」

「そうなっても、マーシャは悲しまないだろうが」ペリーが咀嚼しながらいった。「打ちひしがれたりはしない」

「アントワン」マーシャがはっきりといった――それまで聞いたなかでいちばんでかい声だ。彼女の目が曇った。「住むところを見つけてもらわないとね。きっと見つけさせます。そこそこの物件はあるはずだから」

「こいつに払えるようなところはない」ペリーが不満げにいった。

「この土地とあの建物が誰のものか、改めて教えて差し上げないといけないようなら」マーシャがいった。「いってもいいのよ」

ペリーは話題をそらし、チリコンシーの近くに住む女性が所有するアパートメントの話をはじめた。かつてその街はトラックの車軸の製造拠点で、オハイオの州都だった。今では創作イベントが行われている。

でも、マーシャが話を遮った。「もうトラックの車軸なんかつくってないわよね？」

「ああ、マーシャ、つくってない」

「創作イベントにも行ったことないわよね？」

「ああ、そうだ。ない」

「九月よ。今からほぼ一年後」

ペリーが咳き込んだ。こんな話をしなくても、ペリーにとってディナーは苦痛のようだ。体調が悪そうだ。イーストははじめから気付いていたが、これまではいつも内面から壮健さと力強さがにじみ出ていた。だが、今は内面も疲れているように感じられる。

「わかった」ペリーが声を潜めていった。「住む所を見つけてやる。支払いを手伝ってやってもいい」ペリーが目の前に積まれた肉を見つめ、次に妻に目を向けた。「今夜は無理だ。明日にしよう」

弁護士の息子がワイルドライスを自分の皿に取った。何もいうことはないらしい。ここに来て、時間を無駄にしたと思っているのだろうか、とイーストは思った。でも、マーシャの隣に座っていたからこそ、マーシャは口をひらく気になったのだ。

四人とも、黙って食べ終えた。イーストは最後のインゲン豆をひとつずつ、ゆっくり噛みしめ、小さな豆のひと粒を歯で潰し、舌で絡めて呑み込んだ。皿を手渡したときには、食べ物を載せてなかったかのようにきれいになっていた。席を立ち、座っていなかったかのように、椅子をテーブルの縁と直角に戻した。

そこに座っているのは、きつかった。まともに話に加われなかった。それでも、この食事は忘れないだろう——家族団欒の食事だ。自分の家族——いや、昔の家族——から遠く離れた、こんな食事でも。

不安になったのは、アパートメントの話を聞いたからだった——引っ越し、勝手を知っている空間を出て、まったく別のよくわからないところへ行くのだから。考えはじめると、眠れなくなる。そわそわして段ボール箱が暑くなった。イーストは段ボール箱を剝ぎ、風が天窓の枠をきしらせる音に耳を澄ました。足を伸ばし、また畳む。結局、体を起こし、靴を探した。

正面入り口から出てドアをロックすると、街に歩いていった。夜風は温かくなっていて、積もった雪が解けかけて、ごぼごぼと流れている。明るいウインドウから、数人がドーナツ・ショップのカウンターに座り、背を丸めているのが見える。端に座って話をしている者に、みんな顔を向けている。午前三時。通りには、練り粉を揚げる甘いにおいが漂っている。イーストが濁った明かりを突き抜けても、誰もこっちに顔を上げない。

ガソリンスタンドの近くに、黒い公衆電話がふたつある。イーストは冷たい受話器を取り、粉っぽいボタンをじっと見た。

記憶が戻っていた。ビラの電話番号を思い出した。女の体からジグザグに出てくるように描いてあった。はっきりと思い出せる。イーストは電話した。

「エイブラハム・リンカーンを頼む」

「あら、まあ」交換手がセクシーな声でいった。「最近は仕事してないみたいだけど」

「ぜひ誰かと話したい」イーストはいった。「どうにかならないか?」

この女は前から交換手だったのかもしれないが、ほんとうのところはわからない。女にやたら関心を持つ男もいるが、イーストはちがう。

「そこで働いてるなら」イーストはいった。「エイブ・リンカーンは知ってるはずだ。つないでくれるのか、くれないのか」

交換手がいった。「ちょっと待ってて」

音楽のボリュームが大きくなり、音が震えた。バンパイアのヒップホップ。車がぬかるむ道路を走ってきて、ドーナツ・ショップの前で駐まった。男ふたりと女ひとりが、三人ともべらべら喋りながら降りてきた。

さっきの女とはちがう、男の吐息のようなものが聞こえてきた。いらついているかのようだ。この電話で起こされたのかもしれない。

「もしもし。誰だ?」

「そっちは誰だ？」イーストは答えた。

相手の男が強い口調でいった。「だめだ。先に訊いたのはこっちだ」

今になって、この前この番号にかけたときの混乱ぶりを思い出した。〝みんなパクられた〟。

「ウォルターは戻ったか？」

「ウォルターってのは誰だ？」

「マイケル・ウィルソンは？ マイケル・ウィルソンは戻ったか？」

「マイケル・ウィルソンってのは誰だ？」だが、きつい口調はただのポーズだ。いたずら電話だと思っていないことは、声色でわかる。

「こんなことを訊いてるんだから」イーストはいった。「おれが何者かはわかるはずだ。だから、教えてくれ。あいつらは戻ってるのか？」

イーストは待った。受話器からじりじりと小さな音が聞こえる。この男もイーストの出方をじっと待っている。

「ウォルターに伝えてくれ」結局、イーストはいった。「あいつはおれとこっちに来た。だが、おれはまだこっちにいる。あいつにつないでくれ。かけ直す。三十分後だ」

「おれはおまえの秘書じゃねえ」声がいった。「ファック」

だが、それは〝イエス〟の意味だ。まだイーストのいい分に耳を傾けている、通話を切っていない、つまり〝イエス〟だ。「三十分後だ」イーストは念を押した。通話を切り、今の場所でぐるりと振り返った。

空っぽの通り。大型トラックが脇道を走り、小川を渡った——渡れないはずなのに。あの橋はそこまでの耐荷重基準を満たしていないから傷んでしまう、とペリーがいっていた。だが、夜になると、お構いなしに大型トラックが通る。誰かが運転していて、その誰かは家に帰らないといけない。

イーストはチョコレート・ドーナツをひとつ買い、隅のブースで食べた。五本の川のように指につくてかてかした油と、こってりといい香りに揚がった生地。油引の白い袋に落ちた黒いくず。六人ほどの客と夜勤の若い女が、ちらちらこっちを見ている。見させておくさ。

耳を澄ます。入ってきた三人がトランプの話をしている。ジャックがどうの、ぶた《デッドハンド》がどうの。男のひとりはカウンターの女の兄だ。ふたりの男と一緒に入ってきた女は禁煙したばかりのようだ。そわそわしている。煙草のにおいはしないが、禁断症状の〝におい〟がする。それはわかる。カウンターの女は兄と一緒にいる禁煙中の女が気にくわない。だから、何もいわない。カウンターの端に座っている客は、誰とも知り合いではなさそうだ。丸顔に禿げかけたバーコード頭。話に加わろうとしている。ことあるごとに愛想よく笑っている。輪に入りたがっている。

イーストは時計を見て、三十分経ったのを確認した。コートのジッパーを上げ、ドアに向かった。「おやすみなさい」背後から、カウンターの女が抑揚のないドライな声をかけてきた。店内のざわめきと、ドアについたクリスマス・ベルにも負けず、よく通る声だった。

「おやすみ」イーストも答えた。

はるか頭上では、土から掘り返されたばかりのように、星が鈍く光っている。

「つないでやれるみたいよ」交換手がいった。「三者通話だけど」

「おれはあいつと話したいだけだ」イーストはいった。「三者通話はしたくない」

「そっちに折り返しかけさせたほうがいいの?」

「そうしてくれ。番号はわかるか?」

「ええ、わかるわ」

すると、おれがどの辺にいるか、見当はつくわけだ。

「そっちで元気でやってるの?」彼女がいった。誰かに自分も訊かれたみたいに。

イーストは不満の声を漏らし、電話を切った。

顎の上の乾いた皮膚をさすった。ふと、逃げてしまおうかと思った――電話なんか気にせず、自分の〝足跡〟を離れ、ここまでの自分自身を捨てて。だが、それは仮定の話だとわかっていた。誰かが覚えていたら。誰かがまだおれを気にしていたらの話だ。


ウォルターの声はくぐもっていた。「誰だ?」

「飛行機はどうだった?」

「マジか」ウォルターが口笛のような音を出した。「なあ。おまえがどうしたのか、誰もわからなかったんだぜ。死んだのか、刑務所なんかに入ってんのか？　それとも、戻ってきて、どこかに隠れてるのかってさ？」

「話しても大丈夫か？」イーストはいった。

「ああ」ウォルターがいった。「ああ、借りた電話だから、ばかな話はできないけど、ああ、話せるよ」

イーストはすべて打ち明けようと思った。だが、思いとどまった。「それで。フィンは出てきてないのか？」

「ああ。でも、おまえから連絡があったといえば、喜ぶだろうけど」

「誰が取り仕切ってる？」

「おっと」ウォルターが悲しげな声を漏らした。「チルコになる予定だったけどさ。みんな嫌がってた。ところが、酒飲み運転したうえに、つかまったときに大麻を持ってた。それで、フィンは中から、白紙に戻せといってきた。フィンはそういうの嫌いだろ。脇が甘いところとか。だから、込み入ってる。今、決めてるところだ。これからいろいろ変わる。〝家〟のビジネスからは手を引く。実は、ある男が三十の街区《ブロック》を買った。〝家〟、U、若い連中、ぜんぶひっくるめて」

「〝家〟を買ったのか？　住んでる人もひっくるめて？」

「権利を買ったのさ」ウォルターがいった。「そこでやってきたビジネスは、ぜんぶそいつのものだ。大金を出してきたらしい。それで――」

故郷からの便りが奇妙に感じられる。瓶に入ったメッセージのような。「マイケル・ウィルソンは戻ってるのか？」

「戻ったらしい」ウォルターがいった。「会ったことはないけど」

「どうしてフィンはまだ入ってる？」

「それがさ」ウォルターがいった。「保釈金が十億ドルだとかいわれて。最初は十万で、楽に集められたんだけど、担当の判事が吊り上げた。要するに、出さないってことだ。何があってもな」

イーストは暗い周囲に目を配った。

「あの話は、誰かしてるか？」

「あの話は、誰もいっさいしてない」ウォルターがいった。

イーストは失望のうなりを感じた。思わず。

ウォルターが笑った。「おまえはまだそこにいるってことだな。わからないのはそこのところだ。何してるんだ？　カネが必要なら送るぞ。航空券でもいい。もう飛行機で帰っても、まったく問題ない。二、三、説明しておかないといけないことはあるけど」

「いや。とりあえずはここにいる」

「ずっと電話を待ってたんだぜ」

「ここにいる」イーストはいった。「それで。おまえはどうしてる？」

「おれか？　学校に戻ってる」ウォルターがくすくすと笑った。「一週間ばかり休んだけど、何もいわれなかった。でも、春からは私立の学校に通う。最後の学期は大学へ行く準備をするから、ボクシズとはおさらばだ。派遣されるらしい。だからそっちで暮らす。そして、ちょっとした偵察をする」

「マイケル・ウィルソンがUCLAでやったようにか？」

「かもな。渓谷のほうにあるいい大学だ。そこの学生は映画スターかオタクだ」

イーストは想像してみた。でも、どんなものを想像すればいいのかさえわからなかった。

「そっちは何してるんだよ？」

「相変わらずだ」イーストはいった。「見張ってる」

「何だって？　〝家〟とチームを見つけたのか？」

「ちがう形でな」

「ちがう形だけど、相変わらずなのか？」

「ああ」イーストはいった。

「しばらくは食っていけるだろうけど」ウォルターがいった。「ガキの仕事だぞ、E――わかるだろ。おれたちがガキのころにやってたことだ」

胸がうずいた。でも、じきにうずきが消えた。「ウォルター。ひとつ頼みがある」

「何だ？」

「送ってほしいものがある。おれのお袋のところに行って、おれのベッドをひっくり返すと、木のブロックがある。つまみねじで取り付けてある。そこに隠してあるATMカード、それから、できれば電話も取り出して、送ってくれ」

イーストは母親の住所とペイントボール場の住所を伝えた。

「この地域番号は見たことがある。検索してみるか」ウォルターがいった。「オハイオか？」

「オハイオだ」

「ウィスコンシンみたく、むちゃくちゃ寒いのか？」

「温かくて、山がある」イーストはいった。「LAみたいだ」

「どうやって入れてもらえばいい？　お袋さんのところに？」

「おれに頼まれたといえばいい。五十ドルもつかませれば充分だろう。ほいほい入れてもらえる」イーストは険しい声で付け加えた。「五ドルで間に合うかもな」

「戻ってこないのか？」

「たぶんな。今の話は誰にもいうなよ」

「信じてくれ。この話は絶対に漏らさない。ほんとに戻ってこないのか？」

「おれがここにいることは誰にもいうな」イーストはもう一度いった。

「ひとこともいわない」ウォルターがいった。「でも、戻らないんだな。おれにはわからないよ」

ペリーが小包をカウンターに置き、その横をしげしげと見た。宅配便で、宛名はアントワン・ハリス。一日半で届いた。

「ラストネームはハリスか」ペリーが確かめた。「ラストネームがあったんだな。今わかったぞ」

「おれも忘れてました」イーストはいった。

「名札をつくってやらんとな」ペリーがいった。

昼間、棚に置かれた小包は、イーストの前世が放射線となって光を発していた。

その夜、イーストは茶色い包みとテープを剝がすと、実家のベッドの裏にあった靴箱が出てきた。もう小さくなった古い靴も、履き古しだが、壊れてはいない。まだ現実感が宿っている。どうしてウォルターはこんなものまで送ってきたのか？　ゴミ箱に捨てるところだった。鼻を突く靴下のにおい、実家のベッドルーム。自分の汗。

イーストは靴の中を探った。片方の爪先に、茶色い紙に包まれた平らな塊があり、かろうじて読めるへたくそな字で何かが書いてある。〝電話はなかった。もっと探してみる。W〟。包みの中には、一千ドル分の二十ドル札の束と、それにくるまれた彼のATMカード、さらにもう一枚のカードがあった。カリフォルニア州の免許証だ。

名前。本名。ここで読むと、妙な気分になる。きっちりした活字で、透かし模様の下に書いてあるとなおさら。住所は実家の、誕生日は自分の。何日か過ぎている——忘れていた。もう十六歳だ。免許者。

たしか一年前にドラッグの〝家〟で撮った写真だ。ちがうシャツ、新しい髪形。誰かが二階のベッドルームで喧嘩している下で、背景布を前に背筋を伸ばして椅子に座り、カメラを真正面から見ている。

これを作るのはたいした仕事ではなかっただろう。だが、ウォルターは作ってきた。どう思えばいいのか、よくわからない。褒美なのか？　招待なのか？　それとも、おれを縛りつけるためのロープなのだろうか？　いつのまにか、メラニーと、ジャクソンから来た少女がまとわりついているんだろうか？

しばらく自分の顔を見つめていると、やがて眠くなった。イーストは免許証を幅木の裏の隙間に隠した。手を伸ばして、ライトを消した。

やがて、闇——分厚く陰鬱な冬の闇——の中にいると、正面で入り口のかんぬきがきしり、重厚なドアがあく音がした。イーストは靴箱を裏返した。音を出さないように、うつぶせになり、両手両足を突き、段ボールをどかし、バランスを取って立ち上がった。

イーストは太い箒をつかみ、太い柄を素早く回して抜き取ると、体の前で構えた。

「アントワン？」マーシャの声が聞こえた。

マーシャは激しく震えていて、自分で運転できそうもなかった。イーストは手を貸して、ペリーのトラックに乗せ、運転席に入った。その日は昼までずっと病院にいて、雪に覆われた排水池を見下ろす高い階の部屋で寝ずに付き添った。体に切目を入れられたペリーが横たわり、チューブやコードが、雪の田舎を走る道路や電線のようにつながっている。

20

ペイントボール場での時が時計からこぼれ落ちたような気がする。朝が遅れてやってきて、十二月の短い昼がいつまでも続き、時が過ぎても時計には反映されないかのようだ。常連客が立ち寄り、イーストに状況を訊いてくる。だが、面会させてもらえるかわからないからと、病院まで見舞いに行こうとはしない。それでも、みんなペリーがいなくて寂しがっている。彼らは話したがった。彼らはキャンディー・ストアで使っていたカウンターの重厚なガラスに寄りかかる。自分の父親も心臓発作になったとか、自分もなったとかいってくる者もいる。奥で細々とペイントボールが続いているが、イーストはカウンターから動かなかった。常連客がたむろするなか、会場や銃を時間単位で貸し、ペイントボールを売った。

そんな連中のなかには、それまでは一切イーストに言葉をかけてこなかったやつもいた。イーストはここに来て、まだ一カ月も経っていない。マーシャではなくイーストのところに来て、イーストをペリーの友だと、相談相手だと思っているとは、どういうことなのか。ペリーの話をするわけではない——ペリーがいなくなった今、彼らはイーストに自分たちの話をする。「お大事にと伝えてくれ」彼らはいう。イーストにカードを渡して、病院に持っていってくれと頼んだり。数人の署名があるカードもあった。〝お大事に〟。ボールペンで書いてある。字がきれいなもの、子供が書いたようなのたくったもの。〝じきに会おう〟。〝じきに〟。このときまで、時は這うように進んでいた。襲いかかろうと身構えていたらしい。ネコが飛びかかるときのように。その時を、イーストは待っていた。ペリーのいないストーン・コテージの未来はどんなだろうと思った。この街には来たばかりだけれど、もう応援したくなっていた。

三日目にマーシャがまた来た。茶色のセーターを着ていた。ウールの畝織《うねおり》だ。マーシャの髪も、昔はセーターと同じような茶色だったのだろうかと思った。ペリーの様子を尋ねると、〝DNR指示〟を知っているかと訊かれた。

「あの人の望みどおりにするという意味よ」マーシャが弱々しい声でいった。ペリーが今夜か明日、死ぬことになったという意味だ。何かに喉元をつかまれ、イーストは箒の柄に手を伸ばし、また声が出せるようになるまで、寄りかかっていた。

一枚の書類に署名するだけで、こういうことが決まる。

「ペリーは知ってるんですか？」

「何を？」

「知、知ってるんですか」イーストはいった。パニックのようなものが喉元まで出かけていた。

「これから死ぬことを？」

マーシャが片手を持ち上げ、指を噛んだ。顔を背けた。とても小さく見える。イーストは少し離れ、マーシャを待っていた。

また病院までついていった。今度はマーシャが運転した。それまで目に入っていなかった、白くて細長のボディーの古い車、プリマスで行った。

網の目のようなチューブとコード、モニター、カニューレ、静脈ラインをつながれて、ペリーはまだ生きていた。むき出しの山のようだ。目が上を向いている。ザ・ボクシズの少し東で立つスパニッシュ・マーケットでよく見た魚の目のように、曇っている。どうしてものぞき込めない目だ。その目が見るものを、いつかきっと自分も見るのだから。イーストはマーシャにペリーの体のそばに行かせた。自分は戸口で立って待っていた。看護師たちにちらりと目を向けられた。この得体の知れない黒人の少年は、患者とどういう関係なの？　黒人の看護師もいる。花のような水色のナース服を着た、若い黒人の女。黒人の医者もいる。ヘアネットをつけて床のモップ・バケツを押している黒人の男もいる。でも、この黒人の少年は帽子もかぶらず、太った白人のおじいさんの病室で、未亡人になりかけている女の人を静かに慰めようとしてる。これはどういうことなの？　イーストはそんな目からも隠れなかった。

イーストはマーシャの気が済むまで待ち、マーシャがペリーのそばを離れて窓際の椅子に座り、声を押し殺して泣きはじめたあと、ペリーの枕元に行った。

「病院側は治療をあきらめたんですか？」

マーシャが息をついた。「あきらめる治療なんか、たいしてないのよ、アントワン。チューブやコードがごちゃごちゃついてるでしょ。そうやってかろうじて生きてる。取り外せば、死ぬ。ただそれだけ」

「いつ取り外すんですか？」

「これから」マーシャがいった。「同意するんじゃなかった。あなたはここにいなくてもいいのよ」

イーストはペリーの瞳を見下ろした。通りにあいた穴をのぞいているかのようでもあり、この男の深みへの入り口のようでもある。その深みの中に、スパニッシュ・マーケットの魚が知ったもの、見たもの——果て——があるのかもしれない。かき集められる。横たわる。まるでこの場にいるかのように、イーストは通りに倒れたジャクソンの少女がはっきり見えた。その目。最後に見たものに向けられたきり、動かない。イーストは身震いした。ペリーの顔色は、風に焼かれたような赤もあり、ペンキのような乳白、冬の空の白もある。イーストはあとずさった。また戸口に突っ立っていた。戻ってきたふたりの看護師は彼を押しのけるようにして入るしかなかった。自分がどこに立っているかさえ、わかっていなかった。

「ミセス・スローター？」ふたりの看護師のうち若い方がいった。黒人の看護師だ。年輩の方は尼僧のように、静かに、恭《うやうや》しく待っている。「準備はいいですか？」

今度もマーシャはゆっくり考えた。「ええ」小さな声でいった。

「すぐにも医師が来ます」

マーシャが立ち上がり、戸口のイーストの前に来た。マーシャの体はペリーと対照的だ。

女性、小柄で、手首のあたりに小さな鳥のような骨が浮き上がっている。歳のせいで黒ずんだ手。茶色の髪と黒っぽい目は灰色がかっている。

「ここにいなくてもいいのよ、アントワン」マーシャがいった。「わたしなら大丈夫」

喉元まで出かかった言葉が、もつれて出てこない。イーストは首を振った。

思っていたほど時間はかからなかった。ペリーの体から針が抜かれ、次は呼吸チューブが深紅に染まった粘膜の覆いとともにわずかな力で抜き取られた。マーシャは書類の署名を確認したが、書類をほとんど見ていなかった。ペリーに触れ、やはりあまり顔を見ないで、窓際にどいた。

「この方の望んだことです」年輩の看護師が慰めるようにいうと、マーシャが一瞬だけ笑った。〝はっ〟といううつろな笑い声だった。

窓の外は幹線道路だ。冬の車が汚れをまとって行き交っている。

「ご用の際には、このボタンを押してください」看護師がいった。

マーシャは我を忘れているようで、イーストはしばらくしてまた枕元に行った。これで終わりなのか？　急に知りたくなった。ペリーの顔を上からのぞき込んだ。タイの顔は見られなかった。弟が横たわっていた場所にも、その前に死んでいった者たちが横たわり、苦しんでいた場所にも、とどまっていられなかった。

ペリーの呼吸が弱くなり、金属のような、ガラスのような音をかすかに立てている。小石の入った瓶が転がっているような音。くるりと転がり、ゆっくり転がり、くるりと転がり、ゆっくり転がる。〝長くはかからない〟とイーストは思った。あまり残っていない。息を吸ったきり呼吸が止まりかけた。やがて息を吐く——また転がりはじめ、勢いがつく。イーストはペリーの手の近くに自分の手を置き、顔を近づけ、銃口のようなペリーの目をのぞき込んだ。人が最後に見るもの。自分がそれになってもいいと思った。指をペリーの拳に当てると、ペリーの胸から中途半端な咳が漏れた。胸は厚く、白く、胸毛が生えていて、冬の山腹に落葉した木々がしがみついているようだ。瓶の小石がまたからころと回った。乳白の湯のような雲の中で目が泳ぐ。そのとき、瓶が何かにつかえ、回れなくなった。〝山〟もそれを知った。スパニッシュ・マーケットの魚が知ったことを。この世の最後を。

21

また風が強く、温かくなった。雪が降ったあと、夏のような暑さ――カリフォルニアの暑さ――がやってきたかのようだ。次の南風の波が押し寄せれば、男たちは上着を脱いで闊歩し、車はウインドウをあけ、音楽を漏らしながら走るだろう。イーストはペイントボール場をあけなかった。ひとりだった。駐車場に入ってくる者はいない。駐車場はぬかるみ、青空の下、雪解け水をたたえた轍《わだち》がきらめいている。至る所で雪解け水が音を立てている。誰も立ち寄らない。ペリーが死んだ今、常連客はマーシャに弔意を表しているのだろう。男の病気の話はほかの男とする。男が死んだら、やっと男の妻と話す。でも、ペリーの家にも車は駐まっていない。イーストは幹線道路を渡らなかった。家に行って何といえばいいのかわからないし、ペリーはいなくなって、マーシャが入れてくれるかどうかもわからない。

これが最後になるような気がしてならない陽気の中で、イーストはペイントボール場の建物やゲーム場の手入れをしていた。自分がオーナーであるかのように手入れした。建物を換気し、物置を掃除した。ペイントボールの入った多くの壺やトレイを片づけた。ワックスのにおいが漂っている。脚立を立て――高さ十六フィートだから、上るとかなり怖い――天井のライトをきれいにし、古くなってパチパチ音を立てて点滅している二本の蛍光灯を取り換えた。こういうライトでやられるんだ――前にフィンがそういっていた。目が悪くなり、塗装の色が褪せる。古い蛍光灯をゴミ箱に入れると、割れて湾曲したガラス片になり、白い粉がふわりと浮かび上がった。

午後には、ペリーが残した腰までの長靴を履き、大型ゴミ収集容器を押して、ゲーム場を回った。影が落ちているところは子供たちがシロップをまぜて飲んだみたいに濃い泥だらけで、フェンスのついた壁のそばもまだぬかるんでいる。日が差しているあたりでは、泥の中にゴミが見えている。ポテトチップスの袋、キャンディーの包み、サンドイッチの紙、汗拭きタオル、ペットボトル、煙草の箱、血のついた靴下、興奮剤《ポッパー》のアンプル、ジッパーのつまみ、ビール缶、片方だけの手袋。風で飛ばされてきたものもあるが、大半は客が捨てていったものだ。ペイントボール場を掃除するたびに、知らないことを学んだ。客が持ち込んだり捨てていったりするものは、ここのペイントボール場で売られていないものだから。チェリー・シガー、噛み煙草の緑の缶。《チキン・ライブリー》――何だそれ？――の包み。ガラス・パイプ。ラリっていたやつがいたらしい――誰かは見当がつく。イーストはトングでパイプをつまみ、よく見ようと高く掲げた。履いているブーツが大きいので足首に巻きつけるようにして靴ひもを締めていた。

南側に黄色がかったオレンジ色の縞模様ができている。雲にほころびがある。雲の果てなのかもしれない。

日が暮れるまでに、袋ふたつにゴミを詰めた。入れる袋をまちがえた。いつもの袋とちがって丈夫そうではなく、しっくりこないつるつるのビニールで、薄くてかさばる袋に入れてしまった。ゴミではなく、別のものを入れる袋なのかもしれない。でも、ペリーはいないから誰にも訊けない。イーストはひとつずつ外に出し、ゲートをあけて、低木の生えた盛り土に沿って袋を引きずり、大きい方のゴミ収集容器まで持っていった。その後、外に立ったまま、何も塗っていないベーグルを食べ、左側の道路を照らす日差しがすぼんでいくさまを見ていた。東の方の道路の端からまるで薄れゆく日差しを追いかけるように、不安げな一匹の痩せ犬が静かにやってきた。イーストを見て、野良犬然とした頭を下げた。イーストはベーグルの残りを投げてやった。犬はにおいを嗅ぎ、口でくわえて歩き去った。吠えない犬、胸に何かを秘めている。

イーストはブーツをドアの外に置いた。中に入り、やわな黒いビニール袋の束を物置にしまい、上等の手袋を脱いだ。

ソファーとぼろぼろの敷物に掃除機をかけた。物置の隅々を掃いた。

翌日も変わらず暖かだった。しばらくドーナッツ・ショップのブースで少し休むことにした。サンドイッチを食べた。錆の浮いたクロムメッキのナプキン・ホルダー。一本調子の朝の日差しが雪の残る駐車場に延びている。

ペリーがドアやドア枠を白く塗るのに使っていたペンキを見つけ、日が明るいうちに塗り直した。ペンキが切れるまで塗った。その後、ブラシをシンナーに浸け、窓を窓拭き器《ブレード》で拭いた。

次に何をするのかはわからない。何かを待っているのはわかっている。何かの印を。急に晴れ間が広がり、自分のしたいことがかいま見られるような瞬間を。待つに値するのはたしかだ。自分がそれにふさわしいのかはわからなかった。

でも、その日ははじまったばかりで、埃と希望が混じる風が通り抜けていた。夕暮れどきにまた表に座り、家を、ペリーの家を眺めた。マーシャは出入りしていなかった。客が去り、寒さが去って、もう二日だ。車道や、路傍の側溝より高くなっているゲーム場の〝こぶ〟を、しげしげと見た。

取り残されたと思わないようにした。

しばらくすると、例の犬がまた通りかかった。来るのが見えた。警戒した様子で、路傍の石を避けながら、そろりと歩いている。自分が何をしているのか、わかっているらしい。

今度は昼食のパンに卵とチーズを載せたものを少し残しておいた。犬に声をかける。言葉ではなく、叫び声のようなものだ。犬が動きを止め、そわそわと目を向けてきた。油っぽいパンのひとかけを投げてやると、犬はがつがつ食い、イーストの真正面に来て、品定めしていた。食べ物を差し出すと、近づいてきた。イーストは犬に触らなかった。犬の首のまわりに、こすってすり切れたような細い跡がある。傷跡のようだが、涸川《かれがわ》の底にも似ている。毛皮につけられた目印といった感じだ。イーストは犬が食べるさまを見ていた。ちらちらとこっちを見ていたが、やがてどこかへ行った。

二階のロッカーからシャベルを取り出し、畝に埋めた銃を掘り返した。銃はイーストを待っていた。

深夜零時のだいぶ前に眠っていた。ベッド代わりのパレットの上で体を丸め、ひとつだけの枕に頭を載せて。ひと仕事したあとの心地よい睡眠――安らかな眠り、子供のころの夢や、空を飛んだり、どこかに続く小道が出てきたりする夢を見る眠り――をたっぷりとった。げっぷをして寝返りを打ち、その間ずっと体の中では、海の満ち引きのように胸が空気を吸い込んで盛り上がり、すぼんで押し出し、また吸い込んでいた。

十二月も深まった火曜日。忙しい一日だった。

奥のドアがあいた。誰かがペイントボール場を見回っているかのように。まだ空気の入れ替えをしているかのように。イーストは寝ていた。段ボールを体に載せていたので、風に気付かなかった。それに、日中はずっと風に当たっていた。彼が育ったところの風と、さほど変わらない心地とにおいの南風だった。

イーストを目覚めさせたのは、物音だけだった。絶え間ないがたがたという音だけだ。何かが引きずられ、壊されているような音。イーストは目をあけ、動けないまま横たわっていた。たまに夢を見ているときにこうなる。〝動け〟。動けない。〝真夜中だから〟。ガキのいいわけのようだ。

音が下から響いてくる。風のにおいもしてきた。夜の風と雪解けのにおい。岩が砕かれるときのミルクにも似たにおい。シンクの下に手を伸ばす。硬質プラスチックに皺が寄り、細かい割れ目ができている。そこに、掘り起こした二挺の銃が押し込んである。一挺を手に取り、しっかりつかむと、音を立てないように立ち上がった。

あいている奥のドアからゲーム場が見え、その向こうには、静かな街の明かりが見える。誰もいない。ゲーム場には人間大の畝があるだけ。

そっと階段に近づく。さっきの物音はしつこく続いている。マーシャか？　ガチャリという音、吐息、ガチャリという音、吐息。巨人が道具箱を引きずって歩いているような音。足を踏みだすたびに、持ち手を替えているかのようだ。イーストが握っている銃は座りが悪く、冷たく感じる。彼は角を曲がり、いったん立ち止まってから、階段を降りはじめた。

最初の一撃は斜め下からやってきた。イーストの持っていた銃がたたき落とされ、ぼろぼろのソファーの方に転がっていった。また殴打されて、階段を踏み外した。踊り場から下まで落ち、コンクリートに倒れて転がった。立ち上がろうとした――〝コンクリートはおまえの友だちじゃない〟――が、三度目の衝撃が走った。棍棒のようなものが体にめり込む。また床に叩きつけられた。今度は足が素早く動く音が聞こえ、イーストは逃げるのをあきらめ、自分の身をかばった。頭が蹴倒された。頭を膝の間に挟んで横に転がると、左脇に激痛が響き渡った。繰り返し鞭打たれるかのように、痛みが降り注いだ。

〝頭はやめてくれ、腹はやめてくれ、背中はやめてくれ〟とイーストは声に出さずに乞うた。

〝首や肩、肘や腕もやめてくれ〟。同じところはやめてくれと、イーストはやられたところをかばおうとした。殴られたおかげで、体のあらゆる部分が惜しくなったかのようだ。守りたかった。さらに二発、派手に食らうと、横に転がって、また顔を隠した。今度は腕でかばった。震える翼の下に隠れようとしている小鳥のように。泣き声が漏れる。頭を砕く一撃を恐れた。それを喰らえば、死んでいった連中の仲間入りだ。

すると足音がうしろに下がった。ふたり組だと思っていたが、ひとりの足が円を描いて反対側に回るのが見えた。黒い物体が休んでいる。ひとりだけだ。靴も動きを止め、身構えている。まるで標的を選んでいるかのように。黒っぽいスポーツシューズ。イーストはまた身を固くして、目を閉じた。

その声は穏やかで、やたら楽しそうだ。「気色悪いやつだな」声がいった。「女みたいな銃の持ち方しやがって」

それで、相手の顔を見る必要がなくなった。

「おれから逃げやがって。逃げやがって」

イーストは口をあけたが、喉が動かなかった。

「逃げると思ってたぜ」タイがいった。「撃たれるとは思わなかった。撃たれるとは思いもしなかったが」

イーストは目をあけたが、涙があふれ出た。コンクリートの床がぼやけ、染みひとつ見えない。おれはばかだ。タイが死んだと思い込んでいた。だが、〝死んだと思い込め〟と自分にいい聞かせていただけだ。死は確実でないといけなかったのに。

顔に血が飛び散っている。腕がざっくり裂けている。痛みをこらえながら動かす。「タイ」いいかけて、咳き込んだ。「おれを殺す気か？」

腹を据えて顔を上げる。ソファーの上の方で、何かが揺れている——ナイロンのトートバッグが垂木にくくりつけてある。入っているものが動いて、派手な音を立てている。

おびきよせるための罠だ。

「見つけたぜ」タイがいった。

イーストは目を閉じた。

「ここで何をしてる？」

「おまえを見つけた」タイが素っ気なくいった。「立てよ」

イーストは固くてきれいな床で死ぬつもりだった。普通の人のように。今は立つ意味がない。

タイが上から見下ろした。イーストの肩をつかんで引っぱったが、あきらめた。「それなら、立つまでぶっ叩いてやるよ」タイがいった。まるで手を貸そうとしているかのようだ。

「座れ」タイがいった。腕が焼けるようで、そっち側をかばった。

足げにして、イーストに両手両足をつかせた。棍棒で場所を示した。ただの棒だ。さっきまでイーストが使っていた箒の柄だ。やっとわかった。〝穂〟の部分は外していない。

「おれを殺す気か？」

「殺したほうがいいんだろうな」タイがいった。

イーストは銃が落ちたあたりに目を向けた。もうひとつのソファーの向こう側だ。だが、タイもわかっている。

イーストは座った。

はじめて、〝世界〟を超えてはるばる旅してきたのに。世界はわがままだ。止められない。その世界こそ弟だ。

タイもそれを知っている。「おかしなもんだ、またその面を見るとはな。しかも、別れた場所からそう遠くもない」

イーストは暗がりでうなずいた。

タイが軽やかに箒を振り回した。「ここで何してるって訊いたな？　おまえはおれのことを調べたか？」

「何を調べるって？」

「何を調べるってときたか」タイが鼻を鳴らした。「おれが生きてることをだろうが？　生きてんのか死んでんのかってのを調べたのかってことだろうが、なあ《ニガー》」

「どこで調べるってんだよ？」イーストは口ごもりながらいった。

「まあ、まずは気にしないとはじまらねえけどな」タイがいった。「調べようと思わねえことにはな。インターネットとかよ。だが、おまえはそういうやつじゃねえ——忘れてたぜ。誰かに電話する。家に電話する。そんなやつじゃねえ。教えてやるよ。おれは州管理の孤児にされそうになった。農場のババアにもらわれるところだった。一週間、毎日、名前を訊かれた。それで、逃げた」

「どこから？」

「病院から」

「それで、どうした？」

「どうするもこうするもあるかよ？」タイがいった。「帰ったのさ」

「いつからおれを探してた？」

「おまえを？」タイがいった。「きのうからだ」

イーストは顔をしかめた。

「探したともいえねえな。おまえが出てくるまで待ってただけだ。この辺にいるだろうとは思ってた。目にした雌牛にことごとく惚れちまうやつだろ」

「ウォルターがチクったのか？」

「いや。ウォルターはおまえが大好きだ。おまえを真の男だと思ってる」

「それじゃ、どうやって？」

「おまえ、エイブラハム・リンカーンに電話しただろ」タイがいった。「そこからおれの耳に入った。おれはもう中枢に入ってるのさ。その日暮らしで仕事をせがむこともない。フィンは考えを変えた。近ごろじゃ、おれは銃さえ見なくなった。それで、おれは通話記録を探って、番号を見つけた。あそこの公衆電話だろ？」そういって、肩越しにうしろの市街地を指さす。「今日の午後、飛行機に乗って、こっちに来て、あの公衆電話まで歩いていった。そこでひとりの人にふたつのことを訊いただけで、どこに行けばいいかわかった」

「飛行機で来たのか？」イーストはいった。「ひとりで？」

「イースト。おちょくってるのか」タイがいった。「ビショップ・ストリートのプールは覚えてるか？　顔を水から出しておかないといけなかったよな？」

イーストも垢の浮いた古い市民プールを覚えていた。バシャバシャ、激しい音。しょっちゅう子供がおぼれていた。ふたりとも、指導員についてもらったことはない。十代《ティーンエイジ》の監視員はいてもいなくても同じ――イーストとタイは、自力で生き延びただけだ。

「おまえは友だちと一緒に犬かきで深い方までたどり着いた。おれは、たしか四つか五つで、おまえのあとを追っていたよな？　泳げなかったから、バシャバシャ、ぜいぜいいいながら。それでも、ついていった」

「覚えてる」

「つまりさ、なあ」タイが声を落としていった。「今じゃ、おれも泳げるのさ」

イーストは顔を上げて弟を見た。手が小刻みに震え、それに合わせて箒もあちこちにぶれ、合金ねじの先端がちらちら光っている。かかとはソファーのスプリングにめり込んでいる。しびれを切らして、イーストはいった。「おれを殺す気なのか？」

「いや」タイがいった。「殺す気はない」

「信じられない」

「信じないほうがいい」

ぶら下がっているトートバッグの揺れが収まり、今ではゆっくりくねっている。イーストは手を下げて血をぬぐい、拭けるところはシャツで拭いた。ソファーに血をつけないようにした。〝さて、ついに〟と思った。〝家族の再会だ〟。

「腹が減ったな」タイがいった。

薄暗いライトを受けたタイは、以前と変わっていないように見える。だが、また痩せたようだ。あれ以上、痩せようがあるかどうかは知らないが。

「どうして――」イーストはいいかけたが、きまり悪くなり、止めた。信じられない。亡霊。だが、亡霊なら、復讐のために、わざわざ国を横断してぶちのめしに来たりしない。

「どうして生きてるんだ？」イーストは最後までいった。

「どうして死ななかったのか？　そう訊いてるのか？」タイが棒をくるりと回し、時計のように、真上で止めた。「やっと来たか。おれは救急車の中で意識を取り戻した。ごぼごぼピンク色の反吐を出してな。あの日はずっと、人工呼吸器につながって寝てた。どんな機械かわかるか？　息をさせてくれる機械だ。それから四日、チューブを脇腹につながれた。それが痛えの何の。あの豆鉄砲なんかより痛かったぜ。そんなわけで死ななかったのさ」

「どうやって逃げた？」イーストは小声で訊いた。「手錠はかけられなかったのか？　疑われなかったのか？　あのことは訊かれなかったのか？」やっと言葉が出てきた。「判事のことを？」

タイが横目で見た。「当たり前だろ？」

「警察が調べてたのはわかってる」

「かもな」タイがいった。「だが、目立つことはやってねえ。うまくやった。連中にいわせれば、おれはただの被害者だ。血も涙もない黒人同士の抗争のな。サツが気合いを入れて探すなら、おまえの行方だろ」

イーストはこくりとうなずいた。「それで、いつおれを殺す？」

「おれが決めていいなら、おまえはとっくに冷たくなってる」イーストの弟がいった。「だが、おれは仕事で来てる。それに、腹が減った。何か食おうぜ」

まだ朝早い。入れる店はひとつだけだ。イーストは夜が明ける前にタイを連れて、ドーナツを一箱買いに外に出た。タイは通りで待っていた。

六時にもなっていないが、店は暖かく、騒がしく、活気に満ちていた。カウンターからうしろをちらりと見た。だが、店内の映画を反射する窓ガラスしか見えなかった。

逃げることもできる。足はタイより速い。とにかく、昔は速かった。庭や畑も知っている。ペリーの古いトラックのキーの隠し場所も知っている。

だが、どうにもならない。逃げたところで。今と昔の自分のあいだに溝をつくることはできる。だが、ただの溝だ。

陳列ケースの中でドーナツが待っている。清く、まばゆい。今日のカウンターの店員は痩せた若い男で、髪をまっすぐうしろになでつけている。店員が厚紙を折り畳んで箱をつくり、イーストは十二個を選んで代金を払った。

「ひとつおまけでつけられます。一ダース買うと、もう一個なんです」痩せた若者がいった。

イーストはいった。「要らない」

「どうしたんですか」若者がいった。「その腕？」

イーストははじめて明るい場所で自分の腕を見た。ひどいありさまだ。袖がぐっしょり黒く濡れている。腹の具合が悪くなった。「別に」イーストはいった。

五人。誰が店にいようと、ここに何人いようが、おれが大声で叫ぼうが無駄だ。状況は変わらない。でも、タイのいっていたとおりだ。おれを殺すつもりなら、おれはもう死んでいる。

気が変わるかもしれないが。

タイが戸口で待っていた。朝刊紙の《プレーン・ディーラー》を読んでいる。イーストの姿を見て、新聞をまた丸めてしまった。ズボンが拳銃の形に膨らんでいる。

タイがイーストと並んで歩いた。「それで、ここがおまえの家か？　まだ見張りをやってんのか？」

「見張りのようなものだ」

「ペイントボールだって？　儲かるのか？」

「儲かる」儲けがどれだけ少ないかを教えても、タイはおもしろがるだけだ。

「その他には、何をしてる？」

「何も」

「ほんとかよ？」タイが笑った。「そうか」ふたりはひとことも喋らず、幹線道路を歩いていった。

日が高くなるにつれ、漆黒が薄くなり、やがて銀色に変わった。ふたりの少年はぬかるんだ駐車場を横切り、イーストがドアのロックを解除した。クリスマスのベルが鳴った。イーストがここに来たときからついていたが、音は何週間もまともに聞いたことがなかった。

タイが建物内を回り、カウンターや売り物をじっくり見て、ゴーグルを着けたりした。イーストはその様子を黙って見ていたが、やがてまた時の流れを感じた。だいぶ流れている。

垂木にトートバッグをくくりつけていたロープをほどき、床に降ろした。

タイがひととおり建物を見て戻ってきた。「さあ、座れよ」タイがいった。「メッセージを預かってる」

イーストは恐る恐るソファーのひとつに座った。タイももうひとつの端に腰掛けた。

「聞く覚悟はできてるな？」

「たぶん」イーストはいった。

「それじゃ——戻れ。ここはおまえの家じゃねえ。おまえはここの人間じゃねえ」

イーストは肩をすくめた。

「組織が変わった。それで、おれがおまえを連れ戻しに来た。ここからは仕事の話だ」

「仕事の話」イーストは上の空でいい返した。

「あのでぶ男に聞いてるかもしれねえが、ザ・ボクシズはある連中に買われた」

「それはウォルターから聞いた」イーストはいった。「それで、フィンは売り渡されたのか？」

「街も〝家〟も買われた。おまえが見張りをしていたクソ溜めもな」タイがせせら笑った。「ここもそうだけどよ。おまえの〝家〟ががさ入れを受けたときのことは覚えてるか？　五分しかかからなかった。おまえが姿をくらましているあいだに、またふたつやられた。警察にしてみりゃ朝飯前だ。昼前に来たがな。だから、ああそうだ、おれたちは売り払った」

イーストは首を振った。

「世の中は変わる」タイがいった。「連中はばかみたいなカネを払った。メキシコの〝商売人〟だとさ。アメリカに恋してるってよ。百五十万ドルも出すとはな」

イーストは驚きの口笛を漏らした。「でも、残ってるものなんかあったのか？　どんなビジネスが残ってるんだ？」

タイの顔が引きつった。「耳はついてるのかよ、おい？　〝家〟なんてやってても先はない。警察が叩きたがるし、市長も叩きたがるし、新聞も叩きたがる」タイが口をぬぐった。

「わかってねえのはおまえだけだ。おまえの手下、チームがどうなったかわかるか？　連中も学校に戻ってる。一人前になろうとしてる」

「組織《おれたち》は？」

「〝おれたち〟か。おれたちはカネを稼いでる。マイケルがUCLAでやったことをほかの大学でもやる。学生ってのは草《ウィード》に目がねえ。吸い過ぎるし、払い過ぎる。探しにくる始末だ。ウォルターも学校に戻ってる。ただ、土曜日はまだ自動車局《DMV》で働いてる。そこの連中はウォルターが二十五とか、それぐらいだと思ってる。今じゃコンピューターを知り尽くしていて、誰にも止められねえ」タイがにやりと笑った。「ほら、ウォルターは人をつくるだろ」

「免許証だろ」

「ちがう。あいつは人をつくる。おまえだってつくった。アントワン・ハリスもさ。話しただろ」

腕がうずいていた。「それで、どうやってカネを稼ぐ？」

「たまげたな。人は喜んでカネを出す。二十一になりたいとか、もうひとつ名前がほしい大学の学生は払うだろ？　メキシコ人だって、コンピューターに自分たちが何年も前からこっちにいるって記録が残せるなら、カネを払うんじゃねえか？」タイが口をぬぐった。「そうやって食ってるのさ」

「そんなことをすれば、警察につかまるんじゃないか？」

「ウォルターは頭がいい」タイがいった。「それに、用心深い。おまえだって、あいつの名前もわからんだろ」

「ウォルターだろ」イーストはきっぱりいった。

タイがあからさまにあざ笑った。「何も聞いてねえな。おまえ、自分が何者かだってわかってねえだろ」

「おまえの兄だ」イーストはいった。

「種ちがいのな。いいか」タイがいった。「おれたちは同じ母親の腹から出てきた。けどそのときからずっとてめえはフィンのお気に入り《ボーイ》で、組織はいずれてめえのものになる。フィンはそれを望んでいる」

「フィンのボーイ?」

タイの顔が感情で満ち、べらべらしゃべる骸骨ではなくなった。昔からの憎しみでひきつっている。

「なあ《ニガー》、わかるだろ」タイはいった。「種ちがいだ。おまえの体には、おれにないものが流れてる」

いつもそう噂されてきた。けれど信じてこなかった。父親がどういうものかなど知らない。今さらいわれても。

「だからおれたちは街から出されたんだ」タイがいった。

「だからって?」

「コアを守るために」

「コア?」

「フィンが男をひとり始末するのにおれたちを四人も送り出すと思うか?」タイがいった。

「あり得ねえ。鉄砲玉がふたりもいれば事足りる。ひとりでもできる」

「おれたちを守るため」イーストは信じられないといった口調でいった。

「おまえらを街から出すためだ。ウォルターとおまえを。頭と血を」

「でも、それじゃ……」イーストはそこまでいったが、名前がすぐには出てこなかった。

「マイケル・ウィルソンは？」

「マイケル・ウィルソンはお守り役だった。お守り役にしちゃ、お粗末だったが。あいつは丁重な場面を担当する。おれは乱暴な場面をやる」

「でも、おれたちより上の連中がいる」イーストはいった。「シドニー。ジョニー」

「シドニーもジョニーもいねえよ」タイがそういい、イーストの見たくないしぐさを素早くやってみせた。何かが喉元に落ち、肋骨の内側でどくんと脈打った。

「でも、あの人は？」イーストが食い下がった。「判事殺しは？　どうしてあんなことを？」

「口実だ」

「口実？」

「検察側には百人ぐらい証人がいるぜ。カーバー・トンプスン判事ひとりぐらい、いなくてもどうってことない」

「なら、殺す理由がどこにある？」

「おまえだよ」タイがいった。

「おれ？」

「真に受けてたのはおまえだけだったからな。続けたのはおまえだ。任務至上主義——おそれいったぜ。フィンにいわれたら、おまえはやる」

皮肉たっぷりに、タイが頭を下げた。

「ちがう」イーストはいった。「それじゃ話がちがう。おれのせいにするな。おれたち三人であの男を殺したんだ。これからどうなる？」

「どうにもならねえ」

「どうにも？　人が死んだんだぞ」

タイが箱に手を伸ばし、またひとつドーナツを取った。

「クソがいかれちまう《シット・ビー・クレイジー》」タイがいった。

それまでずっと、頭の中がまたチカチカしていた。バン、何時間も走った田舎道。ビーチで波頭が褐色のふくらはぎを洗うように、あのバンで走り続けた。あのときと同じ感情、同じくぐもった轟き、タイヤ、水、砂に描かれた光の模様、フェンスの支柱、存在するものすべて。次々と脳裏に浮かんでは消える。まだ感触が残っている。

ときどき夢から覚めたあとにするように、イーストは激しく首を振った。

「フィンはどうしてる？」

「フィンか？」タイがしばらく考えてからいった。「おれたちが街を出た二日後にフィンが自分でタレこんだんだ」

「何をしたって?」

「警察署に入っていって、話しはじめた。嫌気が差したのさ。〝家〟から〝家〟へという暮らしに」タイがいった。「ただ、警察も意外ではなかったらしい」指を一本立てて、口に入っているものをもぐもぐと嚙んだ。「戻ってこいよ。フィンも望んでる。おまえがおれを撃ったことも、フィンは知ってる。だが、フィンの息子は私生児ひとりしかいない」

イーストは目をこすった。日がようやく天窓から差しはじめた。

「おれの雇用条件は」タイがいった。「おまえのケツを守ることだ」

「信じられるかよ」イーストはやっとのことでいった。

「おまえを殺す気なら」タイがいった。「さっきやれた。けど、ちがう。戻ってこい。おまえが戻らねえと、フィンにキレられる」

イーストは立ち上がった。震える脚を試した。タイは文句をいわなかった。

「このドーナツさ」タイが口いっぱいに入れてもぐもぐしている。「うまいな。おまえのような女が居着きたくなるのも無理ねえな」

「おまえがそんなに喋るとは知らなかった」イーストはいった。

「まあ」タイがいった。「誰だって、やりたくなくてもやるしかないことはあるさ」

ザ・ボクシズでは、誰かに侮辱されたら、侮辱し返す。殴られたら、殴り返す。だが、すべては組織しだいだ。侮辱が内部から来たのなら、やり返せばいい。だが、そうでないなら、まずどこから来たのかを見極める。そして、どのくらいの仕返しなら、やり逃げできるかを見極める。やり逃げできることもある。プライドを呑み込むしかないこともある。痣ができたり、打ちのめされたり、撃たれたりと、本気で痛めつけられたら誰の許可も要らない。けがにはけがを。組織は関係ない。この生きる掟は隅々まで行き渡っている。この生きる掟があるからこそ、少年たちは、たとえ人殺しが許されていても、日々、礼儀を忘れずにいる。

兄が弟に弾を撃ち込むなど、到底許されない。当然、今までもそういうことはあった。理由もあった。だが、報復もある。イーストだって、人に訊かなくてもそれくらいは知っていた。歩き方や言葉を知っているのと同じだ。オハイオに来たときには、蹴り飛ばされ、腸を抜かれ、この世で最後に見る銃弾を喰らい、顔に唾を吐かれるのだろうと思っていた。戻されるとは思わなかった。揚げたてのドーナツを買うことになるとも、〝ファーストクラス、LAX行き、出発日オープン〟の航空券を渡されようとも思わなかった。しかも、航空券に記された名前は聞いたこともなく、同じ名前のカリフォルニア州発行の免許証がクリップで留めてあった。同じ名前だが、まだすべてがまともだったころのある日のイーストの写真が貼ってある。

タイの車はつややかなグレーのリンカーンで、四分の一マイル先に駐めてあった。

「なんでこんなのに乗れた？　おまえ、十三歳だろ」

タイがスイッチ類をあれこれいじっている。「おれの誕生日を忘れたな。もう十四だぜ」

〝そうだ、もう十四か〟とイーストは思った。ふたりとも射手座、ふたりとも十二月はじめに生まれた。

「盗んだのか？」

「盗むかよ。ただの代車サービスだ」ついにタイがうんざりした様子でぶちまけた。「このクソ車め。どうやったらデフロスターとヒーターを同時につけられるんだ？」

イーストはつまみを操作し、設定した。タイがやれやれと首を振り、エンジンを吹かした。滑らかな走りぶりだ。真新しくて力強い。「ラジオもどうすりゃいいかわからない」タイが白状した。

イーストは嘘をついていた――閉店の残務処理がある、と。カネを隠し、銀行に預け、貸してたカネを回収しないといけない。そうでもいわなければ、今日いきなり飛行機に乗せられるかもしれないと思った。でも、タイがひとこと、わかったと答えたのは意外だった。

タイはというと、飛行機ですぐに帰るとのことだった。

「おれをまた来させるなよ」タイがいった。「おれたちはこの車を一週間借りてる」

「おれたち？」

「おまえに残された時間は六日だ。それでも来なけりゃ電話する。その電話はしたくない。六日だぞ」

「わかった」イーストはいった。

傷口には包帯を巻いている。ペイントボール場にいたとき、タイに手伝ってもらって消毒した。でかい救急箱ひとつでこと足りた。ただ、固まりかけて、べとつく血からシャツを引きはがしたときは、打ち据えられたときと同じくらい痛かった。その後、タイが腕に包帯を巻き、テープで留めた。ジョークのつもりか、一度、傷口を強く押した。イーストは悲鳴を上げた。「わかったか？」タイが低い声でいった。「わかったか？」

　小雨が降っていた。気温がまた下がっている。

「ひとつ訊くのを忘れてた。どうやってここにたどり着いた？」タイがいった。

イーストは考えた。これも、この記憶も、自分が乗ったのとは別の路線の電車のように感じられる。「おばあさんに空港まで乗せてもらった。ウォルターはそこから飛行機で帰った。おれはおばあさんの車を盗んだ」

「車を盗んだのか？　おまえが盗んだのか？　乗せてもらったばあさんの車を？　血も涙もねえな」タイがいった。「車は処分したんだろうな？」

「ここに来る二日前に乗り捨てた」

「乗り捨てたあと二日は？」

「歩いた」

「車は焼いたんだろうな？」

「いや。警察署の近くに乗り捨てた」

「いかれてるな」タイがいった。「で、どうしてあそこに行った？　例の店、ペイントガン、だか、なんだかの店に？」

イーストはシャンダーに会う前、ペリーに会う前、街をうろつくガキだったころの記憶から探しださないといけなかった。「おれは風邪を引いてしまった。寒くて、くたくただった。そしたら、〝求人〟の看板が出ていたから、中に入っていった」

「そこの連中には、気に入られたんだろ？　モップがけでもさせられたのか？」

イーストは肩をすくめた。「日給百ドルだった」

「白人に買い叩かれやがって」タイがあざけった。「いくらか盗んだんだろうな」

「盗みはやらない」イーストはいった。

「ばあさんの車を盗んだだろうが」

「たしかに」イーストの鼓動が速くなった。「でも、それは話がちがう」

「へえ」タイが指でハンドルを叩いた。「ひとつ当ててやる。盗んだのは、白人のばあさんの車じゃねえな」

イーストは口をつぐみ、外の汚い雪を見ていた。胸がちくりと痛んだ。タイが鼻歌を歌っていた。スピードを上げ、肩の力を抜いて運転している。まだ十四だが、運転にはすっかり慣れているらしい。空港までのルートは頭に入っているのだろう。いつもそうやって物事を覚えていた。

イーストはいった。「タイ。ガソリンスタンドに寄ったとき、あの男に銃を向けたよな。

何を考えてた？　何であんなまねをした？」

「それは」タイがいった。「おまえがおれを撃つ前の話か？」

「おれが撃たなきゃいけなくなる前の話だ。おまえが手に負えなくなって」

「そうだったかもな」タイがいった。「だが、偉ぶるなよ。おまえのケツを、毎回救ってやったのは誰だ？　ベガスでも、マイケル・ウィルソンからも、あの田舎町でも？　それに、仕事をしたのは誰だ？」

「何の仕事だよ？」

「判事だ」

そのとき、判事の記憶が蘇ってきた。名前、顔。実験されているラットのように、明るい丸太小屋《ログキャビン》の中で動き回る黒い人影。「タイ。判事はおまえと顔見知りだったのか？　おまえを見てたよな」

「だろうな」

「おまえに笑顔を見せてた」イーストはいった。

タイがげらげらと笑っている。

「教える気はないのか？」

「ない」タイがいった。

〝この野郎〟とイーストは思った。「それでも、おれが決めたというんだな」

「そういうことだ」タイがいった。「決めるのはおまえだ。フィンの下では、飢えた手下《ニガーズ》が百人ぐらい働いてるが、きっちりいいつけを守るのはおまえだけだ。出発前に銃を没収されたのに、なぜおれだけ銃を持ってたかわかるか？」

「もう一挺、持ってたからだろ」イーストはいった。「見つけられないところに」

「同じ銃だ」タイがいった。「フィンがおれに返したのさ。聞いてんのか？」

「もういい」腹が立った。

「イースト。おまえがやるといったんだ。おまえの決断はおれのより重い。だがあのとき、やめろとはいわなかったよな？」

「黙れよ」イーストはいった。雨が弱まり、タイは空港方面の出口に向かった。だが、イーストの心は母親のアパートメントに戻り、文句を垂れていた。こんなむかつくガキとは一緒に暮らしたくないと。

「おまえは仕事にこだわるが」タイがいった。「おれは自分にこだわるんだ、イースト」

ターミナルに着くまで、ふたりは兄弟らしく憎しみ合い、黙ってシートに座っていた。空の天蓋に灰色の飛行機が浮かんでいる。

22

グレーのリンカーンは出発ロビー側の路肩に停まった。〝駐車禁止。乗降のみ〟。

タイがいった。「ここに置いていくなら、この番号に電話しろ」ダッシュボードのステッカーに書いてある番号。「一時間後だ。向こうから会いに来る。場所はどこでもいいが」

「必要なものはあるのか？　クレジット・カードとか？　ガソリンを満タンにしておくとか？」

「ばかか、〈エイビス〉じゃねえんだ。ただ車を返しゃいいんだよ」タイがイーストにキーを手渡した。「ウォルターがおまえは飛行機に乗らねえっていうから。この車でLAまで来られるなら、それで構わない。だったら電話してそう伝えろ」

イーストはターミナルに並ぶ窓口をざっと見た。航空会社のポーター。警察。ここからは見えない車輪のついたスーツケースを引いた家族連れ。

「あとふたついっておく」タイがいった。前部シートの間のコンソール・ボックスをあけた。「おまえの電話だ。充電器もある」

イーストは電話を持ってくるりと回した。懐かしい重みと形。

「気をつけろ。余計なことはいうな。頭を使え。着信を残しておいたから、おれの番号は着信記録のいちばん上だ」

イーストは電話をじっと見た。「礼をいうよ」イーストは声を絞り出した。

タイがまたコンソール・ボックスに手を伸ばし、札束を丸めたものを取り出した。

「三千ドルある。もしものときのために」タイがいった。「いいか、おれのカネだぞ。貸してやる。わかったか？　いってみろ」

「おまえのカネだ」

「よし。持っていけ」

イーストはタイの手に載ったカネを長いあいだ受け取らなかった。つくりたくない借りだ。だが、受け取るしかない。

自分のポケットにしまった。

「なくすなよ」

「ああ」

「それから、これも」タイがコンソール・ボックスから銀色の小型銃を手に取り、イーストに見せてから、元の場所に戻した。その後、封筒を取り出し、膝に置くと、上着のジッパーを閉めた。〝ファーストクラス〟と書いてある。イーストの航空券と同じ。〝出発日オープン。ジョー・ワーナー〟。

「それだけなのか」イーストはいった。「荷物はないのか？　何も？」

ないというかわりに、タイが首を振った。

「じゃあな。六日だぜ。必要なものはそろえてやった。わからないことがあれば、電話しろ」

タイが航空券を手に取った。イーストは長々とタイを見ていた。抜け目ない落ち着き。面長で頭は禿げかけている。サヤエンドウ――母さんはそう呼んでいた。

「またここに来たくはない。冬だしな。もし来ることになったら、昔のルールで行く。結果が伴うぜ」

「わかってる」イーストはいった。

タイはけっこう強くイーストの腕を小突いた。包帯が巻いてあるところを――イーストは懸命に声を抑えた。タイがドアをあけると、風が勢いよく入り込んだ。外に出て、襟のない上着の皺を伸ばす。航空券をふたつに折って手に持ち、うしろを確認して歩道に出て、パーカーやさまざまなアルファベットがついたジャケットを着た人々を縫って歩いていった。自動ドアへと急ぐタイの姿をイーストは見ていた。ドアがあく。どこかへ向かうごく普通の若い男。

イーストはしばらく考えた。リンカーンを返さないといけない。〝乗降のみ〟。ごまかしてもいけない。降りて、この大きな車の反対側に歩いていってはいけない。だが、イーストは降りた。手や胸が風に突き刺された。運転席側のドアの前で立ち止まり、小さなクロムメッキのキー・ホルダーを見た。〝ドジャース〟。ホームのブランド。

ひとりの少女が歩道を歩いてくる。小さな黒人で、重そうなガーメント・バッグやスキー・ポールを抱えた両親を引っ張っている。イーストは目を向けなかった。きっとジャクソンの少女に見える。くりくりの目と華やかな服。ジャクソンの少女の顔が、あの少女の顔にかぶさるに決まってる。

少女が通り過ぎた。

イーストは自分を鼓舞し、ドアをあけ、運転席に身を沈めた。

ほとんど音もしない。しっかりした走り。ミラーを確認し、シートを立てる。ここに来るときに、もっと道順に気をつけていればよかった。タイはまるで道を知っているかのように運転していた。イーストはひとつの街しか知らない。なじみの長い幹線道路まで戻れたら、どうにかなるだろう。

風が木々を揺らしている。雨がやみつつある。路面はすでに乾いている。ハンドルが太く、柔らかい手触りが眠気を誘う。なるべく早く、いくらか眠らないとまずい。

ペイントボール場に戻ると、数時間で用事を済ませた。カウンタートップを磨いた。物置を掃除した。夜になって暗いなか、不要なもの――ベッド代わりにしていた、まだ汚れていない畳んだ段ボールと毛布――を大型ゴミ収集容器まで運んだ。自分で買った、まだ新しい枕は捨てないことにした。夜、布団代わりにしていた段ボール。最後の夜はソファーで寝ることにした。ヒーターをつけなくても快眠できそうだ。今では、寒さが気にならなかった。昔とちがって、痩せっぽちでもない。

　最後の日。イーストはアルコール消毒剤を持ってきて、レジ、トイレ、ドアノブ、棚――触ったところ、好きに使っていたところ――を拭いた。銀行に行き、オハイオの口座を空にして、一千ドル以上あった現金を下ろした。タイとウォルターのカネと一緒にした。

　農場経営者がたまに訪れる小さな食料雑貨店の表の屋台で、手づくりの花束を買った。黄色とオレンジ色のドライ・フラワー。それを持って幹線道路を渡り、ペリーがマーシャと暮らしていた傾きかけている黄色い家に行った。ポーチでしばらく立っていたが、ノックはしなかった。ドアのそばのロッキング・チェアに花束を置き、〝アントワンより。ありがとう。安らかに眠れ《RIP》〟のメッセージのカードを添えた。あやふやな別れ。マーシャが受け取るかどうかも知らない。マーシャも、息子も、ペイントボール場に足を踏み入れるとは思えない。前からペリー以外には、見捨てられていたのだろう。ひとりの男の夢でしかなく、その男が死ねば、夢も終わる。それを、イーストはぴかぴかにしておいた。何も盗んでいない。

　アイオワ州で買った二挺の銃を、内側も外側もきれいにした。土に埋め直す。今度は深くに。三枚の似たような免許証をカウンターに広げ――イースト、アントワン、そして、新しい名前のもの。航空券の名義と同じ名前――自分の写真をじっと見た。三つの時、ちがう表情、ちがうシャツ。だが、どれも自分だ。どれもちがう人生。

なかなか決められなかった。

まず細かく切り刻んだのはアントワンだった。バン。銃。四人が残した足跡。ペリーのワイヤー・カッターで切った。残ったのは新しい名前と〝イースト〟だ。ウォルターはどんなものをつくり出したのだろうかと思った。どんな人生で、どんな弱みがあるのか。どんな身の上《ストーリー》なのか。戻らないとしたら。そして、戻るつもりはない。

結局、彼は〝イースト〟と別れることにした。年齢十六歳、運転免許保持者、カリフォルニア州在住。縦横に切り刻んだ。〝イースト〟を、やはり切り刻んだロサンゼルス行きの片道航空券と一緒に丸めた。そして、ドーナツ・ショップの表のゴミ箱に、包み紙や中途半端に潰したコーヒーの紙コップなどと一緒に置き去りにした。新しい名前になった。ほかの名前は要らない。これからその人間になっていく。内側からむくむくとこの体——変わりゆく慣れない体——まで大きくなったように。義理堅くてぎこちない十代《ティーンエイジ》の体。今はちがう。大きくなったし、歳も取った。風なのか、食べ物なのか——ここに来てから、ニキビができた。

数分のあいだ、ペイントボール場に車を駐めた。服と歯ブラシを買い物袋に入れる。枕をトランクに放り込む。カウンターとドアノブをもう一度拭いてから、最後に建物から出た。そのあいだリンカーンを人目につく場所に駐めていたのはまずかったかもしれないが、まあいいだろう。この車があれば、東へ移動できる。地図ではごちゃごちゃしているように見えるところ。故郷とは対極に位置する、都市が絡み合う海岸。ワシントン、フィラデルフィア、ニューヨーク。週明けまではバレない。

日が沈みつつある。犬だ。くすんだ色の例の犬が、路肩をふらふらとたどってきた。今は与えられる食べ物を持ち合わせていないが、口笛を吹くと寄ってきた。傷跡がついて敵ができている首をなでると、犬が弱々しい鳴き声を上げた。鋭くて、黒い、用心深い目。彼はリンカーンの後部ドアをあけた。犬が警戒した様子で車を見ている。「乗れ」彼はいった。

出発前、ドーナツ・ショップに寄って、ドーナツを食べた。がらがらだった――コーヒーを注いでいる痩せた店員、食料雑貨店で働いているふたりの女、毛皮の襟巻きを着けて、表に駐めたトラックの運転台をちらちら見ている女トラック運転手。この街は好きではないが、あとで懐かしく思い出すのだろう。一時期を過ごし、学んだ場所だ。だが、こうして立ち去ると、家を出るような気持ちになる。ふたつ目、そして三つ目のドーナツを買い、紙袋に入れてもらった。どこへでも持ち帰りできる。外では、知り合ってまもない犬が、借りた車の中でいびきをかきながら寝ている。

店を出て、最後にもう一度あたりを見る。日が暮れかかっているが、街はまだ暗くはない。玄関脇や私道の上のライトがつきはじめた。風はない。どこか遠くの物音が聞こえる。耳を澄ますと、人の声も聞こえてきた。少年たちが道路でバスケットボールをしているのか、声がこだまし合っている。立ち上る煙が見える。どの煙突からも煙が吐き出され、上に延びて消えていく。どの家も秘密をひっそり抱えている。

誰も見ていない。弟に手渡されたキーを持ち、借り物のグレーのリンカーンのドアをあけたとき、湾曲したウインドウ・ガラスに一瞬だけ映った自分の姿が見える。ひとりきり。ところどころに雲が残る背後の夜空に、一番星や二番星が出ている。

そして、彼は走り去った。

謝辞

本書の草稿はほぼバージニア・センター・フォー・ザ・クリエイティブ・アーツで書かれた。耳を傾け、励まし、親しく接してくださった同センターのスタッフと多くのフェローにお礼を申し上げる。

Dodgers の執筆に力を貸してくださった多くの方々にお礼を申し上げる。ダン・バーデン、ケビン・キャンティ、同僚のウェンディー・バイレンとレワ・バーナム。はるか昔から付き合いのあるいちばんの作家仲間、ウェンディー・ブレナー。書籍化に向けて力を貸してくださった、スワニー・ライターズ・カンファレンスのスティーブ・ヤーブローほか、先生方。原稿を読んで助言をくださった私の素晴らしいエージェント、アリア・ハナ・ハビブ、そして、マコーミック・リテラリーのみなさま。とりわけ、スーザン・ホブソンとエマ・ボージェス＝スコット。CAAのジョン・カッシールとそのチーム。

クラウン・パブリッシング・グループ。私の編集を担当していただいたネイト・ロバーソンは、常に辛抱強く、鋭く、賢明だった。デザインを担当していただいたバーバラ・スターマンとクリス・ブランドにもお礼を申し上げる。そして、ダニエル・クラブツリー、ダイアナ・メッシーナ、レイチェル・ロキキ、ローレン・クーン、デイヴィッド・ドレイク、そして、モリー・スターン——このストーリーを受け入れ、想像を膨らませ、提案してくださり、お礼を申し上げる。

トリニティ・ワシントン大学の私の学生たち。

そして、私をこの世界に生み出してくれた両親、それに、この世界を楽しくしてくれたデボラ・エイジャーにも感謝する。

Go East

東京大学准教授
諏訪部浩一

※445頁以降で本書の結末に触れている箇所がございます。

麻薬の斡旋所の見張り役を二年間務めていた主人公が、警察の手入れを受けたことを契機にその任務を解かれ、ボスの命令で三人の仲間と一緒にある人物を殺しに行く——というのが本書の基本的な筋立てである。これだけ聞くと、ありふれたクライム・ノヴェルではないかと思えてしまうかもしれない。

だが、主人公イーストは十五歳の黒人少年（組織のボスは彼のおじ）、三人の仲間はそれぞれ二十歳、十七歳、十三歳（主人公の弟）、そして目的地はLAから二〇〇〇マイル離れたウィスコンシン州で、そこまで車で行かねばならないのだから、本書は「ありふれたクライム・ノヴェル」などでは決してない。クライム・ノヴェルのスタイルを採用しながら、ロード・ノヴェルでもあり、さらには黒人少年の成長物語にもなっているのが、『東の果て、夜へ』というまことに贅沢な小説なのだ。

こうした複数ジャンルの融合は、新人作家の長篇デビュー作にいかにも相応しい意欲的な企図と見なせるだろうし、本書が二〇一六年に英国推理作家協会（CWA）の新人賞（ジョン・クリーシー・ダガー賞）を授与されたことも意外ではない。だが、新人賞と同時に最優秀長篇賞（ゴールド・ダガー賞）までもかっさらってしまった本書は、第一長篇にありがちな「荒削りだが魅力的な作品」といった評価からはほど遠い、完成度の高さを備えている。「クライム・ノヴェル」「ロード・ノヴェル」「（黒人）少年の成長物語」というアメリカ的な三つのジャンルそれぞれの可能性を、まさにそれらを組みあわせることによって巧みに引き出している手腕は、この作者が新人でありながら、さまざまな小説ジャンルに深く精通していることを示すだろう。

そのことは、作者ビル・ビバリーの経歴を知れば合点がいくかもしれない。一九六五年生まれのビバリーは作家としては遅咲きの部類に入るだろうが、その「本業」は――少なくとも本書の出版までは、というべきか――トリニティ・ワシントン大学の英文科でアメリカ文学（と創作）を講じる研究者なのだ。とりわけ興味深いのは、研究者としての仕事に『逃走中――J・エドガー・フーヴァーのアメリカにおける逃亡物語』*On the Lam: Narratives of Flight in J. Edgar Hoover's America*（二〇〇三）という著書があることだろう。同書はFBI長官フーヴァーの指揮下、アメリカの警察機構が全米規模で強化されていくにつれて「犯罪者＝逃亡者」の物語にどのような変化が生じたかを、犯罪者の自伝、新聞記事、フィルム・ノワール、そして黒人文学といった多様なジャンルに即して丁寧に観察した労作であり、やがて「書き手」に変わる著者の「引き出し」の多さを担保するものとなっている。

もちろん、「読み手」として小説に接することと、「書き手」として接することのあいだには、大きな違いもあるだろう。だが、「書くこと」への欲望は常に「読むこと」から生まれるのだし、ビバリーがあるインタヴューにおいて、イーストの物語に関する着想を得たのが二〇〇三年——つまり、研究書を出版した年——であったと述べている事実は、「読み手」から「書き手」への移行が、彼にとっては自然なものであったことを示唆するように思える。あるいは、研究者として培われた視座が、優れた小説家に求められる批評性を彼に与えることになったといってもいい。「批評性」といっても、何も難しい話ではない。研究者としてのビバリーは、これまでのロード・ノヴェルがほとんど白人の専有物であったという旨の指摘をしているが、「それならば自分が黒人のロード・ノヴェルを書いてやろう」と思うのが小説家というものなのだ。

「批評的」な作家は、自分のやろうとしていることをよくわかっている。例えば、本書の原題は『ドジャース』*Dodgers* であり、これは直接的には、四人の黒人少年がLAを出発するときにドジャースのTシャツや帽子を（白人は野球が大好きだからという理由で）身につけさせられることに由来するが、本書がクライム・ノヴェルであることを思えば、「dodge」に「身をかわす、（困難などを）巧みに切り抜ける」という意味もあることは偶然ではないだろう（付言しておけば、前掲の研究書で、ビバリーはリチャード・ライトやラルフ・エリソンといった主要黒人作家の作品における「dodging」という行為についても論じている）。これはあくまで一例にすぎないが、本書の完成度の高さは、作品の細部に至るまで作者の意識が染みわたっているからこそ達成されているのである。

だから本書の読者は、ビバリーを信じてイーストの物語を読み進めていけばよいのだが、これがなかなか刺激的な読書経験となる。というのも、「批評的」な作品とは、読者の予想を裏切る、一筋縄ではいかないものだからだ。事実、複数のジャンルを組みあわせて構築された『東の果て、夜へ』は、それゆえに読み手を戸惑わせる。本書を「クライム・ノヴェル」として読み始めた読者は、第二部における長い旅路や、第三部が提示するペイントボール場のイーストの姿に違和感をおぼえるだろう。「ロード・ノヴェル」として読む読者は、イーストの旅(ジャンルにおける常道では「西」に向かうのだが、本書では「東」に向かう)が解放感よりも緊張感をかきたてることに、不安な気持ちを抱くかもしれない。そして「(黒人)少年の成長物語」として読もうとしても、旅の目的が「殺人」であることが躓きの石と――その目的の達成は主人公を「成長」させるのだろうかと――思わずにはいられなくなるはずなのだ。

そのような小説である以上、本書の楽しみ方はさまざまであるべきだろうが、本解説においてはイーストの成長物語としての面に注目しておきたい。全体を俯瞰すれば、最初は「家」(と呼ばれる麻薬の斡旋所)にいたイーストが、物語の展開とともにそこから遠く離れていくという構成になっているからである。

出版時の書評には、イーストがあまりにもしっかりしすぎていて「成長」するようなキャラクターではないという批判もあったし、彼には「子供っぽさ」がないという言葉が作品の序盤に見られもする。しかし結局のところ、イーストは十五歳の「子供」なのであり、彼が知る世界は、「箱」を意味する「ザ・ボクシズ」というエリア名が示唆するように、極めて限定的なものである。確かにそこは「クライム・ノヴェル」的なハードな世界であり、彼はその世界に相応しいハードな自我を形成し、組織に――というより、「父」代わりのおじフィンに――忠誠を尽くそうとする。だが、それは「子供」の彼には他の「世界」が選択肢として存在しないからにすぎない。「箱」の外に広がる世界が見えないからこそ、彼はそれにすがりつくのだ。イーストが段ボールの「箱」をかぶって眠るのは、そうした哀れな状態を象徴する行為だろう。

　しかしながら、第二部の「ロード・ノヴェル」的な旅は、イーストをはじめて「箱」の外に送り出す。東《イースト》に向かう旅は、それまでの自分《イースト》を見つめ直す旅なのだ。彼は頑なに組織＝「父」に忠実であり続けようとするのだが、上司でも部下でもない連中とのやりとりには苦労せざるを得ない。最年長のマイケル・ウィルソンは御しがたいし、ウォルターの頭のよさをイーストがきちんと評価するにも時間がかかる。そして、最も厄介なのはタイである。幼くして家を出たこの弟を、イーストはどう扱えばよいのかわからないのだ。少年の成長には象徴的な「父」との対決が必要だとすれば、十三歳にして銃の扱いに長け、組織の暴力性を体現するタイは、イーストにとってまさにそのような存在といえるかもしれない。

　そうした「対決」を（ひとまず）終えたあとの第三部、イーストは中西部オハイオ州のペイントボール場に身を寄せ、再び「見張り役」を務める。これが「箱」を出るまでの人生の反復であることは明らかだが、重要なのは、第二部を経た彼には「箱」の世界が絶対的なものではなくなっていることである。麻薬の斡旋所における銃撃戦と、ペイントボール場の「銃撃戦」が、互いの「現実」を相対化しあうように見えるのは、主人公の成長があってこそのことなのだ。

もっとも、すでに本書を読み終えた方はご存じのように、本書は主人公が「成長」してめでたく終わるという話ではない。人は「過去」からそう簡単に逃げられるわけではなく、物語の結末では、イーストは再び旅に出ることになる。だが、世間をよく知るペイントボール場の白人経営者ペリー・スローター（やはり「父」的存在であり、原文ではしばしばイーストに「son」と呼びかける）が語る話に熱心に耳を傾け、その最期を看取りさえした彼は、いわば「少年時代」をもう一度やり直すことができたのだ。銃を地中深くに埋め、車に犬を乗せた彼の――さらに東へと向かう――旅は、誰かに命じられてのものではなく、それゆえに読者に解放感を、そして感動を与えるのである。

先に触れたインタヴューでの発言によれば、ビバリーは現在、『東の果て、夜へ』の登場人物が少なくとも一人出てくる小説にとりかかっているとのことだ。本書の読者としては何よりもイーストの行く末が気になるところではあるが、この「批評的」な作者の引き出しの多さに鑑みると、一人の主人公について複数の作品を書くよりも、「世界」を広げていく方が向いているのかもしれない。いずれにしても、きっと読者の予想をいい意味で裏切ってくれるはずである。深い期待とともに、次作を待つことにしよう。

二〇一七年八月

訳者略歴　1968年生，東京外国語大学外国語学部英米語学科卒，英米文学翻訳家　訳書『バッド・カントリー』マッケンジー，『人類暗号』オルソン，『スパイの忠義』コンウェイ（以上早川書房刊）他多数

HM=Hayakawa Mystery
SF=Science Fiction
JA=Japanese Author
NV=Novel
NF=Nonfiction
FT=Fantasy

東《ひがし》の果《は》て、夜《よる》へ

〈HM㊺-1〉

二〇一七年　九　月十五日　発行
二〇一七年十一月二十日　二刷

（定価はカバーに表示してあります）

著　者　ビル・ビバリー
訳　者　熊《くま》谷《がい》千《ち》寿《とし》
発行者　早川　浩
発行所　株式会社　早川書房
郵便番号　一〇一 - 〇〇四六
東京都千代田区神田多町二ノ二
電話　〇三 - 三二五二 - 三一一一（大代表）
振替　〇〇一六〇 - 三 - 四七七九九
http://www.hayakawa-online.co.jp

乱丁・落丁本は小社制作部宛お送り下さい。
送料小社負担にてお取りかえいたします。

印刷・三松堂株式会社　製本・株式会社フォーネット社
JASRAC 出1709710-702　Printed and bound in Japan
ISBN978-4-15-182901-7 C0197

本書は活字が大きく読みやすい〈トールサイズ〉です。